N&K

Charles Lewinsky

Der Wille des Volkes

Kriminalroman

Nagel & Kimche

1 2 3 4 5   21 20 19 18 17

© 2017 Nagel & Kimche
im Carl Hanser Verlag München
Herstellung: Rainald Schwarz
Satz: Satz für Satz
Druck und Bindung: Friedrich Pustet
ISBN 978-3-312-01037-0
Printed in Germany

Für meinen Freund Siegi Ostermeier
(1941–2017).
Bei allen andern Büchern
warst Du mein erster Leser.

1

Manchmal nahm Weilemann den Hörer ab, obwohl es gar nicht geklingelt hatte, nur um zu überprüfen, ob da überhaupt noch ein Summton war. Es ging immer mal wieder das Gerücht, die Festanschlüsse sollten ganz abgeschafft werden, weil sie nicht mehr wirklich gebraucht wurden, wo doch jeder sein Handy hatte oder etwas noch Moderneres, er selber auch, es ging nicht ohne. Als damals die letzte Telefonzelle außer Betrieb genommen worden war, da hatte er noch einen Artikel darüber geschrieben, nichts Besonderes, «Ende einer Ära» und so, und der war dann nicht einmal erschienen, weil kurz vor Redaktionsschluss die Nachricht hereingekommen war, ein Fernsehmoderator, so ein Drei-Tage-Star mit Drei-Tage-Bart, sei gar nicht wegen einer Blinddarmentzündung in der Klinik gewesen, sondern habe sich heimlich Fett absaugen lassen; da war der Platz für sein Artikelchen natürlich weg gewesen. «kw» hatte sein Kürzel geheißen, für Kurt Weilemann, und alle, die ihn kannten, hatten ihn Kilowatt genannt. Damals, als es noch Leute gab, die ihn kannten.

Das war jetzt auch schon wieder lang her. Ein alter Sack war er geworden, ein altmodischer alter Sack, er sagte das von sich selber und zwar mit einem gewissen Stolz, er war retro, so wie das Wort «retro» auch schon selber retro geworden war, in einem Text hätten sie es ihm rausgestrichen, weil es niemand mehr verstand. Oder es wäre dringeblieben, weil sich ja heutzutage keiner mehr die Mühe machte, einen Artikel gegenzulesen, kaum in die Tastatur gehackt und schon im Internet.

E-Paper – wenn er das Wort nur hörte, kam ihm die Galle hoch.

Dabei war es nicht so, dass ihn all die neuen Erfindungen überfordert hätten, überhaupt nicht, er war ja nicht verkalkt, er sah nur nicht ein, warum man sich ständig umstellen sollte, wenn die Dinge doch gut funktionierten, so wie sie waren. Da gab es diesen neuen Commis zum Beispiel, dieses supermoderne Gerät, das jetzt jeder haben musste, nur er hatte sich dieses Spielzeug noch nicht einmal angesehen. Solang man selber denken konnte, das war sein Standpunkt, brauchte man kein solches Hilfsgehirn, aber die Werbung redete den Leuten halt ein, man sei kein vollwertiger Mensch, wenn man keines habe. Immerhin: den Begriff «Communicator» hatten sie mit all ihren Werbespots nicht durchdrücken können, da war das Schweizerdeutsche stärker gewesen, man sagte «Commis», das alte Wort für einen Büroangestellten, und das war auch passend, so ein Bürogummi hatte ja auch all die tausend Dinge erledigen müssen, für die sein Chef keine Zeit hatte. Seinen Coiffeur, der ihm mit der Aufzählung all der tollen neuen Apps auf die Nerven gegangen war, hatte er mal gefragt: «Kann man sich mit dem Ding auch rasieren?», aber der Spruch war nicht angekommen, einerseits weil niemand mehr Ironie verstand, und andererseits weil sich ohnehin kaum mehr jemand rasierte. Man machte das jetzt mit einer Creme, die musste man nur einreiben, und eine Minute später konnte man sich die Stoppeln aus dem Gesicht waschen und hatte eine Woche Ruhe. Er selber benutzte immer noch seinen elektrischen Rasierapparat, und sein Telefon zuhause hatte ein richtiges Telefon zu sein, nicht so ein Spielzeug, das man immer erst suchen musste, wenn es läutete, weil es ohne Kabel ja keinen festen Platz mehr hatte. Sein altes Swisscom-Gerät funktionierte noch tipptopp, und selbst dieses Museumsstück konnte mehr, als er brauchte, zehn Tasten zum Einprogrammieren von Telefonnummern, wo doch Weilemann auch mit viel Nachdenken keine zehn Leute zusammengebracht hätte, die er hätte anrufen wollen, genauso, wie es keine zehn Leute mehr gab, die bei ihm angerufen hätten. Markus meldete sich seit dem letzten großen Krach überhaupt nicht mehr, es war definitiv ein Fehler gewesen, sich mit seinem Sohn auf politische Debatten einzulassen, Freunde hatte er nie viele gehabt, und die Kollegen waren einer nach dem andern auf den Friedhof umgezogen. Und dass jemand Arbeit für ihn hatte, kam auch nur alle Jubeljahre vor.

Er war in dem Alter, wo die Redaktionen nur noch anriefen, wenn wieder einer gestorben war, und sie einen Nachruf brauchten. «Sie haben ihn doch noch gekannt», sagten die jungen Schnösel dann am Telefon und hatten so wenig Sprachgefühl, dass sie nicht merkten, wie verletzend dieses «noch» klang. «Die andern aus deiner Generation», hieß das, «sind schon lang durch den Rost, nur dich hat man vergessen abzuholen.» Manchmal riefen sie nicht einmal an, sondern schickten bloß eine E-Mail, meistens ohne Anrede, hielten Höflichkeit wohl für eine ausgestorbene Tierart, machten sich nicht einmal die Mühe, ganze Sätze zu schreiben, oder hatten das verlernt, rotzten nur ein paar Stichworte in die Tastatur, den Namen des Toten und die Anzahl der Zeichen, die sie haben wollten, zwölfhundert für eine gewöhnliche Leiche, inklusive Leerzeichen, und manchmal noch weniger. Da hatte einer ein Leben gelebt, hatte sich abgerackert und etwas geschafft, und dann gönnten sie ihm noch nicht einmal eine ganze Spalte.

Zu seiner Zeit …

Weilemann ärgerte sich immer, wenn er «zu meiner Zeit»

dachte, das war ein Zeichen von Vergreisung, und so weit war er noch lang nicht, auch wenn er sich, um seinen Fahrausweis zu behalten, schon zweimal einem Checkup hatte stellen müssen, eine völlig überflüssige Prozedur, einen Wagen konnte er sich schon lang nicht mehr leisten, und warum man für die modernen Autos einen Ausweis haben musste, hatte er sowieso nie verstanden, eigentlich brauchten die überhaupt keinen Fahrer mehr, zumindest nicht in der Stadt. «Verkehrsmedizinische Kontrolluntersuchung», auch so eine scheußliche Bürokratenformulierung, aber wenn einer anständiges Deutsch schreiben konnte, sortierten sie ihn wahrscheinlich schon bei der Bewerbung aus, diese beamteten Analphabeten. Er war nur aus Prinzip hingegangen, um sich selber zu beweisen, dass er noch voll im Schuss war, hatte sich vorher die Liste mit den Mindestanforderungen aus dem Internet gefischt, und es war eine Frechheit gewesen, was da alles bestätigt werden sollte, eine ausgesprochene Frechheit. «Keine Geisteskrankheiten. Keine Nervenkrankheiten mit dauernder Behinderung. Kein Schwachsinn.» Als ob man mit dem siebzigsten Geburtstag automatisch senil würde. Er hatte die Kontrolle beide Male mit fliegenden Fahnen bestanden, nein, nicht «mit fliegenden Fahnen», korrigierte er die Gedankenformulierung, das war ein dummes Militaristenklischee, mit Leichtigkeit hatte er sie bestanden. Bei ihm war ja auch alles in Ordnung. Das Hüftgelenk konnte man sich, wenn es schlimmer werden sollte, irgendwann ersetzen lassen.

Er war noch voll da, total arbeitsfähig, aber eben, wenn sie überhaupt einmal an ihn dachten, dann war bestimmt jemand gestorben. Und wahrscheinlich hatte der Volontär, der dann gnädig bei ihm anrief – sie beschäftigten nur noch Volontäre, schien ihm, die gestandenen Journalisten mussten froh sein, wenn sie für die Apothekerzeitung die Vorteile gesunder Ernährung bejubeln durften –, wahrscheinlich hatte der minderjährige Agenturmeldungsabschreiber, bevor er das Telefon in die Hand nahm, noch einen Kollegen gefragt: «Lebt der überhaupt noch, dieser Weilemann?»

Ja, er lebte noch, auch wenn man manchmal das Gefühl haben konnte, man müsse sich dafür entschuldigen, dass man noch nicht bei Exit angerufen und sich hatte entsorgen lassen. Man war kein nützliches Mitglied der Gesellschaft mehr, nur noch eine Belastung für die AHV.

Manchmal, wenn er schlechte Laune hatte, nicht die alltägliche dunkelgraue, sondern die rabenschwarze, überlegte er sich, wen sie wohl anfragen würden, wenn sein eigener Nachruf fällig würde. Falls sie den Platz nicht für etwas Wichtigeres brauchten, die Verlobung einer Schlagersängerin oder den Seitensprung eines Fußballspielers. Ihm fiel dann immer nur Derendinger ein, der war noch der Letzte von der alten Garde, Derendinger, mit dem er sich immer nur gefetzt hatte, am Anfang wegen ihrer politischen Meinungsverschiedenheiten und dann später aus Gewohnheit. Derendinger würde sich ein paar freundliche Floskeln aus den Fingern saugen, so wie er es auch selber für Derendinger machen würde, «ein Journalist der alten Schule» und so, zwölfhundert Zeichen und Deckel drauf. De mortuis nil nisi bonum. «Bonum» und nicht «bene». Aber Latein konnte auch keiner mehr.

Man sollte sich seinen Nachruf selber schreiben dürfen, dachte Weilemann, und hatte es auch schon versucht, nur aus Jux, man wollte ja nicht aus der Übung kommen, aber zwölfhundert Zeichen waren immer zu wenig gewesen; man hatte doch eine Menge gemacht im Lauf der Jahre. Nur schon der Fall Handschin damals, als er besser recherchiert hatte als die

Polizei, die richtige Spur verfolgt und einen Unschuldigen aus dem Gefängnis geholt, dafür hätte man allein schon tausend Zeichen gebraucht, mindestens. Er hatte immer ein Buch über den Fall schreiben wollen, hatte sogar die Anfrage von einem Verlag gehabt, aber damals war er zu beschäftigt gewesen, und heute, wo er Zeit zum Versauen hatte, interessierte sich niemand mehr dafür.

Bücher wurden ja auch gar nicht mehr gelesen, nicht auf Papier auf jeden Fall, genauso wenig wie die Leute noch Zeitungen lasen, richtige Zeitungen, die am Morgen im Milchkasten lagen, und die man dann beim ersten Espresso des Tages in aller Ruhe studierte, zuerst Politik und Wirtschaft, dann das Lokale und ganz am Schluss, als Nachtisch, auch noch den Sport. Es gab die gedruckten Zeitungen noch, so viel Traditionsbewusstsein hatten sie, aber es legte sie niemand mehr in den Milchkasten. Zeitungsausträger waren ausgestorben, so wie Minnesänger ausgestorben waren oder Lampenputzer, dabei wären seit dem Krach mit Europa weiß Gott genügend Leute da gewesen, die keine Arbeit mehr fanden, weil sie eben nur Leute waren und keine Fachleute. Es rechnete sich nicht mehr, ein paar Abonnenten die Zeitungen ins Haus zu bringen. Wer immer noch darauf bestand, sie auf althergebrachte Weise zu lesen, musste mühselig zum Kiosk latschen, und wenn man einmal verschlafen hatte, waren sie oft schon ausverkauft. Dann musste man seine Zeitung am Bildschirm lesen, und das war ja nun wirklich, als ob man eine Frau durch so einen hygienischen Mundschutz hindurch küssen würde.

Papier, die beste Erfindung der Menschheit, verschwand immer mehr aus der Welt. Bei der ZB hatten sie doch tatsächlich ernsthaft darüber nachgedacht, neunzig Prozent ihres Bestandes einzustampfen, weil die Bücher ja alle digitalisiert zugänglich seien; der Vorschlag war zwar abgeschmettert worden, aber es würde noch so weit kommen, davon war Weilemann überzeugt, irgendwann würde es noch so weit kommen. Ganz gut, dass man nicht mehr der Jüngste war, wenigstens das würde man nicht mehr erleben müssen.

Er selber liebte den Geruch von altem Papier, schnitt immer noch Zeitungsartikel aus und bewahrte sie auf, obwohl es das alles auch im Internet gab. Für die Stapel auf seinem Schreibtisch brauchte er keine elektronische Suchfunktion, hätte auch gar keine haben wollen, damit fand man immer nur, was man gesucht hatte, den immer gleichen Googlehopf, und machte keine dieser zufälligen Entdeckungen, die doch das Interessanteste waren. Und wenn es ein bisschen länger dauerte – à la bonheur, Zeit hatte er, viel zu viel Zeit. Die Leute sagten zwar, die Tage gingen mit jedem Lebensjahr schneller vorbei, aber ihm kam es genau umgekehrt vor; jeden Morgen versuchte er, noch ein bisschen länger liegen zu bleiben, um schon mal ein bisschen von der Langeweile einzusparen, die ihn erwartete, aber das funktionierte nicht, immer schlechter funktionierte es, in seinem Alter hätte man mehr Schlaf gebraucht und bekam immer weniger davon; es war schon etwas dran an dem Gerede von der präsenilen Bettflucht.

Da müsste man mal etwas drüber schreiben, dachte er automatisch und ärgerte sich genauso automatisch darüber, dass dieser Reflex in seinem Kopf immer noch lebendig war. Er musste sich endlich daran gewöhnen, dass niemand mehr einen Text von ihm haben wollte, höchstens noch einen Nachruf, und auch den nur, wenn der Verstorbene zur Cervelat-Prominenz von vorgestern gehört hatte, ach was, nicht einmal Cervelat, Cippolata bestenfalls, lauter ganz kleine Würstchen. Bei den interessanten Toten kam er nicht in die Kränze, die waren für die Chefs reserviert, die sich für Edelfedern hielten, bloß weil sie die teureren Schreibtischsessel hatten. Er war sich ganz sicher, dass sie schon alle heimlich an einem Nachruf auf Stefan Wille herumbastelten, bei dem es ja, nach allem, was man aus den Bulletins der Krankenhausärzte herauslesen konnte, nicht mehr lang dauern würde. Ein Nachruf auf Wille, das wäre eine interessante Aufgabe, den würde man nicht in zwölfhundert Zeichen abfertigen müssen, und er, Weilemann, würde es auch ganz anders machen, nicht so, wie sie es wohl alle schon pfannenfertig in ihren Computern hatten, er würde auch Kritisches schreiben und nicht versuchen, wie es mit Sicherheit zu erwarten stand, dem Herrn Parteipräsidenten auch noch posthum in den Arsch zu kriechen. Aber es würde niemand einen Wille-Nachruf bei ihm bestellen, und wenn sie ihn bestellten, würden sie ihn nicht abdrucken.

«‹Abdrucken› ist ein altmodisches Wort. Bald drucken sie überhaupt nicht mehr.» Er merkte, dass er das laut ins leere Zimmer hinein gesagt hatte, und ärgerte sich über sich selber. Wenn einer anfing, Selbstgespräche zu führen, das war immer seine Überzeugung gewesen, dann war er reif fürs Altersheim.

Das Telefon läutete dann natürlich, als er auf dem WC saß. Typisch. Aber ein Auftrag war ein Auftrag, und seit die AHV-Ansätze zum zweiten Mal gekürzt worden waren, konnte man sich nicht leisten, einen zu verpassen. Weilemann humpelte also mit heruntergelassenen Hosen ins Wohnzimmer zurück. Allein zu leben hatte auch seine Vorteile.

2

«Weilemann.»

«Hier Derendinger.»

Weilemann zog schnell die Hosen hoch, auch wenn sein altmodisches Telefon keine Kamera hatte.

«Was willst *du* denn von mir?»

Viel zu abweisend. Auch wenn er sich mit dem alten Konkurrenten immer nur gekabbelt hatte, es war doch immerhin jemand, mit dem man sich unterhalten konnte, von Gleich zu Gleich, und solche Unterhaltungen ergaben sich nicht jeden Tag. Derendinger schien sich nicht verletzt zu fühlen.

«Dich treffen möchte ich.»

«Wozu?»

«Eine Runde Schach. Wie in alten Zeiten.»

Derendinger und er hatten ein einziges Mal versucht, miteinander Schach zu spielen, nach einer langweiligen Pressekonferenz, von der sie sich beide verdünnisiert hatten, und es war eine sehr kurze Partie geworden. Eine zweite hatten sie gar nicht mehr probiert, dafür war der Klassenunterschied zwischen ihnen einfach zu groß gewesen, er, Weilemann, damals am zweiten Brett im Verein, und Derendinger ein blutiger Anfänger, der sogar auf den Schäferzug reinfiel.

«Bist du noch dran?»

In der letzten Zeit kam es immer wieder vor, dass er sich mitten in einer Tätigkeit in seinen Gedanken verlor, und mit dem, was er angefangen hatte, einfach nicht mehr weitermachte. Das kam vom Alleinsein. Vor ein paar Tagen war es ihm im Migros passiert, er hatte angefangen, seine bescheidenen Einkäufe einzuscannen und dann …

«Hallo?»

«Ja, ja, ich bin dran. Ich staune nur. Seit einem Jahr habe ich nichts von dir gehört, und jetzt rufst du plötzlich an und willst ...»

«Eine Partie. Dafür wirst du doch Zeit haben. Oder schreibst du gerade eine große Reportage für die *New York Times*?»

«Und wo?»

Früher hatte er immer im *Schlachthof* an der Herdernstraße gespielt, das war ihr inoffizielles Vereinslokal gewesen, ein Nebenzimmer, das meistens frei war, wenn nicht gerade im neuen Letzigrund ein Match stattgefunden hatte, und die Fans ihre heiser geschrienen Kehlen mit Bier kühlen mussten. Bis die Gegend dann hip und in und angesagt wurde, und sich der gemütliche *Schlachthof* in ein ungemütliches Trendlokal verwandelte. Er war nie wieder hingegangen. «Schweizerisch-asiatische Fusion-Küche», das war für ihn keine Verlockung, sondern eine Warnung, Sushi-Rösti stellte er sich darunter vor, Bratwurst mit Sojasprossen, das musste man sich wirklich nicht antun. Der Schachverein hatte sich dann irgendwann auch aufgelöst. Wer sich noch für das Spiel interessierte, benutzte den Computer als Gegner, wo man einstellen konnte, ob man gewinnen oder verlieren wollte.

«Hallo? Weilemann?»

Er musste sich diese Gedanken-Abschweiferei wirklich abgewöhnen. Gerade er, der den jungen Kollegen immer gepredigt hatte: «Das Allerwichtigste, was ein Reporter können muss, ist Zuhören.»

«Ich warte darauf, dass du einen Ort vorschlägst.»

«Auf dem Lindenhof.»

«Gibt es dort neuerdings eine Beiz?»

«Sie haben da diese großen Figuren.»

Wenn es etwas gab, das noch schlimmer war als Schach gegen den Computer, dann war es Freiluftschach, dieses 64-Felder-Minigolf, mit dem Pensionisten ihre leere Zeit totschlugen. Er war selber ja auch ein Zeit totschlagender Pensionist, aber er hatte trotzdem noch nie das Bedürfnis empfunden, in der Öffentlichkeit klobige Holzfiguren durch die Gegend zu schieben. Solche Leute waren für ihn keine richtigen Schachspieler, führten sich auf, als ob sie mindestens Elo 2000 hätten, wussten alles besser, und dabei würden sie eine englische Eröffnung noch nicht mal erkennen, wenn man sie ihnen auf dem Silbertablett servierte, mit Brunnenkresse garniert und einem Zitronenschnitz im Maul.

«Nein, wirklich, Derendinger, wenn du schon ums Verrecken eine Partie gegen mich verlieren willst, dann bitte an einem vernünftigen Ort.»

«Es ist wichtig», sagte Derendinger, in einem Ton, als ob es um Leben und Tod ginge, «wirklich, Kilowatt. In einer Stunde, ja? Um halb drei?»

«Wir könnten auch ...»

Aber Derendinger hatte eingehängt. Kurlig war der geworden mit dem Alter, wirklich kurlig. Am besten würde man seinen Anruf einfach vergessen, so tun, als ob man ihn gar nicht bekommen hätte, sie hatten ja schließlich nichts abgemacht. Aber andererseits ...

Vielleicht war es, weil Derendinger ihn «Kilowatt» genannt hatte. Den Übernamen hatte schon lang niemand mehr benutzt. Oder einfach die Neugier. Es musste etwas Ungewöhnliches dahinterstecken, wenn ein alter Kollege – oder Konkurrent, aber Konkurrenten waren ja gleichzeitig auch immer Kollegen –, wenn so ein alter Bekannter sich nach ewiger Zeit plötzlich wieder meldete und eine Partie Schach spielen wollte, ausgerechnet auf dem Lindenhof. Derendinger war immer ein

Schachanalphabet gewesen, und wenn das einer mit vierzig ist, dann wird er mit siebzig nicht plötzlich zum Capablanca. Dazu dieser bettelnde Ton, und das von einem Mann, der die Nase immer hoch getragen hatte, «il pète plus haut que son cul», sagten dem die Franzosen. Hatte sich für etwas Besseres gehalten, weil er einmal bei der *NZZ* gewesen war, und das war damals, vor der Übernahme, ja auch wirklich noch so etwas wie journalistischer Hochadel gewesen. Nein, da gab es etwas herauszufinden, und selbst wenn es am Ende etwas völlig Unwichtiges war, Zeit hatte man ja.

In einer Stunde auf dem Lindenhof, das war zu schaffen.

«Der heißeste Juli seit Beginn der Wetteraufzeichnungen», hatten sie im Fernsehen gesagt, aber das sagten sie jedes Jahr, und er zog trotzdem seinen blauen Pullover an, ausgeleiert, aber bequem. Man wurde gfrörig mit dem Alter. Dann zog er den Pullover wieder aus, Derendinger sollte nicht denken, dass er einer von diesen Scheißegal-Senioren war, die auf ihr Äußeres keinen Wert mehr legten. Das englische Jackett mit den Lederpatches an den Ellbogen war zwar auch nicht mehr neu, aber diese Sorte Kleidung wurde mit dem Alter nur besser.

Vor dem Haus – auch so ein vorsintflutlicher Reflex – öffnete er automatisch den Briefkasten, obwohl doch Mittwoch war, und die Post nur noch am Dienstag und am Freitag kam; wer verschickte denn noch Briefe? Nur ein Flugblatt hatte jemand durch den Schlitz gesteckt, «An alle echten Schweizer!», das konnte direkt in die Tonne, auch wenn es in Hochglanz daherkam. Dieses Verteilen von Werbezetteln war sowieso nur noch Folklore, eine Art Volksbrauch, nötig hatten sie es ja nicht mehr, so wie die Dinge lagen. Nicht bei der Mehrheit.

Er fuhr mit den Tram in die Stadt, die U-Bahn war nie gebaut worden, obwohl die Pläne fertig auf dem Tisch gelegen hatten, aber als es dann mit der Schweizer Wirtschaft bergab ging, war das Projekt nicht mehr zu finanzieren gewesen. Ihm war es egal, von der Heerenwiesen bis zum Central brauchte der Siebner auch nur eine Viertelstunde. Man hatte ihm das als großen Vorteil gepriesen, damals, als er seine schöne Wohnung im Seefeld hatte aufgeben müssen, weil sie die in eine Preisliga hinaufrenoviert hatten, in der ein pensionierter Journalist nicht mehr mitspielen konnte. Wobei «pensioniert» in seinem Fall ein sehr theoretischer Begriff war, er war zu lang freischaffend gewesen, und Beitragslücken waren keine Zahnlücken, wo man sich einfach eine Brücke einsetzen lassen konnte. Mit dem, was jeden Monat auf seinem Konto hereintröpfelte, musste er nicht in der Delicatessa einkaufen wollen.

Das Tram war voll, wie sonst immer erst vom Milchbuck an; eine lautstarke Schulklasse hatte alle Plätze besetzt, und natürlich dachte keiner von den Rotzlöffeln daran, seinetwegen aufzustehen. Andererseits – halbleeres Glas, halbvolles Glas – war das ja auch ein gutes Zeichen, er sah offenbar noch nicht alt und gebrechlich aus, aber es wäre ihm doch lieber gewesen, wenn ihm einer das Angebot gemacht hätte, nur damit er hätte sagen können: «Danke, nicht nötig, ich kann sehr gut stehen.» Bis jetzt hatte seine Hüfte ihren guten Tag.

Die Schüler stiegen dann zusammen mit ihm am Central aus, waren wahrscheinlich auf dem Weg zum Landesmuseum; die konnten sich dort kaum mehr vor dem Ansturm retten, hatte er gelesen, seit Schweizer Geschichte in den Schulen wieder so wichtig geworden war.

Die paar Schritte dem Limmatquai entlang machte er zu Fuß, umzusteigen hätte sich nicht gelohnt für die eine Station. Es waren eine Menge Touristen unterwegs, alles Asiaten. Er hatte mal gelernt, dass man die verschiedenen Nationen an der Augenstellung unterscheiden könne, zwanzig nach acht, Viertel nach neun, zehn nach zehn, aber – typisch! – er hatte vergessen, welches davon die Japaner waren, welches die Chinesen und welches die Koreaner. Es war lustig zu sehen, wie sich manchmal eine ganze Reisegruppe gleichzeitig im Kreis drehte, wie ein Volkstanz sah das aus, aber natürlich ging es nur um die Panorama-Aufnahmen, die sie mit ihren Brillenkameras machten. Kurz vor der Uraniabrücke wurde einer der japanischen Koreaner-Chinesen von einem Hipo aufgehalten, weil er ein Kaugummipapier auf den Boden geworfen hatte, und der Asiate reagierte nicht etwa irritiert, auch nicht schuldbewusst, sondern geradezu glücklich, hob das Papier auf, entschuldigte sich mit mehreren Verbeugungen und eilte dann seinen Kollegen hinterher, um ihnen ganz begeistert von seinem Erlebnis zu erzählen. In seinem Tagebuch, nein, auf seiner Facebook-Seite natürlich, würde er bestimmt schreiben: «Die Tourismus-Werbung übertreibt nicht: Zürich ist tatsächlich die sauberste Stadt der Welt, noch sauberer als Singapur.» Vielleicht würde er ein Foto von dem Hipo dazusetzen, fand den bestimmt ganz toll, so einen netten jungen Mann in hellblauer Uniform.

Weilemann mochte die freiwilligen Hilfspolizisten nicht, das waren alles Streber und Wichtigmacher, und wenn mal ein Papierfetzen oder ein Zigarettenstummel auf dem Boden landete, dann ging die Welt auch nicht unter. Es war sowieso alles viel zu sauber geworden, viel zu ordentlich. In seiner Jugend hatte es mal ein Lied gegeben, er wusste nicht mehr von wem, in dem war «meh Dräck» gefordert worden. Heute würde so ein Song wahrscheinlich verboten, nein, nicht verboten, einfach nicht gespielt. Man regelte solche Dinge diskreter als früher.

Die Treppe zum Lindenhof hinauf kam ihm steiler vor als auch schon. Man hätte eine kleines Glosse darüber schreiben können, eine neue Methode zur Bestimmung des Alters vorschlagen, nicht mehr nach der Anzahl der Lebensjahre, sondern danach, wie oft einer auf einer solchen Strecke stehen bleiben und einen Zwischenhalt einlegen musste. Aber kleine Glossen waren bei den Redaktionen etwa so gefragt wie Blutwürste an einem Vegetarierkongress. Egal, darüber nachdenken durfte man ja wohl noch, use it or lose it. Ob auch anderen Leuten dauernd Dinge einfielen, die niemand mehr haben wollte? Er musste Derendinger gleich mal fragen.

3

Aber da war weit und breit kein Derendinger, auch nicht unter den Gaffern, die um das Schachfeld herumstanden. Lauter Männer waren es, auch junge, alle mit so viel freier Zeit, dass sie mitten in der Woche einen ganzen Nachmittag auf dem Lindenhof verbringen konnten. Weilemann vermutete schon lang, dass die offiziellen Arbeitslosenzahlen nicht stimmten; wenn die Leute einmal ausgesteuert waren, wurden sie einfach nicht mehr mitgezählt.

Er war darin geübt, eine Schachpartie schnell zu erfassen, und das funktionierte auch mit diesen ungewohnten Riesenfiguren, gelernt ist gelernt. Das Spiel immer noch in der Eröffnungsphase, sizilianische Verteidigung in der Moskauer Variante, die Sorte Partie, die sich leicht in die Länge zog; bis auf diesem Spielfeld jemand anderes an die Reihe kam, konnte es dauern. Dass Derendinger allen Ernstes geglaubt hatte, man könne hier einfach so auftauchen, und es wären dann keine anderen Schachspieler da, man brauche nur die Figuren aufstellen und loslegen, das war ganz schön naiv von ihm gewesen. Unpünktlich war er auch. «In einer Stunde», hatte er gesagt, und wenn Weilemann es von Schwamendingen her geschafft hatte, dann konnte man das wohl auch von Derendinger erwarten. Fünf Minuten gab er ihm noch. Zehn allerhöchstens.

Er war voller Vorurteile gegen dieses Parkschach hergekommen und stellte jetzt mit Befriedigung fest, dass die Wirklichkeit noch viel lächerlicher war. Schon wie sich die Spieler mit den übergroßen Figuren abschleppten, sah sackdumm aus, und was die Kommentare der Zuschauer anbelangte – solche Kiebitze hatten sie früher im Verein «E-Em-Wes» genannt: Leute, die besser *Eile mit Weile* spielen sollten. Als Weiß rochierte, genau in der Position, in der man gemäß Lehrbuch bei dieser Eröffnung zu rochieren hatte, kommentierten sie den nun wirklich nicht überraschenden Zug so aufgeregt, als sei gerade das Schachspiel neu erfunden worden.

Und rücksichtslose Drängler waren sie auch. Da stieß ihn doch einer einfach mit dem Ellbogen an, meinte wohl, der Platz direkt am Spielfeld sei für ihn reserviert. Weilemann wollte den Kerl anblaffen – man musste seine schlechte Laune ab und zu an die frische Luft lassen, das tat ihr gut –, wollte gerade mit einer Tirade loslegen, aber als er sich zu dem Drängler hinwandte, war es Derendinger, der da neben ihm stand, ein alt gewordener Derendinger, auch das massive Brillengestell konnte die tiefen Tränensäcke nicht kaschieren.

«Bist du also doch noch aufgetaucht?»

Derendinger antwortete nicht, schien ihn gar nicht gehört zu haben, sondern starrte auf das Schachfeld, als ob die konventionelle Stellung das Spannendste sei, das er je gesehen hatte.

«Wie hast du dir eigentlich vorgestellt, dass wir hier …?»

Er sprach den Satz nicht zu Ende. Derendinger hatte unmerklich den Kopf geschüttelt, nur eine ganz kleine Bewegung, wie ein geflüstertes Nein, aber das war es nicht gewesen, was Weilemann hatte verstummen lassen. Da war etwas in Derendingers Gesicht, etwas Ängstliches, Gehetztes, das Weilemann unwillkürlich denken ließ: Der Mann hat Angst.

Aber wovor sollte Derendinger sich fürchten?

Er hatte sich sehr verändert, seit sie sich zum letzten Mal begegnet waren, bei einem Pensionistenstamm war das gewesen, ein Anlass, zu dem Weilemann, wie er gern sagte, dreimal hingegangen war, das erste Mal, das letzte Mal und einmal zu viel, lauter Leute, die nur noch in ihrer Vergangenheit lebten und sich mit der Aufzählung von Triumphen, die sie anno Tobak errungen haben wollten, gegenseitig langweilten. «Und dann bin ich in die Chefredaktion marschiert und habe auf den Tisch gehauen.» In Wirklichkeit hatten sie natürlich angeklopft, vor dem Schreibtisch des Chefs Männchen gemacht und brav geschwiegen, während sie ihren Anschiss kassierten. Ein paar Biere später erzählten sie dann reihum, mit welchen Hobbys sie sich die Zeit vertrieben, jetzt, wo sie zu viel davon hatten, Briefmarken sammeln oder Kakteen züchten. Als die Reihe an Derendinger gekommen war, hatte der ganz cool gesagt: «Ich arbeite immer noch. Bin an einer großen Geschichte dran.» Das hatte ihm zwar keiner so recht geglaubt, aber Derendinger war kein Mann, dem man ins Gesicht hinein widersprach. Eine Autoritätsfigur.

Und jetzt …

Viel zu dick angezogen für das Sommerwetter, unter dem

Jackett auch noch ein Pullover. Trotzdem hatte Weilemann nicht den Eindruck, dass die Schweißtropfen auf Derendingers Stirn von der Hitze kamen. Das war kalter Schweiß, die Haut ganz fahl. Und seine Augen flackerten hin und her, als ob er sicher sein wollte, dass ihn niemand beobachtete. Als er dann endlich etwas sagte, den Blick immer noch auf die Schachfiguren gerichtet, da ergab das überhaupt keinen Sinn.

«Eine interessante Stellung, gell?»

Machte hier einen auf Fachmann, und dabei brauchte er wahrscheinlich immer noch einen Spickzettel, um zu wissen, wie sich die einzelnen Figuren bewegten. Nein, «kurlig» reichte als Bezeichnung nicht mehr aus. Mit Derendinger musste etwas passiert sein, und es war nicht schwer zu erraten, was das war. Im Internet – natürlich schaute man solche Dinge nach, auch wenn man sie gar nicht nachschauen wollte – gab es genügend Beschreibungen dieses Abbaus. «Der böse Alois», so hatten sie den Alzheimer genannt, damals, als die Diagnose noch etwas Neues war.

«Erinnert mich an diese Partie in Zollikon», sagte Derendinger, immer noch, ohne ihn anzusehen.

Weilemann konnte sich nicht daran erinnern, jemals in Zollikon angetreten zu sein. Ganz auszuschließen war es nicht, er hatte eine Menge lokaler Turniere gespielt, und hinterher kamen sie einem durcheinander. Aber wenn, dann war Derendinger bestimmt nicht dabei gewesen.

«Du weißt schon. Dieses Spiel, in dem Schwarz matt war, bevor Weiß den ersten Zug gemacht hatte.»

«Wie bitte?»

«In dem Schachklub an der Alten Landstraße.» Machte ihm da Zeichen, wie ein Verschwörer aus einem schlechten Film, mit den Augen und mit dem ganzen Gesicht, und wiederholte noch zweimal: «An der Alten Landstraße, an der schönen Alten Landstraße.»

In Weilemanns Kopf regte sich etwas, nicht direkt eine Erinnerung, nur etwas, das sich so ähnlich anfühlte. Einbildung natürlich. Vor Jahren hatte er einmal einen Artikel über diesen Mechanismus geschrieben, dass man einen Menschen nur lang genug nach etwas Bestimmtem fragen muss, und früher oder später fängt er an sich einzubilden, er habe das tatsächlich erlebt. Kann es manchmal sogar beschreiben, in allen Einzelheiten. Aber eine Schachpartie in Zollikon? Nein, wirklich nicht.

«Von was redest du eigentlich?»

Derendinger antwortete nicht, starrte immer noch auf das Spielfeld, wo schon seit Minuten nichts mehr passierte. Weiß am Zug konnte sich nicht entscheiden, ob er den schwarzen Läufer schlagen sollte oder nicht. Typisch Amateur, wozu spielte er die Variante, wenn er keinen Läufertausch wollte?

«Hallo! Jemand zuhause?»

Derendinger zuckte zusammen. Er winkte Weilemann näher zu sich heran und murmelte dann, so leise, dass man ihn kaum verstehen konnte: «Zollikon, Kilowatt. Schau's halt nach, wenn du dich nicht erinnerst. War damals eine große Story. In allen Blättern.»

Durchgedreht, schade. Bei den meisten schlich sich der Alois ganz unauffällig ins Hirn, aber bei Derendinger schien er mit der Brechstange gekommen zu sein. Wenn einer sich an Sachen erinnerte, die nie stattgefunden hatten, dann musste man keinen FMH haben, um zu wissen, was es geschlagen hatte. Derendinger war ihm ja nie besonders sympathisch gewesen, aber seine Intelligenz hatte man dem Mann nicht absprechen können. Und jetzt phantasierte er da in der Weltgeschichte herum. Nicht widersprechen, das war in solchen Fällen das Beste. Nicken und lächeln. Und sich so schnell wie möglich vom Acker machen.

«Du musst das recherchieren», murmelte Derendinger. «Die ganze Partie noch einmal nachspielen.»

«Mach ich», sagte Weilemann. «Vom ersten Zug bis zum letzten.»

Nicht widersprechen.

«Wirklich. Glaub mir: Das gibt einen hochinteressanten Artikel.»

Klar. Ein Bericht über eine Schachpartie, die nie stattgefunden hatte – dafür machte einem jede Zeitung die Titelseite frei.

«Ich kümmere mich drum», sagte Weilemann und merkte selber, wie heuchlerisch seine Stimme klang. «Versprochen. Aber jetzt muss ich leider. Ich habe noch einen Termin.»

Er hatte nicht überzeugend genug gelogen, nicht den richtigen beruhigenden Ton getroffen, denn Derendinger hielt ihn am Ärmel fest und wurde immer aufgeregter. «Du musst es wirklich tun», sagte er und klang wieder so flehend wie vorhin am Telefon, «es ist wichtig. Es gibt überhaupt nichts Wichtigeres, glaub mir das. In der ganzen Schweiz nichts Wichtigeres. Und sprich auch mit Läuchli.»

«Läuchli?»

«Der hat damals das Turnier organisiert.»

«Natürlich», log Weilemann. «Läuchli. Jetzt fällt es mir wieder ein.»

«Gut», sagte Derendinger. «Das ist gut.»

Weiß hatte sich endlich doch entschieden, die Läufer abzutauschen. In der allgemeinen Unruhe, während die beiden Spieler ihre Figuren herumschleppten und die Kiebitze ihre

Kommentare loswurden, fasste Derendinger in die Tasche seines Jacketts. «Hier», sagte er. «Damit du es nicht vergisst.» Er drückte Weilemann etwas in die Hand, etwas Kleines, Spitziges, das sich ihm schmerzhaft in die Haut bohrte.

«He! Was soll das?»

Aber Derendinger stand nicht mehr neben ihm. Wie vom Erdboden verschluckt, dachte Weilemann und ärgerte sich darüber, dass sein Kopf solche Klischee-Formulierungen produzierte. In einem Artikel würde er die Worte gelöscht und ein originelleres Sprachbild gesucht haben. Er musste sich eine ganze Weile umsehen, bis er, schon in einiger Distanz, Derendinger wieder entdeckte, wie der sich einen Weg durch einen Pulk von chinesischen – oder japanischen oder koreanischen – Touristen bahnte, bis er hinter dem Hedwigbrunnen aus dem Blickfeld verschwand. Das Denkmal war renoviert worden, das fiel Weilemann erst jetzt auf; die Figur der gepanzerten Frau glänzte frisch poliert in der Nachmittagssonne. Alles, was mit patriotischen Heldentaten zu tun hatte, wurde früher oder später renoviert.

Es hätte keinen Sinn gehabt, Derendinger einholen zu wollen, es war Weilemann auch ganz recht, dass er ihn los war. «Sturm im Grind» – eine so treffende Formulierung hatte das Hochdeutsche nicht zu bieten. Er machte ein paar Schritte von den Schachspielern weg und sah erfreut, dass ein junges Liebespärchen gerade einen Sitzplatz auf einer der Parkbänke freimachte. Langes Herumstehen tat seinem Hüftgelenk nicht gut.

Verwirrte Leute machten gern seltsame Geschenke. In einem Interview hatte mal ein Regierungsrat erzählt, dass ihm eine Frau, die er überhaupt nicht kannte, jede Woche eine Papierblume schickte, kunstvoll aus Zeitungspapier ausgeschnitten und zusammengeklebt. Was ihm Derendinger in die Hand gedrückt hatte, war eins dieser Abzeichen mit einem Kantonswappen, die vor ein paar Jahren aufgekommen waren, und die heute fast jeder am Revers trug, Weilemann selber ja nicht, er verweigerte sich schon aus Prinzip allen Modeerscheinungen. Auch darüber hatte er sich mit Markus gestritten. Ein Berner Wappen, was bedeutete, dass der Anstecker ursprünglich nicht Derendinger gehört haben konnte, man trug das Abzeichen seines Heimatkantons, und, wie der Name sagte, mussten die Derendingers ursprünglich aus dem Solothurnischen gekommen sein. Die Nadel war angerostet, also war das Ding nicht neu. Vom Email des Wappenbildes war ein kleines Stück abgebrochen, dem Berner Bären fehlte die rote Zunge. Wahrscheinlich hatte Derendinger den Anstecker irgendwo gefunden und in seiner Verwirrtheit für etwas Wertvolles gehalten.

Weilemann wollte das Geschenk schon wegwerfen, aber es spazierten gerade zwei von diesen hellblauen Hipos vorbei, und er hatte keine Lust, eine Buße wegen Littering zu bezahlen. Eigentlich komisch, dass sie immer noch diese englischen Ausdrücke gebrauchten, wo sie doch sonst alles Ausländische verteufelten. Aber egal, wie die Ordnungswidrigkeit hieß, ein Kantonswappen schmiss man nicht einfach auf den Boden, da konnte man Schwierigkeiten bekommen. Er steckte das Abzeichen also in die Tasche und schloss die Augen. Noch zehn Minuten die Sonne genießen, dachte er. Man hatte ja Zeit.

4

Das Bett war bequem, und Weilemann hasste es dafür. Es war ein schlechtes Zeichen, wenn man so ein bequemes Bett brauchte; als er noch jung gewesen war, hatte er beim Zelten auf dem Boden geschlafen, nicht einmal eine Thermomatte hatte er gebraucht. Und jetzt hatte er sich dieses Spitalbett anschaffen müssen, sie nannten es zwar nicht so, doch im Grund war es nichts anderes: ein Spitalbett, ein Altersheimbett, ein Nächste-Station-Friedhof-Bett. Aber bequem, das musste er widerwillig zugeben. Wenn er es auf die richtige Position eingestellt hatte, spürte er seine Hüfte kaum mehr, und wenn man das Oberteil aufrichtete, wurde es zum komfortablen Fernsehsessel.

Leider ließ sich das Fernsehprogramm nicht auch so auf Knopfdruck einrichten, maßgeschneidert nach den eigenen Wünschen; das hatten sie noch nicht erfunden. Man konnte sich durch die Kanäle hinauf- und hinunterklicken, es lief nirgends etwas, was einen interessierte, schon gar nicht im Schweizer Fernsehen oder wie der Sender jetzt gerade hieß, senden taten sie immer dasselbe, aber den Namen änderten sie so häufig wie andere Leute die Socken. Auf dem ersten Kanal wurde jodelnd gekocht oder kochend gejodelt, und im zweiten liefen irgendwelche Dokumentationen zur Schweizer Geschichte, bei Grandson das Gut, bei Murten den Mut, bei Nancy das Blut. Die Ausländer waren nicht besser, wenn sie überhaupt noch ganze Programme brachten und nicht nur Trailer für Sendungen, die man sich gefälligst selber aus dem Internet fischen sollte. Es wäre vernünftiger gewesen, ein gutes Buch zu lesen, aber am Abend machten seine Augen das nicht mehr mit. «Mit der Ermüdung werden Sie in Ihrem Alter leben müssen», hatten sie an der Uniklinik gesagt, was auf Deutsch hieß: «Bei Greisen wie Ihnen zahlt die Krankenkasse keine kostspielige Behandlung mehr.» Also doch Fernsehen. Auf einem Dorfplatz saßen Leute an langen Tischen im Regen, hatten durchsichtige Pelerinen über ihre Trachten gezogen und schunkelten im Takt einer Ländlerkapelle. Eine typische Sommerpausenwiederholung; Gewitter waren heute nirgends gemeldet. Im zweiten Programm …

Das Telefon musste natürlich genau dann läuten, wenn man es sich bequem gemacht hatte. Wenn das wieder so ein Massenanruf war, eine Computerstimme, die ihm etwas verkaufen wollte, eine Versicherung oder die Mitgliedschaft in einem Seniorenclub, dann würde er morgen früh gleich als Erstes einen gesalzenen Beschwerdebrief schreiben, gesalzen und gepfeffert. Schließlich nahmen sie ihm jeden Monat eine Gebühr dafür ab, dass sein Anschluss für Werbung gesperrt war. Das Bett hatte auch eine Ausstiegsfunktion, man wurde mit sanfter Gewalt auf die Füße gekippt, und weil sich der andere Pantoffel irgendwo verkrochen hatte, schlurfte er eben mit nur einem zum Schreibtisch.

«Weilemann.»

«Wir brauchen einen Nachruf», sagte jemand, der gerade erst den Stimmbruch hinter sich zu haben schien.

«Wer ist am Apparat?»

«Sehen Sie das nicht auf Ihrem Display?»

Natürlich hatte sein Telefon ein Display, ganz aus der Steinzeit war er auch nicht, aber das zeigte nur die Nummer des Anrufers an und nicht, wie die neueren Geräte, auch gleich den Namen und die Adresse.

«Hier ist die *Weltwoche*.» Ein Tonfall, als ob er gesagt hätte: «Hier ist das Weiße Haus» oder: «Hier ist der Vatikan.» Dabei waren die auch nur eine Zeitung, die größte, okay, aber Auflage allein war auch nicht alleinseligmachend, und was die Tradition anbelangte, auf die sie so stolz waren – bloß weil sie immer noch die «Woche» im Namen trugen, obwohl sie schon seit vielen Jahren täglich erschienen, deshalb waren sie doch nicht von Johannes Gutenberg persönlich gegründet worden.

Aber egal, ein Auftrag war ein Auftrag.

«Ein Nachruf, okay.»

«Bis morgen zwölf Uhr. Und bitte exakte Länge.»

«Zwölfhundert Zeichen, ich weiß.»

«Maximal tausend. Scheint kein sehr wichtiger Mann gewesen zu sein. Alles klar?»

«Wenn Sie mir vielleicht freundlicherweise den Namen verraten würden?» Eigentlich war Sarkasmus bei solchen Leuten ja reine Verschwendung, denen pustete man schon auf der Journalistenschule jeden Sinn für Humor aus dem Hirn.

«Der Name. Natürlich.» Weilemann hörte das Klacken einer Tastatur. Der junge Herr Hilfsredaktor musste tatsächlich erst nachschauen.

«Derendinger, Felix», sagte die Stimmbruchstimme nach einer Pause. «Soll Journalist gewesen sein. Den haben Sie doch noch gekannt?»

Es war kein echter Calvados, den er da für Notfälle im Küchenschrank hatte, so einen richtig guten Importtropfen konnte er sich schon lang nicht mehr leisten. Im Thurgau gebrannt, aber auf die Herkunft kam es jetzt nicht an. Er brauchte einen Schluck gegen den Schock, mehr als einen.

Derendinger.

Vor ein paar Stunden hatte der noch gelebt, hatte nicht sehr gesund ausgesehen, weiß Gott nicht, aber auch nicht todkrank. Verwirrt war er gewesen, total verwirrt, aber am Alois starb man nicht, uralt konnte man damit werden, er wusste von Fällen, wo die nächste Generation auch schon im Altersheim gelandet war, und immer noch die Verantwortung hatte für einen Vater oder eine Mutter, die sich an nichts erinnerten und niemanden mehr erkannten. Nein, damit konnte es nichts zu tun gehabt haben. Sie hatten sich doch noch unterhalten, verdammt nochmal, keine richtige Unterhaltung, okay, Derendinger hatte auf ihn eingeredet, unsinniges Zeug, aber trotzdem, und war dann ohne Abschied weggegangen, quer über den Platz. Was war da passiert, hinterher? Warum hatte ihm dieser Teenager von der *Weltwoche* nicht gesagt, was mit Derendinger passiert war?

Sein alter Journalistenreflex war immer noch, sich ans Telefon zu hängen, Derendingers Familie ausfindig zu machen, wenn er noch eine hatte, verheiratet war er seines Wissens nie gewesen, oder die Spitäler anzurufen, eines nach dem andern, so viele gab es in Zürich gar nicht. Das Internet fiel ihm immer erst als Letztes ein, obwohl er durchaus damit umzugehen wusste, aber man hatte nun mal seine Gewohnheiten.

«Derendinger, Felix» eingeben und die Priorität auf «in den letzten 24 Stunden» stellen.

Sogar ein Foto gab es, an der Schipfe aufgenommen. Die Umrisse eines Körpers, abgedeckt mit einer Blache, unter der Blut heraussickerte. Ein Schriftzug auf dem Kunststoff, als er das Bild herangezoomt hatte, konnte er ihn sogar entziffern: «Limmatclub Zürich». Das war wohl der nächste Ort gewesen, wo sie etwas zum Zudecken holen konnten. Derendinger musste plötzlich dagelegen haben, gestolpert und dann unglücklich hingefallen, oder ein Herzinfarkt, nein, kein Herzinfarkt, davon blutete man nicht, da sackte man einfach zusammen.

Weder noch. Da war nicht nur eine Meldung, sondern mehrere, von Passanten, die zufällig vorbeigekommen waren und sich die Gelegenheit nicht hatten entgehen lassen, auch einmal Reporter zu spielen. «Vom Lindenhof heruntergestürzt», da waren sich alle einig. Einer wollte den Sturz sogar beobachtet haben, ein Wichtigmacher wahrscheinlich, wie es bei jedem Unfall welche gab, aber die Spuren schienen eindeutig. Auch eine Stellungnahme der Stadtpolizei war schon erschienen: «Vermutlich Selbstmord». Der Verunfallte, wurde angenommen, sei oben beim Lindenhof auf die Mauer gestiegen und von dort in die Tiefe gesprungen. Über ein Motiv war noch nichts bekannt.

Auf die Mauer gestiegen, ohne dass es jemand gesehen hatte? Das passte nicht zu der Erinnerung, die Weilemann an den Nachmittag hatte. Ja, Derendinger war in jene Richtung gegangen, am Hedwigbrunnen vorbei, aber dort waren jede Menge Leute gewesen, Touristen die meisten, und alle permanent am Fotografieren. Von seiner Parkbank aus hatte er selber nicht bis zur Mauer sehen können, aber er war sicher, dass sie sich dort erst recht gedrängelt hatten; die Aufnahme vom Lindenhof hinunter in Richtung Limmatquai gehörte zum Pflichtprogramm jeder Stadtführung. Und trotzdem hatte Derendinger es geschafft, völlig unbemerkt …? Und selbst wenn: Auf mindestens einer dieser Touristen-Aufnahmen musste er doch zu sehen sein, ach was, nicht auf einer, auf Dutzenden, diese Leute begannen ja schon beim Frühstück im Hotel zu filmen und schalteten das Gerät erst wieder aus, wenn sie ins Bett gingen. Von den Überwachungskameras ganz zu schweigen, die in der Stadt jeden Quadratmeter permanent beobachteten, am Anfang hatte es noch Proteste gegen das System gegeben, aber der Widerstand war dann eingeschlafen, vielleicht weil die Kameras kleiner und unauffälliger geworden waren, oder einfach, weil die Leute eingesehen hatten, dass Widerstand keinen Zweck hatte. Wenn man in der abgelegensten Quartierstraße einen Zigarettenstummel auf den Boden fallen ließ, hatte man am nächsten Tag den Bußenbescheid im Mail, und von einem spektakulären Selbstmord sollte es keine Aufnahmen geben? «Die Polizei hat die Ermittlungen aufgenommen», das war natürlich nur heiße Luft, Weilemann hatte während seiner Berufsjahre genügend solcher Bulletins gelesen und fiel auf die Formulierung schon lang nicht mehr herein. «Ermittlungen aufgenommen», das hieß: «Warum sollen wir uns wild machen? Es gibt Wichtigeres auf der Welt als einen toten alten Mann.»

Der Thurgauer Calvados brannte im Hals, so ganz war die Imitation nicht gelungen, aber Weilemann schenkte sich trotzdem das nächste Glas ein. Es war eine Sauerei, dass die Polizei den Fall nicht ernst nahm, fürs Bußenverteilen hatten sie genügend Leute, jeder Betrunkene, der es nicht bis zum nächsten Toilettenhäuschen geschafft hatte, war ihnen wichtig, wichtiger als ein toter Derendinger. Wenn Weilemann noch bei der Zeitung gewesen wäre, hätte er sich auf der Stelle hingesetzt und einen flammenden Artikel gegen dieses Missverhältnis verfasst, aber denselben Text fürs Internet zu schreiben, wo er dann nur einer von den Hunderttausenden von Stänkerern und Miesmachern gewesen wäre, die dieses Medium bevölkerten, dazu hatte er keine Lust. Dort hatte man keine Leser, keine richtigen auf jeden Fall; seit es nur noch einen Tastendruck brauchte, um jeden Hirnfurz subito weltweit zu publizieren, waren sie alle viel zu sehr damit beschäftigt, selber zu schreiben.

Noch ein Glas. Morgen würde er mit einem Brummschädel

aufwachen, aber das war ihm scheißegal, so einen Nachruf schrieb er zur Not auch noch im Koma. Es war sowieso eine Frechheit, was sie da bei ihm bestellt hatten, tausend Zeichen, das reichte für einen überfahrenen Hund, aber nicht für einen Derendinger, der doch so etwas wie der Doyen der Journalistenzunft gewesen war; den exakten Lebenslauf musste er sich auch noch aus dem Netz fischen. Derendinger hatte auch einmal ein paar Jahre in Deutschland gearbeitet, aber es fiel Weilemann ums Verrecken nicht mehr ein, ob das bei der *Zeit* oder bei der *Welt* gewesen war. Wahrscheinlich bei der *Zeit*, das passte besser zu ihm.

Egal. Morgen.

Der Küchenboden war kalt unter seinem linken Fuß, kein Wunder, wenn man nur einen Pantoffel anhatte. In seiner schönen alten Wohnung hatten sie bei der Renovation eine Fußbodenheizung eingebaut, die Küche mit Marmor und das neue WC wahrscheinlich mit Swarowski-Kristallen dekoriert. Sie hatten ihm die Pläne zugeschickt, mit einem stinkfreundlichen Brief, die Betonung auf «stink», wenn er die Wohnung nach dem Umbau wieder mieten wolle, würde er selbstverständlich den Vorrang haben. Dabei hatten sie ganz genau gewusst, dass er sich das nicht leisten konnte. Wo hatte Derendinger eigentlich gewohnt? Da kannte man sich schon seit Ewigkeiten, und wusste vom anderen über das Berufliche hinaus überhaupt nichts. Die Zeitungen aufzählen, bei denen Derendinger gearbeitet hatte, zu viel mehr würde der Platz nicht reichen. Den Journalistenpreis hatte er auch mal gewonnen – oder war es sogar zweimal gewesen? Das musste er auch noch nachschauen. Aber Persönliches? Fehlanzeige. «Sie haben ihn doch noch gekannt.» Nein, wirklich gekannt hatte er ihn nicht, er konnte ja nicht gut schreiben, dass Derendinger ein beschissener Schachspieler gewesen war und auf seine alten Tage plemplem. Aber doch noch einer von der alten Garde, als Nächster war man dann wohl selber an der Reihe, der letzte Mohikaner, und wenn sie dann jemanden suchten, der einen noch gekannt hatte, dann würden sie keinen finden. Ende der Fahnenstange.

So schlecht schmeckte der Calvados gar nicht, wenn man sich einmal an ihn gewöhnt hatte.

5

Er hatte den Traum schon als Kind geträumt, und seither immer wieder, manche Dinge änderten sich nicht. Er konnte dann fliegen, nein, «schweben» war das bessere Wort, ein paar Zentimeter über dem Boden, ein menschliches Hovercraft, durch Straßen, die er nicht kannte, und manchmal, ohne jede Anstrengung, eine Treppe hinauf, das war immer das Schönste. Man fühlte sich so leicht dabei. Und dann plötzlich …

Er wusste nicht mehr, was ihn so plötzlich herausgerissen hatte.

Ein Hindernis, ja, das war es gewesen, ein Straßenschild, und wenn er sich nur hätte erinnern können, was darauf stand …

Alte Landstraße.

Es war kein Wunder, dass einen die Ereignisse des Tages bis in die Träume hinein verfolgten. Erst Derendingers seltsames Verhalten und dann sein Tod, und den Nachruf musste er auch noch schreiben, tausend Zeichen. «Kein sehr wichtiger Mann», hatte der Schnösel gesagt. Dabei war Derendinger doch wirklich jemand gewesen. Aber so ein gewöhnlicher Todesfall, egal, wie er passiert war, gab eben keine Schlagzeile her, nicht wie ein Flugzeugabsturz oder ein saftiger Mord.

Mord.

Er hätte nicht erklären können, was für ein Mechanismus da in seinem Kopf ablief, aber plötzlich setzten sich die Teile wie von selber zusammen. Er hatte die ganze Zeit in die falsche Richtung gedacht, in der falschen Schublade gewühlt, wie wenn man auf der Straße einem Menschen begegnet, von dem man genau weiß, dass man ihn kennt, den man aber ums Verrecken nicht einordnen kann, man geht in Gedanken die ganze Kollegenkartei durch, und dann stellt sich heraus, dass es ein Schulkamerad ist, seit der Matur nicht mehr gesehen, oder der Apotheker, bei dem man sich immer seine Kopfschmerztabletten holt, egal, jemand aus einer ganz anderen Abteilung des eigenen Lebens. Aber das war ihm nur passiert, weil Derendinger von einer Schachpartie geredet hatte, und mit Schach hatte es nichts zu tun.

Zollikon, Alte Landstraße, das war die Adresse, wo damals der Morosani-Mord passiert war, vom ersten Tag an hatte man die Geschichte so genannt, da hatte sich gar kein Schlagzeilentexter wild machen müssen, die Bezeichnung hatte sich von selber angeboten, wegen der Alliteration. M & M's. Wie lang war das jetzt schon wieder her? Zwanzig Jahre? Mehr als dreißig. Man wurde alt. Es hatte sich eine Menge verändert seit damals.

In der Redaktion hatten sie immer nur vom Mo-Mo gesprochen. Momo, wie bei Michael Ende.

Wenn es Derendinger darum gegangen war, warum hatte er dann nicht direkt …? Altersverwirrung? Oder hatte er einen Grund gehabt, um die Sache herumzureden? Tarnung?

Hatte er von einer Schachpartie geredet, weil das in dieser Umgebung am wenigsten auffiel? Aber warum hätte Derendinger sich tarnen sollen? Wovor hätte er Angst haben sollen? Vor wem?

«Hundert Fragen bringen dich nicht weiter», alte Journalistenregel. «Eine einzige Antwort schon.»

Der Reihe nach also. Wenn Derendinger wirklich den Morosani-Mord gemeint haben sollte, wenn man das einfach mal als Hypothese annahm, an was von der Geschichte erinnerte er sich noch?

Werner Morosani selber, natürlich. Gründungspräsident der Eidgenössischen Demokraten, Nationalrat und erfolgreicher Geschäftsmann. Rohstoffhandel. Konnte es sich leisten, an einer der teuersten Adressen des Landes zu wohnen, eine dieser Goldküste-Straßen, die auf den ersten Blick ganz unauffällig aussahen, kleinbürgerlich geradezu, aber nur, weil die Residenzen, die sie säumten, ihr die bescheidenen Seitenflügel zuwendeten, das prächtige Hauptgebäude und der Park diskret hinter Hecken verborgen. Wer in der Schweiz zeigt, was er besitzt, der ist nicht wirklich reich. Morosani hatte noch spät in der Nacht seinen Hund ausgeführt, einen Dalmatiner, seltsam, dass man sich an so ein Detail noch erinnerte nach all den Jahren. Nicht weit weg von seinem Haus hatte ihn ein Schuss getroffen, nur einer, direkt in die Brust, und Morosani war sofort tot gewesen. Es hatte nicht gleich jemand reagiert, seine Nachbarn hielten den Knall wohl für eine Fehlzündung, und nur, weil da ein Hund bellte und mit Bellen nicht mehr aufhörte, war schließlich jemand aus seinem Haus gekommen, wollte sich über die Nachtruhestörung beschweren und hatte dann Morosanis Leiche auf dem Trottoir liegen sehen, die Leiche und den Hund, der über dem Toten stand – *über,* nicht *neben*, auch so ein Detail, das sich eingeprägt hatte. Die Geschichte war auch oft genug erzählt worden, in den Zeitungen, am Fernsehen und dann hinterher in der Wahlpropaganda. Weilemann erinnerte sich noch gut an das Plakat mit der Blutlache, kein originales Foto vom Tatort natürlich, ein nachgestelltes, aber seine Wirkung hatte es trotzdem getan. Und wie es seine Wirkung getan hatte.

Der Täter war ein Eritreer gewesen, ein Asylbewerber mit abgelehntem Antrag, zu Recht abgelehnt, wie sich später herausstellte, ein reiner Wirtschaftsflüchtling, in seiner Heimat überhaupt nicht persönlich bedroht. Die Ausschaffung war bereits angeordnet gewesen, und dort vermutete man auch das Motiv: Rache an den Eidgenössischen Demokraten, die sich immer für eine härtere Flüchtlingspolitik eingesetzt hatten. Dass es ausgerechnet Morosani getroffen hatte, war schon fast wieder ironisch, denn der war damals innerhalb seiner Partei wegen einer zu liberalen Haltung in der Ausländerfrage kritisiert worden, es hatte sogar Gerüchte über einen Aufstand gegen ihn am nächsten Parteitag gegeben. Wie hatte dieser Eritreer schon wieder geheißen? Weilemann brachte den Namen nicht zusammen, er wusste nur noch, dass der Vorname eine Bedeutung gehabt hatte, so wie Felix «der Glückliche» hieß und er selber, Kurt, «der Kühne».

Die Polizei war mit einem Großaufgebot zur Stelle gewesen, nicht so wie gestern bei Derendinger. Auch wenn die Eidgenössischen Demokraten damals noch nicht dieselbe Bedeutung hatten wie heute, Morosani war ein wichtiger Mann gewesen. Der Täter hatte zu Fuß zu fliehen versucht, und als man ihn stellte, hatte er das Feuer auf die Beamten eröffnet und war von ihnen erschossen worden. Deshalb hatte es auch nie einen Prozess gegeben, aber die Fakten waren klar, in der

Tasche des Toten fand sich die Mordwaffe. Ein anderer Asyl-bewerber sagte zwar später aus, der Täter habe ihm erzählt, er sei von einem Unbekannten nach Zollikon bestellt worden, er wisse nicht, zu welchem Zweck. Vielleicht gehe es um Hilfe mit seinem Asylantrag, aber die Geschichte glaubte natürlich niemand, zu eindeutig war die definitive Ablehnung des Antrags und die Anordnung zur Ausschaffung. «Ein amtsbe-kannter Täter» hatten die ED das genannt, ein werbetechnisch gutgewähltes Wort, weil es einerseits nicht falsch war, und an-dererseits suggerierte, der Täter habe ein langes Strafregister und sei schon immer kriminell gewesen. Wie hatte er bloß ge-heißen, dieser Eritreer?

In irgendeiner alluvialen Schicht auf seinem Schreibtisch würde sich bestimmt ein alter Artikel zu dem Thema finden, aber wenn man eilig eine Antwort brauchte, war das Internet eben doch besser.

Bisrat Habesha hatte er geheißen.

Weilemann war unterdessen längst aufgestanden, hatte sich von dem Mechanismus aus dem Bett kippen lassen und saß jetzt im Pyjama am Schreibtisch.

Bisrat Habesha. In dem Moment, in dem er den Namen auf dem Bildschirm vor sich gesehen hatte, war die Erinnerung wieder voll da gewesen, die ED hatten ihn ja damals auch ge-nügend in die Welt hinaustrompetet, auf jedem Plakat und in jedem Inserat. Bisrat hieß «Gute Nachricht», noch so eine Iro-nie, denn in der Wahlwerbung hatten sie ihn als Symbol für alles Böse verwendet, das der Schweiz von unerwünschten Einwanderern drohte, von Leuten, die nicht daran dachten, sich an unsere Gesetze zu halten und vor Mord und Totschlag nicht zurückschreckten. Morosanis Abdankung im überfüll-ten Großmünster war eine Demonstration zu diesem Thema geworden, mehr Parteiveranstaltung als Trauerfeier. Auch davon spuckte der Computer jede Menge Bilder aus, die Kränze aus roten und weißen Blumen, und der Sarg mit der Schweizerfahne bedeckt. Wille hatte damals die Hauptrede gehalten, eine sehr emotionale Rede, die er nur mühsam zu Ende brachte, weil ihm immer wieder die Tränen kamen. Damals war Wille noch ein aufstrebender Politiker gewesen, ein Zögling von Morosani, und jetzt lag er schwerkrank im Uni-Spital und wurde von Maschinen am Leben erhalten.

Ein unangenehmer Gedanke, dass Wille genau gleich alt war wie Weilemann selber.

Die Eidgenössischen Demokraten hatten dann die Wahlen gewonnen, nicht nur wegen dem Morosani-Mord, aber auch. Es war also nicht nur einfach ein Kriminalfall gewesen, sondern mehr, viel mehr, man konnte sagen: Es war der Moment gewesen, wo in der Schweiz die Stimmung endgültig gekippt war. Und Wille war dann sehr bald Parteipräsident geworden, später auch auf Lebenszeit. «Der Wille des Volkes». Den Spruch hatten sie nicht einmal verbreiten müssen, so selbstverständlich war er gewesen.

Wenn Derendinger diese alte Geschichte gemeint hatte – und er konnte nichts anderes gemeint haben, nicht mit «Zollikon» und «Alte Landstraße» und «Es stand in allen Zeitungen» –, wenn es ihm wirklich um den Morosani-Mord gegangen war, dann war das vielleicht die große Geschichte, von der er bei dem Seniorentreffen gesprochen hatte. Damals hatte ihm niemand so recht geglaubt, aber möglich war alles, vielleicht hatte Derendinger ja, trotz allem, was darüber schon publiziert worden war, doch noch ein neues Detail entdeckt, über das Vorleben von diesem Habesha vielleicht, oder …

Oder er war einfach senil. Weilemanns Suche im Internet

hatte ergeben, dass Derendinger seinen ersten Journalistenpreis für die Berichterstattung über genau diesen Fall bekommen hatte, da war es gut möglich, dass er sich in seinem ver-
wirrten Altherrenkopf in diese Zeit zurückversetzt hatte, dass
er davon träumte, noch einmal als rasender Reporter den ganz
großen Coup zu landen, sich eine Heldengeschichte einbildete, in denen er selber die Hauptrolle spielte. Das würde auch
das Affentheater erklären, das er gestern aufgeführt hatte, mit
Sich-auf-dem-Lindenhof-Treffen und so tun, als ob er plötzlich zum Schachpapst geworden wäre, die ganze Geheimnis-
tuerei. In den Spionagethrillern, wo sich die Geheimagenten
immer an irgendwelchen absurden Sätzen erkannten, gaben
sie solche Orakelsprüche von sich, «Schwarz war matt, noch
vor dem ersten Zug von Weiß», was ja nun wirklich keinen
Sinn machte.

Was keinen Sinn *ergab*. Wenn man «machte» sagte, war der
Satz nur eine schlampige Übernahme des englischen «making
sense». Die automatische Korrektorenstimme in seinem Hirn
würde sich wohl noch auf dem Sterbebett nicht abstellen lassen. «Der letzte Atemzug» ist nur ein Klischee, das würde er
noch in dem Moment denken, wo er ihn schon machte.

Aber egal, wie man es formulierte: Es war logischer anzunehmen, dass es der böse Alois gewesen war, der aus Derendinger gesprochen hatte. Ockhams Rasiermesser: die einfache
Hypothese nehmen und nicht die komplizierte. Derendinger
musste sich an seinen alten Journalistentriumph erinnern und
den Rest dazuspintisiert haben. Vor allem weil er von einem
Läuchli geredet hatte, der irgendeine wichtige Rolle gespielt
haben sollte, und dieser Name kam im Zusammenhang mit
dem Morosani-Mord nirgends vor, absolut nirgends, und dabei hätte ihn Google ganz bestimmt gefunden, selbst wenn

er nur der Tierarzt von Morosanis Dalmatiner gewesen wäre. *Läuchli AND Morosani* ergab nicht einen einzigen Treffer.

Nein, es hatte keinen Zweck, dass sich Weilemann wegen der Spinnereien eines dementen alten Mannes die Nacht um die Ohren schlug, auch nicht, wenn der einen Unfall gehabt hatte und jetzt tot war; außer einer Erkältung würde nichts dabei herauskommen. Er ging besser wieder ins Bett, obwohl er, das wusste er aus Erfahrung, noch stundenlang wach liegen würde; der Kopf ließ sich nicht so einfach auf Standby schalten wie ein Computer. Ob ihm wohl ein weiteres Gläschen von dem Thurgauer Calvados beim Einschlafen helfen würde? Besser nicht, er hatte schon jetzt einen ganz trockenen Mund.

Draußen schlug eine Kirchenglocke vier. Seltsam, wie sich die Dinge manchmal hin und her entwickelten: Zuerst war das nächtliche Geläute in den größeren Städten verboten worden, weil sich die Anwohner über die Störung beschwert hatten, und jetzt war es nicht nur wieder erlaubt, sondern sogar vorgeschrieben, von wegen Tradition. Weilemann hörte auch noch die Schläge um Viertel nach und um halb und um Viertel vor, und als er am nächsten Morgen völlig übermüdet erwachte, hatte sein Kopf eine Frage immer noch nicht beantwortet: Ob Derendinger nun verwirrt gewesen war oder nicht – wie hatte er es geschafft, sich vom Lindenhof hinunterzustürzen, ohne dass es jemand bemerkt hatte?

6

Betriebsausflug im Altersheim, so sah es aus, das schäbige Häufchen ausgedienter Journalisten, das sich zu Derendingers Abdankung versammelt hatte. Gleich neben dem Krematorium wäre der Friedhof Nordheim gewesen, man hätte sich auch gleich dort treffen und gemeinsam darauf warten können, dass man selber an der Reihe war. Lang konnte es bei keinem von ihnen mehr dauern, dachte Weilemann, er selber war noch der Lebendigste von allen, aber das glaubte wahrscheinlich jeder von sich. Man begrüßte sich mit den üblichen Floskeln, und von den Kollegen, die er kannte, gratulierte ihm jeder Einzelne zu dem Nachruf, der einen Tag später als geplant dann doch noch erschienen war. Die Komplimente bewiesen zwei Dinge: Erstens, dass sie alle miserable Journalisten waren, denn es schien keinem Einzigen aufgefallen zu sein, dass an der Geschichte von Derendingers Selbstmord eine ganze Menge nicht stimmen konnte. Und zweitens zeigte ihr Geschleime, dass die Heuchler nie aussterben. Es war kein guter Text gewesen, was wollte man auch machen mit nur tausend Zeichen? Die Gespräche wurden leise geführt, als ob man die Toten, die hier im Stundentakt an die Reihe kamen, nicht durch lautes Reden stören wollte. Weilemann fiel auf, dass außer ihm alle ihr Kantonswappen angesteckt hatten; Pfenninger, den er noch vom *Tages-Anzeiger* her kannte, trug trotz seines Deutschschweizer Namens das vom Tessin. Man hatte sich nicht wirklich etwas zu sagen, und so schliefen die Unterhaltungen bald wieder ein. Dann saßen sie alle schweigend da, keiner in den ersten beiden Stuhlreihen und nur einmal zwei direkt nebeneinander, sonst hatten sie immer einen oder zwei Plätze zwischen sich leer gelassen, man hätte mei-

nen können, Altersbeschwerden seien ansteckend. «Altersbeschwerden» könnte man auch anders definieren, dachte Weilemann, als das, was wir jeden Tag tun: uns über unser Alter
beschweren.

«Abdankung im Saal 2» hatte es geheißen, aber «Saal» war
eine größenwahnsinnige Bezeichnung für den Raum, in dem
sie sich befanden, das Ganze nicht größer als ein besseres
Schulzimmer. Das Dekor war in einem kompromisslerischen
Stil gehalten, nicht Fisch und nicht Fleisch, oder besser gesagt,
korrigierte sein eingebauter Bullshit-Detektor, nicht traditio-
nell und nicht modern. Man hatte dem Architekten wohl gesagt, das Ganze solle christlich wirken, müsse aber gleichzeitig
religiös neutral sein, und der hatte sich dann als Lösung ein
Glasfenster mit Sonnenmotiv einfallen lassen, das bei dem
schlechten Wetter nicht so tröstlich zur Geltung kam, wie es
wohl gemeint war. Warum regnete es bei Beerdigungen eigentlich so häufig, nicht nur in Fernsehfilmen, dort sowieso, sondern auch in Wirklichkeit? Der vordere Teil des Raums war
mit einer Barriere abgetrennt, und dahinter, zur Seite versetzt,
stand ein seltsam halbbatzig abgerundetes Rednerpult, es sah
aus wie eine Kanzel, die beschlossen hatte, aus der Kirche aus-
zutreten.

Sie warteten noch gar nicht lang, aber in solchen Situationen kommen einem auch fünf Minuten ewig vor. Endlich
öffnete sich hinter dem Rednerpult eine Türe, und ein Mann
in einem dunklen Anzug kam herein, in seiner feierlichen
Gewöhnlichkeit scheinbar vom selben Architekten entworfen
wie die Einrichtung: ein Pfaffe in Zivil. Seit es mit dem Pfar-
rernachwuchs haperte, bekam man diese Leute für die Abdankungen von der Stadt gestellt, so wie einem die Behörden auch
den Fahrer mit dem Leichenwagen schickten. «Abschiedsred-

ner» nannten sie das beim zuständigen Standesamt. Ein paar Jahre lang hatten die Kirchgemeinden ihren Nachwuchsmangel mit Importgeistlichen aus anderen Kontinenten bekämpft, mit Indern oder Afrikanern, aber das ging natürlich nicht mehr, ein Kantonswappen am Revers war wichtiger als das Priesterseminar.

Der Beamte trat hinter das Pult und – von seinem Platz aus konnte Weilemann nicht erkennen, um was es ging – suchte dort etwas, holte dann einen Zettel aus der Tasche und schaute darauf nach, hatte sich wohl aufgeschrieben, was er als Nächstes zu tun hatte. Schließlich beugte er sich so tief über das Pult, dass man die kleine kreisrunde Glatze auf seinem Kopf erkennen konnte. Endlich hatte er das Gesuchte gefunden und betätigte einen Schalter. Ein metallisches Scheppern ertönte, wie von einem nicht ganz rund laufenden Mechanismus, ein Rattern, das immer lauter wurde, bis der Mann endlich den nächsten Schalter fand, und eine Cello-Suite von Bach das Geräusch übertönte. Im Boden neben der Kanzel ging eine Klappe auf, ein Sarg hob sich auf einer Art Wagen in die Höhe und kam mit einem kleinen Ruck zum Stehen, auf dem Deckel ein einsamer, nicht allzu üppiger Blumenstrauß mit blauweißer Schleife. Weilemann hatte in den letzten Jahren an mehreren Abdankungen von Kollegen teilgenommen und erkannte ihn sofort: Es war der normierte letzte Gruß des Zürcher Pressevereins. Bei dem immer älter gewordenen Mitgliederstamm reichten die Finanzen schon lang nicht mehr für einen Kranz.

Der Mann hinter der Kanzel wollte die Musik wegblenden, tat das aber so ungeschickt, dass die Melodie mitten in einer Kadenz abrupt abbrach. «Tut mir leid», sagte er, und seine Stimme kam mit einem leichten Hall aus den Lautsprechern, «tut mir wirklich leid. Ich bin hier nur eingesprungen. Sonst bin ich bei den Trauungen.»

In diesem Augenblick öffnete sich hinter ihnen, dort, wo sie alle hereingekommen waren, noch einmal die Türe, und alle Anwesenden drehten sich wie auf Kommando zu der Nachzüglerin um, die so gar nicht zum Rest der Trauergemeinde passte. «Trauergemeinde» ist das falsche Wort, korrigierte Weilemann seine Gedanken, sie waren keine Gemeinde, und besonders traurig sah auch keiner aus, eher müde. Die Frau – um die dreißig, hätte er geschätzt, aber vielleicht war sie auch älter – schien sich an der allgemeinen Aufmerksamkeit nicht zu stören, nahm sie gar nicht zur Kenntnis. Sie schritt den kurzen Gang zwischen den Stuhlreihen so selbstbewusst entlang, wie wohl ein Filmstar durch ein vollbesetztes Lokal zu seinem reservierten Tisch geht, ohne sich von den Blicken und dem Getuschel der anderen Gäste stören zu lassen. Rote Haare. Im Gehen zog sie ihren Regenmantel aus, unter dem ein Rock zum Vorschein kam, der für einen solchen Anlass ein bisschen kurz geraten schien, aber vielleicht trug man das heute so, Weilemann kannte sich da nicht aus. Als sie an seiner Reihe vorbeiging – er setzte sich bei solchen Anlässen gern weit nach hinten, man konnte von dort aus das Geschehen besser überblicken –, meinte er, eine kleine Wolke eines recht schweren Parfums zu erschnuppern. Patschuli, schoss es ihm durch den Kopf, obwohl er gar nicht wusste, was Patschuli genau war, geschweige denn, wie es roch. Die Frau setzte sich in die vorderste Reihe und nickte dem Abschiedsredner zu, als ob es zu ihren Aufgaben gehörte, ihm das Zeichen zum Anfangen zu geben.

Eine Verwandte? Eine Nichte vielleicht. In diesem Fall würde man ihr kondolieren müssen.

Der Mann vom Standesamt hielt eine viel zu lange Ansprache, während der er die ganze Zeit lächelte, das hatte er
sich wohl bei den Eheschließungen so angewöhnt. Weil emann
vertrieb sich die Zeit damit, das jeweils nächste Klischee vor-
auszusagen, und gab sich für jeden Treffer einen Punkt. «Un-
vergessen» kam natürlich vor und «in unseren Herzen weiter-
leben» ebenso. Besonders lächerlich wurde die Sache dadurch,
dass sich der Redner, der Derendinger so wortreich lobte,
dessen Namen nicht merken konnte und jedes Mal, wenn er
den Toten erwähnte, zuerst auf seinem Stichwortzettel nachschauen musste. Am Schluss, das hatte er sich wohl bei seinen
Trauungen angewöhnt, las er auch noch ein Gedicht vor,
«unser Leben reich gemacht» reimte sich auf «geweint und gelacht», und auch sonst kamen die Versfüße ins Stolpern. Dann
war es überstanden.

Noch einmal beugte sich der Mann über sein Schaltpult
und erwischte diesmal die richtigen Knöpfe. In der Frontwand
fuhren zwei Türhälften zur Seite und gaben eine Öffnung
frei, durch die der Sarg auf im Boden versenkten Schienen
langsam hinausfuhr, der Verbrennung entgegen, während aus
den Lautsprechern Pachelbels *Kanon in D-Dur* erklang, nur
in einer Klavierfassung, die andern Instrumente waren wohl
einer städtischen Sparrunde zum Opfer gefallen. Als die Musik verklungen war, räusperte sich der Redner, hatte aber
vergessen, vorher das Mikrophon auszuschalten, so dass das
überlaute Geräusch die Anwesenden erschrocken zusammen-
fahren ließ. Er sagte «Entschuldigung» und verschwand dann
fluchtartig durch die kleine Türe hinter der Kanzel, wahrscheinlich froh darüber, bald wieder bei seinen vertrauten
Hochzeiten amtieren zu dürfen.

Die rothaarige Frau schien doch nicht zu Derendingers

Familie zu gehören. Sie blieb nicht stehen, um Beileidsbezeu-gungen entgegenzunehmen, sondern marschierte schon zü-gigen Schrittes zum Ausgang, als die meisten anderen noch nicht einmal aufgestanden waren. Ich muss nachschauen, was Patschuli eigentlich ist, dachte Weilemann.

Zu einem Leichenmahl oder auch nur zu einem Umtrunk war man nach der Abdankung nicht geladen, von wem auch, und in der näheren Umgebung des Krematoriums gab es kein Lokal, wo sich ein improvisierter Pensionisten-Stammtisch hätte ergeben können. Und selbst wenn – Weilemann wäre nicht mitgegangen. Bei den Gesprächen in solchen Runden, wenn sich alle gegenseitig versicherten, wie schlecht es heut-zutage um den Journalismus bestellt sei und wie viel besser man es doch selber gemacht habe, bei dem forcierten Geläch-ter über Ereignisse, die schon damals nicht komisch gewesen waren, bei all der halbtoten Lebendigkeit wurde einem doch nur unangenehm bewusst, wie alt man geworden war. Wäh-rend die andern hinausgingen, die Gespräche jetzt lauter als beim Hereinkommen, blieb er mit gesenktem Kopf sitzen. Sollten sie ruhig für Erschütterung halten, was in Wirklichkeit der Versuch war, sich eine Peinlichkeit zu ersparen. Er mochte es nicht, wenn ihm nach langem Sitzen jemand dabei zusah, wie er sich mühsam in die Höhe stemmen musste, weil seine Hüfte mal wieder nicht mitspielte. Doktor Rebsamen hatte ihm zu einem Stock geraten, aber damit wäre sich Weilemann vorgekommen wie sein eigener Großvater.

Als dann doch jemand neben ihm stehenblieb, musste er den Kopf wohl oder übel heben. Es war der Redner von vor-hin. «Entschuldigen Sie bitte», sagte er, «aber Sie sollten jetzt gehen. Hier findet gleich die nächste Abdankung statt.»

In einer richtigen Kirche wäre das Aufstehen einfacher gewesen, da hätte man sich an der vorderen Bank festhalten können, aber Weilemann schaffte es auch so. «Gut, dass ich Sie sehe», sagte er zu dem Mann. «Ich würde Sie gern etwas fragen.»

«Ja?»

«Das Gedicht, das Sie vorgelesen haben, von wem war das?»

Der Mann errötete. «Von mir», sagte er und blickte verlegen zur Seite. «Verse sind mein Hobby.»

«Schön. Sehr schön. Übrigens: ‹Rhythmus› schreibt man mit zweimal ‹h›.»

«Natürlich. Wieso …?»

«Ich hatte den Eindruck, dass Sie das Wort noch nie gehört haben.»

Es war ein billiger Sieg gegen einen wehrlosen Gegner, weit unter Weilemanns Würde, aber ab und zu tat es einfach gut, so einen verbalen Treffer zu landen und sich damit selber zu beweisen, dass man das Spiel mit der Sprache noch nicht ganz verlernt hatte. Das Einzige, was den Effekt störte, war der mühsame Abgang. Früher hätte er sich nach so einer Pointe umgedreht und wäre zügig abmarschiert, aber früher hatte ihm auch noch nicht jeder Schritt weh getan.

Vor dem Ausgang wartete die Frau aus der ersten Reihe auf ihn. Der Regen hatte aufgehört, und die plötzliche Helligkeit blendete ihn so sehr, dass er sie nur an ihrem Duft nach Patschuli erkannte – wenn das überhaupt so hieß.

«Sie müssen Kurt Weilemann sein», sagte sie. «Felix hat sie sehr gut beschrieben.»

Er brauchte einen Moment, um zu realisieren, dass sie Derendinger gemeint haben musste.

«Sind Sie eine Verwandte?»

«Wir haben uns gekannt.»

«Und er hat mich Ihnen beschrieben?»

«Er meinte, Sie seien noch der Einzige, dem man den Journalistenausweis nicht wegen Unfähigkeit wegnehmen müsste.»

Ein typischer Derendinger-Spruch. So war er immer gewesen: Selbst wenn er einem ein Kompliment machte, tat er es auf unhöfliche Weise. «Ich bin geschmeichelt», sagte Weilemann.

«Nein, sind Sie nicht. Sie sind ein bisschen beleidigt, aber Sie wollen es nicht zeigen.»

Die Sekretärin in der Chefredaktion damals – ihr Name fiel ihm gerade nicht ein – hatte einen ganz ähnlichen Tonfall gehabt.

«Und Sie haben auf mich gewartet, um mir das auszurichten?»

«Ich habe auf Sie gewartet, weil ich etwas mit Ihnen zu besprechen habe. Wollen wir uns auf ein Glas Wein zusammensetzen?»

«Wo? Hier gibt es weit und breit …»

«Mein Wagen steht da drüben», unterbrach ihn die Frau. «Und den Wein habe ich schon dekantiert. Wenn Sie nichts dagegen haben, ihn bei mir zuhause zu trinken? Man redet dort ungestörter.»

7

Während der Fahrt fingerte sie auf ihrem Commis herum. Bestimmt das neuste Modell; sie war der Typ, der bei solchen Geräten immer das neuste Modell hat. Weilemann war froh, keine Konversation machen zu müssen, er fühlte sich nie recht wohl in diesen Autos, die für ihn immer noch neumodisch waren, obwohl es in Zürich kaum mehr andere gab. Jedes Mal, wenn sie wieder bis auf wenige Zentimeter auf einen anderen Wagen auffuhren, suchte seine Hand automatisch nach einem Haltegriff. Mit dem Verstand wusste er zwar, dass das System perfekt funktionierte, zumindest in der Stadt und auf den Autobahnen – für die Landstraßen war das Netz der elektronischen Orientierungspunkte aus finanziellen Gründen nie fertig ausgebaut worden –, er hatte sogar einmal einen Artikel über die Redundanz der drei Sicherheitssysteme geschrieben, aber in seinem Körper regierten immer noch die alten Reflexe. Wenn er sich ein Auto hätte leisten können, wäre das ein altmodischer Selbstfahrer gewesen, auch wenn die Steuern dafür höher waren, und man bei Unfällen keinen Versicherungsschutz hatte.

Der Verkehr war dicht, wie eigentlich immer, aber, das musste er zugeben, er floss zügiger als früher, und auch das Einfädeln von den Seitenstraßen her klappte besser. Trotzdem: Wer in so einem Auto saß, fuhr nicht mehr, sondern wurde nur noch transportiert, wie ein Postpaket in einer dieser riesigen Sortiermaschinen, die er in Mülligen mal für eine Reportage besichtigt hatte. Manipuliert wurde man.

Okay, er selber hatte sich auch manipulieren lassen, hatte ihre Einladung akzeptiert, ohne zu fragen, was sie mit ihm bereden wolle; nicht einmal nach ihrem Namen hatte er sie gefragt. War das einfach Neugier gewesen? Oder hatte es damit zu tun, dass sie eine attraktive Frau war, eine verdammt attraktive Frau? Es gibt dümmere Gründe, dachte er.

«Ist das Patschuli?» Erst, als sie überrascht von ihrem Commis aufblickte, realisierte er, dass er das laut gesagt hatte. Wenn man sich dauernd nur noch selber Gesellschaft leistete, merkte man irgendwann gar nicht mehr, was man so alles von sich gab.

Die Frau lachte, ganz hinten in der Kehle, es klang wie das Gurren eines Vogels. «Wie bitte?»

«Ihr Parfum. Ist das Patschuli?»

«Ganz schön heftig, der Duft, wie? Ich selber mag ihn ja überhaupt nicht. Viel zu aufdringlich. Aber Felix hat ihn so gern gehabt.»

«Derendinger?»

Sie nickte. «Das Parfum hat er mir einmal mitgebracht. Also habe ich mir gedacht: Bei seiner Abdankung … Aus Pietät gewissermaßen.»

«Er hat Ihnen Parfum gekauft?» Die Frage, das merkte er erst, als er sie schon gestellt hatte, klang unhöflich; als ob er damit sagen wollte, sie sei keine Frau, der jemand Parfum schenken würde.

«Wundert Sie das?»

«Ich meine … Er schien nicht der Typ zu sein, der sich mit solchen Sachen auskennt.»

Wieder dieses gurrende Lachen. «Sie haben ihn offenbar nicht sehr gut gekannt. Wissen Sie, wo Patschuli einmal sehr beliebt war?»

«Wo?»

«Im Bordell. Aber der Duft ist dann aus der Mode gekommen. Das Zeug ist zu anhänglich. Wenn der Mann nach Hause kam, konnte seine Frau noch Stunden später riechen, wo er gewesen war.» Sie sagte das so selbstverständlich, als ob es die natürlichste Sache von der Welt sei, sich mit einem Mann, den man gerade erst kennengelernt hatte, über solche Dinge zu unterhalten. «Übrigens …»

«Ja?»

«Patschuli riecht anders. Orientalischer. Wenn Sie wollen, kann ich Sie nachher mal schnuppern lassen.»

«Gern», sagte Weilemann, und weil ihm das zu eifrig klang, fügte er hinzu: «Es ist ja vielleicht ganz interessant.»

Sie lachte schon wieder. Über ihn? Was hatte diese Frau nur an sich, das ihn so nervös machte?

«Es stört Sie hoffentlich nicht, dass ich mich lieber bei mir zu Hause unterhalte. An öffentlichen Orten weiß man nie, wer einem zuhört.»

«Haben wir Geheimnisse?» Es sollte ein Scherz sein, aber sie schien es nicht als Scherz zu empfinden.

«Das wird sich herausstellen», sagte sie. «So oder so: Es muss nicht jeder wissen, dass wir überhaupt etwas zu besprechen haben. Und bei all den Überwachungskameras …»

«So interessante Leute sind wir auch wieder nicht.»

«Auch das wird sich herausstellen.»

«Und selbst wenn – auch in Ihrer Straße wird es Kameras geben.»

«Das ist etwas anderes», sagte sie. «Wenn man Sie bei mir hereinkommen sieht, wird man denken, Sie seien ein Kunde.»

Sie erklärte nicht, was für eine Art von Kundschaft sie meinte, und er fragte nicht nach.

Ihre Wohnung lag in einer Gegend, von der er nur träumen konnte, nicht ganz oben auf dem Millionärshügel Zürichberg, aber doch schon in dem Bereich, wo der Mietzins mit jedem Höhenmeter ansteigt.

«Machen Sie es sich schon mal bequem», sagte sie. «Ich will mir nur noch schnell dieses Parfum abwaschen.»

Das Wohnzimmer, in das sie ihn geführt hatte, war altmodisch eingerichtet. Jahrtausendwende, hätte er gesagt. Die Möblierung passte nicht zu dem Bild, das er sich von ihr gemacht hatte, er hätte modernstes Design erwartet, zum Beispiel diese Sessel, die selbsttätig das Gewicht und die Größe ihrer Benutzer maßen und sich dann automatisch auf eine ideale Sitzposition einstellten, an der Wand vielleicht einer von diesen elektronischen Bilderrahmen, die man beim Kunsthaus leasen konnte, und in denen sich jedes gewünschte Gemälde aus der Sammlung anwählen ließ. Stattdessen Aluminium und schwarzes Leder, als ob man bei einer alten Dame zu Besuch wäre. Auf einem niedrigen Glastischchen standen zwei Weingläser bereit. Sie war sich sehr sicher gewesen, dass er ihrer Einladung folgen würde.

Sogar ein kleines Bücherregal gab es. Früher hatte er in fremden Wohnungen immer die Bücherrücken studiert, sie ließen eine Menge Rückschlüsse auf die Interessen ihrer Besitzer zu, aber wenn er jetzt, was selten genug vorkam, irgendwo eingeladen war, standen dort meistens gar keine Bücher mehr, und man konnte die Leute nicht gut bitten, einem mal schnell Einblick in ihre Lesegeräte zu geben. Hier waren es lauter Romane, nichts Modernes dabei, alles ein bisschen verstaubt; in einem Antiquariat hätte man in der Abteilung *20. Jahrhundert* auch nichts anderes gefunden. Das einzig Überraschende war ein zerlesenes Paperback mit einem sensationslüsternen Titelbild: Im Lichtkegel einer Straßenlaterne – als ob es irgendwo noch solche Laternen gäbe, außer am nostalgischen Laternliweg am Üetliberg – lag ein toter Mann in einer Blutlache. *Das Messer im Rücken* hieß der Titel und der Autor Cäsar Lauckmann, ein Name, den er noch nie gehört hatte.

Weil die Frau noch nicht zurückgekommen war, überflog er die ersten paar Seiten: Ein junger Wanderer entdeckte eine unter Herbstlaub begrabene Leiche – ihre Verletzungen wurden in blutigstem Detail beschrieben –, und die herbeigerufene Polizistin war dann so klischeehaft kurvenreich, dass man sich ohne größere Anstrengung ausrechnen konnte, wie zweihundertfünfzig Seiten später das Happyend zwischen den beiden aussehen würde. Totaler Schrott. Er würde nachher fragen, was so ein Machwerk neben *Mein Name sei Gantenbein* und *Eigentlich möchte Frau Blum den Milchmann kennenlernen* zu suchen habe.

«Ein Geschenk von Derendinger.» Er hätte nicht sagen können, wie lang sie schon unter der Türe gestanden und ihn beobachtet hatte, eine Karaffe Rotwein in der Hand. Sie trug jetzt nicht mehr ihren kurzen Rock, sondern einen langen weißen Bademantel, als ob sie auf dem Weg zur Sauna wäre oder sonst zu einem Ort, wo es auf Eleganz nicht ankam. Die roten Haare hatte sie zu einem Pferdeschwanz zusammengebunden. Sie sah jünger aus als vorher, nein, nicht wirklich jünger, aber anders, mädchenhafter.

«Ich hab uns einen Saint-Amour aufgemacht», sagte sie. «Nichts allzu Schweres, habe ich gedacht, es ist ja erst Nachmittag. Unterdessen müsste er wohl richtig temperiert sein.»

Er hatte lang nicht mehr so etwas Gutes getrunken. Bei seinem Budget reichte es meistens nur zu Amselfelder Rostlaube.

Sie stellte ihr Glas ab, ohne wirklich getrunken zu haben. «Ich nehme an, Sie wollen wissen, warum ich Sie eingeladen habe.»

Es gab eine ganze Menge, das er gern von ihr wissen wollte. «Woher haben Sie Derendinger gekannt?»

«Er war mein Kunde.»

«Was für ein Kunde?»

«Ich bin auf ältere Männer spezialisiert», sagte sie. «Darum auch die altmodische Einrichtung hier. Damit sie sich sofort zu Hause fühlen. Ich bin Sexualtherapeutin.»

Er musste ein sehr dummes Gesicht gemacht haben, denn sie lachte schon wieder.

«Man muss bei meinem Beruf ein bisschen drum rum reden», erklärte sie. «Es stört zwar niemanden, dass es ihn gibt, aber auf der Steuererklärung sollte er anders heißen. Vor hundert Jahren hätte ich wahrscheinlich tatsächlich nach Patschuli gerochen.»

Weilemann hatte für die Abdankung eine Krawatte umgebunden, und die kam ihm jetzt plötzlich sehr eng vor. Die Selbstverständlichkeit, mit der sie das gesagt hatte, irritierte ihn.

«Und Derendinger war …?»

«Er hat sich auf eine Anzeige im Internet gemeldet. Warum nicht? Auch in seinem Alter hat man noch Bedürfnisse. Wie ist das bei Ihnen?»

Weilemann war immer stolz darauf gewesen, dass ihn nichts so leicht aus der Fassung bringen konnte. Aber mit dieser Frage wusste er überhaupt nicht umzugehen.

«Müssen wir darüber reden?»

«Bei mir muss niemand etwas. Darum hat sich Felix hier so wohlgefühlt. Mit der Zeit sind wir dann Freunde geworden. Er war ein interessanter Mann, der Felix.» Sie fuhr mit dem Zeigfinger über den Rand ihres Glases. «Sind Sie seit seinem Tod schon einmal an der Schipfe gewesen?»

«Nein. Warum?»

«Ich war heute Morgen dort. Sehr interessant, wenn man sich das von unten her ansieht. Ich habe Felix ja wirklich gut gekannt – aber diese Leistung hätte ich ihm nicht zugetraut.»

«Welche Leistung?»

«Wenn er sich tatsächlich vom Lindenhof in die Tiefe gestürzt hat, muss er aus dem Stand ein paar Meter weit gesprungen sein. Sonst wäre er nämlich im Gebüsch hängen geblieben. Haben Sie sich das nicht überlegt, Herr Weilemann?»

8

Natürlich hatte er sich das überlegt. Und die Überlegung ganz schnell wieder weggeschoben, so weit weg, wie es nur ging. Vor zwanzig Jahren – ach was, noch vor zehn Jahren! – hätte eine solche Unstimmigkeit genügt, um ihn losrennen zu lassen; wie ein Hund auf einen frischen Knochen hätte er sich auf so eine Geschichte gestürzt, hätte so lang daran herumgenagt, bis nur noch die Wahrheit übrig geblieben wäre, aber ein zahnloser Hofhund hat gelernt, sich mit den kleinen Bissen zufrieden zu geben, die man ihm gnädig hinwirft. Wenn da eine Geschichte war – natürlich war da eine Geschichte! –, dann war sie zu groß für einen alten Sack. Ab und zu ein Nachruf, tausend Zeichen inklusive Leerzeichen, mehr lag für ihn nicht mehr drin.

Und jetzt kam da diese Frau und hielt ihm den Knochen direkt vor die Nase.

«Wenn …», sagte Weilemann und scheute vor dem Rest des Satzes zurück wie ein Pferd vor einem zu hohen Hindernis. «Wenn …»

«Wenn Sie das wirklich glauben», hatte er sagen wollen, «warum sind Sie dann nicht zur Polizei gegangen?» Aber man muss keine Fragen stellen, auf die man die Antwort schon weiß, auch wenn einem mit dieser Antwort nicht wohl ist, überhaupt nicht wohl, auch wenn man sie am liebsten ausradieren würde, den Gedanken ungedacht machen. Es habe niemand etwas beobachtet, hatte es im offiziellen Bulletin geheißen, den einen Augenzeugen hatten sie wohl genau wie er als unzuverlässig abgehakt, aber dieses «niemand» war einfach nicht möglich, egal was genau geschehen war, nicht mitten am Tag, nicht unter so vielen Menschen. Wenn die Polizei trotzdem behauptete, sie hätte nicht die geringste Spur, dann konnte das nur bedeuten, dass sie keine Spur haben wollte, dass man an höherer Stelle aus irgendeinem Grund beschlossen hatte, nichts herausfinden zu wollen. Oder noch schlimmer: Man wusste etwas, man wusste es vielleicht sogar ganz genau, aber man war, aktiv oder passiv, selber in die Geschichte verwickelt und wollte die Angelegenheit deshalb unter Verschluss halten. Und wenn das alles so war, dann wäre es der größte Fehler gewesen, ausgerechnet dort nachzufragen.

«Eben», sagte die rothaarige Frau, und Weilemann wusste nicht, ob er seine Gedanken, ohne es zu merken, schon wieder laut ausgesprochen hatte, oder ob sie ihm seine Überlegungen am Gesicht abgelesen hatte; in einem Beruf wie dem ihren, das war anzunehmen, trainierte man sein Einfühlungsvermögen.

«Wir sollten uns duzen», sagte sie. «Ich duze alle meine Kunden. Und auch wenn du keiner bist – falls uns einmal jemand zuhören sollte, klingt es überzeugender.»

Sie hatte natürlich recht. Wenn die Polizei mit Derendingers Tod etwas zu tun hatte, dann war es auch denkbar, dass sie private Gespräche abhörte, auch wenn in den amtlichen Verlautbarungen immer wieder betont wurde, dass man das nie tun würde. Gerade, weil es immer wieder betont wurde.

«Ich heiße Kurt», sagte er.

«Ich bin Eliza. Wie das Mädchen aus *My Fair Lady*. Ein alter Mann gestaltet sich eine junge Frau nach seinen Vorstellungen. Ich fand das passend für mein Gewerbe.»

«Aber in Wirklichkeit heißt du anders?»

«Ja», sagte sie. «In Wirklichkeit heiße ich anders. So wie Felix mich genannt hat. Aber so nah sind wir beide uns noch nicht gekommen, du und ich.»

Für gewöhnlich stieß man beim Duzis-Machen miteinander an, Weingläser hätten auch dagestanden, aber in der Situation schien ihm die traditionelle Geste nicht passend, nicht bei dem, was sie zu besprechen hatten.

Eliza sagte genau das, was sich Weilemann auch schon selber überlegt hatte, nur dass sie vor der Folgerung, Derendinger müsse ermordet worden sein, nicht zurückschreckte. Sie hatte keine Beweise für ihre Theorie, nicht den geringsten Beweis hatte sie, und genau dieser völlige Mangel an Indizien, Weilemann konnte ihr da nicht widersprechen, machte den Verdacht glaubhaft. Schließlich war man hier in der Schweiz, in einem Land, in dem nichts so groß geschrieben wurde wie Sicherheit, und diese Sicherheit wurde durch ständige Überwachung erreicht, nach innen und nach außen. Erst letzte Woche waren die sechs Bundesräte in corpore vor die Presse getreten, um zu erklären, warum eine Verschärfung der Grenzkontrollen unbedingt notwendig sei, es gebe Hinweise auf geplante Attentate, und da bleibe nichts anderes übrig. Die Schweiz war eine permanent beaufsichtigte Gesellschaft, gerade weil die individuelle Verantwortung der Staatsbürger bei jeder Gelegenheit betont wurde, man sah sich gegenseitig in die Fenster, und schon die Kinder in der Schule lernten die Telefonnummer auswendig, die man anrufen konnte, wenn einem etwas verdächtig vorkam oder auch nur ungewöhnlich. Der Staat verstand sich als fürsorglicher Familienvater, der dafür zu sorgen hatte, dass keines seiner Kinder dem andern einen Kaugummi klaute, zum Wohle aller, wie in den Erstaugust-Reden gern gesagt wurde. Und in dieser Gesellschaft von Leuten, die alle nichts Verbotenes taten und deshalb auch nichts dagegen haben konnten, wenn ihnen jemand dabei zusah, in dieser Gesellschaft sollte es möglich gewesen sein, dass ein Mensch zu Tode kam, wie auch immer, und niemand sollte etwas davon bemerkt haben?

«Warum …?»

Wieder beantwortete sie eine Frage, bevor er sie zu Ende gestellt hatte. «Warum ich mit dir darüber rede und nicht mit jemand anderem? Weil jemand der Sache auf den Grund gehen muss. Und Felix meinte, er kenne keinen besseren Rechercheur als dich.»

«Das ist lang her.»

«Manche Dinge verlernt man nicht.»

«Wenn ich mich heute auf ein Fahrrad setzen wollte, würde ich runterfallen.»

«Vielleicht wäre es das wert.» Sie schenkte ihm Wein nach, mit den sicheren Bewegungen einer Wirtin. Und dann, die Karaffe immer noch in der Hand, sagte sie: «Erzähl mir vom Fall Handschin!»

Die Aufforderung kam aus heiterem Himmel, und zuerst wehrte er ab, das seien alte Kamellen, schon fast nicht mehr wahr, und jetzt sei auch nicht der Moment, es gehe doch um Derendinger.

«Eben drum», sagte sie.

Handschin … Denn natürlich erzählte er die Geschichte dann doch. Es hatte ihn schon lang niemand mehr danach gefragt, und es war ja wirklich etwas Besonderes gewesen, der Höhepunkt seiner journalistischen Laufbahn. Handschin also, ein Bänkler, nicht einer von den großen, die sich damals die Taschen vollmachten, mittleres Kader, kein besonders sympathischer Mensch, auch nicht unsympathisch, das wollte er damit nicht gesagt haben, aber keiner, mit dem man freiwillig in die Ferien fahren würde, ein pingeliger Kleinkrämer, der sich – «Das ist jetzt kein Witz!» – immer am Sonntagabend die

61

Krawatten für die ganze Woche bereitlegte, das sagte eigentlich alles über seinen Charakter, Handschin war verheiratet, ohne Kinder, und seine Frau, die zuerst das Opfer zu sein schien und sich später als Täterin herausstellte, als Anstifterin auf jeden Fall, passte überhaupt nicht zu ihm, man konnte sich nicht vorstellen, wie die beiden zusammengekommen waren, er ein menschlicher Aktenordner und sie – er wolle jetzt nichts Frauenfeindliches sagen, aber wenn sie nachts allein in eine Bar gegangen wäre, sie hätte ihre Drinks bestimmt nicht selber bezahlen müssen. Handschin liebte seine Frau, sagte das bei der Gerichtsverhandlung so oft, dass es mit jeder Wiederholung unglaubhafter wurde, aber es gab jede Menge Zeugen dafür, dass sich die beiden gestritten hatten, nicht in der Öffentlichkeit, das hätte zum überkorrekten Handschin nicht gepasst, aber neugierige Menschen existierten auch schon, bevor es eine Telefonnummer gab, die man anrufen konnte, um Auffälliges zu melden, und Frau Handschin hatte sich bei den Nachbarinnen ausgeweint, ganz wörtlich ausgeweint, Handschin hatte später versucht, ihre roten Augen mit einer Augenentzündung zu erklären, die seine Frau neben ihren Blutdruckproblemen auch noch gehabt habe. «Ich will gar nicht in alle Details gehen», sagte Weilemann, «in meinem Alter kommt man leicht vom Hundertsten ins Tausendste, und all diese Sachen waren ja nicht entscheidend.»

Entscheidend war gewesen, was man in Handschins Schließfach in der Bank gefunden hatte. Aber, unterbrach sich Weilemann, er erzählte die Geschichte ja völlig verkehrt, von hinten nach vorn und nicht von vorn nach hinten, das durfte einem erfahrenen Journalisten wie ihm eigentlich nicht passieren, auch wenn man schon lang zum alten Eisen gehörte. In der richtigen Reihenfolge war es so gewesen: Handschin kam an einem Abend später nach Hause als sonst, was ungewöhnlich war bei einem so überorganisierten Mann; seine Autobatterie war leer gewesen, und er hatte auf den TCS warten müssen. Er habe versucht, seine Frau über die Verspätung telefonisch zu informieren, sagte er vor Gericht aus, habe sie aber nicht erreicht und angenommen, sie sei ausgegangen, ins Kino vielleicht. Sie ging oft allein ins Kino; die beiden mochten nicht die gleichen Filme. Als er endlich nach Hause kam, kurz nach neun, statt wie sonst gegen sieben, lag sie im Wohnzimmer auf dem Boden, bewusstlos und kaum mehr atmend. Er rief sofort den Notarzt, und der ließ sie ins Spital bringen, wo man sie in letzter Minute wieder ins Leben zurückholte. Wenn sie noch ein bisschen länger so dagelegen hätte, sagte der medizinische Experte, dann wäre sie tot gewesen.

«Von Prozessen und all diesen Dingen verstand ich eigentlich überhaupt nichts. Damals noch nicht. Sie hatten mich nur zu der Verhandlung geschickt, weil unsere Gerichtsreporterin ausgefallen war. Damals leisteten sich die Zeitungen noch für jedes Gebiet ihre Spezialisten, Gerichtsreporter und Wissenschaftsredaktoren und Literaturkritiker, während heute jeder meint, alles zu können, spielen den Doktor Allwissend mit ihren zusammengegoogelten Weisheiten, und dabei … Entschuldige, das interessiert dich jetzt nicht.»

Sie hatte nichts gesagt, hatte seinen Monolog, den er so oder so ähnlich schon oft gehalten hatte, nur mit einem Kopfschütteln und einem Lächeln unterbrochen, aber die kleine Geste hatte ihre Wirkung so gut getan, als ob sie ein Stoppschild aufgestellt hätte. Weilemann ertappte sich bei dem Gedanken, dass es vielleicht gar nicht so schlecht wäre, bei ihr den Kunden nicht nur zu spielen, und musste die Vorstellung ganz schnell mit einem Schluck Saint-Amour hinunterspülen. Hoffentlich hatte sie ihm diesen Gedanken nicht auch schon wieder vom Gesicht abgelesen.

Im Spital, erzählte er weiter, hatte man im Blut von Frau Handschin Spuren eines hochwirksamen Betablockers gefunden, ein Mittel, das sie mit ihrem chronisch niedrigen Blutdruck auf gar keinen Fall hätte einnehmen dürfen, und von dem sie auch schwor, sie habe es nicht eingenommen, ganz bestimmt nicht, im Gegenteil. Das Gegenteil war ein Blutdruckheber, den der Arzt ihr verschrieben hatte, jeden Tag eine Kapsel, und die hatte sie auch an jenem Tag brav geschluckt. Man untersuchte daraufhin die halbvolle Packung aus ihrem Badezimmerschränkchen, und es stellte sich heraus, dass nicht alle, aber ein paar von den Kapseln manipuliert worden waren, jemand hatte den Inhalt ausgetauscht, Blutdrucksenker gegen Blutdruckheber, in beiden Fällen kleine Kügelchen. Technisch war das gar nicht schwierig gewesen, man musste die Gelkapseln nur mit einem feinen Messer halbieren und nach dem Umfüllen wieder zusammenkleben, und wenn das Ergebnis ein bisschen schief und scheps herauskam, dann machte das auch nichts; man sieht sich eine Pille, die man täglich nehmen muss, nicht jedes Mal genau an, bevor man sie schluckt. Der Betablocker, das war der Grund für ihre Ohnmacht gewesen, hatte ihren Blutdruck noch weiter nach unten gedrückt, und dieser extrem niedrige Blutdruck hätte, wenn er länger angedauert hätte, mit hoher Wahrscheinlichkeit zum Herzstillstand geführt. Handschin, obwohl er ja selber den Notarzt gerufen hatte, war natürlich der erste Verdächtige, nur schon weil es ja auch sein Badezimmer war, aber er schwor Stein und Bein, nichts damit zu tun zu haben, er liebe seine Frau und würde ihr nie etwas Böses antun. Man konnte ihm auch nichts nachweisen oder hätte ihm doch nichts nachweisen können, wenn er nicht seinerseits krank geworden wäre, von der Aufregung wahrscheinlich, und das Bett hüten musste. Während seiner Abwesenheit suchten sie in der Bank einen Vertrag oder etwas Ähnliches, Weilemann hatte vergessen, was es genau war, ein Dokument auf jeden Fall, das in Handschins Unterlagen hätte sein müssen, dort aber nicht war, und weil sie es nicht finden konnten, beschlossen sie, sein Schließfach zu öffnen. «Personal Locker» nannten sie das in der Bank, wie sie überhaupt lauter englische Ausdrücke verwendeten, das war damals schon Mode. Im Effekt war es ein privater kleiner Tresor, von einer bestimmten Kaderstufe an hatte jeder Mitarbeiter so einen in seinem Büro, das Schloss mit einer persönlichen Zahlenkombination geschützt, die außer dem betreffenden Angestellten keiner kannte. Aber für Notfälle hatte die Geschäftsleitung selbstverständlich einen Mastercode, und so machten sie das Schließfach auf und fanden darin nicht nur das Dokument, das sie gesucht hatten, sondern auch eine Packung Betablocker, Gelkapseln. Exakt das Mittel, das man in Frau Handschins Blut gefunden hatte. Aus die Maus.

Handschin bestritt natürlich alles, aber das hätte ein Schuldiger auch getan. Er habe keine Ahnung, wie diese Pillen in sein Schließfach gekommen seien, beteuerte er, er könne sich das überhaupt nicht erklären, und das Dokument, das sie gesucht hatten, habe er auch nicht dort versorgt, sondern feinsäuberlich in dem Ordner abgelegt, wo es hingehörte. Was natürlich keinen Menschen überzeugte, denn außer ihm selber kannte ja niemand den Zahlencode, die Indizienkette war geschlossen, Motiv, Gelegenheit, Tatwaffe, und so wurde er zur Maximalstrafe von fünf Jahren Gefängnis unbedingt verurteilt, «Gefährdung des Lebens», Artikel 129, Strafgesetzbuch, den Paragraphen wusste Weilemann noch heute.

Im Schlusswort beteuerte Handschin noch einmal seine Unschuld, legte aber keine Berufung gegen das Urteil ein, man würde ihm in der zweiten Instanz genauso wenig glauben wie in der ersten, meinte er. Er ging also ins Gefängnis, wo er übrigens ein Musterhäftling war, einer, der sich an alle Regeln hielt, und seine Frau reichte die Scheidung ein.

«Und dann stellte sich heraus, dass er es gar nicht gewesen war?»

«Nein», sagte Weilemann, «es stellte sich nicht heraus. Ich habe es herausgefunden.»

9

Beim Reden war Weilemann immer mehr in Schwung gekommen, das machte die Eitelkeit, oder, wenn man es höflicher nennen wollte, der Berufsstolz. Kein Wunder, dass sich Doris hatte scheiden lassen, er dachte das nicht zum ersten Mal, er musste sie zum Wahnsinn getrieben haben mit den immer gleichen Geschichten. Eliza hingegen hörte ihm so fasziniert zu wie ein kleines Mädchen, dem man ein Märchen vorliest. Aber vielleicht spielte sie ihm ihre Aufmerksamkeit auch nur vor, sie musste darin geübt sein, sich von alten Männern deren Heldentaten erzählen zu lassen und dabei Interesse vorzutäuschen. In ihrem leicht geöffneten Mund konnte man die Zungenspitze sehen. Ein hübscher Mund. War das die natürliche Farbe ihrer Lippen oder ein diskreter Lippenstift?

«Wie hast du es herausgefunden?»

Weilemann hatte sich mal wieder in seinen Gedanken verlaufen, mitten im Erzählen, und das war ihm peinlich, es war, als ob man inkontinent im Kopf wäre.

«So wie du es erzählst, war doch alles klar», sagte sie. «Handschin wollte seine Frau loswerden und hat deshalb das falsche Medikament eingeschmuggelt. Ein eindeutiger Mordversuch. Was hat dich auf die Idee gebracht, dass es ganz anders sein könnte?»

«Da war ein Detail. Ein winziges Detail. Und zwar ...» Er machte eine Pause, diesmal nicht, weil er abgelenkt gewesen wäre, sondern weil er an dieser Stelle der Geschichte immer eine Pause machte, des Effektes halber, und sagte dann: «Die Papiere in Handschins Schließfach waren gelocht.»

Der scheinbar völlig sinnlose Satz hatte noch jedes Mal seine Wirkung getan, er war ja auch absichtlich so formuliert, dass die Zuhörer verständnislos darauf reagieren sollten. Bei Eliza klappte das perfekt.

«Eigentlich war es ganz einfach», sagte er, «ich habe mich hinterher gewundert, dass sonst niemand drauf gekommen ist, zumindest Handschins Verteidiger hätte es auffallen müssen.» Wenn die Dokumente gelocht waren, das war damals seine Überlegung gewesen, dann bedeutete das, dass sie schon einmal abgeheftet gewesen waren, und wenn Handschin sie wirklich, wie es in der Anklageschrift hieß, «aus Versehen», am falschen Ort hätte liegen lassen, dann hätte er sie vorher, ebenfalls «aus Versehen», aus ihrem Ordner herausnehmen müssen. «Ich bin ja kein Psychologe», sagte Weilemann, «aber so ein doppeltes Versehen passte einfach nicht zu einem Ordnungsfanatiker, der sich seine Krawatten eine Woche im Voraus aussucht. Und schon gar nicht zu einem Mörder, von dem es im Urteil hieß, er habe sich jedes Detail seines Plans exakt überlegt und ihn eiskalt ausgeführt.» Wenn aber Handschins

Aussage stimmte, und er hatte die Unterlagen ordentlich abgeheftet, dann musste jemand anderes sie aus dem Ordner genommen und in sein Schließfach gelegt haben.

«Wenn aber doch außer ihm selber niemand den Zahlencode für das Schloss kannte?»

«Genau das hat Städeli auch gesagt. Das war mein Chef damals, beim *Tages-Anzeiger*. Den gibt es auch schon lang nicht mehr, genauso wenig wie seine Zeitung. Ich habe bei ihm den Antrag gestellt, dass ich an dem Fall dranbleiben wolle, exklusiv, und er hat das kategorisch abgelehnt, erstens sei es nicht mein Ressort, und zweitens interessierten solche Details hinterher niemanden mehr, der Fall sei erledigt, das Urteil gesprochen, Klappe zu, Affe tot. Drum hab ich dann eben auf eigene Faust …»

«War es denn ein so wichtiges Dokument?»

Sie ist eine kluge Frau, dachte Weilemann, stellt die richtigen Fragen. Das war ja gerade das Interessante an der Sache gewesen, der Casus Knaxus, dass die verschwundenen und wieder aufgetauchten Unterlagen völlig unwichtig gewesen waren, so uninteressant, dass Weilemann sich nicht einmal erinnern konnte, um was es sich dabei genau gehandelt hatte. Es gab für Handschin keinen ersichtlichen Grund, gerade diese paar Seiten anders zu behandeln als all die anderen Papiere, die jeden Tag über seinen Schreibtisch gingen. Aber es war ein laufender Vorgang, die Unterlagen wurden gebraucht, und vielleicht hatte jemand – wenn es denn einen solchen Jemand gab – sie nur deshalb verschwinden lassen, damit man danach suchen sollte und bei der Suche Handschins Schließfach öffnen. «Und zwar warum?»

«Damit man dort die Betablocker finden konnte.»

Weilemann spürte, dass ihn Elizas schnelle Antwort fast ein

bisschen ärgerlich machte. Nicht weil sie nicht recht gehabt hätte, natürlich hatte sie recht, sondern weil das Tempo, in dem sie geantwortet hatte, seine Deduktionen von damals nachträglich abwertete. Er musste sich diese verdammte Eitelkeit wirklich abgewöhnen.

«Das war ein möglicher Grund, genau. Aber es beantwortete noch nicht die Frage, wie dieser geheimnisvolle Jemand es geschafft hatte, das Schließfach zu öffnen. Meine Theorie setzte etwas voraus, das nicht sein konnte. Außer …»

Diesmal machte sie ihm die dramatische Pause nicht kaputt.

So ein Büro in einer Bank, das war ja keine Klosterzelle, in der man immer allein war, da kamen auch andere Leute herein, Kunden nicht so oft, aber Kollegen die ganze Zeit, und wenn einer von denen Handschin beim Öffnen seines Schließfachs beobachtet hatte … Bei den Geldautomaten warnten sie einen, man solle sich beim Eingeben der Geheimzahl nicht beobachten lassen, aber innerhalb derselben Firma nahm man es in diesem Punkt bestimmt nicht so genau. Weilemann hätte also beginnen müssen, Handschins Arbeitskollegen unter die Lupe zu nehmen, aber das wäre eine unendliche Geschichte geworden, die Nadel im Heuhaufen, und man hätte nicht einmal gewusst, ob man überhaupt nach einer Nadel suchen musste oder nach etwas ganz anderem. Er hatte sich dann Folgendes überlegt: Wenn jemand die Betablocker in Handschins Schließfach geschmuggelt hatte, um ihn zu belasten, dann musste derselbe Jemand auch die Kapseln mit dem falschen Mittel gefüllt haben, was genaue Kenntnisse von Frau Handschins Gesundheitszustand voraussetzte, also einen persönlichen Kontakt mit ihr. «Und darum …»

Weilemann merkte, wie sich schon wieder die Eitelkeit in

ihm regte, aber es war ja auch eine berechtigte Eitelkeit, verdammt nochmal, eigentlich hätte er damals für seine Artikelreihe den Journalistenpreis bekommen müssen, aber dafür
musste man mit den Juroren frère et cochon sein, und er war
schon immer ein Einzelkämpfer gewesen, keiner, der sich
an jeden Stammtisch hockte, um den einflussreichen Kollegen
um den Bart zu streichen.

«Und darum?», wiederholte Eliza.

Und darum hatte er statt der Bankangestellten lieber Frau
Handschin im Auge behalten, hatte den Detektiv gespielt, mit
heimlich Beschatten und allem, und sie hatte es ihm nicht
leicht gemacht, hatte sich völlig unauffällig verhalten, exakt
einen Monat lang, auf den Tag, das hatten die beiden wohl so
abgesprochen miteinander. Er hieß Neff, nicht Naef, wie man
den Namen normalerweise schreiben würde, sondern wirklich Neff mit zwei f. Ein Spezialist für Hypotheken, hatte sein
Büro in der Bank auf dem gleichen Gang wie Handschin. Im
Foyer des Hotels, wo sich die beiden trafen, stürzte sich Frau
Handschin geradezu auf ihn, wie ausgehungert, Weilemann
wusste kein besseres Wort dafür, sie hatte es wohl gar nicht
mehr erwarten können, ihren Liebhaber endlich wieder in die
Arme zu schließen. Dass er ihr Liebhaber war, es schon eine
ganze Weile gewesen sein musste, das war offensichtlich, um
das zu merken musste man keine Kamera in einem Hotelzim-
mer versteckt haben. Es war dann gar nicht mehr so schwierig
gewesen, die Beziehung zwischen den beiden nachzuweisen,
wenn man einmal eine erste Antwort hat, findet man auch die
anderen. Eine Nachbarin, der er Neffs Fotografie zeigte, erinnerte sich daran, die beiden zusammen gesehen zu haben,
Frau Handschin hatte ihr damals gesagt, er sei ihr Cousin. Er
war aber nicht ihr Cousin, sondern ihr Komplize, hatte das

Komplott gegen Handschin gemeinsam mit ihr ausgeheckt, wobei sie es sehr viel weniger dramatisch geplant hatten, als es dann ablief. Dass sie dabei fast ums Leben kam, war nicht vorgesehen gewesen, nur ohnmächtig hätte sie werden sollen, dafür war die Dosis des Medikaments berechnet, aber dann hatte ihr sonst immer so pünktlicher Mann diese Autopanne und kam deswegen später nach Hause als sonst, und die Betablocker hatten zwei Stunden mehr Zeit, um ihre Wirkung zu tun. Eigentlich – als die Geschichte dann ausgekommen war, legte Frau Handschin ein volles Geständnis ab und redete wie ein Buch –, eigentlich war es so geplant gewesen, dass sie die manipulierten Pillen selber hätte entdecken sollen, sie auch selber zur Überprüfung in ein Labor bringen, aber so war es für die beiden noch viel besser gelaufen, die Polizei ordnete die Untersuchung des Mittels an, und sie konnte die harmlose Ehefrau spielen, die ihren geliebten Mann nie verdächtigt hätte. An der Schachtel mit den Betablockern in Handschins Schließfach fanden sich Neffs Fingerabdrücke, man hatte angenommen, es seien die des Apothekers, der die Packung verkauft hatte, und hatte nicht weiter nachgeforscht. Er hatte das Mittel ganz korrekt mit Rezept bezogen, das ließ sich hinterher leicht feststellen, hatte ein paar von Frau Handschins richtigen Pillen geschluckt, dadurch einen zu hohen Blutdruck bekommen und sich von seinem Hausarzt die Betablocker als Gegenmittel verschreiben lassen. Bei seiner Vernehmung stritt er zunächst alles ab, aber irgendwann kam dann der Punkt, wo es nichts mehr abzustreiten gab.

Weilemann – jetzt ließ er seiner Eitelkeit endgültig freien Lauf – hatte also seine Sensation, seinen Scoop, wie man das nannte. Städeli ließ ihn die Geschichte als Dreiteiler schreiben, dreimal eine ganze Seite, und er musste auch jede Menge

Interviews geben, sogar im Fernsehen, was damals noch etwas Wichtiges war, nicht so wie heute. Das Urteil gegen Handschin wurde natürlich aufgehoben, und er kam frei. Die Sache hatte dann noch ein seltsames Nachspiel, so wie immer die Komödie auf das Trauerspiel folgt: Handschin liebte seine Frau nämlich immer noch, trotz allem, und glaubte tatsächlich, sie würde ihn wieder heiraten, jetzt, wo bewiesen war, dass er gar nicht versucht hatte, sie umzubringen. Dass sie ihm ihrerseits einen Mordversuch angehängt und ihn ins Gefängnis gebracht hatte, das blendete er einfach aus.

Weilemann lachte, so wie er am Schluss dieser Geschichte immer lachte, als ob ihm die Absurdität dieser sturen Verliebtheit erst jetzt aufgefallen wäre, aber Eliza lachte nicht mit. Sie nickte, nachdenklich, und sagte dann: «Er hatte recht.»

«Handschin?»

«Felix. Als er sagte, du seist der beste Rechercheur.»

«Das war ich vielleicht einmal. Jetzt bin ich ein Fossil.»

«Das ist gut», sagte Eliza. «Fossilien sind unverdächtig. Wenn jemand herausfinden kann, was wirklich mit Felix passiert ist, dann bist du das.»

Weilemann merkte, wie sich in ihm etwas rührte, das er schon lang für tot gehalten hatte: der alte Jagdinstinkt, dieses angenehme Kribbeln, das er jedes Mal gespürt hatte, wenn er hinter einer Geschichte her war. Sie waren nicht alle so groß gewesen wie der Fall Handschin, aber die Suche nach den Fakten hatte er immer genossen, vor allem wenn jemand versuchte, die Wahrheit zu verwedeln oder ganz verschwinden zu lassen. Wie ein Spiel war das jedes Mal gewesen, eines, in dem er wirklich gut war, noch besser als im Schach, es hatte Spaß gemacht, eine Partie zu gewinnen – aber das war damals, vor ein paar hundert Jahren, so kam es ihm vor, zu einer Zeit,

als er noch zwei gesunde Hüftgelenke hatte und kein Spezial-
bett brauchte, um schlafen zu können. Jetzt war er ein alter
Mann.

«Stimmt», sagte Eliza, und Weilemann merkte erst jetzt,
dass er seine Gedanken schon wieder laut ausgesprochen hatte.
«Stimmt», sagte sie, «aber glaub mir: Alte Männer sind zu sehr
viel mehr fähig, als sie selber für möglich halten. In meinem
Beruf kennt man sich damit aus.»

«Ich kann doch nicht ...»

«Doch», sagte Eliza. «Du kannst. Davon war auch Felix
überzeugt. Er hat mir mehr als einmal gesagt: ‹Wenn mir etwas zustoßen sollte, dann sprich mit Weilemann.›»

«Er hat damit gerechnet, dass ihm etwas ...?»

«Sagen wir es so: Er hielt es nicht für ausgeschlossen, dass
er irgendwann einen Unfall haben würde. Er sagte immer Unfall, aber wir wussten beide, dass er etwas anderes meinte.»

Weilemann nahm einen tiefen Schluck aus seinem Glas,
aber der gute Saint-Amour schmeckte ihm nicht mehr. Da
war ein metallischer Geschmack in seinem Mund. Adrenalin.
Jagdfieber. Im Hinterkopf stellte er sich schon die Frage, welcher Redaktion man eine solche Geschichte am besten anbieten würde.

«Du meinst, ich solle ...?»

«Ich meine», sagte Eliza. «Es wird dir ja doch keine Ruhe
lassen, und früher oder später fängst du an zu recherchieren.
Da ist es doch besser, du tust es gleich. Und ich weiß auch, wo
du anfangen musst.»

10

Ein Blatt Papier, mehr brauchte er nicht. So hatte er früher jede größere Recherche begonnen: mit einer Liste. Die eigenen Gedanken sortieren. Alles aufschreiben, was man weiß, und – noch viel wichtiger – was man nicht weiß. Sich darüber klarwerden, was man eigentlich herausfinden will.

Als man ihm damals seine letzte Festanstellung gekündigt hatte – er wäre gern noch ein paar Jahre geblieben, aber einen Volontär kriegten sie fürs halbe Geld, und auf die Qualität der Artikel kam es ihnen schon lang nicht mehr an –, da hatten ihm die Kollegen zum Abschied ein Computerprogramm geschenkt, *Brain* irgendwas, mit dessen Hilfe könne er in Zukunft seine Ideen sortieren. Als er ein paar Jahre später aus seiner Wohnung vertrieben wurde, war die Schachtel mit der CD noch nicht einmal geöffnet, und er hatte sie mit dem andern unnützen Kram weggeschmissen; vielen Dank, nett gemeint, aber denken konnte er immer noch selber.

Ein Blatt Papier, ein Kugelschreiber.

Zuerst das «Was?» Die guten alten Journalistenfragen.

«Derendinger» schrieb er zuoberst auf das Blatt, und darunter «Mord?» Nach kurzer Überlegung ersetzte er das Fragezeichen durch ein Ausrufezeichen: «Mord!» Man soll sich nichts vormachen. Falls später einmal aus seinen Nachforschungen ein Artikel werden sollte, oder, warum nicht, sogar eine ganze Artikelreihe, wie damals beim Fall Handschin, dann würde er natürlich vorsichtiger formulieren müssen, in jedem zweiten Satz ein «vielleicht» einbauen oder ein «steht zu vermuten». Heutzutage hatten die Chefredaktoren alle kein Füdli mehr und bestanden aus Angst vor Klagen selbst dann noch auf einem Satz wie «Es gilt die Unschuldsvermutung», wenn nicht einmal mehr die Redaktionskatze an diese Unschuld glaubte. Derendinger war nicht so gestorben, wie das offiziell geschildert wurde, davon musste er ausgehen. Wenn die Polizei ihn unter einem Aktendeckel mit dem Vermerk «Vermutlich Selbstmord» begraben hatte, dann hieß das nur: Wir wissen nicht, wie es passiert ist. Oder vielleicht sogar: Wir wollen es nicht wissen. So oder so, die Behauptung, er habe sich vom Lindenhof in die Tiefe gestürzt, konnte nicht stimmen. Erstens, weil so ein Sturz nirgends festgehalten war, und das an einem Tag, wo der Aussichtspunkt über der Limmat von filmenden Touristen wimmelte, und zweitens, weil Derendinger Superman persönlich hätte sein müssen, um vom Lindenhof bis zur Schipfe zu fliegen. Auch an der schmalsten Stelle waren das laut Google Earth gute zehn Meter.

«Mord!!» also. Mit doppeltem Ausrufezeichen.

Das «Wo?» war klar, und das «Wann?» zumindest einigermaßen. Um halb drei war er selber mit Derendinger verabredet gewesen, mehr als eine Viertelstunde hatten sie sich nicht unterhalten, oder, genauer gesagt, länger hatte Derendinger nicht auf ihn eingeredet, und gemäß Mitteilung der Polizei war dessen Leiche gegen halb vier an der Schipfe aufgefunden worden. In diesem Zeitraum musste es passiert sein.

Was auch immer passiert war.

Fünfundvierzig Minuten, nicht mehr. Innerhalb dieser Dreiviertelstunde hatte jemand Derendinger in seine Gewalt bekommen, hatte ihn überfallen, weggelockt, irgendwas, und hatte ihn erschlagen. Es war nicht anzunehmen, dass er noch gelebt hatte, als sein Körper an der Schipfe abgelegt wurde, das wäre ein zu großes Risiko gewesen, er hätte schreien können oder sich bewegen, und das wäre aufgefallen. Den Weg der Limmat entlang mussten sie blockiert haben, während sie ihn dorthin transportierten, für ein paar Minuten war das ohne Aufsehen durchaus möglich, sorry, ein Gefahrengut-Transport oder etwas in der Art. Und das wiederum bedeutete, dass mehrere Täter an der Aktion beteiligt gewesen sein mussten, eine ganze Gruppe. Derendinger konnte in diesem Moment noch nicht lang tot gewesen sein, sonst hätte er nicht mehr so stark geblutet, wie man es auf den Fotos sah.

Weilemann hatte gerade ein drittes Ausrufezeichen hinter das Wort «Mord» gesetzt, als ihm klar wurde, dass etwas fehlte, nicht in seinen Überlegungen, sondern in seinen Gefühlen. Es ging hier schließlich nicht um einen Fall X oder Y, nicht um irgendeine gleichgültige Geschichte, die ihm ein Vorgesetzter zugeteilt hatte, «kümmere dich da mal darum, Kilowatt, das könnte eine interessante Story werden», nicht um ein Ereignis, das ihn persönlich gar nicht betraf, das man, blutig oder nicht, nur danach beurteilen durfte, wie viel Zeilen es wohl hergeben würde, es ging hier nicht um einen Unbekannten, der ihm egal sein konnte, so wie ihm damals Handschin und dessen Frau egal gewesen waren, es ging um Derendinger, und der war nicht irgendwer gewesen, sondern ein Kollege, jemand, mit dem er immer wieder zu tun gehabt hatte, eine Art Freund, wenn man so wollte. Derendinger, der ihn um Hilfe gebeten hatte. Der ihm vertraut hatte. Der ihn für diese Nachforschungen ausgesucht hatte und keinen andern.

«Der Einzige, dem man den Journalistenausweis nicht wegen Unfähigkeit wegnehmen müsste», hatte er zu Eliza gesagt.

Und trotzdem: Weilemann konnte keine Spur von persönlicher Betroffenheit in sich entdecken. Da war nur der Jagdinstinkt, nein, genauer: die Freude an der Jagd, die angenehme Überwachtheit, die er noch vor jeder größeren Reportage empfunden hatte. War das nun Zynismus? Déformation professionnelle? Musste er sich dafür schämen? Oder war das nur die natürliche Reaktion auf ein Geschehnis, das zwar tragisch war, aber ihn persönlich nicht wirklich etwas anging, über das man sich so unbeteiligt Gedanken machen konnte wie über einen fernen Krieg, wenn hinten, weit, in der Türkei, die Völker aufeinander schlagen. Klassische Zitate, erinnerte er sich, hatte ihm Städeli beim *Tages-Anzeiger* immer aus seinen Texten herausgestrichen, mit der Begründung, die kenne heutzutage sowieso niemand mehr, das einzige gemeinsame Kulturgut, das man bei den Lesern noch voraussetzen könne, sei «Haribo macht Kinder froh» und «Rhäzünser isch gsünser».

Nicht abschweifen. Persönlich betroffen oder nicht – wenn es ihm gelang herauszufinden, was hinter Derendingers Tod steckte, dann hätte er damit auch dessen letzten Wunsch erfüllt.

Zurück zur Liste also.

Rubrik: «Wie?»

«Organisiert», notierte er, und setzte hinzu: «… und geplant». Eine solch komplizierte Inszenierung konnte nicht aus dem Stegreif entstanden sein, dafür war von Derendingers Ermordung bis zum Platzieren seines toten Körpers zu viel Koordination nötig gewesen. Wer immer hinter der Tat steckte, musste sie genau so vorgehabt haben, wie sie passiert war; wenn es nur darum gegangen wäre, Derendinger – aus welchem Grund auch immer – aus dem Weg zu schaffen, hätte man seine Leiche einfach verschwinden lassen können.

Warum also eine so umständliche und gleichzeitig auffällige Aktion? Noch eine Frage, die beantwortet werden musste.

«Wer?»

«Leute mit Einfluss», schrieb er auf die Liste. Es konnte nicht anders sein. Ein spektakulärer Todesfall, vor allem, wenn es um einen halbwegs prominenten Menschen wie Derendinger ging, das war etwas, auf das sich jeder Kriminalbeamte stürzte, weil sich damit, selbst wenn man den Fall nicht aufklären konnte, etwas für die eigene Karriere tun ließ, man konnte Pressekonferenzen geben und mit ernster Miene in die Kameras schauen. Und hier? Zehn Minuten lang so tun, als ob man etwas untersuche, und dann «Selbstmord» draufstempeln und die Akte schließen. Was nur eines bedeuten konnte: Jemand musste die Anweisung gegeben haben, die Geschichte auf ganz kleiner Flamme zu kochen, und es musste jemand sein, der genügend weit oben saß, vielleicht in der Polizei selber, sonst konnte er nicht sicher sein, dass die Anweisung auch befolgt würde.

Weiter. «Warum?»

Derendinger, das hatte er vor einem Jahr selber gesagt, war auf der Spur einer großen Geschichte gewesen, und wenn Weilemann seine spärlichen Hinweise richtig deutete – natürlich deutete er sie richtig, die Stichworte, die ihm Derendinger auf dem Lindenhof gegeben hatte, passten anders nicht zusammen –, dann hatte diese Geschichte etwas mit dem Mord an Werner Morosani zu tun, mit einer Affäre von dazumal also, über die, würde man meinen, alles gesagt war, jeder Artikel geschrieben und jedes Buch veröffentlicht.

«Bücher zu Mo-Mo besorgen», notierte Weilemann und ersetzte das «besorgen» durch «herunterladen», er war schließlich so modern wie jeder andere.

Der Morosani-Mord … Derendinger musste einem unbekannten Aspekt dieser alten Affäre auf der Spur gewesen sein, einem Detail, das jemand unbedingt geheim halten wollte. Oder er hatte dieses Detail bereits gefunden, und mit seinem Tod sollte die Veröffentlichung verhindert werden. Im Lauf seiner Karriere hatte es Weilemann mit einigen Fällen zu tun gehabt, in denen Betroffene mit allen Mitteln versucht hatten, dafür zu sorgen, dass ein Artikel nicht erschien. Es hatte Bestechungsversuche gegeben, Interventionen beim Herausgeber und in einem Fall sogar nächtliche Drohanrufe. Aber Mord? Wegen eines Zeitungsartikels? So viele Jahre nach dem Ereignis? Wer würde so weit gehen?

Um das zu beantworten, gab es nur einen Weg: herausfinden, was das für ein Geheimnis war, das hier jemand so gewalttätig beschützt hatte. Wenn er das «Wer?» finden wollte, musste er zuerst das «Warum?» haben.

Schwierig.

Über die Tatsache hinaus, dass das Ganze etwas mit den Ereignissen von damals zu tun haben musste, hatte er kaum Anhaltspunkte. Nur zwei Hinweise hatte ihm Derendinger noch gegeben, und bei beiden wusste er nicht, was er damit anfangen sollte. Aber auf die Liste gehörten sie auf jeden Fall.

Das eine war ein Name, der seines Wissens nie im Zusammenhang mit dem Mord an Morosani aufgetaucht war. «Sprich mit Läuchli», hatte Derendinger gesagt, «der hat damals das Turnier organisiert.» Wenn mit dem Turnier die Geschehnisse an der Alten Landstraße gemeint waren, dann konnte das bedeuten …

Nicht zu früh Schlüsse ziehen, ermahnte er sich selber. Zunächst mal nur sammeln. Da war dieser Name und da war – wenn er davon ausging, dass sein Kollege nicht einfach verwirrt gewesen war, musste auch das eine Bedeutung haben –, da war auch noch dieser Anstecker, den Derendinger ihm in die Hand gedrückt hatte, ganz wörtlich in die Hand gedrückt. Ein verrosteter Anstecker mit dem Wappen des Kantons Bern.

Weilemann starrte auf das Blatt, den Stift schreibbereit. Aber es fiel ihm nichts anderes mehr ein, was er unter dem Stichwort «Anhaltspunkte» noch hätte hinzufügen können. Nur diese beiden Begriffe: «Läuchli» und «Berner Wappen». Nicht gerade viel.

Wenn er weiterkommen wollte, würde er sich quasi in Derendinger hineinversetzen und dessen Recherchen nachvollziehen müssen, würde herausfinden müssen, wo der alles herumgestöbert und wen er befragt hatte. Aber Derendinger war offenbar die ganze Zeit allein unterwegs gewesen und hatte niemanden in seine Nachforschungen eingeweiht. Auch Eliza, mit der er doch eng befreundet gewesen war, hatte nichts davon gewusst.

Sie hatte nur gewusst, dass Derendinger Angst hatte.

Bei ihrem Treffen auf dem Lindenhof hatte man ihm diese Angst auch angesehen, unruhige Augen und kalter Schweiß auf der Stirn. Derendinger musste gewusst haben, dass er in Gefahr war, hatte vielleicht irgendwo eine zu auffällige Frage gestellt, war zu wenig diskret vorgegangen. Wenn mir etwas passiert, musste er gedacht haben, soll jemand anderes meine Recherche weiterführen. Darum hatte er sich bei seinem alten Konkurrenten gemeldet, darum hatte er ihn auf die Fährte gesetzt, darum …

Darum war auch er selber in Gefahr, realisierte Weilemann. Wenn die Leute, die Derendinger umgebracht hatten, merkten, dass er den Faden aufgenommen hatte, würden sie bei ihm nicht weniger rücksichtslos vorgehen.

Trotzdem – war es Verantwortungsbewusstsein, Mut oder einfach nur Sturheit? –, trotzdem dachte er nicht einen Moment daran, die Sache aufzugeben. Er musste einfach noch vorsichtiger vorgehen, noch diskreter.

Und es war klar, wo er ansetzen musste. Es war Elizas Idee gewesen, und er hatte sofort gewusst, dass sie recht hatte.

11

Die Erklärung, die er sich für den Fall der Fälle ausgedacht hatte, ging so: Sie waren schon immer Freunde gewesen, Derendinger und er, beste Kumpel seit Jahrzehnten, hatten sich regelmäßig gegenseitig besucht, um über alte Zeiten zu plaudern, zwei pensionierte Journalisten mit zu viel Zeit und zu vielen Erinnerungen. Das passte doch, oder? Sie hatten, damit wäre auch das erklärt, die Wohnungsschlüssel ausgetauscht, in ihrem Alter wusste man nie, wenn man einmal Hilfe brauchte, ein Stolperer genügte, und man lag hilflos da und schaffte es nicht einmal mehr bis zum Telefon. Oder, um nicht gleich das Schlimmste zu denken: Der andere kam ausgerechnet dann zu Besuch, wenn man es sich gerade auf dem Sofa bequem gemacht hatte, und da war es doch praktischer, wenn der sich die Türe selber aufschließen konnte, und man nicht mühsam aufstehen musste, er, Weilemann, mit diesem blöden Hüftgelenk, und Derendinger … Was könnte Derendinger gehabt haben? Er hatte ja nicht gehinkt oder so, nicht dass es aufgefallen wäre. Schwindelanfälle, das war gut, in ihrem Alter hatte das jeder Zweite.

Er war gekommen, so hatte er sich das ausgedacht, um ein Buch zu holen, das er Derendinger geliehen hatte, sein Eigentum, und so eine Suche nach einem bestimmten Band, bevor die ganze Einrichtung im Brockenhaus landete, das war doch ein guter Grund, um in Derendingers Sachen herumzuwühlen. Den Wohnungsschlüssel würde er hinterher an die Hausverwaltung zurückschicken. Falls ihn jemand danach fragen sollte.

Nein, hatte Eliza gesagt, sie besitze nicht von jedem ihrer Kunden einen Schlüssel, eigentlich mache sie nie Hausbesuche, bei Derendinger sei das etwas anderes gewesen, er habe zwar als Kunde angefangen, aber mit der Zeit sei er dann ein Freund geworden, ein richtiger Freund, einer, der einem fehlte, wenn er nicht mehr da war. Und dann hatte Eliza, die souveräne, beherrschte Eliza, ganz plötzlich zu weinen begonnen, von einem Moment auf den andern, er hatte gar nicht hinschauen können. Als ob der Beerdigungskaspar von der Abdankung den falschen Schalter erwischt hätte, nicht «Musik ein» oder «Sarg aus der Versenkung», sondern «Tränen an». Sie hatte ebenso plötzlich wieder aufgehört, man hätte meinen können, es sei alles nur gespielt gewesen, hatte sich einmal über die Augen gewischt und dann ganz ruhig gesagt: «Für die Haustüre habe ich keinen Schlüssel, aber wenn du auf den obersten Klingelknopf drückst, dort, wo ‹Post› dransteht, dann geht sie auf.»

Derendingers Wohnung war in Wipkingen, in einem Haus, von dem man auf die Limmat hinaussehen konnte, vorausgesetzt, die Wohnung war auf der teuren Seite. Was sich Derendinger natürlich nicht hatte leisten können, seine Altersversorgung würde auch nicht viel besser gewesen sein als die von Weilemann. Die billige Seite ging auf die Straße hinaus, mit ihrer endlosen Autokolonne. Früher einmal war das ein Schleichweg gewesen, der Geheimtipp von Leuten, die hier eine Abkürzung zwischen Autobahn und Innenstadt entdeckt hatten, aber seit der Verkehrsfluss zentral gesteuert wurde, war es einfach nur noch eine Achse unter anderen.

Im Treppenhaus stank es nach künstlicher Zitrone, eine dieser chemischen Duftnoten, ohne die man heutzutage kein Putzmittel mehr zu kaufen bekam, mundus vult decipi. Treppensteigen war Mord für seine Hüfte, aber er zwang sich trotzdem, auf dem Weg in den dritten Stock nicht ein einziges Mal stehenzubleiben, das hätte nach Zögern ausgesehen, nach Zuerst-die-richtige-Wohnung-finden-Müssen, und ein zufälliger Beobachter sollte den Eindruck haben, er sei schon oft hier gewesen. Begegnet war er niemandem, aber jede Wohnungstür hatte ihren Spion, und ob irgendwo eine Kamera installiert war, das wusste man nie.

Derendinger musste besser zu Fuß gewesen sein als er. Ohne Lift in den dritten Stock, das war ja die reine Bergtour. Endlich das Türschild: *Felix Derendinger.* Der Schlüssel passte.

Das Licht in dem winzigen Vorraum, Korridor konnte man das kaum nennen, ging von selber an. Weilemann mochte diese Bewegungsmelder nicht, auch wenn man Strom damit sparte, ihm kam das immer vor, als ob einem permanent jemand über die Schulter schaute.

Die Luft roch abgestanden, sogar ein bisschen faulig, schien ihm, aber das war wohl nur Einbildung, weil es die Wohnung eines Toten war. Weilemann hätte gern ein Fenster aufgemacht, aber die waren, wegen des Autolärms, nicht zum Öffnen eingerichtet, und den Schalter für die Lüftung konnte er nicht finden. Auch egal.

Wo fängt man mit Suchen an, wenn man nicht weiß, wonach man sucht?

Wohnzimmer, Schlafzimmer, Küche, Bad. Alles sehr klein, die Zimmer aus einer ursprünglich größeren Wohnung herausgeschnitten. «Kompaktes Apartment an bester Verkehrslage», hieß das auf den Immobilien-Webseiten.

Die Küche war schnell abgehakt; sie war so winzig, dass noch nicht einmal ein Tischchen darin Platz hatte; hier hatte man im Stehen zu frühstücken. An den mageren Vorräten hätte auch der unfähigste Kriminalist ablesen können, dass sie einem alten Menschen gehörten: Labbriges Toastbrot – jetzt war es natürlich steinhart, aber man sah ihm an, dass es einmal labbrig gewesen war –, von der Sorte, die nach nichts schmeckt, sich aber auch mit schlechten Zähnen noch kauen lässt, Margarine mit dem Versprechen, den Cholesterinspiegel zu senken, und eine Packung Sojamilch. Doktor Rebsamen hatte ihm den gleichen Gesundfraß empfohlen, von wegen leichter verdaulich, aber bevor Weilemann auf solche Altherren-Diät umstellte, nahm er lieber die endlosen Sitzungen auf dem WC in Kauf. Derendinger schien ähnliche Probleme gehabt zu haben; wer eine gute Verdauung hat, kauft sich keine Großpackung Kurpflaumen.

Im Badezimmer ein Querschnitt durch die üblichen Alters-Wehwehchen, zwei Fächer voller Pillen und Tabletten; eine mittlere Apotheke hätte man damit ausstatten können. Es war Derendinger wohl gegangen wie ihm: Man hatte irgendwelche Beschwerden, immer wieder neue, der Körper war da einfallsreich, man ging zum Arzt und ließ sich etwas dagegen verschreiben, nahm es ein paar Tage und vergaß es dann wieder, zuerst aus Nachlässigkeit und dann aus Resignation, ganz gesund wurde man ohnehin nicht mehr. Noch eine Gemeinsamkeit: Auch Derendinger rasierte sich elektrisch.

Das Wohnzimmer, ein Blick genügte, um das festzustellen, war vor allem als Büro benutzt worden. Ein Regal voller sorgsam beschrifteter Bundesordner; Weilemann war also nicht der Einzige, der sich nie hatte dazu aufraffen können, seine Unterlagen zu digitalisieren.

Zuerst noch schnell das Schlafzimmer. Perfekt aufgeräumt. Das Bett gemacht, eine Mühe, die sich Weilemann in der eigenen Wohnung schon lang ersparte, für wen auch? Das Pyjama auf dem Kopfkissen sauber gefaltet. Im Militärdienst war Derendinger Oberleutnant gewesen. Auch im Kleiderschrank alles ordentlich sortiert, die Anzüge in Reih und Glied und die Hemden exakt zusammengelegt. Die Schublade mit den Unterhosen schob Weilemann gleich wieder zu. In den Krimis waren dort immer die ganz geheimen Geheimnisse versteckt, aber so in Derendingers Privatkram herumzuwühlen, das war ihm denn doch zu intim.

An der Wand, direkt gegenüber vom Bett, war mit Reißnägeln ein altes Wahlplakat der Eidgenössischen Demokraten befestigt, das berühmte mit den Aasgeiern, die sich über die Schweiz hermachten. Die Vögel mit ihren blutigen Krummschnäbeln mussten das Erste gewesen sein, das Derendinger beim Aufwachen in die Augen stach, und das war dann doch eher seltsam, Derendinger hatte zwar schon immer bürgerlich politisiert, aber für einen ED-Anhänger hätte ihn Weilemann nicht gehalten. Vielleicht war er im Lauf der Jahre einfach immer mehr nach rechts gerutscht, er wäre nicht der Erste gewesen, der mit zunehmendem Alter auch politisch in die Wechseljahre kam. Sonst keine Bilder.

Auf dem Nachttisch eine Lesebrille mit verdammt dicken Gläsern und ein einziges Buch, nicht wie bei ihm zuhause ein ganzer Stapel. Juri Lwowitsch Awerbach: *Lehrbuch der Endspiele*. Der *Awerbach* war ein Schach-Klassiker, hundert Jahre alt und immer noch nützlich, aber für einen «E-Em-We» wie Derendinger mehrere Etagen zu hoch. Als ob jemand, der knapp *Alle meine Entchen* auf der Blockflöte schaffte, eine Mozart-Partitur studieren wollte. Absoluter Größenwahn von einem Derendinger, sich so ein Fachbuch als Einschlaflektüre hinzulegen.

Zwischen zwei Seiten schaute etwas heraus: eine verblasste Fotografie. Awerbach, viel älter als auf dem Titelblatt seines Lehrbuchs, hinter einem Tisch mit Schachbrett. Links und rechts von ihm, wie Wachtposten, zwei Männer, beide mit dem gefrorenen Lächeln, das so viele Leute beim Posieren aufsetzen. Einen von den beiden hatte der Fotograf in einem ungünstigen Moment erwischt: ein Auge war geschlossen, was ihn aussehen ließ, als habe er gerade einen unanständigen Witz erzählt. Der andere Mann kam Weilemann bekannt vor, wenn er das Gesicht im Moment auch nicht einzuordnen wusste. Im Hintergrund eine große Schweizerfahne. Es war ihm sofort klar, wann dieses Bild aufgenommen sein musste: bei Awerbachs einzigem Besuch in der Schweiz. Der russische Großmeister war, schon ein alter Mann, für eine Simultanvorstellung nach Zürich gekommen, vierundzwanzig Partien gleichzeitig und davon zweiundzwanzig gewonnen und zwei remis gespielt. Weilemann war bei dem Anlass selber dabei gewesen, er hatte nicht schlecht gespielt, königsindisch, das wusste er noch, aber nach dreißig Zügen war seine Stellung aussichtslos gewesen, und er hatte aufgegeben. Keine Schande gegen einen solchen Gegner. Auf dem Bild machte Awerbach einen missmutigen Eindruck, was aber vielleicht nur am Kontrast zu den beiden Grinsepetern lag, die ihn flankierten. An seinem Revers steckte eines dieser Kantonswappen, das sie heute alle trugen, er hatte es wohl als Gastgeschenk bekommen.

Weilemann legte den zerlesenen Band zurück und zog die Schublade des Nachttisches auf. Neben dem üblichen Krimskrams fand sich dort ein einziger interessanter Gegenstand:

eine kleine Fotografie, aus einem Automaten vielleicht, mit dem Bild einer Frau.

Eliza.

Schnell schob er die Schublade wieder zu, heftiger, als es nötig gewesen wäre. Es war schwer vorstellbar, dass Derendinger und Eliza in diesem total unromantischen Zimmer, in diesem Bett …

Er wollte es sich nicht vorstellen. Es ging ihn auch nichts an. Er öffnete die Schublade noch einmal und steckte die Fotografie in seine Brieftasche. Wenn ihn jemand gefragt hätte, warum er das tat, er hätte keine vernünftige Antwort gewusst.

Schließlich noch das Arbeitszimmer. Die Schreibtischplatte fast leer, die paar wenigen Gegenstände so unnatürlich perfekt angeordnet, als hätte in einem Geschäft für Büromöbel der Lehrbub – pardon, der Auszubildende – den Auftrag bekommen, einen Ladenhüter hübsch zu dekorieren. Das Telefon moderner als das von Weilemann, aber doch auch noch ein Swisscom-Modell mit dem vertrauten Logo aus der Zeit vor dem Verkauf an die Chinesen, daneben eine längliche Metallschale mit Bleistiften und Kugelschreibern, ein Notizblock ohne Notizen und eine Oscar-Statue, auf deren Sockel ein Messingschildchen behauptete, sie sei *Dem besten Journalisten* verliehen worden, wohl ein Abschiedsgeschenk der Kollegen, damals, als Derendinger in Pension gegangen war. Die imitierte Vergoldung war an mehreren Stellen abgeblättert, darunter wurde weißlicher Kunststoff sichtbar.

Und sonst: nichts. Absolut nichts. Vor allem kein Computer, kein Commis, überhaupt kein elektronisches Gerät. Ob jemand die Sachen aus der Wohnung geholt hatte?

Idiotische Frage. Natürlich hatte sie jemand geholt. Wenn Derendinger ermordet worden war, und wenn der Grund für den Mord seine Recherchen gewesen waren, dann war das nur logisch.

Weilemann drehte den leeren Notizblock im Lichtkegel der Schreibtischlampe hin und her. Es war ein Versuch, Detektiv zu spielen, und er kam sich ein bisschen lächerlich dabei vor. Er wurde auch nicht fündig; das oberste Blatt zeigte keinerlei Druckspuren früherer Notizen.

Bevor er in Derendingers Schreibtischsessel Platz nahm, zögerte er einen Moment. Aber anders kam er an die Schubladen nicht heran; mit dem Bücken ging das nicht mehr so einfach wie früher.

Er fand nichts Interessantes; da war nur der übliche Kleinkram, den man ein paar Jahre aufbewahrt, um ihn dann doch wegzuschmeißen, Kabel für Geräte, die längst nicht mehr funktionierten, ein Portemonnaie mit eingerissenem Münzfach, eine offene Tüte Gummibärchen, solche Sachen. In einem Sichtmäppchen ein paar Garantiescheine. Das einzig Interessante war eine kleine Kamera, wie sie Weilemann früher auch immer auf Reportagen mitgenommen hatte, früher einmal das Modernste vom Modernen, jetzt ein Museumsstück. Das Gerät ließ sich einschalten, Derendinger musste es also vor nicht allzu langer Zeit noch benutzt haben, aber jemand hatte den Speicherchip mit den Aufnahmen entfernt.

Das war alles. Nichts, was Weilemann hätte weiterbringen können.

12

Blieben nur noch die Ordner im Bücherregal, jeder mit einer Jahreszahl beschriftet, in dieser überdeutlichen eckigen Schrift, die man früher einmal auf Bauplänen verwendet hatte, als die noch von Hand gezeichnet wurden. Er zog wahllos einen Band heraus. Zeitungsartikel, alle «von Felix Derendinger» oder mit dem Kürzel «fed», jeder einzelne sorgfältig ausgeschnitten, aufgeklebt und nach Datum abgeheftet. Hier herrschte nicht dieses Erinnerungschaos, das sich auf Weilemanns eigenem Schreibtisch zum Gebirge auftürmte, nein, hier fand sich, chronologisch eingereiht, jeder Text, den der Tote jemals geschrieben hatte; zumindest hatte man den Eindruck, es müsse eine lückenlose Sammlung sein. Derendinger war offenbar ein wirklich gut organisierter Mensch gewesen. «Nichts ist so tot wie die Schlagzeile von gestern.» Wenn der alte Spruch stimmte, dann war dieses Regal der ordentlichste Friedhof, den Weilemann je gesehen hatte.

Der Artikel, den er zufällig aufgeschlagen hatte, war ein Ausblick auf die Bundesratswahlen von anno ewig her, in dem Derendinger voraussagte, dass die Eidgenössischen Demokraten ihre neugewonnene absolute Mehrheit in der Bundesversammlung dazu benutzen würden, zum ersten Mal seit 1891 wieder eine Einparteienregierung für die Schweiz zu wählen. Ein guter Journalist ist nicht immer ein guter Prophet: Es war damals anders gekommen, die ED hatten nur sechs von den eigenen Leuten in den Bundesrat gewählt und für den siebten Platz, um ihre demokratische Gesinnung unter Beweis zu stellen, einen Sozialdemokraten bestimmt, der hatte die Wahl aber nicht angenommen – Weilemann musste nur umblättern, um auch darüber einen Bericht aus Derendingers Tastatur zu finden –, wie sich seither noch jeder gewählte SP-Mann geweigert hatte, in einer so total ED-dominierten Regierung den Alibi-Chaschperli zu spielen. Seither, es war unterdessen schon Tradition, so wie früher die Zauberformel Tradition gewesen war, traten immer nur sechs Regierungsmitglieder ihr Amt an, der siebte Sitz im Bundesratszimmer blieb leer, auch auf dem offiziellen Bundesratsfoto wurde immer eine Lücke freigehalten, damit die ED-Leute sagen konnten, es liege nicht an ihnen, dass die Regierung nicht vollständig sei, sie hätten ja sieben Bundesräte gewählt, aber die Linken verweigerten sich aus unerklärlichen Gründen der gut schweizerischen Konkordanz. Beim ersten Mal war das noch eine Sensation gewesen oder doch berichtenswert, unterdessen war es politischer Alltag.

Weilemann stellte den Ordner zurück, sorgfältig in die gerade Linie der beschrifteten Rücken; Derendinger würde das so gewollt haben. Ob er erwartet hatte, seine gesammelten Artikel würden einmal als kostbares Erbe in einem Archiv landen? Hatte er sich eine eigene Derendinger-Bibliothek ausgemalt, zu der junge Journalisten ehrfürchtig pilgerten? Oder war er Realist genug gewesen, um zu wissen, dass die Arbeit eines ganzen Lebens nach seinem Tod nur an einem einzigen Ort auf brennendes Interesse stoßen würde: im Hagenholz, in der Kehrichtverbrennung?

Für die jüngeren Jahrgänge hatte Derendinger schmalere Ordner verwendet. Der letzte in der Reihe enthielt sogar nur noch einen einzigen Artikel: eine Würdigung zum neunzigsten Geburtstag von Cäsar Lauckmann, kein Nachruf, aber so gut wie. «Ein unterschätzter Meister der populären Kultur.» Seltsam, wie einem die Dinge manchmal zweimal begegneten. Der Artikel war vielleicht ein allerletzter Auftrag gewesen, ein Redaktions-Computer hatte den runden Geburtstag ausgespuckt, und sie hatten sich überlegt, wer diesen Lauckmann noch gekannt haben konnte. Ihm erging es ja auch nicht anders, und ob man über einen Toten oder einen Halbtoten seine zwölfhundert Zeichen schrieb, das machte keinen großen Unterschied.

Fast fünfzig Ordner. Für die Jahrgänge aus seiner Glanzzeit hatte Derendinger, um alle seine Artikel unterzubringen, drei und einmal sogar vier Bände gebraucht, man hätte Tage damit verbringen können, sich das alles anzusehen. Das eine oder andere wäre bestimmt auch interessant gewesen, aber selbst wenn Weilemann jeden der alten Zeitungsartikel von der ersten bis zur letzten Zeile durchgelesen, ja, selbst wenn er sie alle auswendig gelernt hätte, es würde sich darin, darauf konnte man wetten, nirgends ein Hinweis darauf entdecken lassen, an was für einer Enthüllungsstory Derendinger vor seinem Tod dran gewesen war. Keine Spur davon würde sich finden, in der ganzen Wohnung nicht, dazu hatte hier jemand viel zu gründlich aufgeräumt. Nein, hier gab es für ihn nichts Aufschlussreiches zu entdecken, absolut nichts, und gerade dieses Nichts war verdächtig, war der Beweis dafür, dass es durchaus etwas zu finden gegeben hätte, gegeben hatte, gegeben haben musste. Niemand, auch nicht ein analfixierter Perfektionist, räumt seine Wohnung so gründlich auf, bevor er aus dem Haus geht, lässt auch nicht das kleinste Fitzelchen mit einer Notiz oder einer Telefonnummer herumliegen, leert sogar noch den Papierkorb, niemand, schon gar nicht ein alter Junggeselle wie Derendinger, hinterlässt beim Weggehen jedes Zimmer, als sei gerade die Putzfrau, die er sich nicht leisten kann, da gewesen, niemand.

Außer er rechnet damit, dass während seiner Abwesenheit jemand die Wohnung durchsuchen könnte.

Oder …

Weilemann schob den Gedanken, der sich in seinem Kopf breitmachen wollte, gleich wieder weg. Nein, egal, was die Polizei behauptete, das hier war nicht die überperfekte Ordnung eines Selbstmörders, der alles für die Nachwelt vorsortiert hat; wenn es das gewesen wäre, hätte Derendinger einen Abschiedsbrief hinterlassen, irgendeine Nachricht. Ein Mensch, der sein Leben lang Dinge zu Papier gebracht hat, macht sich nicht einfach wortlos davon. Und überhaupt, wenn Weilemann im Lauf seiner Karriere etwas gelernt hatte, dann dies: Die Welt war eine unordentliche Einrichtung; wo sie sich allzu ordentlich präsentierte, stimmte in der Regel etwas nicht. Derendingers leerer Schreibtisch kam ihm vor wie eine dieser viel zu glatten Antworten, die er als recherchierender Journalist immer mal wieder auf kritische Fragen bekommen hatte, wie eins dieser allzu perfekt formulierten Pressecommuniqués, mit dem jemand beweisen wollte, dass er nicht nur keinen Dreck am Stecken hatte, sondern nicht einmal wusste, was ein Stecken überhaupt war. Man schickt keine Putzkolonne los, wenn es nicht tatsächlich etwas wegzuputzen gibt.

Vor einem Jahr hatte Derendinger voller Stolz von der ganz großen Geschichte gesprochen, an der er dran sei, und bei ihrer Begegnung auf dem Lindenhof hatte er mit seinen Andeutungen klargemacht, um was es dabei ging. Wenn er so lange Zeit später immer noch am Morosani-Mord herumrecherchiert hatte, dann würde es bestimmt nicht um ein unwichtiges Detail gegangen sein, nicht nur um eine nebensächliche historische Fußnote. Wegen einer Fußnote brachte man sich nicht in Lebensgefahr. Es musste etwas Größeres gewesen sein, etwas, das für jemanden schlimme Folgen haben konnte, wenn es an die Öffentlichkeit kam. Vielleicht hatte sich damals einer der beteiligten Beamten falsch verhalten, in einigen Zeitungen war seinerzeit gemunkelt worden, der tödliche Schuss auf den fliehenden Habesha sei verdächtig schnell erfolgt. Hatte Derendinger nach all den Jahren noch einen Augenzeugen aufgetan? Vielleicht jemanden, der damals ein Kind gewesen war und erst als Erwachsener realisierte, was er da beobachtet hatte? War der Habesha – auch diese Spekulation hatte man damals lesen können – bereit gewesen, sich zu ergeben, und der Polizist hatte trotzdem abgedrückt? Vielleicht, wenn er schon beim Spekulieren war, vielleicht war dieser Polizist ja unterdessen ein großes Tier, nach dem Wahlsieg der ED hatte der tödliche Schuss einer Karriere bestimmt nicht geschadet. Vielleicht hatte er Derendinger umbringen lassen, um zu verhindern …

Ja, natürlich, und der Habesha war gar kein Eritreer gewesen, sondern ein Marsmensch. Irgendwelche Zusammenhänge herbeispintisieren, das war etwas für Boulevardschreiberlinge, nicht für einen seriösen Journalisten.

Journalisten sammeln Fakten.

Hier waren keine zu finden, das war Weilemann unterdessen klar, da war jemand schneller gewesen als er, aber vielleicht verfügte ja Eliza doch noch, ohne es zu merken, über die eine oder andere Information, wusste vielleicht ein Detail, aus dem sich ableiten ließ, hinter was für einem Verdacht Derendinger her gewesen war. Er musste sich ganz genau von ihr erzählen lassen, über was sich die beiden unterhalten hatten, auch jene Dinge, die sie vielleicht gar nicht mit den Recherchen in Verbindung gebracht hatte. Und, auch das machte ihm diese so sorgfältig gesäuberte Wohnung deutlich, er musste seine Nachforschungen unauffällig anstellen, nicht dass es ihm am Ende auch noch selber so erging wie Derendinger.

Obwohl …

Es war eine lächerliche Vorstellung, natürlich, sinnlos dramatisch, aber gleichzeitig hatte sie auch etwas reizvoll Heroisches: Für das Aufdecken eines Skandals sein Leben opfern, auf der Suche nach einer verborgenen Wahrheit ermordet werden, das wäre wenigstens ein würdiges Ende für einen Journalisten der alten Schule, für jemanden, der seinen Beruf noch von der Pike auf gelernt hatte. Besser als irgendwann in einem anonymen Spitalzimmer langsam zu verrecken, so wie es Wille gerade erging, den selbst seine Stellung als lebenslänglicher Präsident der Eidgenössischen Demokraten nicht vor der Magensonde und dem Beatmungsgerät hatte bewahren können. Eine letzte dicke Schlagzeile, noch fetter als damals, als er den Fall Handschin aufgeklärt hatte, und dann …

Aber die Schlagzeile würde es nicht geben, genauso wenig wie Derendinger seinen letzten großen Artikel noch hatte schreiben können. Man musste es klüger anstellen, seine Rechercheergebnisse irgendwo deponieren, bei einem Anwalt vielleicht, der dann dafür zu sorgen hätte, dass sie wenigstens posthum …

Er hätte nicht zu sagen gewusst, wie lang er schon regungslos vor dem Regal mit den Ordnern stand; wenn er sich so in seinen Gedanken verlief, ging ihm jedes Zeitgefühl verloren. Zu lang war er schon da, viel zu lang, wenn ihn jemand beim Hereinkommen beobachtet hatte – und damit musste er rechnen, Eliza hatte das auch gemeint –, dann war die Ausrede mit dem Buch, nach dem er gesucht und das er nicht gefunden hatte, unterdessen recht fadenscheinig geworden.

Er war schon an der Wohnungstüre, als ihm der Band auf Derendingers Nachttisch einfiel, mit Awerbachs Foto als Buchzeichen. Es war schade darum, das gute Stück würde ja doch nur im Abfall landen, da war es doch besser, wenn er es mitnahm, zur Erinnerung an einen Kollegen, mit dem er sich erst nach dessen Tod so richtig angefreundet hatte.

Mit dem Schachlehrbuch in der Hand quälte er sich die Treppe hinunter; seltsamerweise war das Hinuntersteigen für seine Hüfte noch anstrengender, als es der Aufstieg gewesen war. Im ersten Stock stand ein Mann breitbeinig auf dem Treppenabsatz und versperrte ihm den Weg.

«Exgüsi», sagte Weilemann, aber der Mann antwortete nicht, ließ ihn auch nicht vorbei, sondern musterte ihn von oben bis unten und wollte dann wissen: «Wo kommen Sie her, wenn man fragen darf?»

Er meinte dieses «Wenn man fragen darf» nicht wörtlich, sein Ton machte deutlich, dass er zu den Leuten gehörte, die jede Frage stellen dürfen, die sie stellen wollen, und denen man besser antwortet, wenn man keine Schwierigkeiten bekommen will.

«Ich war bei Herrn Derendinger, also in seiner Wohnung. Er hat mir schon lang mal seinen Schlüssel gegeben, und ich wollte ein Buch holen, das ich ihm geliehen habe, bevor es … bevor alles …»

«Dieses Buch hier?», fragte der Mann. «Darf ich mal sehen?» Auch jetzt war das «Darf ich?» nur eine Floskel.

Der Mann blätterte in dem Schachlehrbuch, schlug die erste Seite auf, als sei er ein Antiquar und wolle sich das Impressum ansehen, und fragte dann: «Heißen Sie Weilemann?»

«Weilemann, ja.» Seine Stimme zitterte nicht, und das machte ihn ein bisschen stolz. «Kurt Weilemann. Woher wissen Sie …?»

«Steht doch hier.» Der Mann streckte ihm das aufgeschlagene Buch hin, und tatsächlich, auf der leeren Seite neben dem

Buchtitel stand *Ex Libris Kurt Weilemann*. Darunter seine Adresse. In derselben eckigen Schrift wie die Jahreszahlen auf den Ordnern.

In einem Buch, das er heute zum ersten Mal gesehen hatte.

13

Der Mann im Treppenhaus, Weilemann hoffte das zumindest, würde wohl nur der Abwart gewesen sein oder sogar nur ein gewöhnlicher Mieter, einer von den besonders Eifrigen, denen es ernst war mit dem Slogan von der Verantwortung jedes Einzelnen für die Gemeinschaft. Eine offizielle Funktion konnte er nicht gehabt haben, sonst hätte er nach einem Ausweis gefragt und nicht einfach akzeptiert, dass Weilemann tatsächlich derjenige war, dessen Name und Adresse da auf dem Vorsatzblatt standen. Oder aber, das fiel ihm erst hinterher ein und machte seine anfängliche Erleichterung schlagartig zunichte, oder aber er hatte nur deshalb keinen Ausweis sehen wollen, weil er ohnehin gewusst hatte, wer da die Treppe herunterkam, weil er auf ihn gewartet hatte, und das wiederum würde bedeuten …

Es war besser, wenn man sich solche Überlegungen gar nicht erst machte, man verfing sich in ihnen wie in einem Gestrüpp, blieb hier an einem «Wenn» hängen und dort an einem «Könnte sein», und die ganze Studiererei brachte einen nicht weiter, sondern machte nur nervös. Es würde schon nur ein neugieriger Hausbewohner gewesen sein, einer von denen, die sich ihre Nase nur haben wachsen lassen, damit sie sie in Dinge stecken können, die sie nichts angehen, solche Leute hatte es schon immer gegeben, und seit man die eigene Wunderfitzigkeit als Patriotismus verkleiden konnte, wuchsen sie an jedem Baum. So oder so: Das Exlibris in dem Schachlehrbuch, von dem er nichts gewusst hatte, dieses Exlibris war zufällig der perfekte Beweis für seine vorbereitete Ausrede gewesen, er war gekommen, um aus der Wohnung des Verstorbenen ein Buch zu holen, das ihm gehörte, er hatte dieses Buch gefunden und mitgenommen, alles klar, vielen Dank, ich wünsche noch einen schönen Tag. Der kurze Zwischenhalt hatte auch seine Vorteile gehabt, sein Hüftgelenk, das solche Mount-Everest-Touren überhaupt nicht schätzte, hatte sich ein bisschen beruhigen können, und das war allemal ein Pluspunkt.

Wenn der Mann im Treppenhaus wirklich nur ein Neugieriger gewesen war und nicht …

Besser nicht drüber nachdenken.

Viel interessanter war eine andere Frage: Warum der falsche Besitzername im Exlibris? Warum «Weilemann» und nicht «Derendinger»? Es gab nur eine einzige logische Erklärung dafür, und Weilemann erschrak vor sich selber, weil er das unterdessen schon ganz selbstverständlich denken konnte, obwohl es doch eigentlich undenkbar war, in einer zivilisierten Gesellschaft undenkbar sein musste: Derendinger hatte fest damit gerechnet, dass ihn seine Nachforschungen das Leben kosten könnten, er hatte das zu Eliza auch ausdrücklich gesagt, und er hatte recht behalten, nachträglich recht behalten. Wenn er es aber für möglich gehalten hatte, dass ihn jemand ermorden könnte, dann hatte er bestimmt auch in Betracht gezogen, dass man nach seinem Tod seine Sachen durchwühlen und alle Hinweise auf seine Recherchen entfernen würde, nein, dann würde es, wenn Derendinger wirklich alles so klar vorausgesehen und sich darauf vorbereitet hatte, dann würde er auf seinem Schreibtisch gar keine solchen Hinweise hinterlassen haben, oder doch nur unwichtige oder sogar bewusst irreführende. Stattdessen würde er versucht haben, seine gesammelten Informationen auf andere Weise weiterzugeben, unauffällig verschlüsselt, so wie er bei ihrer Begegnung auf dem Lindenhof immer nur von einer Schachpartie gesprochen und damit den Morosani-Mord gemeint hatte, er würde eine diskrete Methode gesucht haben, Weilemann zu informieren, irgendetwas, das bei einer Wohnungsdurchsuchung nicht auffiel, würde seine Hinweise versteckt haben, in einem Buch mit Schach-Endspielen zum Beispiel, hatte darin vielleicht einzelne Buchstaben markiert oder auf andere Art eine Botschaft hinterlassen. Und das falsche Exlibris hatte er hineingeschrieben, damit das Buch bei ihm, beim Schach spielenden Weilemann, landen sollte; Derendinger hatte zwar nicht wissen können, dass sein alter Kollege sich in der Wohnung umsehen würde, aber er hatte sich wohl darauf verlassen, jemand würde beim Wegräumen den Eintrag schon entdecken und das Buch an den vermeintlichen Besitzer zurückschicken. Wenn es so war, dann hatte er ein besonders passendes Vehikel für seine geheime Botschaft ausgesucht, bewusst oder zufällig. Geradezu symbolisch war das: Aus dem *Awerbach* konnte man lernen, wie man Gegenspieler auch in scheinbar ausweglosen Situationen doch noch matt setzte, und so etwas Ähnliches, das war der Schluss, zu dem Weilemann kam, so etwas Ähnliches hatte ihm Derendinger wohl damit sagen wollen.

Wenn es diesen Gegner tatsächlich gab und das Ganze nicht doch nur eine Altherrenphantasie war, eine doppelte Altherrenphantasie, von Derendinger und von ihm selber, zwei ausgediente Journalisten, die hinter einer Geschichte herjagten, die gar nicht existierte, die sich der eine zusammenspintisiert hatte und die der andere nur allzu gern glaubte, nur um wieder einmal etwas zum Recherchieren zu haben. Bei der Arbeit an einer Story konnte man keinen größeren Fehler machen, als Dinge, für die man keinen Beweis hatte, als Fakten vorauszusetzen, und dass Eliza Stein und Bein schwor, Derendinger sei bei vollem Verstand und keineswegs verwirrt gewesen, das war kein Beweis, nicht wirklich, es war trotzdem möglich, dass der sich nur etwas eingebildet hatte, einfach, weil er es nicht aushielt, keine Beschäftigung zu haben. Und auch Weilemanns Namen in dem Buch konnte man anders erklären, vielleicht hatte Derendinger den *Awerbach* zufällig irgendwo entdeckt, war vielleicht in einer Grabbelkiste auf das Buch gestoßen, hatte es für ein paar Rappen gekauft, um es Weilemann zu schenken, und nur deshalb …

Aber Derendinger war tot, das war keine Altherrenphantasie. Und er war auf eine Art gestorben, bei der es nicht mit rechten Dingen zugegangen war. Er war ermordet worden, das war der Fakt, von dem man ausgehen musste, jemand hatte es auf ihn abgesehen, und derselbe Jemand hatte nachher seine Wohnung durchsucht oder durchsuchen lassen, dieselben Jemande, es würde mehr als nur einer gewesen sein. Was dort alles verschwunden war, das würde sich nie mehr herausfinden lassen, aber was sie übersehen hatten, gar nicht beachtet, gerade weil es so offen dagelegen hatte, das besaß jetzt Weilemann.

Seine Ungeduld, sich das *Lehrbuch der Endspiele* näher anzusehen, war so groß, dass er sich auf halbem Weg zur Tramstation in ein Kaffeelokal setzte, eines, das er unter normalen Umständen gemieden haben würde, nur schon weil ihm dessen ach so lustiger Reklameslogan auf die Nerven ging. «Für KoffeInsider» – für den Unsinn würde eine Werbeagentur eine Menge Geld kassiert haben. Er hasste diese neumodischen Wortspielereien, die sich auf immer mehr Ladenschildern breitmachten wie ein Ausschlag, hatte sogar nach vielen Jahren der Treue den Coiffeur gewechselt, bloß weil der seine Bude neuerdings *Hair Force One* nannte. Und es hätte noch einen zweiten Grund gegeben, diese Ladenkette zu meiden: Ein Ristretto kostete hier so viel, dass man meinen konnte, die Kaffeebohnen seien am Aussterben, so wie die Heringe, die man sich auch nur noch zu besonderen Gelegenheiten leisten konnte.

Außer ihm waren nur noch zwei ältere Frauen im Lokal, aus deren Unterhaltung ab und zu ein Kichern aufstieg wie eine Rakete. Er legte den *Awerbach* vor sich auf das kleine Tischchen – der gusseiserne Fuß sollte wohl an ein französisches Bistro erinnern – und untersuchte den zerlesenen Band sorgfältig. Billiges, gelblich verfärbtes Papier. Stockflecken. Erschienen 1958; im Zeitalter des Internets wurden solche Fachbücher nicht mehr neu aufgelegt. Sportverlag Berlin, DDR damals noch, eine historische Epoche, von der Weilemann nicht mehr viel mitbekommen hatte. Er blätterte das zerlesene Buch Seite für Seite durch, suchte nach Unterstreichungen, Randnotizen, nach irgendetwas, das man als Botschaft hätte deuten können. Und fand: nichts. Absolut nichts.

Das einzige Besondere war das Bild mit Awerbach und den beiden Männern. Wo Derendinger diese Aufnahme vom Besuch des russischen Großmeisters wohl aufgetrieben hatte? Oder hatte sie schon in dem Buch gelegen, als er es gekauft hatte?

Weilemann ärgerte sich darüber, dass er in Derendingers

Schlafzimmer die Fotografie einfach so herausgezogen hatte, ohne darauf zu achten, zwischen welchen Seiten sie gesteckt hatte. Vielleicht hätte das eine Bedeutung gehabt. Zum Kriminalisten war er wirklich nicht geboren.

An die große Schweizerfahne auf dem Bild konnte er sich erinnern. Die Simultanvorstellung hatte damals im Gelben Saal des Volkshauses stattgefunden, und die Fahne hatte an der Stirnwand gehangen, direkt hinter dem Spieler am ersten Brett. Awerbach selber hatte nie an dem Tisch gesessen, nicht, solang Weilemann dort gewesen war, er hatte sich, obwohl damals schon weit über achtzig, überhaupt nie hingesetzt, sondern war, als seine Gegner alle schon vor ihren Brettern saßen, im letzten Moment hereingekommen, ein paar Minuten zu spät sogar, war im Hufeisen der drei langen Tische von einem zum andern gegangen und hatte seine Züge gemacht, am Anfang noch gemächlich und dann mit jedem Gegner, den er matt gesetzt hatte, immer schneller, man war kaum zum Nachdenken gekommen. Die ganze Zeit hatte er mit niemandem ein Wort gesprochen, obwohl man extra einen Russisch-Dolmetscher organisiert hatte, und als die letzte der vierundzwanzig Partien zu Ende gespielt war – Heydmann vom Lasker-Schachklub hatte sich noch jahrelang mit dem Remis gebrüstet –, da war Awerbach direkt wieder verschwunden, ohne die Partien mit ihnen zu analysieren, wie sie es erhofft hatten. Direkt unhöflich war das gewesen, aber einem alten Herrn musste man so etwas nachsehen. Es hatte damals geheißen, er habe sich wieder direkt in sein Hotel fahren lassen.

Wann konnte also diese Aufnahme entstanden sein? Und wer waren die beiden Männer links und rechts?

Weilemann, da war er stolz darauf, brauchte noch keine Lesebrille, aber jünger wurde man auch nicht, und wenn man sein Leben lang immer so viel hatte lesen müssen … Egal, die Gesichter auf der Fotografie konnte er ohne Lupe nicht genau genug erkennen, und dann war auch das Licht in diesem noblen Schuppen verdammt schummrig. Er klopfte mit einem Fünfliber auf das Tablett, nur des Geräusches halber, es war ihm schon klar, dass man in solch einem Lokal für einen Kaffee besser gleich eine Note aus dem Portemonnaie klaubte. Man wurde hier, das konnte man bei den Preisen auch verlangen, tatsächlich noch bedient; für einmal hatte er sich seine Tasse nicht selber an der Theke holen müssen, wie es sonst üblich war. Der Kellner, das glaubte der wohl seiner Vornehmheit schuldig zu sein, ließ sich Zeit, obwohl außer Weilemann und den beiden kichernden Frauen keine Gäste da waren. Endlich kam er dann doch gnädigst an den Tisch und fragte mit leicht beleidigtem Unterton: «Hat Ihnen unser Kaffee nicht geschmeckt?» Weilemann hatte seinen Ristretto nicht absichtlich stehen lassen, er hatte nur aus lauter Konzentration auf das Schachbuch das Trinken vergessen, aber jetzt ließ er sich die Gelegenheit zu einem bösen Spruch nicht entgehen. «Nein», sagte er, «er hat mir nicht geschmeckt. Aber es ist mein eigener Fehler. Man soll nicht in billige Lokale gehen.»

14

Nein, eine Lesebrille brauchte Weilemann noch lang nicht, aber manchmal, zum Beispiel auf den Beipackzetteln von irgendwelchen Tabletten, waren die Texte verdammt klein gedruckt, total kundenfeindlich, und nur für solche Fälle lag eine Lupe auf seinem Schreibtisch bereit. Aber auch damit konnte er die Gesichter der beiden Männer nicht genauer erkennen. Es dauerte eine ganze Weile, bis ihm eine bessere Lösung einfiel; sie wäre von Anfang an sinnvoller gewesen, aber er war eben retro oder, wie ihm das Markus mehr als einmal vorgeworfen hatte, schlicht und einfach altmodisch, und so dachte er immer erst zuletzt daran, dass sich die meisten Probleme mit dem Computer lösen ließen. Es war nicht so, dass er mit diesen Dingen nicht klargekommen wäre, so schwierig war das alles ja nicht, aber jedes Mal, wenn er so ein elektronisches Gehirn für sich arbeiten ließ, kam er sich vor, als ob er schummeln würde, einen Spickzettel benutzen oder heimlich beim Banknachbarn abschreiben. Nun ja, diesmal musste es sein. Er scannte also die Fotografie ein und vergrößerte sie mit der Bildschirmlupe.

Wer immer die ursprüngliche Aufnahme gemacht hatte, der Mann – oder die Frau – hatte keine gute Kamera besessen, oder sie war defekt gewesen, Weilemann kannte sich mit diesen technischen Dingen nicht aus. Auf jeden Fall waren nicht alle Teile der Fotografie gleich scharf herausgekommen. Am schlechtesten zu erkennen war das Gesicht des Mannes rechts neben Awerbach, das mit dem zugedrückten Auge; wenn man es vergrößerte, löste es sich in einzelne Pixel auf; wie sie es im Fernsehen machten, wenn ihnen jemand ins Bild geraten war, der nicht gezeigt werden durfte, ein Polizeibeamter oder ein Minderjähriger.

Aber warum war die Aufnahme nur an dieser Stelle unscharf? Bei dem Mann links war das nämlich wieder ganz anders, bei dem konnte Weilemann problemlos immer weiter heranzoomen, konnte den Mund oder das Kinn bildfüllend machen, konnte ihm fast in die Poren hineinkriechen, und es blieb immer alles deutlich erkennbar und überhaupt nicht verschwommen. Und wenn er dann hinterher das Minuszeichen ein paarmal anklickte und sich wieder das ganze Gesicht ansah, kam es ihm vor, als ob der Mann ihn auslachte, sich darüber lustig machte, dass er ihn nicht erkannte, obwohl er ihn eigentlich hätte erkennen müssen. Es war ein bekanntes Gesicht, da war sich Weilemann ganz sicher, aber er konnte es ums Verrecken nicht einordnen. Ach, wie gut, dass niemand weiß, dass ich Rumpelstilzchen heiß.

Auch bei dem Kantonsabzeichen, das Awerbach wohl als typisch schweizerisches Gastgeschenk bekommen und sich aus Höflichkeit gleich ans Revers gesteckt hatte, war in der Vergrößerung alles glasklar zu erkennen, sogar der kleine rote Strich, der – das war ihm vorher noch gar nie aufgefallen – wohl die Manneskraft des Bären darstellen sollte. Man hatte wahrscheinlich diesen Kanton für den Gast ausgesucht, weil sein Wappentier ein bisschen an den russischen Bären erinnerte und …

Moment.

Der rote Bärenpimmel. Die roten Krallen. Aber keine rote Zunge.

Genau wie auf dem Anstecker, den ihm Derendinger auf dem Lindenhof in die Hand gedrückt hatte.

Wo hatte er den hingelegt? Er hatte ihn damals wegwerfen wollen, daran erinnerte er sich noch, und hatte es dann doch nicht getan. Musste ihn wohl in die Tasche gesteckt haben. Was hatte er an jenem Tag angehabt? Das englische Jackett, natürlich, er hatte Derendinger damit beeindrucken wollen, aber so wie der drauf gewesen war, wäre ihm wahrscheinlich nicht einmal aufgefallen, wenn Weilemann in Badehosen und mit Taucherbrille zu ihrem Treffen erschienen wäre. Ahnte wohl schon, dass jemand hinter ihm her war, dass er in Lebensgefahr schwebte. Wenn das so war, hatte er ihm das Wappen nicht aus einer Verwirrtheit heraus in die Hand gedrückt, sondern weil es eine Bedeutung hatte. Weil er ihm damit etwas sagen wollte.

Aber was?

Er fand die Anstecknadel in der rechten Tasche des Jacketts. Verglich sie, den Anstecker unter der Lupe und die Vergröße- rung der Fotografie auf dem Bildschirm, mit der am Revers von Awerbach. Es konnte keinen Zweifel geben: Es war nicht nur das gleiche Abzeichen, sondern dasselbe – ein Unter- schied, den die jungen Journalistenfuzzis von heute alle nicht mehr zu kennen schienen. Das kleine Emailstückchen, dort wo die Zunge des Bären hingehört hätte, war an der exakt glei- chen Stelle herausgebrochen. Wie war Derendinger zu dem Anstecker gekommen? Hatte er Awerbach bei dessen Besuch in Zürich getroffen? Weilemann konnte sich keinen Grund für eine solche Begegnung vorstellen. Ein Interview? Hatte ihn die Redaktion losgeschickt, um ein Gespräch mit dem pro- minenten Gast zu führen? Aber selbst wenn – und Weile- mann glaubte nicht an dieses «wenn», Derendinger war da- mals der große Politjournalist gewesen und hätte sich für so eine Simultandemonstration überhaupt nicht interessiert –, aber selbst wenn: Warum hätte ihm Awerbach seinen Anste- cker geben sollen? Und warum hatte jemand dem russischen Gast ein kaputtes Kantonswappen geschenkt? Es musste schon damals kaputt gewesen sein, sonst wäre es nicht auf der Foto- grafie zu sehen gewesen. Oder hatte jemand die kleine Panne bemerkt, sie hatten den Anstecker gegen einen ganzen aus- getauscht, und Derendinger hatte den defekten als Andenken mitgenommen?

Wenn er Awerbach überhaupt jemals begegnet war.

Das Ganze war rätselhaft, aber gerade solche Rätsel, das hatte Weilemann in seiner aktiven Zeit immer wieder festgestellt, konnten für eine Recherche nützlich sein, nicht weil sie direkt Antworten lieferten, sondern weil sie einem dabei halfen, die richtigen Fragen zu stellen.

Noch einmal studierte er die vergrößerte Fotografie. Bei dem Mann rechts hatte er die Hoffnung aufgegeben, aber bei dem links … Er hatte das Gefühl, das Gesicht gut zu kennen, richtig gut sogar, trotzdem wollte ihm nicht einfallen, zu wem es gehörte, und in welchem Zusammenhang er es schon gesehen hatte. Er kannte dieses Problem von seinem Beruf her, wo es ihm bei der Arbeit an einem Artikel oft so ergangen war: Man war mitten in einem Satz und wusste, dass es für das, was man als Nächstes hinschreiben wollte, eine perfekte Formulierung gab, aber die hatte sich irgendwo in einer Hirnwindung verkrochen und wollte sich ums Verrecken nicht finden lassen. Grübeln half dann nicht weiter, im Gegenteil; Worte waren scheue Tiere, wenn man ihnen nachstellte, verkrochen sie sich nur noch tiefer im Unterholz.

Der Vergleich missfiel ihm, noch während er ihn dachte; er war ja schließlich kein Förster. Egal. Wenn ihm beim Schreiben etwas überhaupt nicht einfallen wollte, dann hatte sich nur eine Methode für ihn als wirksam erwiesen: liegen lassen, nicht mehr daran denken und sich darauf verlassen, dass das Unterbewusstsein früher oder später ganz von selber die richtige Schaltung herstellen würde. Das musste eigentlich auch bei einem Gesicht funktionieren. Kaffeepause also. Vor langer Zeit, im Mittelalter quasi, in jener fernen Epoche, als es noch so etwas wie bezahlte Dienstreisen gab, und sie ihn losgeschickt hatten, um über einen Skandal in der Schweizergarde zu berichten, hatte er sich in Rom ein winziges Espresso-Maschinchen gekauft, das lieferte einen Ristretto, der bestimmt mindestens so gut war wie das Millionärsgesöff, das er in dieser Abrissbude für teures Geld hatte kalt werden lassen. Zwei gehäufte Löffel von der speziellen italienischen Mischung, obwohl das natürlich für einen winzigen Ristretto schon ein bisschen übertrieben war, aber diesen kleinen Luxus gönnte er sich. Das Leben war zu kurz, um dünnen Kaffee zu trinken.

Zuerst stieg wie immer dieser Duft auf, das aromatische Versprechen des kommenden Genusses, dann kam das Pfeifen, das Weilemann jedes Mal an das Röcheln eines alten Mannes erinnerte, an einen mühsam eingesogenen oder herausgepressten letzten Atemzug, und dann …

Wille. Natürlich. Der Mann, der auf der Fotografie links neben Awerbach stand, war Wille, derselbe Wille, der jetzt im Krankenhaus lag, an eine Maschine angeschlossen, die ihm die erschöpfte Lunge ersetzte, für einen stöhnenden, pfeifenden Atemstoß nach dem andern. Weilemann war nur deshalb nicht gleich auf ihn gekommen, weil der ED-Präsident in eine ganz andere Welt gehörte und ganz bestimmt nicht an dieser Simultandemonstration dabei gewesen war, warum auch, das war nicht die Sorte Anlass, bei der man um Wählerstimmen werben konnte. Und doch war da diese Fotografie, ein eindeutiger Beweis dafür, dass Wille Awerbach an jenem Tag getroffen hatte, zumindest lang genug für ein Pressefoto. Vielleicht war auch er es gewesen, der dem Gast den Berner Bären ans Revers gesteckt hatte, und dann hatte er sich neben ihn hingestellt und in die Kamera gelächelt. Aber wann konnte das gewesen sein? Nicht in der Zeit, wo sie alle vor ihren Schachbrettern gesessen und auf den Herrn Großmeister gewartet hatten, er sei noch im Hotel, hatte es geheißen. Und doch war das Wille, ganz ohne Zweifel, nicht der von heute, von dem sie keine Bilder mehr herausgaben, sondern sein jüngeres Ich, das von damals, man hatte das Gesicht schließlich oft genug gesehen, auf den Plakaten oder im Fernsehen. Schon wieder ein Rätsel.

Während er sich in seinen Überlegungen festgebissen hatte, war der schöne Kaffee natürlich übergekocht und als er das Kännchen vom Kochfeld wegstellen wollte, war der Henkel so heiß geworden, dass er sich die Finger verbrannte. Auch egal. Den verklebten Herd konnte man später putzen.

Wille.

Mit Schach hatte der nie etwas am Hut gehabt, das hätte Weilemann gewusst. Ganz am Anfang seiner politischen Karriere wäre ein Mitglied namens Wille den Schachvereinen zwar noch peinlich gewesen, aber später, nach den Wahlsiegen der Eidgenössischen Demokraten, hätten sie sich damit gebrüstet. Und in der Parteipropaganda wäre ein solches Hobby ganz bestimmt auch erwähnt worden, da hatten sie nie etwas ausgelassen, das Wille in ein gutes Licht stellen konnte, von seiner Musikalität bis zur Tatsache – wenn es denn eine Tatsache war und nicht von einem Werbeberater für ihn erfunden –, dass er mit Begeisterung an Schwingfeste ging. Da hätten sie bestimmt auch etwas von einer Liebe zum Schach erzählt, so ein Hobby hätte doch gut ins Bild gepasst, der Herr Parteipräsident als großer Denker. Und er hätte sich nicht heimlich mit dem prominenten Gast aus Russland getroffen, sondern ganz offiziell, wäre vielleicht sogar gegen ihn angetreten, und sie hätten Awerbach ein Zusatzhonorar dafür bezahlt, dass er Wille nicht schon in zwölf Zügen matt setzte.

Aber das war alles nur Spintisiererei, ein Herumtheoretisieren ohne Faktenbasis. Nein, Weilemann musste einen Schritt nach dem anderen machen und zuerst einmal herausfinden, wer der Mann rechts von Awerbach war, vielleicht ergab sich ja ein Zusammenhang. Nur: Wie sollte er das anstellen?

Es fiel ihm keine Lösung ein, aber es wurde ihm immer klarer, dass es für seine Recherche wichtig war – nein, nicht nur wichtig, unerlässlich –, diesen Mann zu identifizieren.

Und dann, während er versuchte, das Kochfeld wieder sauber zu kriegen, ohne die empfindliche Glaskeramik zu zerkratzen, fiel ihm ein, dass er ja nicht allein war. «Wenn Funken sprühen sollen, müssen zwei Köpfe aneinanderstoßen.» Lichtenberg. Vielleicht kam er weiter, wenn er das Problem mit Eliza besprach, sie kannte sich mit allen möglichen modernen Gerätschaften aus, sie besaß einen klaren Verstand, sie …

Wem versuchte er eigentlich etwas vorzumachen?

15

Er war den ganzen Tag in der Stadt unterwegs gewesen, da war es nicht mehr als ein Gebot der Höflichkeit, redete er sich ein, dass er sich gründlich duschte, bevor er zu Eliza ging, und wenn er schon einmal dabei war, log er sich vor, konnte er auch gleich frische Unterwäsche anziehen, das ging in einem. Und wenn ihm dann ganz zufällig nach dem Rasieren die Flasche mit dem Aftershave in die Hände geriet, immer noch die uralte Flasche, die ihm Doris einmal zu Weihnachten geschenkt hatte, damals, als sie noch zusammen gewesen waren, wenn er ganz zufällig auf diese Flasche stieß – warum nicht, ein paar Tropfen hatten noch keinem geschadet. Der Geruch war ihm dann aber doch zu intensiv, und er versuchte, ihn wieder abzuwaschen, so wie sich Eliza nach Derendingers Abdankung dessen Parfum abgewaschen hatte, nicht dass sie sich noch fragte, warum er sich für sie so fein gemacht habe. Die Frau war eine verdammt gute Menschenkennerin, und sie sollte nicht denken …

Warum eigentlich nicht? Derendinger, das hatte sie selber erzählt, war ihr Kunde gewesen, bevor er ihr Freund wurde, da war es doch denkbar – nur denkbar, nicht mehr, vorläufig nicht –, dass es bei ihnen beiden umgekehrt sein würde, erst Freunde und dann … Es war schließlich ihr Beruf.

Aber das war jetzt wirklich nicht der Moment, um sich mit Träumereien verrückt zu machen, die er längst für erledigt gehalten hatte, ein für alle Mal, alter Sack bleibt alter Sack, da hilft kein Aftershave. Dass ihm so etwas Pubertäres überhaupt in den Sinn kam, das musste mit der stimulierenden Kraft des Jagdfiebers zu tun haben, mit der Tatsache, dass er endlich wieder einmal einer Geschichte auf der Spur war.

Wenn er auch noch keine Ahnung hatte, was das für eine Geschichte war.

Immerhin: Er hatte recherchiert, er hatte etwas gefunden, und Eliza hatte er nur angerufen, um ihr davon zu berichten; ihr Beruf spielte dabei überhaupt keine Rolle. Sie würde neugierig sein, alle Frauen waren neugierig, und es war nur richtig, wenn er sie über den Stand seiner Nachforschungen informierte, so wie er es früher, wenn er an einer großen Sache dran war und mehr Zeit dafür brauchte, mit dem jeweiligen Chefredaktor gemacht hatte: einen Termin verlangen und die ersten Ergebnisse auf den Tisch legen. Irgendwo musste noch die rote Dokumentenmappe liegen, die es damals bei der Presseinformation über einen neuen Film als Bhaltis gegeben hatte, fast echtes Leder. Es hätte gut ausgesehen, stilvoll auf jeden Fall, wenn er ihr das Foto von Awerbach so gepflegt hätte präsentieren können. Aber die Mappe war nirgends zu finden; vielleicht hatte er sie damals bei seinem erzwungenen Umzug gar nicht eingepackt. So oder so, er musste in der Wohnung mal wieder gründlich Ordnung machen. Wenn Eliza irgendwann vorbeikommen sollte – sie machte keine Hausbesuche, hatte sie gesagt, aber bei Derendinger hatte sie sich auch nicht an diese Regel gehalten –, dann sollte sie nicht denken, er sei nicht in der Lage, einen anständigen Haushalt zu führen. Er hatte das seit seiner Scheidung lang genug geübt, und wenn bei ihm nicht alles so picobello ordentlich war wie bei anderen Leuten, nun ja, er war eben ein kreativer Mensch, da konnte man nicht von ihm erwarten, dass er seine Sachen mit dem Lineal anordnete. Und überhaupt: ein Kartonumschlag tat den Dienst genauso und war auch weniger auffällig. Und darauf kam es doch letzten Endes an: nicht aufzufallen.

Er gönnte sich ein Taxi, trotz der Apothekerpreise, die die nahmen, völlig ungerechtfertigt, fand er, wo die modernen Autos in der Stadt auch ohne Chauffeur ihr Ziel gefunden hätten; dass das Gesetz auf einem Fahrer bestand, das war nur, weil man nicht noch mehr Arbeitslose in der Statistik wollte. Er hätte den ÖV vorgezogen, aber da, wo Eliza wohnte, fuhr der Bus nur jede halbe Stunde, es war eine Gegend, wo das eigene Auto eine Selbstverständlichkeit war; sie musste verdammt gut verdienen, wenn sie sich in dem Quartier eine Wohnung leisten konnte. Auf dem laminierten Schild an der Sonnenblende des Taxis stand vor dem Namen des Fahrers ein Doktortitel; wieder einer, der im Wirtschaftsabschwung arbeitslos geworden war und sich jetzt mit so einem Job durchschlagen musste. Weilemann sprach ihn nicht darauf an; es wäre dem Mann bestimmt peinlich gewesen. Nach dem Bezahlen verlangte er ganz automatisch eine Quittung, obwohl es ja niemanden gab, bei dem er Spesen hätte abrechnen können. Alte Gewohnheit.

Eliza öffnete ihm die Türe. Sie trug einen dieser Overalls, die in dieser Saison angesagt waren, man hätte meinen können, dass plötzlich alle modebewussten Frauen in Garagen arbeiteten. Der Stoff war allerdings gar nicht garagenmäßig; bei jeder Bewegung, die sie machte, schien er die Farbe zu wechseln, einmal mehr blau, dann wieder mehr grün, es gab einen Fachausdruck für diese Art Material, aber der fiel ihm nicht ein. Weilemann fragte sich, ob sie sich extra für ihn so angezogen hatte, elegant, aber nicht sexy. Er hatte ihr nicht gesagt, um was es ging, nur dass man sich dringend treffen müsse; wenn jemand ihr Telefon abhörte, sollte er denken, er sei Kundschaft.

«Ich trinke gerade Tee», sagte sie, «aber wenn du möchtest, kann ich einen Wein aufmachen.»

«Wenn du möchtest» hieß in diesem Fall wohl: «Wenn es unbedingt sein muss.» Die Chefsekretärin beim *Tages-Anzeiger* damals, diese Frau Soundso, an die ihn Eliza erinnerte, hatte auch diese Fähigkeit gehabt, eine Frage so zu stellen, dass einem sofort klar war, welche Antwort erwartet wurde; es war nicht immer die, die man sich ausgesucht hätte.

«Nein, Tee ist prima», sagte er also, obwohl er Tee hasste. Er trank ihn nur, wenn er erkältet war, mit viel Honig und einem großzügigen Schuss Rum. Oder er trank nur den Rum und ließ den Tee weg.

Als er hinter ihr her zum Wohnzimmer ging, fiel ihm auf, dass der Overall – changierend hieß diese Art Stoff, jetzt fiel es ihm wieder ein – bedeutend enger geschnitten war, als das bei einem Monteur der Fall gewesen wäre. Es war schon ein ganzes Weilchen her, dass er einer Frau so auf den Hintern

geschaut hatte, aber es war immer noch ein erfreulicher Anblick. Für manche Dinge wurde man nie zu alt.

Er zeigte ihr das Foto nicht gleich, sondern erzählte zuerst
von seinem Besuch in der Wohnung in Wipkingen und von
der unnatürlich perfekten Ordnung, die er dort vorgefunden
hatte. Sie schien überhaupt nicht überrascht und zog aus seinem Bericht denselben Schluss, zu dem er selber gekommen
war: Nach Derendingers Tod musste dort jemand alles durchsucht und jeden Hinweis auf dessen Nachforschungen entfernt haben. Als er ihr von der Begegnung mit dem Mann im
Treppenhaus erzählte, legte sie erschrocken beide Hände vor
den Mund, wieder so eine Klein-Mädchen-Geste, wie wenn
in einer Gutenachtgeschichte plötzlich ein Räuber oder Men-
schenfresser aufgetaucht wäre. Überhaupt hatte Eliza das Talent, einem so konzentriert zuzuhören, dass man gern ins
Detail ging, das war ihm schon bei seinem ersten Besuch aufgefallen, als er ihr vom Fall Handschin erzählt hatte. Oder war
dieses Interesse am Ende überhaupt nicht echt, sondern etwas
Antrainiertes, eine Methode, die sie sich angewöhnt hatte, weil
es ihr in ihrem Beruf nützlich war? Sexualtherapeutin. Gab es
eigentlich Lehrbücher für so eine Tätigkeit? Oder sogar eine
regelrechte Ausbildung?

«Und weiter?», sagte sie.

Er hatte sich mal wieder in seinen Gedanken verloren und
den Gesprächsfaden abreißen lassen. Das kam davon, dass er
sich viel zu oft selber Gesellschaft leisten musste.

Als Nächstes erzählte er ihr von dem Endspiele-Buch mit
dem falschen Exlibris und musste ihr zu seiner Überraschung
den Namen Awerbach nicht erklären. Er hätte nicht gedacht,
dass sie sich für Schach interessierte, gutaussehende Frauen –
Warum eigentlich? – taten das selten.

«Wenn alles vorbei ist, spielen wir zwei einmal eine Partie gegeneinander», sagte sie.

«Hast du mit Derendinger auch gespielt?»

Sie schüttelte den Kopf. «Schach war nicht seine Stärke.»

«Er war ein blutiger Anfänger.» Weilemann hätte die Worte am liebsten gleich wieder verschluckt. Das automatische Adjektiv erinnerte ihn daran, wie auf den Fotos das Blut unter dieser Blache herausgesickert war. «Limmatclub Zürich» hatte darauf gestanden.

Eliza schien den Fauxpas nicht bemerkt zu haben. «Warum hast du das Buch nicht mitgebracht?», fragte sie.

«Weil es nicht wichtig ist. Nur das Buchzeichen, das darin steckte. Schau dir das an!»

Bevor er die Fotografie auf das kleine Tischchen legte, schob er die unberührte Teetasse zur Seite. Die rote Dokumentenmappe wäre doch besser gewesen; so ein blöder Kartonumschlag war einfach zu prosaisch.

Sie war überrascht, als sie das Bild sah, aber sie fing nicht gleich an, Fragen zu stellen, das gefiel ihm an ihr, sondern sah sich die Fotografie zuerst gründlich an. Dann sagte sie: «Wille habe ich natürlich erkannt. Aber wer sind die beiden andern? Der eine, der so blöd in die Kamera blinzelt, und der in der Mitte.»

«Das ist Awerbach.»

«Ein Russe mit einem Berner Wappen am Jackett?»

«Mit *diesem* Berner Wappen.»

Er hatte den Anstecker in ein Kleenex gewickelt, und der hatte sich darin verhakt. Es sah sehr ungeschickt aus, wie er an dem dünnen Papier herumzerren musste, Eliza hielt ihn bestimmt für einen alten Doderer. Es dauerte eine ganze Weile, bis er das Abzeichen endlich neben die Fotografie legen konnte.

Wieder ließ sie sich Zeit und sagte dann: «Tatsächlich, das ist das Wappen aus dem Bild. Bei beiden Bären fehlt die Zunge.» Man merkte, dass sie jüngere Augen hatte; er hatte dieses Detail erst mit der Bildschirmlupe entdeckt. «Woher hast du ...?»

«Das ist das Abzeichen, das mir Derendinger in die Hand gedrückt hat. Dasselbe, das auch auf dem Foto ... Das muss etwas bedeuten.»

«Ja», sagte Eliza nachdenklich, «das muss etwas bedeuten.» Wenn sie nachdachte, fuhr sie sich mit der Zunge über die Lippen. Er war sich immer noch nicht sicher, ob sie Lippenstift benutzte. Ob man das schmecken würde, wenn man sie küsste?

Kusch, Weilemann!

Sie konnte wirklich gut zuhören, unterbrach ihn kein einziges Mal, während er ihr schilderte, wie die Fotografie eigentlich gar nicht entstanden sein konnte, weil Wille gar nicht dort gewesen war, nicht in der Zeit, in der Awerbach seine Simultanpartien gespielt hatte, wie er die Fotografie erst eingescannt und dann vergrößert hatte, und wie sie nicht an allen Stellen gleich scharf war. «Wahrscheinlich war an der Kamera etwas nicht in Ordnung.»

Eliza schüttelte den Kopf. «Daran wird es nicht liegen», sagte sie.

«Was könnte es sonst sein?»

«Ich habe eine Vermutung.» Sie stand auf. «Am besten gehen wir dafür in mein Arbeitszimmer.» Einen Moment lang überlegte er, ob sie damit wohl ihr Schlafzimmer meinte – er musste wirklich aufhören, ständig solche Sachen zu denken! –, aber dann war da tatsächlich ein Büro, ein kleiner, schmuckloser Raum, nur an einer Wand hing das bekannte Bild von Albert Einstein mit herausgestreckter Zunge.

Auch sie scannte die Fotografie ein, bedeutend schneller, als es ihm gelungen war. Sie arbeitete nicht mit einer Maus, wie er es immer noch tat, sondern hatte einen dieser neuen Pointer, die man sich wie einen Ring über den Zeigfinger streifte, so dass man auf die gewünschten Icons klicken konnte, ohne die Hände von der Tastatur zu nehmen. Sie ließ die Abbildung auf dem Bildschirm ein paarmal größer und kleiner werden und sagte dann. «Genau, was ich mir gedacht habe. Es liegt nicht an der Kamera.»

«Sondern?»

«Dieses Bild hat niemand fotografiert.»

Er musste ein sehr dummes Gesicht gemacht haben, denn sie begann zu lachen, so unvermittelt, wie er sie einmal hatte weinen sehen, und sie hörte ebenso plötzlich wieder auf. «Tut mir leid», sagte sie, «aber wie du mich gerade angestarrt hast …»

«Was soll das heißen: ‹Es hat niemand fotografiert›?»

«Du hast es selber gesagt: Awerbach hat nie an diesem Tisch gesessen.»

«Nicht während ich dort war. Aber irgendwann muss die Aufnahme doch entstanden sein.»

«Irgendwann schon. Aber nicht damals. Und nicht in einer Kamera, sondern in einem Computer. Das Bild ist zusammengesetzt. Eine Montage, *Photoshop* oder ein anderes Programm. Die einzelnen Teile stammen aus verschiedenen Quellen, deshalb sind sie verschieden scharf. Das fertige Produkt hat er dann ausgedruckt, und …»

«Meinst du Derendinger?»

«Felix kannte sich aus mit solchen Sachen. War immer auf dem neusten Stand, trotz seines Alters.»

Was auf Deutsch übersetzt hieß: «Es ist nicht jeder so ein

computertechnischer Dinosaurier wie du.» Damit mochte sie sogar recht haben, aber logisch denken konnte auch ein Dinosaurier, und da war ein Detail, das nicht zu ihrer Theorie passte.

«Die Fotografie kann nicht so neu sein, wie du meinst. Sie ist doch schon ganz verblasst.»

Diesmal hatte ihr Lächeln etwas Mitleidiges. «Der Effekt lässt sich im Computer leicht erzeugen. Nach dem Ausdrucken hat er das Bild vielleicht in Tee eingelegt.»

«Tee?»

«Das ist eine gute Methode, um Dokumente alt erscheinen zu lassen.»

«Du meinst also wirklich, Derendinger hat …?»

«Es scheint mir die logische Erklärung zu sein. Er wird mit einer Aufnahme von diesem Saal begonnen haben, mit der Schweizerfahne an der Wand, dann hat er Awerbach in die Mitte platziert, und dann …»

«Und wo hat er das Bild von Awerbach hergenommen?»

«Von einem Schachgroßmeister finden sich im Internet jede Menge Fotos.»

«Mit einem Berner Bären am Revers?»

Wieder musste ihr die Zungenspitze beim Nachdenken helfen. Dann – ihr Gesicht war so ausdrucksvoll, dass man darin lesen konnte – hatte sie einen Einfall. Sie drehte ihm den Rücken zu und studierte auf dem Bildschirm noch einmal die Montage, oder das, was sie für eine Montage hielt, ließ das Wappen bildfüllend werden und wieder schrumpfen und nickte dann. «Das Abzeichen hat er auch nachträglich eingefügt.»

«Aber warum?»

Wieder die Zungenspitze und das plötzliche Lächeln. Als

ob die Sonne aufgehen würde, dachte Weilemann und tadelte sich in Gedanken für den abgedroschenen Vergleich.

«Seit wann gibt es solche Kantonsanstecker?», fragte sie.

«Seit etwa zehn Jahren. Zwölf vielleicht. Wieso?»

«Und wann war diese Schachveranstaltung?»

Er musste ein noch viel dümmeres Gesicht gemacht haben als vorher, aber diesmal lachte sie nicht, sondern wartete geduldig, bis der Zwanziger auch bei ihm gefallen war.

«Die haben damals noch gar nicht existiert!»

«Genau.»

«Und warum hat Derendinger … warum hat Felix dann …?»

«Damit du ganz sicher merken solltest, dass das Ganze eine Fälschung ist. Weil er dir mit diesem Bild etwas mitteilen wollte.»

«Aber was?»

«Ich habe keine Ahnung», sagte Eliza.

16

Sie machte dann doch noch eine Flasche auf, keinen Saint-Amour diesmal, nur einen grobschlächtigen Spanier, von dem Weilemann schon nach dem ersten Schluck einen heißen Kopf bekam; er hatte aber auch den ganzen Tag nichts Richtiges gegessen. Schon immer war es seine Devise gewesen, dass sich mit einem Glas Wein in der Hand am besten nachdenken ließ, auch wenn sich die Ergebnisse, auf die man bei dieser Art von Nachdenken kam, am nächsten Morgen meist als nicht halb so brillant erwiesen, wie sie einem vorgekommen waren. Aber heute hatte er ja Eliza zur Kontrolle, die – typisch Frau –

immer noch an ihrem ersten Glas nippte, während er schon beim zweiten und beim dritten war.

Er redete, und sie hörte zu. «Über die allmähliche Verfertigung der Gedanken beim Reden», hieß das bei Kleist; wahrscheinlich war er ja der letzte Mensch auf diesem Planeten, der noch Kleist las; wenn einer von den jungen Redaktionsschnöseln, die heute das Sagen hatten, den Namen hörte, würde er wahrscheinlich fragen, ob der beim FC Zürich oder bei den Grasshoppers spielte. Eliza, als gute Zuhörerin, nickte an den richtigen Stellen oder zog, wenn seine Überlegungen allzu phantastisch wurden, auch mal die Augenbrauen hoch.

Wenn Derendinger, so fing Weilemann seine Überlegungen an, wirklich die Absicht gehabt hatte, ihm mit dieser elektronischen Puzzlearbeit eine Nachricht zukommen zu lassen – «wenn wir davon einfach mal ausgehen» –, dann musste jede mühsam in das Bild hineinmontierte Einzelheit eine konkrete Bedeutung haben, die sich mit Nachdenken entschlüsseln ließ. Am wenigsten vielleicht noch Awerbach selber; es war möglich, dass Derendinger ihn nur in die Mitte seiner Komposition platziert hatte, damit das Bild als Buchzeichen in diesem Schachlehrbuch einen logischen und damit unauffälligen Platz hatte. Oder, fragte sich Weilemann nach dem nächsten Schluck, mussten sie in diese Figur vielleicht doch mehr hineinlesen, gab es da irgendeine Assoziation, die ihnen nur nicht einfiel oder doch bisher noch nicht eingefallen war. Großmeister? Alter Mann? Russland?

«Russland?», fragte Eliza. «Meinst du das wirklich?»

Nein, ruderte er zurück, mit Russland würde es wohl nichts zu tun haben. Bei ihrer Begegnung auf dem Lindenhof hatte Derendinger so überdeutlich von der Alten Landstraße gesprochen, dass es schon kein Wink mit dem Zaunpfahl mehr gewesen war, sondern einer mit dem ganzen Gartenhag. Und «Alte Landstraße», da waren sie sich einig, konnte gar nichts anderes bedeuten, als dass es – wie auch immer – um den Morosani-Mord ging, diese Initialzündung für die Wahlerfolge der Eidgenössischen Demokraten. Um eine ganz und gar schweizerische Angelegenheit also.

Dass Derendinger gerade ein Berner Wappen und nicht irgendein anderes an Awerbachs Revers montiert hatte, das war bestimmt auch kein Zufall, denn Bern, das bedeutete ja immer Innenpolitik: Bundesrat, Nationalrat, Ständerat. «Typisch, die da oben in Bern», schimpften die Leute, wenn sie mit einer Regierungsentscheidung nicht einverstanden waren, obwohl die wirklichen Entscheidungen, wenn man ihn, Weilemann, fragte, schon lang nicht mehr im Bundeshaus fielen, sondern in der Parteizentrale der Eidgenössischen Demokraten.

Oder, monologisierte er weiter, war an dieser Figur vielleicht nur die Tatsache wichtig, dass Awerbach ein Schachspieler war? Wobei Schach ja für eine ganze Menge von Dingen stehen konnte: Planung, Taktik, Intelligenz, ja sogar, Eliza sollte es ihm nicht übelnehmen, wenn er das als alter Schachspieler selber sagte, ja, sogar Weisheit.

«Übertreibst du jetzt nicht ein bisschen?», fragte sie lächelnd. Immer noch beim ersten Glas Wein, und seines war schon wieder leer.

Wille hingegen, wechselte er schnell das Thema, warum Wille auf das Bild gehörte, das war offensichtlich. Wenn es wirklich um den Morosani-Mord ging – und um was sollte es sonst gehen? –, dann hatte er natürlich etwas damit zu tun, eine ganze Menge sogar. Nicht nur, weil er an dessen Abdankung die tränenreiche Trauerrede gehalten hatte, sondern weil er Morosanis Ziehkind gewesen war, der kommende junge

Mann in der Partei, damals. Wenn man es einmal ganz zynisch betrachtete – «und Zynismus ist die mutigste Form von Ehrlichkeit» –, wenn man sich die Tatsachen ganz sachlich anschaute, dann war Morosanis Tod für Wille sogar nützlich gewesen, hatte seine Karriere befördert. «Wenn der Leitwolf tot ist, bekommen die jungen Wölfe ihre Chance.»

«Und wer ist der dritte Mann?»

«Orson Welles», sagte Weilemann ganz automatisch und konnte zur eigenen Überraschung gar nicht aufhören, über den billigen Scherz zu lachen; das kam wohl von dem spanischen Wein. Eliza lachte nicht mit, sondern wartete ganz still, bis er sich wieder beruhigt hatte, ein bisschen wie eine Krankenschwester mit einem schwierigen Patienten. Dass sie so geduldig sein konnte, das hatte wohl auch mit ihrem Beruf zu tun.

«Tut mir leid», sagte er schließlich und wischte sich die Lachtränen ab.

«Ist schon okay.»

«Jetzt wieder ernsthaft: Der dritte Mann, der Blinzler auf der rechten Seite, das könnte der entscheidende Hinweis sein. Aber wenn wir ihn beide nicht erkennen …»

«Wir vielleicht nicht. Aber es gibt ja nicht nur uns zwei.»

«Du willst jemanden einweihen? Das halte ich für sehr gefährlich. Wenn Felix tatsächlich umgebracht wurde …» Es war das erste Mal, fiel ihm auf, dass er Derendinger beim Vornamen genannt hatte. Der Verstorbene war ihm näher, als es der Lebende je gewesen war. «Wenn es hier tatsächlich um Mord und Totschlag geht, dann …»

«*Face Match*», unterbrach ihn Eliza, und weil Weilemann den Begriff noch nie gehört hatte, merkte er erst mit Verzögerung, dass die Worte englisch gewesen waren.

«Hä?»

«Man gibt eine Fotografie ein, und dann wird das Internet nach ähnlichen Gesichtern durchsucht.»

«Im Computer?» Selbst nach all dem Rotwein merkte er, dass er gerade eine besonders dumme Frage gestellt hatte, und versuchte so zu tun, als ob er sich nur ungenau ausgedrückt hätte. «Ich meine: Hast du denn so ein Programm?»

«Das muss man nicht selber haben. Das passiert alles in der Cloud.»

Was dann passierte – sie waren wieder ins Arbeitszimmer zurückgegangen, und er hatte sich auf dem Weg unauffällig an der Wand abstützen müssen; auf leeren Magen war dieser Spanier wirklich verdammt stark –, was ihm Eliza dann zeigte, war Folgendes: Sie schnitt auf dem Bildschirm einen Kopf aus, zuerst einmal den von Wille, um zu überprüfen, ob das System richtig funktionierte, zog den Ausschnitt in das dafür vorgesehene Quadrat und klickte den Start-Button an. Es dauerte keine Sekunde – nein, es dauerte eigentlich überhaupt nicht, es passierte ratzfatz –, und schon erschien der Schriftzug «Wille, Stefan, Matches 20 of 8540» und darunter eine Reihe von Fotos: Wille lächelnd, Wille staatsmännisch, Wille dräuend, Wille, Wille, Wille.

Weilemann versuchte mit einem Scherzchen zu kaschieren, wie sehr er von dem kleinen technischen Zauberkunststück beeindruckt war. «Noch nicht einmal zehntausend? Allein in meinem Briefkasten steckten schon mehr Wille-Bilder.»

«Das Programm wird Doubletten automatisch ausscheiden.»

«Information Search for Wille, Stefan?», fragte der Bildschirm. Eliza machte eine winzige Bewegung mit ihrem Pointer, und schon erschien unter dem Vermerk «Ungefähr

1 180 000 Ergebnisse (0.49 Sekunden)» eine ganze Google-Liste, beginnend mit Willes offizieller Website. Es war wirklich staunenswert, was man mit so einem Programm alles herausfinden konnte.

«Und jetzt der Blinzler!» In seiner Aufregung hatte Weilemann, ohne sich etwas dabei zu denken, nach Elizas Schulter gefasst. Die Berührung schien sie nicht zu stören, und so ließ er seine Hand auf dem dünnen Stoff liegen. Der Kontakt vermittelte ihm ein angenehmes Gefühl von kameradschaftlicher Vertrautheit. Nun ja, nicht rein kameradschaftlich – kein BH-Träger, das war ihm sofort aufgefallen –, aber für solche Gedanken war jetzt, weiß Gott, nicht der richtige Zeitpunkt.

Ihre Hände – sie hatte geschickte Finger, viel zu schade für eine Tastatur –, ihre schönen schlanken Hände schienen sich kaum zu bewegen, und schon war auch das Gesicht des unbekannten Mannes ausgeschnitten, an die richtige Stelle geschoben, der Start-Button angeklickt. Weilemann hielt den Atem an.

«Image not detailed enough for comparison.»

«Scheiße», sagte Weilemann.

Sie waren – und darüber musste er sich ganz schnell mit dem nächsten Glas Wein hinwegtrösten – wieder gleich weit wie am Anfang. Sie hatten das Gesicht nicht erkennen können, weil es zu unscharf war, und jetzt ging es diesem Computerprogramm nicht anders. Die Enttäuschung machte Weilemann melancholisch, na schön, wenn er ehrlich sein wollte, es war nicht nur die Enttäuschung, es war auch der Alkohol. Er vertrug sonst eine ganze Menge, oder hatte doch früher eine ganze Menge vertragen, aber man wurde nicht jünger. «Sackgasse», sagte er. «Holzweg. Endstation.»

«Vielleicht …» Eliza klimperte nachdenklich mit den Fingernägeln am Rand ihres Glases. «Vielleicht, wenn man jemanden wüsste, der bei der Polizei arbeitet ...»

«Ist das dein Ernst?»

«Es muss kein hohes Tier sein. Einfach jemand, der Zugang zu ihrem Computersystem hat.»

«Meinst du, dass die ein besseres Programm haben?»

«Müssen sie. Die Bilder aus den Überwachungskameras sind bestimmt nicht alle sehr scharf. Kennst du niemanden, der da einmal diskret nachschauen könnte?»

Auf Anhieb fielen Weilemann zwei Namen ein: der Luigi Chiodoni, den er aus dem Schachclub kannte und der ihm mehr als einmal an allen bürokratischen Hürden vorbei die eine oder andere Auskunft besorgt hatte, und der Oskar Tanner, dem er damals geholfen hatte, eine Kolumne mit dem Titel *Aus dem Alltag der Polizei* an den Mann zu bringen, und der ihm dafür immer noch einen Gefallen schuldig war; es hatte sich nie die Gelegenheit ergeben, ihn einzuziehen. Aber die beiden – Warum fiel einem das immer erst mit Verspätung ein? – waren natürlich schon längst pensioniert oder lagen sogar schon auf dem Friedhof. Früher einmal war er gut vernetzt gewesen, aber die Zeit hatte ihn zum Einzelkämpfer gemacht. Das war eigentlich eine viel bessere Bezeichnung als «alter Mann». Einzelkämpfer.

«Es muss nicht unbedingt bei der Polizei sein. Es gibt auch andere Amtsstellen, die Zugriff auf das System haben. Fällt dir niemand ein?»

Doch, es fiel ihm jemand ein. Der natürlich nicht in Frage kam. Überhaupt nicht in Frage. Auf gar keinen Fall.

«Wer?», fragte Eliza.

Er hatte nichts gesagt, aber sie musste den Gedanken in seinem Gesicht gelesen haben.

«Nein, das geht nicht», sagte er.

«Jemand, den du kennst?»

«Manchmal habe ich das Gefühl, ich kenne ihn überhaupt nicht.»

«Aber es ist ein Bekannter?»

«Gewissermaßen. Aber ich kann ihn nicht um etwas bitten.» Um Eliza nicht ins Gesicht sehen zu müssen, wollte er sich noch einmal Wein einschenken, aber die Flasche war leer.

So eine stumme Pause konnte verdammt lang sein.

«Wer?», fragte sie noch einmal.

«Er ist etwas Hohes beim Ordnungsamt.»

Auch darüber hatten sie gestritten, über diese neue Behörde mit ihrem aus Deutschland übernommenen Namen, dieses Verwaltungsmonster mit seinen bewusst unklaren Zuständigkeiten, ein Amt, das sich überall einmischen durfte und niemandem Rechenschaft schuldig war. «Das ist undemokratisch», hatte er gesagt, nein, geschrien hatte er es, was natürlich ein Fehler war, wer laut wird, hat immer unrecht, «total undemokratisch!», hatte er gebrüllt und zur Antwort bekommen: «Ordnung ist immer demokratisch.»

Nein, ihn konnte er wirklich nicht fragen.

«Wer?», fragte Eliza zum dritten Mal.

«Er heißt Markus.»

«Markus und wie noch?»

«Weilemann», sagte Weilemann. «Mein Sohn.»

17

Markus' Sekretärin, ein Mäusegesicht mit Mäusefrisur, war zuerst freundlich gewesen, übertrieben freundlich sogar, dann überrascht und schließlich distanziert. Am Wechsel ihrer Reaktionen hatte man Schritt für Schritt ablesen können, was sich hinter den Kulissen abspielte. Zuerst: «Oh, der Vater meines Chefs, zu dem muss ich besonders nett sein!» Dann hatte sie bei Markus angerufen, und der hatte, wie nicht anders zu erwarten, wenig Freude über den unangekündigten Besuch gezeigt; Weilemann kannte den muffligen Ton nur allzu gut, mit dem sein Sohn alles quittierte, was ihm nicht in den Kram passte. Er musste etwas ganz und gar nicht Begeistertes geantwortet haben, so im Sinn von: «Ich habe jetzt keine Zeit für ihn, muss er eben warten!» Daher zuerst ihre Überraschung und dann das distanzierte: «Bitte nehmen Sie solang Platz.» Hatte sich in aller Ruhe einen Kaffee gemacht und ihm keinen angeboten. Wahre Gastfreundschaft.

Fast eine halbe Stunde saß er jetzt schon hier herum, und dabei hatte Markus, so wie er ihn kannte, bestimmt nichts Dringendes zu tun, drehte hinter seinem Schreibtisch Däumchen und genoss jede Sekunde, in der er seinem Vater zeigen konnte, wer hier Alpha war und wer Omega. Die Vorzimmerdame versuchte beschäftigt zu erscheinen, hackte die ganze Zeit auf ihrer Tastatur herum, aber sie hatte den Ton nicht leise genug eingestellt – Weilemanns Ohren waren immer noch tipptopp, und ein Vollidiot war er auch nicht –, so dass man die Soundeffekte eines Egoshooters deutlich hören konnte. Sie saß wohl überhaupt nur aus Statusgründen da; in solchen Amtsstellen kämpfte man mit Ellbogeneinsatz um ein eigenes Vorzimmer, so wie früher in den Redaktionen um einen freigewordenen Zweiachser, also ein Büro mit zwei Fenstern statt nur einem, die wildesten Intrigen gelaufen waren.

Die Sitzgruppe, in der jetzt schon so lang herumhockte, war wohl auch ein Statussymbol, vielleicht bekam man in dieser Behörde zu jeder Beförderung einen zusätzlichen Sessel bewilligt, so wie er sich in seiner Schulzeit für jeden Sechser in einer Prüfung die nächste Tüte mit Fußballbildchen hatte kaufen dürfen. Sehr bequem waren die Sitze nicht, er nahm an, Markus hatte das Modell wegen dessen politischer Korrektheit ausgesucht, das Arvenholz von einem patriotischen Bergler handgeschnitzt. Schade, dass keine patriotische Berglerin ein weiches Kissen dazu geklöppelt hatte, mit Edelweiß bestickt oder mit dem weißen Kreuz auf rotem Grund, seinem plattgesessenen Hintern wäre das Motiv egal gewesen.

Er hätte auch einen Wilhelm Tell genommen, es musste ja nicht gerade der sein, der da drüben an der Wand hing: das legendäre ED-Plakat für die Abstimmung damals, in der die Kündigung aller Verträge mit der EU beschlossen worden war, Wille im Sennenchutteli und mit Armbrust, und darunter das Schiller-Zitat «Der Starke ist am mächtigsten allein.» Nur dass sich dann sehr bald herausgestellt hatte, dass die Schweiz eben doch nicht stark genug war, um allein mächtig zu sein, eine Tatsache, an der die einfachen Büezer immer noch zu knabbern hatten; selber schuld, warum machten sie aus ihren Kindern nicht Tochtergesellschaften und lagerten sie ins Ausland aus, so wie es die großen Konzerne mit ihren Fabriken taten? Wenn man so wollte, hatte ihnen der Friedrich Schiller mit seinem fetzigen Spruch die Misere eingebrockt, aber der war eben Ausländer, und von denen war noch nie etwas Gutes gekommen.

Die Ironie der Geschichte war, dass man damals nur ein

bisschen hätte zuwarten müssen, dann hätten die einem in Brüssel so ziemlich alles bewilligt, mindestens so viel, wie es jetzt auch die meisten anderen europäischen Länder in Anspruch nahmen, seit die eigentliche EU nur noch aus Deutschland, Frankreich und den Benelux-Staaten bestand, während die andern zwar noch offiziell Mitglieder waren, aber «temporär nicht voll aktiv», wie man das diplomatisch nannte, ein fast so schöner Ausdruck wie damals der «autonome Nachvollzug», mit dem man die erzwungene Übernahme von EU-Bestimmungen umschrieben hatte. Heute, wo sie in Brüssel froh sein mussten, wenn überhaupt noch jemand bei ihnen mitspielte, nahmen sie es mit ihren Bestimmungen lockerer, aber der eidgenössische Souverän – seltsam, dass man dem Stimmvolk immer noch so sagte, obwohl es sich nicht nur in dieser Sache ganz und gar nicht souverän verhalten hatte –, aber die Schweizer hatten ja darauf bestanden, mit dem Kopf durch die Wand zu gehen, obwohl zum Zeitpunkt der Abstimmung schon abzusehen gewesen war, dass diese Wand nicht mehr ewig halten würde.

Auch darüber hatte er sich mit Markus gestritten.

Das Plakat war teuer gerahmt, also wohl kein Nachdruck, wie man ihn überall bekommen konnte, sondern ein Original, ein wertvolles Sammlerstück, für einen gläubigen Anhänger der Eidgenössischen Demokraten so etwas wie eine Devotionalie; heiliger Wille, bitte für uns. Weilemann, froh um eine Gelegenheit, sich ein bisschen zu bewegen, wollte unauffällig aufstehen, um sich das gute Stück näher anzusehen, aber er hatte kaum den Hintern vom Arvenholz gehoben, als Markus' Vorzimmerdame «Nein!» schrie. Er erschrak, dachte schon, es gebe hier im Ordnungsamt eine Regel, nach der ein Besucher nicht aufstehen durfte, bis man es ihm ausdrücklich erlaubte –

Bürokratenhirnen war alles zuzutrauen –, aber dann merkte er, dass ihr Aufschrei nichts mit ihm zu tun gehabt hatte, sie war nur in ihrem Computerspiel von einem Terroristen oder Zombie, oder was immer sie gerade bekämpfte, umgebracht worden und musste das Level neu beginnen.

Das gerahmte Plakat war von Wille eigenhändig signiert, sogar mit persönlicher Widmung. «Für Marlies Schwarzenbach.» Ein wertvolles Stück, vor allem jetzt, wo man wusste, dass Wille nie wieder etwas signieren würde, endgültig limitierte Auflage. Nach allem, was man hörte, war er eigentlich schon tot und wurde nur noch von Maschinen am Leben erhalten, im Prinzip auch nichts anderes als die Mumie von Lenin auf dem Roten Platz.

«Ich habe Herrn Wille persönlich kennengelernt», sagte die Sekretärin, ihre Stimme so voller Ehrfurcht, als sei ihr damals der Heiland erschienen, auf dem Weg nach Damaskus oder doch auf dem Weg zur Betriebskantine. «Er hat das Plakat für mich signiert, und zum Abschied hat er mir die Hand gegeben.» Wenn Weilemann in einem Artikel hätte deutlich machen wollen, in welchem Ton sie das sagte, dann hätte er das «er» in Großbuchstaben geschrieben: «ER hat mir die Hand gegeben.»

«Wie ist er denn so?»

Als er noch jung gewesen war, also in vorsintflutlichen Zeiten, hatte er mal ein Mädchen gekannt, das für Roy Black schwärmte – ob sich wohl außer ihm noch jemand an den Namen erinnerte? –, und dieses Mädchen hatte ihm bei einer Fete ausführlich erzählt, wie das gewesen sei, als sie sich nach einem Konzert ein Autogramm von dem Sülzkopf holte. «Nur schon, wie er mich angesehen hat, als ob er in diesem Moment all meine Gedanken lesen könnte.» Er hatte sich die Geschichte damals geduldig angehört, weil er gehofft hatte, wenn er ein genügend verständnisvolles Gesicht mache, würde ihn die Kleine irgendwann in sein Bett begleiten oder doch auf den Hintersitz eines Autos. Das hatte aber nicht geklappt, sie war dann von einem Typen abgeschleppt worden, der sich eine halbe Metallwarenhandlung durch die Lippen und die Nase hatte piercen lassen, einen größeren Kontrast zu einem gelecktem Schlagerheini wie Roy Black konnte man sich überhaupt nicht vorstellen. Von Frauen hatte er, trotz einiger Erfolge, nie wirklich etwas verstanden.

Auch wenn der Coitus damals nicht einmal interruptus, sondern schlicht und einfach nicht existent gewesen war, die Erinnerung daran war doch schön, so schön, dass er gar nicht alles mitbekam, was ihm die plötzlich sehr gesprächige Sekretärin so begeistert erzählte. Sie berichtete von ihrer Begegnung mit Wille so hingerissen, wie das Mädchen damals – Wie hatte sie bloß geheißen? – von ihren drei Sekunden mit Roy Black berichtet hatte. «Er hat so eine Ausstrahlung, wissen Sie, und ist überhaupt nicht eingebildet. All die Verantwortung, die auf ihm lastet, und trotzdem ist er ganz einfach geblieben, bescheiden, ein Mensch wie du und ich. Entschuldigen Sie, Herr Weilemann. ‹Wie Sie und ich› wollte ich natürlich sagen.»

«Bescheiden» wäre nun wirklich nicht das erste Adjektiv gewesen, das Weilemann zum Dauerpräsidenten der Eidgenössischen Demokraten eingefallen wäre. Machtbewusst war der ihm von Anfang an vorgekommen, und die Volkstümlichkeit, die sie in ihrer Werbung so herausstrichen – «der Wille des Volkes» –, der war ihm immer künstlich erschienen, wie jemand, der sich beim teuersten Maßschneider einen schlecht sitzenden Anzug bestellt, um die Leute glauben zu machen, er kaufe seine Kleider von der Stange. Er hätte das der noch immer ganz verklärt lächelnden Sekretärin auch gern gesagt, nach der langen stummen Warterei hatte er richtig Lust auf eine Auseinandersetzung, aber warum sollte er ihr die Freude verderben? Er verschluckte also all die bösen Sprüche, die ihm zu Wille einfielen, und sagte nur: «Ja, ich habe ihn auch immer für einen sehr bescheidenen Politiker gehalten.» Das war das Praktische an der Ironie: In der Regel konnte man sich darauf verlassen, dass der andere den Hintersinn der Worte nicht verstand.

«Sehen Sie diesen Stuhl hier?», fragte die Vorzimmerdame und wies auf ihren Drehsessel. Als sie Willes Namen zum ersten Mal genannt hatte, war sie aufgesprungen, aus Begeisterung oder aus Ehrfurcht. «Ich hätte schon längst einen anderen bekommen sollen, ein neueres Modell, aber ich gebe ihn nicht her. Der Stuhl bleibt, solang ich hier arbeite. Und wenn ich einmal in Pension gehe, nehme ich ihn mit.»

«Ist er so bequem?» Weilemann spürte einen Anflug von Neid, was kein Wunder war, bei seinem geplagten Hintern.

«ER hat darauf gesessen», sagte die Sekretärin und benutzte diesmal eindeutig lauter Majuskeln, ihr Ton so ehrfurchtsvoll, als ob Wille von diesem Thron aus durch bloße Berührung Aussätzige geheilt hätte, wie das Ludwig XIV. zu tun pflegte. «Auf meinem Stuhl! Als er das Plakat für mich unterschrieben hat.»

«Darf ich ihn einmal ausprobieren?», fragte Weilemann. Markus' Sekretärin, jetzt endgültig davon überzeugt, sie habe es mit einem Glaubensgenossen zu tun, erlaubte es ihm mit einer Handbewegung. Der Sessel – der heilige Stuhl, dachte Weilemann und konnte sich das Lachen nur mit Mühe verkneifen – war bedeutend bequemer als die patriotische

Schnitzarbeit, auf der er die letzte halbe Stunde verbracht hatte. «Ja», sagte er, «es ist schon ein ganz besonderes Gefühl.» Und blieb einfach sitzen. Auf dem Bildschirm vor ihm schwang ein Krieger in rotweiß gestreiften Hosen eine Hellebarde, und eine blinkende Schrift fragte: «Game Over. New Game?»

Jetzt, wo ihr Stuhl so plötzlich okkupiert war, sah die Sekretärin in ihrer Hilflosigkeit noch mäuschenhafter aus als ohnehin schon, fand dann aber einen Ausweg, der es ihr gestattete, so zu tun, als ob die neue Platzverteilung von Anfang an in ihrer Absicht gelegen hätte. «Möchten Sie einen Kaffee?»

«Wenn es keine Umstände macht.»

«Überhaupt nicht. Einfach? Doppelt? Milch? Rahm? Zucker?» Die Kaffeemaschine in diesem Vorzimmer besaß ein so kompliziertes Steuerpult, wie es früher nicht einmal die Raumschiffe in den Science-Fiction-Filmen gehabt hatten.

Als sie den nach seinen Wünschen – doppelt, kein Rahm, kein Zucker – gebrauten Espresso vor ihn hinstellte, der Schreibtisch jetzt wie selbstverständlich sein Revier, sagte sie, und Weilemann hätte schwören können, dass sie dabei errötete: «Herr Wille hat damals zwei Säckchen Zucker genommen.»

«So ein Süßer bin ich nicht.»

Jetzt errötete sie endgültig. «Ja», sagte sie, und ihre Stimme zitterte ein bisschen dabei, «er ist ein Süßer, nicht wahr?»

Man soll einem naiven Menschen seine Illusionen nicht kaputtmachen, schon gar nicht, wenn der einem gerade einen wirklich guten Kaffee gebraut hat, und so antwortete Weilemann nicht, sondern nickte nur, so wie er damals verständnisvoll genickt hatte, als diese Blondine – ihr Gesicht hätte er nicht mehr beschreiben können, aber bei der Haarfarbe war er sich sicher – ihm von Roy Black vorgeschwärmt hatte.

Wäre er dreißig Jahre jünger gewesen und die Vorzimmerdame dreißig IQ-Punkte intelligenter, dann hätte sich so etwas wie ein Flirt zwischen ihnen entwickeln können. Wenn nicht in diesem Augenblick Markus hereingekommen wäre.

«Fräulein Schwarzenbach», sagte er tadelnd, «warum sitzt der Herr auf Ihrem Stuhl?»

18

Das Gespräch zwischen Vater und Sohn fing schon nicht gut an. Markus' riesiges Büro – drei Fenster und zwei Türen! – war für intime Unterhaltungen nicht geeignet, und Weilemann, da konnte er noch so sehr versuchen, sich zusammenzureißen, war von Anfang an sauertöpfisch gestimmt, nicht nur wegen der endlosen Warterei, sondern weil sich Markus hinter seinem Schreibtisch verschanzte, in einem gut gepolsterten Chefsessel, und ihm nur einen unbequemen Arme-Sünder-Stuhl anbot, wo er doch genau wusste, dass sein Vater es mit der Hüfte hatte und manchmal Mühe beim Sitzen. Auch für diese demonstrative Unhöflichkeit war Wille verantwortlich; Weilemann selber war zwar, trotz mehrerer Interview-Anfragen, nie in dessen Allerheiligstes vorgedrungen, aber Kollegen hatten ihm erzählt, dass sich der große Vorsitzende seinen Arbeitsplatz auf einem Podest habe einrichten lassen – je nach Erzähler ein paar Zentimeter oder einen halben Meter hoch –, so dass jeder Besucher automatisch zum Bittsteller und jede noch so kritische Frage zum untertänigen Antrag mutierte; aus der Tiefe rufe ich zu dir, oh Herr. Ganz so weit trieb es Markus nicht, aber die demonstrativ leere Fläche des übergro-

ßen Schreibtisches wirkte doch wie das uneinnehmbare Gla-
cis einer Festung und sollte wohl auch so wirken. Markus war
schon als Kind gleichzeitig streitsüchtig und ängstlich gewesen, eine für den Schulhof ungünstige Kombination, die ihm
als Bub regelmäßig blaue Flecken und einmal zerrissene Hosen eingetragen hatte. Diese unerfreulichen Erfahrungen hatten ihn schon früh zur Überzeugung gebracht – nein, nicht
dazu gebracht, nur darin bestärkt, er war schon mit dieser
Haltung geboren –, dass die Welt chaotisch und unfair sei,
und er, Markus, der Einzige, der für Recht und Ordnung ein-
trete. Diesen Drang konnte er ja nun ausleben in seinem Ordnungsamt.

Eigentlich hatte sich Weilemann vorgenommen, seine beste
Teflon-Höflichkeit auszupacken, schließlich wollte er seinen
Sohn um einen Gefallen bitten, auch wenn ihm klar war, dass
er im Gegenzug eine Menge Besserwisserei und Herablassung
würde schlucken müssen. Alles hat seinen Preis, und Väter
haben viel zu tun, um wieder gutzumachen, dass sie Söhne
haben. Wer hatte das gesagt? Woody Allen oder Nietzsche,
einer von den beiden.

Gute Vorsätze sind eine Sache, aber die Wirklichkeit ist
eine andere, und als Markus dann «Also?» sagte, einfach nur
«Also?», mit diesem Unterton, als ob er der Erwachsene wäre
und Weilemann das lästige Kind, das einen bei der Arbeit
stört, statt brav in seinem Zimmer zu sitzen und ein Bilder-
buch auszumalen, als Markus dann, weil Weilemann nicht
gleich antwortete, die Augenbrauen fragend hochzog, exakt
so, wie er es schon als Teenager getan hatte, wenn er seinem
Vater zu verstehen geben wollte, für wie begriffsstutzig und
rückständig er ihn hielt, ein demonstrativ mitleidiger Gesichtsausdruck, der verletzender war, als es jedes «Arschloch»

hätte sein können, als er dann auch noch das Abzeichen mit dem Aargauer Wappen aus dem Revers seines Jacketts zog, es anhauchte und am Ärmel blank polierte, was man eben so macht, wenn einem das Gegenüber die Zeit stiehlt und man die verlorenen Sekunden irgendwie nutzbringend verwenden will, als Markus ihm also überdeutlich zu verstehen gab, wie unerwünscht er hier war, da riss bei Weilemann der Faden, und statt, wie er sich das zurechtgelegt hatte, erst mal ein paar Sätze lang Konversation zu machen, das schöne Wetter zu kommentieren oder nach Markus' Gesundheit zu fragen, hörte er sich sagen: «Wenn dir mein Besuch nicht passt, kann ich auch wieder gehen.» Was natürlich der falschestmögliche Eröffnungszug war, aber bei seinen Auseinandersetzungen mit Markus hatte er noch nie so ruhig bleiben können wie in einer Schachpartie.

Markus, der für solche Situationen eine feine Nase hatte, wusste, dass der erste Punkt an ihn gegangen war, und lächelte triumphierend, ein unfröhliches Lächeln, bei dem seine Augen nicht mitmachten. Es war schon nicht so falsch gewesen, dass er sich einen Posten im Hinterzimmer der Politik gesucht hatte, bei einer Personenwahl hätte er an der Urne keine Chance gehabt; er war einfach zu wenig begabt dafür, Interesse an anderen Menschen vorzutäuschen. «Ich freue mich immer, dich zu sehen», sagte er, «aber es wäre mir noch lieber gewesen, du hättest dich vorher angemeldet» – was natürlich heißen sollte: «Leider kennst du die Regeln der anständigen Gesellschaft immer noch nicht.» – «Aber wenn du jetzt schon mal da bist ...» Und schaute, um deutlich zu machen, wie er es meinte, ohne jede Heimlichkeit auf die Uhr.

Wenn Weilemann jemand anderen gewusst hätte, den er hätte um Hilfe bitten können, er wäre in diesem Moment aufgestanden und gegangen, hätte sich unter der Türe vielleicht noch einmal umgedreht und Markus einen Abschiedssatz hingepfeffert, so einen richtig träfen Satz, an dem der lang zu knabbern gehabt haben würde – aber weil ihm bei allem Nachdenken sonst niemand mit einem Zugang zum amtlichen Computernetz eingefallen war, blieb ihm nichts anderes übrig, als die Pille zu schlucken, sich ebenfalls ein Lächeln aufs Gesicht zu zwingen, und zu sagen: «Du könntest mir etwas helfen.»

«Aber gern, wenn ich kann» – das wäre Markus' Text gewesen. Ein knappes «Selbstverständlich» hätte auch ausgereicht. Stattdessen dieser ungeduldig fragende Lehrerblick.

«Es ist so … ich schreibe nämlich ein Buch», stotterte sich Weilemann in den vorbereiteten Vorwand hinein.

«Ach.» Sonst nichts, nur dieses «Ach.»

«Und da bin ich jetzt eben am Recherchieren. Und du …»

«Wenn es ein politisches Buch ist», sagte Markus, und seine plötzlich wiedergefundene Gesprächigkeit klang, als ob er aus dem Manuskript für eine Rede im Gemeinderat vorläse, «dann möchte ich darin lieber nicht zitiert werden. Du weißt, dass wir beide nicht dieselbe Weltanschauung haben, oder, um es präziser auszudrücken: Ich habe eine Weltanschauung, während dir ein Haufen von verstaubten Vorurteilen jedes klare Denken unmöglich macht. Obwohl du, das will ich gern zugeben, den Verstand dazu durchaus hättest.»

Weilemann war immer stolz darauf gewesen, dass er seinen Sohn nie geschlagen hatte, obwohl ihn manchmal die Hand schon gejuckt hatte. Schade, dass man manche Dinge nie mehr nachholen kann.

«Es ist kein politisches Buch. Es geht um Schach.»

«Ach so. Natürlich.» Markus brauchte kein Podest, um das

ganz von oben herab zu sagen. Es war Weilemann nie gelungen, seinen Sohn für das Schachspiel zu begeistern, Markus hatte das immer für eine brotlose Kunst gehalten, hatte das – als Fünftklässler! – auch einmal wörtlich so formuliert, und für brotlose Tätigkeiten hatte er nie etwas übriggehabt. Streitsüchtig, ängstlich und schon als Kind karrierebewusst, genauer konnte man dem Anforderungsprofil für ein Kadermitglied der Eidgenössischen Demokraten nicht entsprechen.

«Ich arbeite an einer Geschichte des Schachspiels in Zürich, und dafür …»

«Eine Geschichte des Schachspiels in Zürich», echote Markus in gespielter Begeisterung, «das wird natürlich Millionen von Menschen interessieren. Sie werden die Buchläden nur so stürmen. Hast du die Villa schon ausgesucht, die du dir mit deinen Tantiemen kaufen wirst?»

«Es geht um eine Fotografie, auf der …»

«Eine Fotografie, wie schön! Und was ist darauf zu sehen? Ein Läufer oder eine Dame?» Wie viele humorlose Menschen genoss es Markus, wenn er einmal sarkastisch sein durfte.

«Stefan Wille ist darauf zu sehen.»

Der magische Name tat seine Wirkung. Wenn man im Sitzen strammstehen kann – kaum war sie ihm eingefallen, strich sich Weilemann die Formulierung gleich wieder durch –, dann war das die Haltung, die sein Sohn einnahm.

«Wille? Ich wusste nicht, dass er Schach spielt.» Womit Markus natürlich meinte: «Wenn ich es gewusst hätte, hätte ich das Spiel selbstverständlich auch erlernt.»

«Er war an einer Simultandemonstration dabei.» Es war amüsant zu sehen, wie Markus, jetzt, wo es um Wille ging, zu allem eifrig nickte, obwohl Weilemann darauf gewettet hätte, dass er keine Ahnung hatte, was eine Simultandemonstration war. «Wahrscheinlich ist er nur vorbeigekommen, um den Ehrengast zu begrüßen. Ein russischer Großmeister. Die beiden sind auf dem Bild gut zu erkennen. Aber da ist noch ein dritter Mann, von dem ich nicht weiß, wer er ist. Und die Bildunterschrift muss natürlich stimmen.»

«Natürlich.» Wenn es um Wille ging, musste alles stimmen.

«Ich habe mir gedacht … Ich weiß nicht genau, was euer Amt genau macht, und welche Möglichkeiten ihr habt …»

«Viele Möglichkeiten», sagte Markus, und sah dabei so unausstehlich selbstzufrieden aus wie damals, als er – Weilemann hatte nie herausgefunden, wie ihm das gelungen war – schon zwei Tage vor der offiziellen Mitteilung über seine bestandene Aufnahmeprüfung ins Gymnasium Bescheid gewusst hatte. «Im Prinzip haben wir jede Möglichkeit, die wir brauchen.»

«Und du würdest …?»

«Selbstverständlich. Gern.»

Man muss das Märchen von Ali Baba umschreiben, dachte Weilemann. Nicht «Sesam, öffne dich» ist das Zauberwort, sondern «Wille».

Er hatte die rote Dokumentenmappe dann doch noch gefunden. Sie sah immer noch imposant aus, nur das eingeprägte Logo der Filmfirma störte den Eindruck; wenn Markus deswegen eine Bemerkung machen sollte, hatte er sich vorgenommen, würde er lachen und sagen, das WB stünde für «Weilemann-Buch». Aber Markus fragte nicht. Er sah sich die Fotografie einen Moment an, und dann, scheinbar von selber, stand auch schon das mäusegesichtige Fräulein Schwarzenbach im Zimmer, Markus reichte ihr die Mappe und sagte «Personenfeststellung. Alle drei. Sofort.»

Nun hätten sie Zeit gehabt, sich zu unterhalten, Vater und

Sohn, lang nicht gesehen, was macht die Gesundheit, aber Markus, ob aus absichtlicher Unhöflichkeit, oder weil ihm so etwas wie Konversation um der Konversation willen gar nicht in den Sinn kam, starrte in seinen Computer, drückte ab und zu eine Taste und schien die Anwesenheit seines Vaters total vergessen zu haben. Weilemann fragte sich, ob er vielleicht heimlich mit demselben Armbrust-Ballerspiel beschäftigt war wie seine Vorzimmerdame, «Morgarten» hieß das Spiel, er erinnerte sich an die Anzeigen dafür, wackere Schweizer gegen übermächtige Habsburger, und wenn die Schweizer nicht gewannen, klickte man einfach auf «Play again», schwang seine Hellebarde, und ließ die Schlacht von vorn beginnen. Nach der Beliebtheit des Spiels zu schließen, musste das für viele Leute eine sehr befriedigende Art sein, mit der Geschichte umzugehen.

Das Datensystem, das sie hier im Ordnungsamt hatten, war offensichtlich sehr effizient. Schon nach überraschend kurzer Zeit kam das Mäusefräulein ins Zimmer zurückgehuscht, legte die Mappe mit der Fotografie vor ihren Chef auf den Schreibtisch und dazu einen Computerausdruck.

Markus studierte das Papier, nickte, als ob mit dem Ergebnis nur etwas bestätigt worden wäre, das er ohnehin schon vermutet hatte, und sagte dann: «Du kannst deine Bildunterschrift verfassen. Der Mann neben Wille heißt Awerbach, Juri Lwowjtsch, russischer Staatsbürger. Schon ein ganzes Weilchen tot. Und der dritte …»

Die Pause kam Weilemann endlos vor.

«Komischer Name. Passt zu seinem komischen Gesicht. Lauckmann, Cäsar. Ist das ein Schachspieler?»

«Ein Schriftsteller, glaube ich.»

«Was auch immer. Den Namen hast du jetzt. War's das?»

«Lässt sich feststellen, ob der noch lebt?»

«Er lebt noch», sagte Markus ohne einen Moment zu zögern. «Sonst hätte das System automatisch das Todesdatum ausgespuckt.»

«Und seine Adresse? Lässt sich die herausfinden?»

«Es lässt sich alles herausfinden. Dazu sind wir da. Aber ich habe wirklich nicht ewig Zeit für deine Hobbys. War nett, dich zu sehen.»

Er reichte Weilemann die Mappe mit der Fotografie und wartete – Alpha gegen Omega –, bis sein Vater schon fast hinausgegangen war. Erst im letztmöglichen Moment sagte er gnädig: «Sag Fräulein Schwarzenbach, sie soll dir die Angaben ausdrucken. Und bei deinem nächsten Besuch meldest du dich bitte vorher an, ja?»

19

Über dem kleinen Städtchen – eigentlich war es ja nur ein besseres Dorf, aber auch die Provinz hat ihren Stolz – thronte eine Burg. Wieso denke ich eigentlich «thronte»?, fragte sich Weilemann, die Burg hockte eher auf ihrem Hügelchen, wie eine fette Henne auf ihren Eiern. Aber sie war historisch, und seit der Patriotismus wieder Mode geworden war, wurde sie auch regelmäßig besucht. Das Gebäude, für das er die mühselige Reise auf sich genommen hatte, war nur wenige Minuten davon entfernt.

Haus Abendrot. Kotz. Wer für ein Altersheim so einen Namen ausgesucht hatte, war wohl auf der Suche nach etwas Poetischem gewesen; hoffnungsvoll hätte das im Werbeprospekt aussehen sollen und klang doch nur bedrohlich; nach dem Abendrot kommt nichts mehr, nur die schwarze Nacht mit ihren erstickenden Träumen. Aber vielleicht dachte Weilemann jetzt schon wieder zu weit, es war ja auch möglich, dass das Gebäude schon immer so geheißen hatte, einfach weil die Fensterfront des ehemaligen Herrschaftshauses nach Westen hinausging. Eindeutig neunzehntes Jahrhundert, aus der Zeit, als sich reiche Industrielle für ihre Familien gern solche abgespeckten Burg-Imitationen hinstellten, hier ein Erkerchen, dort ein Türmchen und über dem Ganzen eine Wetterfahne mit dem Familienwappen. Die Mauern aus massivem Tuffstein, weil der so schön historisch aussah, und wenn sich hinter der Fassade, wie beim Landesmuseum, eine frühe Betonkonstruktion verbarg, dann sah man das dem Haus ja nicht an. Am liebsten hätten sich die Erbauer wohl gleich die alte Burg gekauft, aber Zentralheizung sollte ja auch sein, und so hatte man sich mit einer Imitation begnügt. Die nächste oder übernächste Generation wollte irgendwann die Kosten für den Unterhalt nicht mehr aufbringen, Personal war zu den traditionellen Hungerlöhnen auch keines mehr zu bekommen, und so hatte man den weißen Elefanten großzügig der Gemeinde vermacht, und die hatte ihn zum Altersheim umgenutzt. «Haus der weißen Elefanten», dachte Weilemann grimmig, das wäre ein viel besserer Name für so eine Greisenaufbewahrungsanstalt. Lauter Kostenverursacher, die mit ihrer egoistischen Weigerung, rechtzeitig wegzusterben, der Gesellschaft zur Last fallen. Nach der holprigen Fahrt im Postauto war seine Laune mal wieder so richtig dunkelschwarz.

Wenigstens auf eine Zugbrücke hatten sie verzichtet, wahrscheinlich hatten das die Bauvorschriften damals nicht zugelassen, aber dafür gab es ein auf Ritterzeit verkleidetes eisenbeschlagenes Portal, bereit, jedem mit seinem Rammbock heranstürmenden Briefträger den Zutritt zu verwehren. Auf Weilemanns Klingeln reagierte niemand, aber als er versuchsweise die Klinke drückte, öffnete sich die massive Pforte von selber, ließ ihn eintreten und schloss sich wieder hinter ihm, mit dem sanften Klack einer Kühlschranktüre. Sie hatten den Mechanismus wohl einbauen müssen, weil die alten Leutchen, die hier wohnten, das schwere Trumm gar nicht allein hätten bewegen können.

Die hohe Eingangshalle war in schummriges Licht getaucht – «getaucht?», hinterfragte er automatisch die eigene Gedankenformulierung, setzte das Verb nicht eine Flüssigkeit voraus? Egal. Die wenigen Fenster waren sehr weit oben angebracht; der Bauherr dieses künstlichen Zwing Uri hatte wohl auf den Burgcharakter seiner Residenz mehr Wert gelegt als auf Tageslicht. Auf Weilemanns vorsichtigen Schritt in das Halbdunkel hinein reagierte dann sofort ein Bewegungsmelder und ließ eine Reihe von Neonröhren flackernd anspringen. Die Leuchtkörper – man muss das Stillose mit dem Nützlichen verbinden – waren an verschnörkelten Kerzenhaltern befestigt, von denen zwischen gemeißelten Familienwappen jeweils zwei aus der Wand ragten, obwohl zu der Zeit, als das Gebäude entstanden war, schon lang niemand mehr sein Haus mit Kerzen beleuchtete. Auch die Wappen selber, davon war Weilemann überzeugt, waren nur des Effekts halber da; wenn der Heraldiker bei der Suche nach vornehmen Ahnen versagt haben sollte, würde man einfach beim Innenarchitekten passende Motive bestellt haben.

Die Halle war von einer Galerie umgeben, zu der eine breite Treppe hinaufführte. Damals zur Gründerzeit würde dort oben bei Empfängen ein Streichquartett seinen Dienst gefiedelt haben, jetzt war nur ein Kinderchor zu hören, der mehrstimmig behauptete, das Wandern sei des Müllers Lust.

In der Mitte des Raums stand eine Rundbank mit erhöhtem Mittelteil, das kardinalrote Polster mit einem Plastiküberzug abgedeckt. Ein glatzköpfiger alter Mann lag darauf, hatte sich wohl nur anlehnen wollen und war dann eingeschlafen und dabei zur Seite gerutscht. Sein Spazierstock, ein edles Stück mit silbernem Knauf, lag vor ihm auf dem Boden. Der Mann atmete röchelnd, und aus seinem weit geöffneten Mund rann ein Speichelfaden. Darum also der hygienisch abwaschbare Kunststoff über dem verblichenen Samt. Neben dem Kopf des Greises schien ein ebenfalls schlafendes Tier zu liegen, eine Katze, dachte Weilemann beim ersten Hinsehen, aber dann war es gar kein Tier, sondern nur die Perücke, die dem alten Herrn vom kahlen Schädel gerutscht war.

Personal war keines zu entdecken, niemand, den er nach dem richtigen Zimmer hätte fragen können. Er versuchte es nacheinander an den vier Türen, die von der Halle abgingen. Eine war zwar mit «Empfang» angeschrieben, erwies sich aber als verschlossen, und auch auf mehrmaliges Anklopfen reagierte niemand, die zweite kaschierte einen Wandschrank, in dem Putzmittel und Großpackungen mit WC-Papier auf ihren Einsatz warteten, während die dritte zur Toilette führte. Jemand, vielleicht der schlafende alte Mann, hatte die Kloschüssel nicht richtig getroffen und eine gelbliche Pfütze hinterlassen. Die vierte Türe, neben der ein Getränkeautomat blinkend dazu aufforderte, ihn nachzufüllen, war nicht nur versperrt, sondern zusätzlich mit einem Vorhängeschloss gesichert; hier wurden wohl die wirklich kostbaren Dinge aufbewahrt, vielleicht der Nachschub für den Automaten.

Der Kinderchor war unterdessen bei den grasenden Ramseyers angekommen, fideri, fidera, fiderallallallalla, und einen Moment lang schien es Weilemann, als ob der rasselnde Atem des alten Mannes sich dem Rhythmus des Liedes angepasst hätte, bei jedem zweiten Takt einmal ein und dann wieder aus.

In der Hoffnung, weiter oben jemanden vom Personal anzutreffen, begann er die imposanten Stufen hinaufzusteigen. «Freitreppe», dachte er, obwohl er nicht exakt hätte definieren können, was der Begriff eigentlich meinte, irgendetwas Vornehmes, so wie sich ein Freiherr von einem gewöhnlichen Herrn unterscheidet. Der Aufstieg kam ihm steil vor, das mochte an einem architektonischen Drang zum Altertümlichen liegen oder einfach nur an seinem empfindlichen Hüftgelenk.

Die Galerie führte an einer Reihe von Zimmertüren entlang, zwischen denen in verschnörkelten Rahmen historische Figuren posierten, durch unterschiedliche Kostümierung vorgebend, sie stammten aus verschiedenen Jahrhunderten, obwohl sie offensichtlich alle vom selben Künstler gemalt waren. Bestimmt war es ein teurer Maler gewesen; wer sich seine Villa in Form einer Ritterburg erbauen lassen konnte, würde auch beim Ankauf von repräsentativen Vorfahren nicht geschmürzelt haben.

Der Chor hatte zum Glück ausgefidirallallat. Weilemann hatte nie viel für Kinder übriggehabt; wenn man sich endlich vernünftig mit ihnen unterhalten konnte, waren sie auch schon in der Pubertät und widersprachen einem aus Prinzip. Auch jetzt noch, von der Erziehungspflicht seit Jahrzehnten entbunden, machte ihm die Vorstellung, bei einem solchen Konzert im Publikum sitzen und den stolzen Vater mimen zu müssen, einen üblen Geschmack im Mund. Zum Glück waren ihm solche Sachen fast vollständig erspart geblieben, Markus –

thank God for small favours – hatte nie Interesse am Theater-spielen oder Musizieren gezeigt; nur im Kindergarten hatte er sich einmal in ein Fliegenpilzkostüm stecken lassen müssen und war nach den ersten Tönen von *Ein Männlein steht im Walde* in Tränen ausgebrochen.

An einer der Türen – sie war ein bisschen größer als die andern – hing ein Schild mit der Aufschrift «Ruhe bitte!» Weilemann überlegte gerade, ob er trotzdem anklopfen solle, als dahinter der Chor wieder einsetzte. «Chumm, Bueb und lueg diis Ländli aa, wie das hät keis de Sääge!» Im *Haus Abendrot* wurde den Bewohnern etwas geboten. «Schneezacke g'sehsch de Himmel ha, das Dach chann Schturm verträge.» Weilemann öffnete die Türe vorsichtig einen Spalt breit, und eine Pflegerin in einem hellblauen Kittel – hier waren sie also abgeblieben; gleich drei von ihnen standen der Wand entlang aufgereiht – legte einen Finger an die Lippen und winkte ihn herein.

Drei Reihen Sitze und davor eine Reihe mit Rollstühlen, ein Theatersaal, in dem die besseren Plätze Räder hatten. Die Zuhörer schienen von dem Gebotenen nicht übermäßig begeistert. Eine weißhaarige Dame fingerte an ihrem Hörgerät herum; Weilemann stellte sich vor, dass sie früher oft in Symphoniekonzerten gewesen war und jetzt versuchte, den Ton abzudrehen. Das Land, das sich der im Lied angesungene Bub ansehen sollte, hatte eine Menge Strophen.

Der Chor stand vor einer großen Schweizerfahne aufgereiht, die ihn an das Arrangement erinnerte, das sich Derendinger für seine gefälschte Fotografie ausgedacht hatte. Die Übereinstimmung war natürlich reiner Zufall; seit ein paar Jahren wuchsen solche Fahnen überall wie Schimmel aus den Wänden. Der Dirigent war ein fetter, etwa fünfzigjähriger Mann vom Typ «Ich wäre gern ein weltberühmter Dirigent geworden, aber es hat mir nur zum Musiklehrer gereicht». Mit der rechten Hand fuchtelte er den einfachen Rhythmus mit einem gestischen Aufwand, der auch für Tschaikowskis Ouvertüre *1812*, samt Kanonenschuss, ausgereicht hätte, während er sich mit der linken den Schweiß von der Stirn wischte.

Weilemann versuchte zu erraten, welcher von den gelangweilten Greisen wohl derjenige sein könnte, für den er die umständliche Reise auf sich genommen hatte, konnte aber bei keinem eine Ähnlichkeit mit dem unscharfen Gesicht auf der Fotomontage feststellen. Als das Lied zu Ende war und seinen schütteren Applaus bekommen hatte, wandte er sich an eine der Betreuerinnen. «Entschuldigen Sie, ich suche …» Aber sie zischte ihm nur ein «Pscht!» entgegen, denn schon hatte der dicke Möchtegern-Karajan seinen Taktstock wieder gehoben – Wozu brauchte er den eigentlich; die paar Kinder hätte er auch mit bloßen Händen dirigieren können! –, und das Hauskonzert ging weiter. Weilemann musste sich noch das Lied von den jungen Schweizern mit dem jungen Blut anhören, und auch die abschließende Nationalhymne blieb ihm nicht erspart. Die ins Programm einzubauen war allerdings kein guter Einfall gewesen, denn den meisten Zuhörern fiel es nicht leicht, dazu korrekterweise aufzustehen; er war hier nicht der Einzige, dessen Hüfte verrücktspielte. In der ersten Reihe schwenkte ein patriotischer Rollstuhlfahrer zum Ausgleich ein rotweißes Papierfähnchen.

Dann war das Konzert zu Ende, und er schaffte es tatsächlich, eine der Pflegerinnen so lang festzuhalten, dass er ihr endlich seine Frage stellen konnte: «Welcher von den Herren ist Herr Lauckmann?»

«Wie bitte?»

«Lauckmann. Cäsar Lauckmann.»

«Haben wir nicht.» Sie sagte es so empört, als sei sie die Besitzerin einer Metzgerei und er habe gerade ein dunkles Pfünderli von ihr verlangt.

Sollte sich der Computer in Markus' allwissender Behörde geirrt haben? Oder war er nur nicht auf dem neuesten Stand? Vielleicht hatte dieser Lauckmann ja bis vor kurzem hier gelebt und war dann umgezogen. Obwohl man aus solchen Altersheimen in der Regel nicht mehr wegzieht, außer auf den Friedhof. Sollte der Mann, den er suchte, nicht mehr am Leben sein? Dann war seine Recherche schon zu Ende, noch bevor sie richtig begonnen hatte.

«Nur eine Sekunde!» Er musste der Frau im blauen Kittel nachlaufen; sie war unterwegs, um einem alten Herrn beim Aufstehen zu helfen. «Vielleicht erinnern Sie sich an ihn. Er war früher mal ein berühmter Schriftsteller.»

«Schriftsteller haben wir einen. Aber der heißt anders. Was haben Sie wieder angestellt, Herr Danioth?» Der Mann hatte es geschafft, die Bändel seiner Schuhe miteinander zu verknoten und sich beim Stolpern an der Betreuerin festzuklammern, so fest, dass beide beinahe zu Boden gegangen wären.

«Ein Schriftsteller? Und der heißt?»

«Ich habe jetzt wirklich keine Zeit, das sehen Sie doch.»

«Sagen Sie mir nur seinen Namen. Bitte.»

«Läuchli heißt der.»

Läuchli! Der Mann, von dem Derendinger gesagt hatte … Natürlich, wer so heißt, wandelt seinen bürgerlichen Namen gern in ein edleres Pseudonym um.

«Und welcher der Herren ist Herr Läuchli?»

«Keiner», sagte die Pflegerin. Sie kniete jetzt auf dem Boden und versuchte, die beiden Schuhe wieder voneinander zu lösen.

«Er lebt nicht mehr hier im Heim?»

«*Haus Abendrot* ist kein Heim. Wir sind eine Seniorenresidenz.»

«Und er ist nicht mehr …?»

«Doch», sagte die Frau. «Aber vor den Unterhaltungsprogrammen drückt er sich gern. Meistens sitzt er dann unten in der Halle.»

20

Jedes Mal, wenn der alte Mann röchelnd ausatmete, blubberten auf seinen Lippen kleine Speichelbläschen, eine ausgeleierte Maschine, deren Dichtung nicht mehr richtig funktionierte. Es ist schon besser, dass man allein lebt, dachte Weilemann; bei seinen regelmäßigen Mittagspäuschen auf dem Sofa bot er selber bestimmt keinen appetitlicheren Anblick. Und vielleicht, überlegte er, während er sich über den schlafenden Mann beugte, vielleicht nahmen ja andere Leute – Warum fiel ihm in diesem Zusammenhang gerade Eliza ein? –, vielleicht nahmen ja seine Bekannten an ihm denselben unangenehmen Geruch wahr, nicht ungepflegt, nein, das war es nicht, mit Unsauberkeit hatte es nichts zu tun, sondern einfach mit dem Alter, ein Greisenaroma, das ihn an den feuchten Kartoffelkeller daheim in Rüti erinnerte. An sich selber fiel einem so ein Geruch wohl gar nicht auf, und die meisten Leute waren zu höflich oder zu wenig mit einem befreundet, um etwas zu sagen, hielten sich nur diskret die Nase zu und vermieden es, einem allzu nahe zu kommen.

«Herr Läuchli?»

Keine Reaktion. Die weißen Zähne zu perfekt für das runzlige Gesicht; das Gebiss musste eine Menge Geld gekostet haben. Dabei: Der Greis, der da im Halbschlaf vor sich hin grochste, war nie ein Erfolgsschriftsteller gewesen, und laut Wikipedia hatte Cäsar Lauckmann seit fast dreißig Jahren kein Buch mehr veröffentlicht. Trotzdem konnte er sich immer noch ein Altersheim der Luxusklasse leisten, falsche Zähne vom teuersten Restaurator, und einen Anzug, der auch in zerknittertem Zustand noch nach Maßschneider aussah. Seltsam.

«Herr Lauckmann?»

Der alte Mann öffnete ein Auge, nur eines; es sah aus, als ob er Weilemann diskret ein Geheimnis anvertrauen wolle. Oder ihm einen unanständigen Witz erzählen. Das geschlossene Auge auf der Fotomontage war also keine Panne gewesen: das Lid schien gelähmt zu sein, Lauckmann-Läuchli musste es mit dem Zeigfinger hochschieben, und kaum ließ er es los, schloss sich das Auge wieder, wie ein Türspion, kam es Weilemann vor, den man kurz öffnet, um einen unerwarteten Gast auf seine Ungefährlichkeit zu überprüfen. Der Rest des Aufwachens war dann ein mühsamer Prozess, wie bei Weilemanns veraltetem Computer, wenn sich die einzelnen Funktionen nach dem Einschalten nur mit Verzögerung wieder meldeten. Schließlich schien Läuchli in der Gegenwart angekommen, er versuchte sich aufzurichten, was ihm nicht auf Anhieb gelang, aber die hingestreckte Hand seines Besuchers wollte er auch nicht nehmen. «Ich bin kein Mann, der Hilfe braucht», hieß das, «noch lang nicht», eine Altersstrurheit, die Weilemann sogar sympathisch war; er kannte ein ähnliches Verhalten von sich selber. Beim Aufrichten fasste Läuchli mit der Hand in die Perücke, die ihm beim Schlafen vom Kopf gerutscht war, und setzte sie wieder auf, mit einer ganz selbstverständlichen Bewegung, nicht anders, als ob es sich um einen Hut handelte, den er nur zum Schlafen abgelegt hatte. Die Perücke war zu groß für ihn und schaffte es nicht, ihn jünger zu machen. Mit der selbstverständlich herrischen Geste eines Mannes, der es gewohnt ist, bedient zu werden, forderte er Weilemann auf, sich nach seinem Stock zu bücken – ein schönes Stück mit einem silbernen Bärenkopf als Knauf –, bedankte sich, als Weilemann ihm den Gefallen tat, nicht für die Freundlichkeit, sondern griff wortlos nach dem Stock und stemmte sich daran in die Senkrechte. Er war größer, als es im Liegen ausgesehen hatte, ein klapperdürres, hautüberzogenes Skelett, und seine Haltung hatte etwas – nein, nicht Majestätisches, das wäre das falsche Wort gewesen, etwas Selbstsicheres und gleichzeitig Verächtliches. Mit seinem hängenden Augenlid erinnerte er Weilemann an … Wie hatte dieser Komiker geheißen, der unter derselben Behinderung litt? Karl Dall, natürlich. Nur dass Läuchli nicht wie ein Komiker wirkte, sondern wie ein altgewordener Vampirdarsteller aus einem Schwarzweißfilm von anno Weißnichtmehr.

«Ein Neuer, aha», sagte er, nachdem er Weilemann ausführlich betrachtet hatte. «Willkommen im *Haus Abendrot*. Ihr, die ihr eintretet, lasst alle Hoffnung fahren.»

Weilemann wusste nicht, ob er über das Missverständnis lachen, oder sich von der Vorstellung, er sei schon reif fürs Altersheim, beleidigt fühlen sollte. «Ich bin nur zu Besuch hier», sagte er.

«Das haben wir uns alle einmal eingeredet.»

«Zu Besuch bei Ihnen, Herr Läuchli. Oder Lauckmann? Wie möchten Sie lieber angesprochen werden?»

«Am liebsten gar nicht.» Wenn er so etwas sagte, wirkte der alte Mann nicht bewusst unhöflich, sondern einfach wie jemand, den es nicht mehr kümmern muss, was andere Leute von ihm denken. «Aber wenn es nicht anders geht: Sagen Sie Läuchli. Obwohl ich den Namen jetzt auch offiziell geändert habe.»

Der Computer im Ordnungsamt war also doch auf dem aktuellen Stand gewesen.

«Also, Herr Läuchli …»

«Sie können auch Cäsar zu mir sagen. Aber nur. wenn Sie mir eine Wurst mitgebracht haben.»

«Wurst?»

«Sonst beiße ich Sie. Cäsar ist ein Wachhund.» Und dann fing Läuchli doch tatsächlich an zu knurren und zu bellen, «wuff, wuff, wuff», fletschte seine viel zu weißen Zähne und schien nach Weilemann schnappen zu wollen. Der Anfall – anders konnte man das wohl nicht bezeichnen – hörte so schnell wieder auf, wie er begonnen hatte, und Läuchli sagte ganz freundlich: «Keine Wurst? Macht auch nichts. Heute ist Mittwoch, da gibt es am Abend Aufschnittplatte. Für den Rest meines Lebens wird es an jedem Mittwoch Aufschnittplatte geben, ich werde jeden Mittag nach dem Essen meinen Verdauungsspaziergang ums Haus machen und an jedem Nachmittag mein Schläfchen in der Halle. Man lebt hier sehr vorausschaubar.»

Der Mann hatte definitiv nicht mehr alle Karten im Spiel. Es würde nicht einfach sein, nützliche Informationen aus ihm herauszugraben.

«Warum ich gekommen bin …»

«Man muss schnell sein, wissen Sie. Wenn es Aufschnitt gibt, muss man schnell sein. Nicht dass nur noch Salami übrig ist, wenn die Platte bei einem ankommt. Mögen Sie Salami?»

«Ich …»

«Niemand mag Salami. Niemand. Weil man sie aus Esels-
fleisch macht. Sie müssen sich nur eine Scheibe ans Ohr halten, dann können Sie es hören. Ii-aa! Ii-aa!»

Der alte Mann fand die eigene Tierimitation so komisch,
dass er zu kichern begann. Aus dem Lachen wurde ein Hustenanfall, so heftig, dass es den mageren Körper durchschüt-
telte. Läuchli suchte nach seinem Taschentuch, fand es aber
erst, nachdem er schon einen großen Batzen gelben Schleim
auf den Fußboden gespuckt hatte. Er betrachtete den Fleck
missbilligend. «Bei den Preisen, die die hier nehmen», sagte
er, «könnten sie die Marmorböden ruhig ein bisschen öfter
saubermachen.»

«Herr Läuchli …», nahm Weilemann einen neuen Anlauf,
«ich möchte Ihnen gern ein paar Fragen stellen.»

«Sind Sie ein Spion?» Wenn er sein Gegenüber fixierte –
das kam wohl davon, dass das eine Auge geschlossen war –,
hielt Läuchli den Kopf so schräg, wie es Weilemann einmal in
einer Doku über Raubvögel gesehen hatte.

«Ich bin Journalist.»

«Journalisten sind auch Spione. Alle Leute sind Spione.
Metzger sind Spione. Schreiner sind Spione. Bauarbeiter sind
Spione.» Bei jedem Beruf, den er aufzählte, stieß Läuchli seinen Spazierstock auf den Boden. «Lehrer sind Spione. Zahn-
ärzte sind Spione. Nur Spione sind keine Spione. Wissen Sie
warum? Weil die anonym sind!»

Wieder begann der alte Mann zu lachen. Diesmal fand er
sein Taschentuch schneller und hielt es sich vorsorglich vor
den Mund – eingestickte Initialen, bemerkte Weilemann, vor-
nehm geht die Welt zugrunde –, aber diesmal blieb der Hustenanfall aus, und das Gelächter verplätscherte sich in einzelnen Silben. Läuchli faltete das Taschentuch wieder sorgfältig

zusammen, steckte es weg und fragte: «Was gibt es bei mir zu spionieren?»

«Ich möchte einen Artikel über Sie schreiben.»

«Noch einen?»

«Wie bitte?»

«Sie haben doch schon zu meinem Geburtstag ... Jemand hat mir die Seite aufs Zimmer gelegt. ‹Ein unterschätzter Meister der populären Kultur.› Nett. Nichts Besonderes, aber nett. Ich kenne mich da aus. Wussten Sie, dass ich früher einmal Bücher ...? Natürlich wissen Sie es, dumm von mir. Sie haben es ja geschrieben.»

«Das war nicht ich! Das war ...»

«Ruhe!», sagte Läuchli, streng wie ein Lehrer, der einen Schüler dafür tadelt, dass der ohne vorher aufzustrecken eine Antwort geben will. «Sie glauben, dass ich mich nicht erinnern kann. Aber ich erinnere mich sehr gut. Ich erinnere mich an alles. Nur das Nachdenken geht länger als früher. Das Raussuchen der Worte. Man hat so viel Zeug im Kopf, und bis man das Richtige gefunden hat ... Man sieht es mir nicht an, aber ich bin neunzig Jahre alt. Hätten Sie nicht gedacht, was?»

Einundneunzig, wenn Wikipedia recht hatte.

Ein bisschen Einschleimen kann nie schaden, dachte Weilemann, auch nicht bei diesem einäugigen Vampir mit der fortgeschrittenen Altersverblödung. Die Eitelkeit stirbt zuletzt und regiert auch noch, wenn die Hoffnung schon lang tot ist. «Schon neunzig?», fragte er deshalb in übertriebener Überraschung. «So viel hätte ich Ihnen nicht gegeben.»

«Ich hätte es auch nicht genommen.» Läuchli kicherte wieder und spulte dabei sein Ritual ab: Taschentuch vor den Mund, darauf warten, ob ein Hustenanfall kommt, Taschentuch wieder zusammenfalten. «Sie sind übrigens ein ganz schlechter Heuchler. Es war ja schließlich ein Geburtstagsartikel, den Sie geschrieben haben.»

«Das war ich nicht.»

Läuchli überhörte den Einwand. «Ich kann mich sogar an Ihren Namen erinnern. Sie dürfen mich nur nicht dauernd unterbrechen.» Mit dem Zeigfinger schob er das gelähmte Augenlid in die Höhe und starrte Weilemann an. Seine Lippen bewegten sich lautlos, als ob er sich in Gedanken die Namensliste aus seinem Adressbuch vorläse. Dann ließ er das Augenlid wieder zufallen, wie man ein Gerät ausschaltet, dessen Dienste nicht mehr benötigt werden, und lächelte. Oder besser gesagt: Er fletschte die makellosen Zähne, triumphierend wie ein Vampir, der den Schlüssel zum Schrank mit den Blutkonserven entdeckt hat. «Sie heißen Derendinger.»

«Nein, ich …»

«Mit dem Namen haben Sie sich vorgestellt. Haben mir sogar Ihren Journalistenausweis gezeigt. Felix Derendinger. Wenn das nicht ein Pseudonym war. Ich habe alle meine Bücher unter Pseudonym geschrieben.»

«Ich bin nicht Felix Derendinger.»

«Aber Journalist sind Sie schon? Ja? Dann ist er also ein Kollege von Ihnen. Grüßen Sie ihn von mir!»

«Er lebt nicht mehr.»

Läuchli zeigte keinerlei Reaktion. Vielleicht gingen einem ja, wenn man einmal an einem solchen Ort eingezogen war, Todesnachrichten nicht mehr besonders nahe; im *Haus Abendrot* wurde bestimmt alle paar Wochen ein Zimmer frei.

«Er hatte einen Unfall.»

«Jaja», sagte Läuchli, «Journalismus ist ein gefährlicher Beruf.» Und begann, scheinbar ohne Anlass, plötzlich zu singen. «Miin Vatter isch en Appezäller», sang er und führte zum Jodel ein arthritisches Tänzchen auf, «er frisst de Chääs mitsamt em Täller, jololo dijololo dijo.» Erst, als hinter seinem Rücken dünner Applaus ertönte, realisierte Weilemann, für wen diese musikalische Einlage bestimmt war: Angeführt von dem fetten Dirigenten kamen die Chorbuben die Treppe herunter, alle mit einer Tafel Schokolade, die sie wohl als schäbiges Honorar bekommen hatten, in der einen und die meisten mit ihrem Commis in der anderen Hand. Der alte Mann sang und tanzte weiter, bis sich die Haustüre hinter dem Chor geschlossen hatte, und der Text, den er vielleicht in seiner Kinderzeit gelernt hatte, wurde mit jeder Strophe unanständiger. «Miin Vatter isch en alte Lööli», lautete die letzte Variation, «wänn er furzt, isch es ei …» Vor dem Reim brach Läuchlis Gesang abrupt ab, und er wandte sich, als ob es dieses Zwischenspiel nie gegeben hätte, wieder an seinen Besucher. «War nett, dass Sie mich besucht haben, Herr Derendinger.»

«Ich heiße Weilemann!»

«Weiß seinen eigenen Namen nicht mehr.» Läuchli schüttelte den Vampirkopf. «Dann ist es höchste Zeit, dass Sie hierher ins *Abendrot* ziehen. Wenn ich Ihnen einen Rat geben darf: Beim Abendessen schnell sein. Sonst ist dann wirklich nur noch Salami übrig. Guten Appetit, Herr Derendinger.»

21

Warum, verdammt nochmal, warum waren die Orientierungspunkte für die elektronische Steuerung ausgerechnet auf
dieser Strecke noch nicht installiert? Der Postauto-Chauffeur,
den ihm ein böswilliges Schicksal zugeteilt hatte, ließ nicht nur
sein Radio viel zu laut laufen, irgend so eine moderne Gru-
selmusik, sondern schien es auch darauf angelegt zu haben,
möglichst vielen seiner Passagiere den Magen umzustülpen.
Er fuhr alle Kurven – und die Strecke bestand nur aus Kurven – viel zu schnell an, worauf er jedes Mal so voll auf die
Bremse steigen musste, dass es einem fast den Kopf an den
Vordersitz schletzte, nur um dann in der nächsten Sekunde
wieder zu beschleunigen wie ein Verrückter, als ob er sich in
den Kopf gesetzt hätte, Paris–Dakar in seinem Autobus zu
gewinnen. Dazu hatte Weilemann im vollbesetzten Postauto
einen jugendlichen Sitznachbarn erwischt, wohl kaum mehr
als vierzehn oder fünfzehn Jahre alt, aber total überdimensio-
niert, breit wie ein Ochse und etwa gleich gut erzogen, der sich
die Zeit damit vertrieb, Akne-Pickel auszudrücken, einen nach
dem andern, und jedes Mal, wenn er einen erwischt hatte,
beugte er sich über Weilemann hinweg, um das Ergebnis seiner Bemühungen in der Spiegelung der Fensterscheibe zu
begutachten. Und natürlich, es kommt ja immer eins zum
andern, spielte auch Weilemanns Hüfte mal wieder verrückt,
egal in welcher Sitzposition, er konnte nur zwischen schmerzhaft, sehr schmerzhaft und furchtbar schmerzhaft hin und her
wechseln, und dann sagte der junge Schnösel neben ihm auch
noch ganz beleidigt: «Können Sie nicht mal stillsitzen?»

Und das alles, ohne dass er von seinem Ausflug ins Altersheim ein greifbares Ergebnis mit nach Hause gebracht hätte.

Immerhin, wenn man sich den Flop ein bisschen schönreden und zumindest diesen Aspekt als Erfolg werten wollte, immerhin hatte er jetzt die Bestätigung dafür, dass Derendinger auf derselben Spur gewesen war und auch seinerseits Läuchli im *Haus Abendrot* besucht hatte, und ein Mann wie Derendinger hatte die umständliche Reise bestimmt nicht nur gemacht, um sich bei dem alten Schrottschriftsteller die Informationen für einen schlechtbezahlten Geburtstagsartikel zu besorgen, Informationen, die er sich am Schreibtisch in zehn Minuten hätte zusammengoogeln können. Nein, im Gespräch zwischen den beiden musste es um etwas anderes gegangen sein, um etwas, das aus irgendeinem Grund wichtig war, aber damals – ein knappes Jahr durfte das jetzt her sein – war Läuchli bestimmt noch klarer im Kopf gewesen, hatte noch Antworten gegeben, mit denen man etwas anfangen konnte, statt wie heute nur kichernd Esel und Hunde zu imitieren; damals hatte der böse Alois wohl gerade erst angefangen, den Inhalt seiner Gehirnzellen zu Brei zu verkochen. Es war also durchaus möglich, dass Derendinger damals noch nützliche Informationen aus ihm hatte herausfragen können, aber um was immer es dabei gegangen sein mochte, jetzt war es unwiederbringlich futsch. Wer den Verstand verliert, verliert auch seine Geheimnisse. And all the king's horses and all the king's men ... Dass Weilemann das auf Englisch zitieren konnte, machte den Gedanken auch nicht erfreulicher.

Aber noch viel mehr – Warum sollte er es sich nicht eingestehen? Wenn man sich selber anlog, wurden die Dinge auch nicht anders –, noch viel mehr als die totale Erfolglosigkeit seines Rechercheversuchs ärgerte ihn das kurze Telefongespräch, das er vor der Abfahrt des Postautos mit Eliza geführt hatte. Er hatte ihr sagen wollen, dass er gleich nach der Ankunft in Zürich bei ihr vorbeikommen würde, aber sie hatte gemeint, heute sei es ungünstig, sie müsse arbeiten, und er solle sich morgen wieder melden. Ganz kurz angebunden war sie gewesen, nicht einmal «Danke» oder «Auf Wiedersehen» hatte sie gesagt, nicht dass er auf solche Formen Wert gelegt hätte, so altmodisch war er weiß Gott nicht, aber wenn er sich vorstellte, was «arbeiten» bei Eliza bedeutete … Nein, er stellte es sich lieber nicht vor, von der endlosen Kurvenfahrerei war ihm schon schlecht genug. Sie hatte ihm nie etwas von ihren Kunden erzählt, außer von Felix natürlich, und der war mehr eine Art Freund gewesen, er hatte auch nicht danach gefragt, es war schließlich nicht sein Problem, womit sie ihr Geld verdiente, sie war eine erwachsene Frau, und auch wenn die Zeiten seit seiner Jugend wieder prüder geworden waren, man lebte nicht mehr im neunzehnten Jahrhundert. Und trotzdem, wenn jetzt irgend so ein alter Tschooli bei ihr im Wohnzimmer saß, in Unterhosen womöglich, Feinripp mit Eingriff, oder wenn er sogar mit ihr im Bett lag und sich von ihr betreuen ließ, «ich nenne es Sexualtherapeutin», hatte sie gesagt, wenn Eliza also in diesem Moment mit irgend so einem senilen Lustmolch … Es ging Weilemann nichts an, natürlich nicht, aber seine Hüfte tat ihm weh, der picklige Teenager neben ihm war nicht nur ein Ochse, sondern auch ein Ferkel, und dem Busfahrer gehörte schon lang das Billett abgenommen.

Man müsste an das Schicksal oder an den lieben Gott, oder wer immer da zuständig ist, einen Beschwerdebrief schreiben können, dachte Weilemann, so einen dieser Briefe, wie er sie gern verfasste, wenn ihm etwas nicht passte, gepfeffert und gesalzen, einen Brief, den sie sich hinter den Ofen stecken würden, wenn sie da oben im Himmel so etwas wie einen Ofen hatten. «Muss ich Ihnen leider mitteilen, dass der Körper, den ich bei Ihrer Firma bezogen habe, sich mit jedem Tag mehr als Fehlkonstruktion erweist, insbesondere weil das Verfallsdatum einzelner von Ihnen eingebauter Bestandteile bedeutend früher zu liegen scheint als das des gesamten Geräts. Ich fordere Sie deshalb auf, mir gemäß Produktehaftpflichtgesetz …»

Und dann rempelte ihn sein Sitznachbar, wahrscheinlich weil er die ganze Pracht seines pickligen Gesichts mal wieder im Fenster bewundern wollte, nicht nur so rücksichtslos an wie schon die ganze Zeit, sondern packte ihn sogar an der Schulter und rüttelte an ihm herum, und dann war es gar nicht der schlechterzogene Teenager, sondern der Fahrer, der etwas von «Endstation!» und «Aussteigen!» sagte. Weilemann war doch tatsächlich eingeschlafen, trotz der vielen Kurven und der schmerzenden Hüfte.

Im Tram nach Schwamendingen bot ihm dann wenigstens jemand einen Sitzplatz an. So, wie er gelaunt war, hätte er wahrscheinlich einen Mord begangen, wenn es nicht passiert wäre.

Manchmal, das hatte ihm Doktor Rebsamen geraten, beruhigte sich die Hüfte, wenn man sich nach einer Überanstrengung nicht gleich ins Bett legte, sondern noch ein bisschen auf und ab ging, langsam und vorsichtig, dabei das Gewicht auf die bessere Seite verlagerte und die andere abstützte, um das schmerzende Gelenk zu entlasten. «Sie sollten sich einen Stock besorgen», hatte Rebsamen gesagt, was Weilemann natürlich nicht getan hatte; wenn man erst einmal mit einem Stock anfing, konnte man sich gleich eine Krücke kaufen oder einen Rollstuhl. Außerdem tat eine Stuhllehne denselben Dienst, und es war ihm scheißegal, dass er aussah wie ein Idiot, wie er sich so mit einem Stuhl in der Hand durchs Wohnzimmer hin und her schleppte; wer keine Gesellschaft hat, muss auch niemandem gefallen. Man konnte mit dem Stuhl sogar in die Küche tappen und dort eine Portion Fertigspaghetti mit Tomatensauce direkt aus der Packung löffeln, «drei Minuten Mikrowelle», stand darauf, aber erstens war seine Mikrowelle kaputt, und zweitens schmeckte das Zeug aufgewärmt auch nicht besser, die Tomatensauce kam aus einem Chemielabor, und für die Spaghetti hätten sie jedem italienischen Koch die Staatsbürgerschaft entzogen. Wenn Weilemann schlechte Laune hatte – sich ärgern war die einzige Sache, die man mit zunehmendem Alter immer besser konnte –, dann aß er gern etwas, von dem er im Voraus wusste, dass es ihm nicht schmecken würde, das gab seinem Ärger zusätzliches Futter, und so richtig wütend zu sein, das war ein schon fast wieder jugendliches Gefühl. Die ganze Welt wortreich verfluchen war doch etwas anderes, als wenn man sich wie Läuchli nur noch dafür interessierte, wie man es anstellen musste, um beim Abendessen im Altersheim nicht nur Salami abzubekommen.

Obwohl Weilemann auf die Aufschnittplatte schon ein bisschen neidisch war.

Läuchli …

Irgendetwas hatte Derendinger an dem interessant gefunden. Bestimmt nicht die Bücher, die er als Cäsar Lauckmann geschrieben hatte, das konnte es nicht sein. Weilemann hatte in Elizas Wohnzimmer ein paar Seiten von einem dieser Machwerke überflogen, das hatte gereicht, um sich ein Urteil zu bilden: die trivialsten aller Trivialromane. Man muss keine ganze Omelette essen, um zu merken, dass ein Ei faul ist. Was hatte Derendinger bei Läuchli herauszufinden gehofft oder tatsächlich herausgefunden? Etwas Wichtiges musste es gewesen sein, sonst hätte er sich hinterher nicht die Mühe gemacht, dessen Bild in die Fotografie hineinzumontieren, hätte Weilemann nicht so deutlich die Spur gezeigt, die er verfolgen sollte. Und hätte bei ihrer Begegnung auf dem Lindenhof nicht darauf bestanden, dass Weilemann unbedingt mit dem alten Mann sprechen sollte. «Der hat damals das Turnier organisiert», hatte er gesagt, und der Satz musste einen tieferen Sinn gehabt haben. Eliza hat vielleicht eine Idee dazu, dachte er, und wollte schon zum Telefon hinken, aber dann fiel ihm wieder ein, dass sie ja heute beschäftigt war, und der Gedanke daran, was das für eine Beschäftigung war, ließ seine Stimmung endgültig auf den Nullpunkt sacken. Er schmiss das Plastikgefäß mit dem Rest der klebrigen Spaghetti in Richtung Abwaschtrog, verfehlte das Ziel – er war ja kein Basketballspieler – und stellte mit der Befriedigung des Pessimisten, dessen schlimmste Erwartungen mal wieder bestätigt worden sind, fest, dass er heute noch auf allen vieren Teigwaren und Tomatenpampe würde vom Fußboden kratzen müssen. Oder dann eben morgen früh.

Er schleppte den Stuhl an seinen Platz vor dem Schreibtisch zurück und setzte sich noch einmal an den Computer. Vielleicht hatte er ja etwas übersehen. Suche: *Cäsar Lauckmann*. Enter.

Der alte Mann mochte ja keine Berühmtheit gewesen sein, aber trotzdem war es überraschend, wie wenig Ergebnisse das System ausspuckte, nichts, was er sich bei der Vorbereitung seines Besuchs im Altersheim nicht schon angesehen hatte, und kein einziges Bild dabei. Wer ein so schiefes Gesicht hatte wie Läuchli ließ sich bestimmt nur ungern fotografieren, aber trotzdem, auffällig war das schon. Klar interessierte sich heute kaum noch jemand für den Mann im *Haus Abendrot*, seine Leser hatten ihn bestimmt schon lang vergessen, aber das Internet vergaß nie etwas. Sogar zu seinem eigenen Namen –

denn natürlich hatte er sich selber gegoogelt, wer tat das nicht? – hatte Weilemann mehr als tausend Einträge gefunden, alte Artikel, die eine Zeitung online gestellt hatte, und die Ergebnisse längst vergessener Turniere. Da hätte man doch erwarten können, dass auch bei Läuchli …

Einen Wikipedia-Eintrag gab es, aber den kannte er schon fast auswendig. «*Lauckmann Cäsar* (Pseudonym für: *Läuchli, Carl*), Schweizer Schriftsteller. Geboren in Märstetten, Kanton Thurgau, besuchte das Gymnasium in Weinfelden», blablabla, völlig uninteressant, «Lehre als Schriftsetzer», das passte: vor siebzig Jahren war das einmal der Beruf für Leute gewesen, die Buchstaben liebten, aber fürs Schreiben nicht begabt waren, «erste Publikation», blabla, «Burgdorfer Krimipreis», immerhin, wenn das auch nicht ganz dasselbe war, wie nach Stockholm eingeladen zu werden, «Verfasser von insgesamt dreizehn Romanen.» Und dann die Liste der Titel, einer immer scheußlicher als der andere.

Die Leiche im Zürichsee.

Schieß schneller, Katharina.

Hund, Katze, mausetot.

Das Messer im Rücken.

Wer die Qual hat …

Und so weiter und so fort. Dreizehn Volltreffer ins Herz des schlechten Geschmacks.

Weilemann wollte den Laptop schon wieder zuklappen, als ihm etwas auffiel, nein: als ihm auffiel, dass ihm etwas aufgefallen war, ohne dass er hätte sagen können, worum es dabei ging. Manchmal war eine Idee schon wieder verschwunden, bevor man sie sich richtig hatte anschauen können, wie eines dieser winzigen Teilchen, von dem sie beim CERN in Genf nach einem Experiment behaupteten, es habe existiert. Aber diesmal war wirklich etwas gewesen, er war sich da ganz sicher, eine Überlegung oder eine Beobachtung, wenn davon auch nichts zurückgeblieben war als die feste Überzeugung, dass sie ihn weitergebracht haben würde. Manchmal, nicht immer, half es in solchen Fällen, wenn man den eigenen Gedankengang zurückverfolgte, hinter sich selber herging und Detektiv spielte. An den Romanen von Lauckmann-Läuchli war er dran gewesen, hatte sich die Liste der Titel angesehen, dreizehnmal Schund, und dann ...

Moment.

Die Leiche im Zürichsee.

Schieß schneller, Katharina.

Hund, Katze, mausetot.

Da standen nur zwölf Buchtitel auf der Liste. Zwölf, nicht dreizehn. Entweder hatte sich Wikipedia geirrt, oder ...

Der dreizehnte Roman. Das klang schon fast wie ein Buchtitel von Cäsar Lauckmann.

22

Nein, würde er sagen, wenn Eliza anrufen sollte, heute habe jetzt einmal er keine Zeit, könne leider nicht bei ihr vorbeikommen, sorry, er habe zu tun, so wie sie gestern Abend zu tun gehabt hatte, einmal habe eben der eine Termine und einmal der andere, und, ja, er würde sich melden. Ciao. Nicht unfreundlich, aber kühl. Sie sollte nicht meinen, er habe nichts anderes im Kopf als sie.

Überhaupt: Er musste mit seinen Recherchen weiterkommen, das war es doch, was sie von ihm erwartete, und wenn die Spur, der er nachgehen wollte, auch noch keine richtige Spur war, sondern allerhöchstens ein Spürchen, als guter Reporter drehte man jeden Stein um, selbst auf die Gefahr hin, dass man hinterher nichts davon hatte als Rückenweh vom Bücken. Außerdem war das Juliwetter heute perfekt, nicht so heiß wie die letzten Tage, genau richtig für einen kleinen Stadtbummel. Wenn er nicht fündig wurde, konnte er sich irgendwo auf eine Terrasse setzen und ein Bier trinken. Wahrscheinlich gab es gar nichts zu finden, die falsche Zahl in der Wikipedia war einfach eine Schlamperei, der Verfasser des Artikels hatte falsch gezählt, und niemand hatte es gemerkt, heutzutage gab sich ja keiner mehr Mühe, seine Arbeit sorgfältig zu machen. Andererseits … Dass sich über Lauckmann im Internet kaum Informationen fanden und in einem der wenigen Einträge dann auch noch ein Widerspruch, das konnte einen, wenn man ein misstrauischer Mensch war, durchaus auf den Gedanken bringen, dass da jemand an den Informationen herummanipuliert hatte, wenn sich Weilemann auch nicht vorstellen konnte, warum und wieso.

Er hatte schon das kurzärmlige Hemd mit dem Phantasiewappen auf der Brusttasche aus dem Schrank genommen, hängte es aber dann doch wieder zurück; das Wetter wäre zwar richtig dafür gewesen, aber seine dünn gewordenen Arme nicht, so deutlich musste man sich den Geburtsjahrgang auch nicht anmerken lassen. Die Manschetten würde er offen lassen; das wirkte lässig und die Altersflecken waren doch abgedeckt.

Im Briefkasten, oh Wunder, steckte heute tatsächlich ein Brief, ein richtiger Brief, handschriftlich an ihn adressiert. Kein Absender. Er wollte den Umschlag schon aufreißen, aber dann hörte er ein Tram wegfahren, nicht seines, das in Richtung Hirzenbach, was bedeutete, dass in zwei Minuten das in die Gegenrichtung da sein würde; man konnte sagen, was man wollte, aber die Straßenbahnen fuhren pünktlich. Und Sitzplätze gab es für einmal auch genug.

Als er unterwegs den Brief öffnete, war es dann doch wieder nur Werbung, trotz der scheinbar handschriftlichen Adresse; unterdessen gelang den Computern der Beschiss so gut, dass man keinen Unterschied mehr merkte. Es war eine Umfrage, mit anderen Worten: Man erkundigte sich scheinbar nach seiner Meinung, während man ihm in Wirklichkeit etwas verkaufen oder ihn von etwas überzeugen wollte. «Seit 1941 ist in der Schweiz die Todesstrafe abgeschafft», stand da. «Sind Sie der Ansicht, dass man angesichts der virulenten Ausländerkriminalität diese Form der Vollsühne wieder einführen sollte?» – «Vollsühne» ist eine Scheißformulierung, dachte Weilemanns Journalistenhirn automatisch, dafür ist «virulent» ein gut ausgesuchtes Adjektiv: Die Leute wissen nicht genau, was es bedeutet, werden aber an einen Krankheitserreger erinnert, und für Krankheitsbekämpfung ist jeder. Unterschrieben hatte den Brief eine «Initiative für Ordnung und Gerechtigkeit», keine Namen, aber wenn man ein bisschen logisch denken konnte, war klar, wer hinter dieser neuen Organisation stecken musste: Außer den Eidgenössischen Demokraten hatte niemand das Geld für eine so aufwendige Werbung. Wiedereinführung der Todesstrafe, soso, war das also die neuste Sau, die durchs Dorf getrieben werden sollte?

Am Stauffacher angekommen, wollte er den Brief in einem Abfallkübel entsorgen, aber dann steckte er ihn doch lieber in die Tasche; es war zwar nicht verboten, ED-Post wegzuwerfen, aber es gab immer Leute, die einem gern Schwierigkeiten machten.

Er war schon lang nicht mehr in diesem Quartier gewesen und musste feststellen, dass sich eine Menge verändert hatte. Nicht äußerlich, die Tramlinien waren noch dieselben, und St. Peter und Paul stand immer noch wie aus einem Bastelbogen ausgeschnitten im Schatten des viel höheren Amtshauses. Aber von den kleinen Läden, an die er sich erinnerte, existierte keiner mehr, dort wo früher sein Lieblingsantiquariat gewesen war, wurden jetzt «garantiert vereinigungskonforme» Trachtenkleider verkauft, was immer diese Garantie beinhalten mochte. Er war in den Kreis drei gefahren, weil er dort ein halbes Dutzend Läden mit alten Büchern gewusst hatte, aber dieses historische Wissen war ihm jetzt so nützlich wie die beste Adresse für eine Petroleumlampe oder ein Trichtergrammophon; für Bücher schien sich niemand mehr zu interessieren, für gebrauchte schon gar nicht. Der einzige Laden, der überhaupt so etwas Ähnliches im Schaufenster hatte, entpuppte sich als Geschäftsstelle einer fundamentalistischen Sekte, wo ihn eine Frau, der das Lächeln wie aufgenäht im Gesicht saß, mit den Worten begrüßte: «Suchen Sie die Botschaft?» Er war schon zwei Straßen weiter geflohen, als ihm die Antwort einfiel, die er ihr hätte geben sollen: «Nein, ich suche das Konsulat.»

Es war kein Wunder, dass die Antiquariate alle zugemacht hatten, wer heute etwas suchte, tat das im Internet, aber dort war er weder beim Zentralen Verzeichnis Antiquarischer Bücher noch bei Amazon fündig geworden, Bücher von Cäsar Lauckmann wurden einem dort zwar jede Menge angeboten, aber eben nur zwölf verschiedene Titel und nicht dreizehn. Schließlich, nach mehreren Stationen fruchtloser Suche, landete er im Brockenhaus an der Neugasse, wo seine Frage nach der Buchabteilung abwehrend beantwortet wurde, nein, danke, man nehme keine Bücher mehr an, man habe schon zu viele. Als er sich als potentieller Käufer outete, sah ihn der Mann an der Kasse so überrascht an, als habe sich an der Zookasse ein Dinosaurier gemeldet und um Unterkunft gebeten.

Die Bücher – sie waren wohl noch nicht dazu gekommen, sie ins Hagenholz zu karren – waren in einem muffigen Keller untergebracht, in Regalen, man sah es schon von der Treppe aus, an die man gar nicht herankam, weil sie von Haufen anderer Bände blockiert waren, so achtlos hingekippt, wie man es früher einmal mit Kohlen getan hatte. Hier nach einem bestimmten Titel suchen zu wollen war aussichtslos, auch weil es keine anständige Beleuchtung gab; man hätte nicht nur eine Taschenlampe, sondern auch noch eine Wünschelrute haben müssen, um etwas Bestimmtes zu finden.

Er wollte schon aufgeben, als aus dem Halbdunkel heraus jemand fragte: «Klassiker, stimmt's?» Auf Anhieb hätte Weilemann nicht sagen können, ob es eine Männer- oder eine Frauenstimme war.

«Wie bitte?»

«Sie sehen aus wie jemand, der nach Klassikern sucht. Die Goethe-Gesamtausgabe, die Sie sich nie geleistet haben. Lassen Sie es. Spätestens nach der Hälfte von *Werthers Leiden* geben Sie ja doch auf.»

«Nein, ich suche ...»

«Sagen Sie nichts, lassen Sie mich raten.» Der Jemand – es war doch eher ein Mann – hatte tatsächlich eine Taschenlampe, eine richtig starke sogar, und leuchtete ihm jetzt damit ins Gesicht. «Pornographische Romane?», fragte er. «Das würde auch passen.»

«Und was noch alles?»

«Ach, eine Menge», sagte der Mann. «Es ist ein Spiel, das

ich mit mir selber spiele. Ich treffe es zwar fast nie, aber es macht Spaß, es sich auszudenken. Die Tage sind lang.»

«Arbeiten Sie hier?»

«Freiwillig, nur freiwillig. Solang ich nichts dafür verlange, lassen Sie mich herumstöbern. Aber ich habe mich gar nicht vorgestellt.» Endlich hörte er auf, Weilemann zu blenden, und richtete die Taschenlampe auf das eigene Gesicht. Da er es von unten her tat, sah das gruselig aus, aber man konnte doch erkennen, dass er ein älterer Mann war. Ein Intellektueller, hätte Weilemann getippt. Er hatte auch seine Spielchen.

«Fischlin», stellte sich der Mann vor. «Doktor Werner Fischlin. Früher mal Gymnasiallehrer. Englisch und Geschichte.»

«Und jetzt pensioniert?»

«So kann man es nennen. Ich habe meinen Schülern erzählt, dass die Schlacht bei Marignano vielleicht gar nicht stattgefunden hat. Auf jeden Fall nicht so, wie sie in den Geschichtsbüchern steht.»

«Und dann?»

«Habe ich mich mit Hilfsarbeiten durchgeschlagen, bis ich für die AHV reif war.» Fischlin lachte; es klang mehr entschuldigend als amüsiert. Bei seinen Schülern kann er nicht viel Autorität gehabt haben, dachte Weilemann, ein viel zu dünnes Stimmchen.

«Sagen Sie mir, was Sie suchen. Ich bin der Einzige, der hier etwas findet. Ich habe Bücher schon immer geliebt. Auch wenn selten stimmt, was drinsteht.» Er ließ den Strahl seiner Taschenlampe über die Stapel wandern; von Weilemanns Position auf der untersten Treppenstufe konnte man den Eindruck gewinnen, der Keller ginge unendlich weiter.

«Haben Sie etwas von Lauckmann? Cäsar Lauckmann?»

Fischlin lachte schon wieder, ein dünnes Kichern, zu dem

ein Spitzbärtchen gut gepasst hätte. «Wollen Sie nicht doch lieber Goethe lesen? Oder Pornographie?»

«Meinen Sie, Sie haben hier etwas?»

«Jede Menge. Das ist die Sorte Literatur, die die Leute ins Brockenhaus geben, sobald sie mit dem Buch durch sind. Manchmal schon früher. Welches seiner Meisterwerke interessiert Sie denn?»

«Alle.»

«Masochist, aha. Darauf wäre ich bei Ihnen nicht gekommen.»

Allmählich fing der überhebliche Ton des Mannes an, Weilemann zu nerven. Wenn er sich als Lehrer auch so aufgeführt hatte, war es kein Wunder, dass er entlassen wurde. «Finden Sie etwas oder finden Sie nichts?»

«Ich finde alles. Kommen Sie morgen noch einmal vorbei, ich lege Ihnen die Bücher an die Kasse. Und wenn Sie wieder einmal etwas Bestimmtes brauchen – rufen Sie einfach an. Hier, meine Visitenkarte.»

Ein Gespenst mit Visitenkarte, dachte Weilemann, so würde er ihn beschreiben, wenn er Eliza davon erzählte.

Der alte Geschichtslehrer kicherte schon wieder. «Ich habe hier ja schon seltsame Kunden gehabt, aber ausgerechnet Lauckmann ...» Er schüttelte den Kopf, oder es sah doch im Halbdunkel so aus, als ob er den Kopf schüttle, und verschwand zwischen seinen Altpapierbergen. Ein paar Sekunden hörte man noch seine meckernde Stimme, dann war er verschwunden.

Jetzt hätte Weilemann Zeit gehabt, sich bei Eliza zu melden, aber er beschloss, sie könne ruhig noch ein bisschen länger warten. Gestern hatte sie ihn auch abblitzen lassen, und überhaupt, bei dem schönen Wetter machte er sich lieber auf die Suche nach einem Ort, wo man an der frischen Luft etwas zu trinken bekam. Bis zur Langstraße war es nicht weit, und auf dem Weg dahin musste er wieder einmal feststellen, dass der neue Look dieses herausgepützelten und auf alternativ verkleideten Quartiers einfach nicht seine Sache war. Nicht dass er die Strichdamen und Drogenhändler von früher vermisst hätte – er hatte die Spießer nie gemocht, die hier ihre Halbweltbesuche machten, um sich einen Abend lang verrucht zu fühlen –, aber nur noch Boutiquen und Blumenkisten, das musste ja auch nicht sein. So ganz ohne Besoffene wirkte die Gegend ausgestorben; den einen oder anderen versifften kleinen Laden hätten sie ruhig am Leben lassen können. Er fand dann doch noch einen netten Innenhof, wo ein Wirt drei kleine Tischchen ins Freie gestellt hatte. Sogar eine Zeitung hing aus – nur die *Weltwoche*, aber man kann nicht alles haben –, in einem altmodischen Klemmhalter, der wohl nostalgisch wirken sollte. Bei einem Bier in der Sonne sitzen und Zeitung lesen, das hatte schon fast etwas von Urlaub.

Die große Geschichte des Tages, über zwei Seiten und reich illustriert, war ein historischer Artikel über einen der letzten Menschen, die in der Schweiz geköpft worden waren, ein gewisser Paul Irniger, 1939 in Zug. Man hatte damals die Guillotine, die man im Gefängnishof aufstellte, vom Nachbarkanton Luzern ausleihen müssen, Zug selber – der Journalist vermerkte es tadelnd – hatte keine mehr besessen. Was dem Verfasser des Artikels dafür umso mehr gefiel, war die Tatsache, dass sich damals eine große Zahl von Freiwilligen um das Amt des Scharfrichters beworben hatte, «ein überzeugender Beweis», schrieb er, «für die Gesetzesliebe unserer Vorfahren. Ob sich auch heute wieder so viele Patrioten bereit erklären würden, diese schwere Aufgabe zu übernehmen?»

Es war natürlich kein Zufall, überlegte Weilemann, dass

dieser Artikel gerade heute erschien, exakt an dem Tag, an dem ein Werbebrief zum selben Thema in seinem Briefkasten gelegen hatte. Wenn es noch einen Beweis für den Zusammenhang gebraucht hätte, dann wurde der durch die im Artikel zitierten Worte Irnigers geliefert, mit denen der auf eine Berufung gegen das Todesurteil verzichtet hatte: «Ich bin bereit, den Opferweg der Vollsühne zu gehen.»

«Vollsühne» – eine so doofe Formulierung saugte man sich nicht einfach aus den Fingern. Hier wurde eine koordinierte Kampagne gestartet, das war offensichtlich.

Aber warum?

23

Er hatte sich dann, erst am Abend, doch noch bei Eliza gemeldet und war kurz vor neun bei ihr vorbeigegangen, um ihr von dem fruchtlosen Besuch im *Haus Abendrot* zu berichten. Sie hatte kühl reagiert, wahrscheinlich hatte sie sich mehr von ihm erhofft. Aber sie war ganz seiner Meinung gewesen: Von Läuchli, was immer der mal gewusst haben mochte, würde sich nicht mehr in Erfahrung bringen lassen, hinter was für einer Geschichte Felix Derendinger her gewesen war. Die Spur war wohl die richtige gewesen, und vor einem Jahr, als Derendinger den alten Mann besucht hatte, musste sie auch noch heiß gewesen sein, aber unterdessen war Lauckmann definitiv zum Läuchli geschrumpft, offizielle Namensänderung hin oder her, war nur noch ein Sabbergreis, aus dem nichts mehr Sinnvolles herauszukriegen war. Der böse Alois oder einfach das Alter.

Diesmal hatte ihm Eliza keinen Wein angeboten, es hätte ja kein teurer Beaujolais sein müssen, sondern hatte ihn einfach nur abgefragt, was Weilemann ein bisschen verletzt hatte, er war ja kein Angestellter, der bei seiner Auftraggeberin zum Rapport vorzutraben hatte. Nach seinem Bericht aus dem *Abendrot* hatte sie ganz kühl gemeint, unter diesen Voraussetzungen würde sich der Fall wohl nicht mehr lösen lassen, und deshalb sei es wohl das Beste, einen Strich unter das Thema zu ziehen und die Nachforschungen einzustellen. Einfach so. Es war ihm sogar vorgekommen, als ob das für sie von Anfang an beschlossene Sache gewesen sei, und sein Bericht habe sie nur darin bestätigt. Richtig enttäuscht war er von ihr gewesen.

Aber vielleicht, überlegte er hinterher, war ihm das Gespräch auch nur so unpersönlich vorgekommen, weil er mehr in ihre Beziehung hineinphantasiert hatte als eine rein sachliche Partnerschaft. Natürlich hatte er kein Recht, auf ihre Kunden eifersüchtig zu sein, Elizas Beruf ging ihn überhaupt nichts an, und trotzdem … Man wurde nicht gescheiter, bloß weil man älter wurde, zumindest Männer wurden das nicht. Er hatte ihr denn auch, mehr aus Trotz, nichts von seiner Begegnung mit Fischlin erzählt, hatte ihr – wenn sie nicht wollte, dass er weiter recherchierte, musste sie auch nicht alles wissen – nichts von dem gesagt, was ihm an dem Lauckmann-Artikel in der Wikipedia aufgefallen war, erstens, weil das wahrscheinlich sowieso nicht mehr war als eine zufällige Ungenauigkeit, aber zweitens auch, weil das Thema ein guter Vorwand sein konnte, um sich in zwei oder drei Tagen noch einmal bei ihr zu melden, es gebe da überraschenderweise interessante Neuigkeiten zu berichten, aber seine Hüfte sei gerade im Generalstreik, ob sie nicht ausnahmsweise bei ihm vorbeikommen könne, und dann würde er ihr einen Thurgauer Calvados einschenken und noch einen zweiten, vielleicht würde sie wieder diesen Overall anhaben, den mit den Knöpfen vorne, die man einen nach dem andern aufmachen konnte, und dann ...

Kusch, Weilemann.

Heute war er gleich nach dem Frühstück zum Brockenhaus gefahren, und dort wartete tatsächlich ein mit Büchern vollgestopfter Plastiksack auf ihn, Fischlin hatte also nicht zu viel versprochen. Der Mann an der Kasse schaute in den Sack hinein, rümpfte die Nase – Weilemann mochte diese Formulierung nicht, aber hier stimmte sie für einmal ganz wörtlich –, kräuselte verächtlich den Nasenrücken und meinte: «Bücher? Ach, zahlen Sie einfach, was Sie wollen. Sind zehn Franken zu viel?»

Weilemann hätte in den Keller hinuntersteigen und sich bei Fischlin bedanken müssen, aber dafür war er zu ungeduldig. Am liebsten hätte er die Bücher gleich an Ort und Stelle ausgepackt und durchgesehen, aber das wäre auffällig gewesen, und aufzufallen konnte er nicht riskieren. Wenn es mit Lauckmann und seinen Werken tatsächlich eine besondere Bewandtnis haben sollte – obwohl er die halbe Nacht daran herumgehirnt hatte, war ihm nicht eingefallen, was das für eine Bewandtnis hätte sein können –, dann war es besser, wenn ihn der Mann vom Brockenhaus so schnell wie möglich vergaß oder sich doch nur an einen schrulligen Pensionär erinnerte, der Romane immer noch auf Papier lesen wollte.

Der Sack mit den Büchern war verdammt schwer, er musste alle paar Schritte den Arm wechseln, und als er dann in den Neuner umgestiegen war, war dort natürlich kein einziger Sitzplatz frei; es lebten einfach zu viele Leute in Zürich, und die hatten alle noch nie etwas davon gehört, dass man älteren

Herren seinen Platz anbot. Es wurde ein unangenehmes Stehen, den Sack zwischen den Beinen festgeklemmt, er war froh, als er an der Heerenwiesen endlich aussteigen konnte. Der Weg von der Tramstation nach Hause kam ihm länger vor als sonst, was einerseits am Gewicht der Bücher lag, aber andererseits noch viel mehr an seiner Ungeduld. Es ging ihm wie damals, wenn er am Weihnachtsabend im Kinderzimmer hatte auf das Glöckchen warten müssen, mit dem das Christkind – also sein Vater – ankündigte, dass endlich die Zeit zum Auspacken der Geschenke gekommen war.

Zuoberst im Plastiksack lag ein unerwartetes Buch: Fischlin hatte ihm eine Luxusausgabe von *Fanny Hill* mit eingepackt und einen Post-it-Zettel auf den Buchumschlag geklebt, mit der Ermahnung: «Lesen Sie lieber das. Das ist klassisch *und* pornographisch.» Ein komischer Typ; er würde ihn anrufen und sich bedanken, nahm sich Weilemann vor, die Visitenkarte hatte er ja.

Aber jetzt gab es erst mal Dringenderes: Lauckmanns gesammelte Werke. Man merkte den Büchern an, dass sie längere Zeit in dem Keller gelegen hatten; der müffelnde Geruch erinnerte ihn an Läuchli, wie der in der Eingangshalle des Altersheims auf dieser Sitzbank gelegen hatte. Es waren lauter schmuddelige Taschenbücher, mit reißerischen Titelbildern, die sich eher an Analphabeten als an Leser zu richten schienen. Weilemann legte die Bände auf dem Küchentisch aus, immer vier nebeneinander. Dreimal vier Bücher.

Und dann noch eins.

Dreizehn Bände. Dreizehn Romane von Cäsar Lauckmann. Und in der Wikipedia waren nur zwölf aufgeführt. Was nichts bedeuten musste, aber eine Menge bedeuten konnte. Er hatte die Liste der Titel ausgedruckt und verglich sie jetzt einzeln:

Die Leiche im Zürichsee.

Hund, Katze, mausetot.

Entführen geht über studieren.

Und und und. Fischlin hatte in seinen unordentlichen Regalen tatsächlich alle gefunden. Auch den einen Band, der im Internet nirgends vorkam: *Der Boss der Bosse.* Auf dem Umschlag ein dunkelgekleideter Mann, das Gesicht nicht zu erkennen, der Revolver, den er hinter dem Rücken versteckt hielt, dafür umso deutlicher.

Ein Buch, das es laut Wikipedia gar nicht gab.

Wie es ihm oft passierte, wenn er an etwas herumstudierte, summte Weilemann eine Melodie vor sich hin. Und realisierte plötzlich, was das für eine Melodie war: ein uralter Schlager, dem vor vielen Jahren einmal nirgends auszuweichen gewesen war: *Ich hab dich zu vergessen vergessen.* Dass der Roman in der Liste fehlte, konnte einfach ein Flüchtigkeitsfehler sein. Oder aber: Jemand hatte versucht, das Buch in Vergessenheit geraten zu lassen, hatte es aus der Liste gestrichen und nicht daran gedacht, auch die Zahl im Artikel zu ändern. Und das konnte bedeuten …

Keine voreiligen Schlüsse! Für die scheinbar geheimnisvollsten Entdeckungen, Weilemann hatte das oft genug erfahren, gab es oft die einfachsten Erklärungen, das vermeintliche Ufo entpuppte sich als Wettersatellit und das Ungeheuer von Loch Ness als Luftspiegelung. Dass in Lauckmanns Werkverzeichnis ein Titel fehlte, konnte auch einen ganz simplen Grund haben. Es war möglich, dass es schon immer nur zwölf Romane gewesen waren, und einer davon war unter zwei verschiedenen Titeln erschienen, das Original hatte sich vielleicht schlecht verkauft und der Verleger hatte dasselbe Buch noch einmal unter anderem Namen herausgebracht.

Oder …

Aber das war reine Spekulation und keine Erklärung für die Tatsache, dass *Boss der Bosse* nirgends Spuren hinterlassen hatte, auch nicht die geringsten. Eine Lücke, wo keine hätte sein dürfen, das war immer verdächtig; als ganz junger Reporter hatte er einmal eine Bestechungsaffäre in der Baudirektion nur deshalb aufgedeckt, weil das Protokoll einer Sitzung nirgends aufzufinden gewesen war. Und hatte nicht Sherlock Holmes einmal einen Fall gelöst, weil ein Hund in der Nacht *nicht* gebellt hatte?

«Boss der Bosse», sagte das Netz, das war ein amerikanischer Mafioso namens Giuseppe Masseria, das war die CD – Wer hatte heute noch CDs? – eines deutschen Rappers, das war der satirische Übername eines Modeschöpfers. Aber, behauptete das allwissende Google, *Der Boss der Bosse* war kein Roman von Cäsar Lauckmann. So ein Buch hatte nie existiert.

Obwohl er vor ihm auf dem Tisch lag.

Der Hund in der Nacht hatte nicht gebellt, obwohl er hätte bellen müssen.

Weilemann hielt sich nicht für Sherlock Holmes, aber, verdammt nochmal, er war ein erfahrener Reporter, vierzig Jahre Berufserfahrung, er hatte das Sensorium, das man in diesem Gewerbe brauchte, die Spürnase, die einem schon sagte, dass etwas zum Himmel stank, wenn alle andern immer noch das Parfum rochen, das Patschuli, das jemand über seinen Scheißhaufen gekippt hatte. Damals im Fall Handschin war es die Tatsache gewesen, dass ein Blatt Papier gelocht war, obwohl es nicht hätte gelocht sein dürfen, eine winzige Kleinigkeit nur, die alle andern übersehen hatten, aber für ihn war dieses kleine Detail der feste Punkt gewesen, von dem aus sich eine ganze Welt hatte aus den Angeln heben lassen. Und jetzt, schien ihm, war er wieder auf so eine Kleinigkeit gestoßen, auf ein Puzzle-teil, das nicht zu den andern passte und damit das ganze Bild in Frage stellte.

Wenn im Internet, das war seine Überlegung, wenn in dieser Erinnerungsmaschine, wo man für jeden Furz, den jemand mal gelassen hatte, Dutzende von Belegen fand, wenn da etwas Existentes einfach nicht existierte, sich ums Verrecken nicht finden ließ, dann konnte das kein Zufall sein und auch keine Schlamperei, dann war das Verschwundene nicht aus Versehen vergessen worden, sondern jemand hatte für dieses Vergessen gesorgt, hatte sich die Mühe gemacht, Links zu löschen und Webseiten zu zensieren, hatte sorgfältig auch noch den winzigsten Hinweis ausgemerzt und beim Verändern der Wirklichkeit nichts übersehen außer einer Zahl in einem Wikipedia-Artikel.

Und einem Taschenbuch im Keller des Brockenhauses.

Aber warum? Was zum Teufel machte den Schundroman eines drittklassigen Schreiberlings so wichtig?

Er beschloss, sich erst mal einen Kaffee zu brauen; Koffein regte das Gehirn an, und seines hatte Anregung bitter nötig. Während das Espresso-Maschinchen seine vertrauten Geräusche von sich gab, ordnete er die Bücher auf dem Küchentisch nach ihren Erscheinungsjahren, was ihm nichts einbrachte, außer der Erkenntnis, dass Lauckmann-Läuchli ein sehr schneller Schreiber gewesen sein musste; seine Romane folgten in engen Abständen aufeinander, einmal waren sogar zwei im selben Jahr erschienen.

Der Boss der Bosse war sein letzter Roman gewesen.

Weilemann setzte sich mit seinem Espresso an den Tisch, trank ihn, die Ellbogen aufgestützt, in ganz kleinen Schlückchen, so wie er das damals in Rom gelernt hatte, und studierte dabei das Titelbild. Eine Laterne – Lauckmann schien es mit Laternen zu haben; gleich auf drei Umschlagbildern kam dieses Motiv vor – warf gelbliches Licht auf den Mann mit dem Revolver. Den Kopf hatte er abgewandt, so dass sein Gesicht im Schatten verschwand, aber die breiten Schultern machten deutlich, dass es sich bei ihm um einen gefährlichen Charakter handeln musste, um einen Mörder vielleicht, der hier auf sein Opfer lauerte. Das Bild passte zu denen auf den andern Paperbacks, es fehlte nur die sonst allgegenwärtige Blondine mit zerrissenem Kleid oder halb aufgeknöpfter Bluse. Warum mussten es eigentlich immer Blondinen sein? Die hintere Umschlagseite prunkte mit Ausschnitten aus Kritiken, «Spannend bis zur letzten Seite!», «Konnte es nicht mehr aus der Hand legen!» und «Nichts für schwache Nerven!»

Wenn diese Lobeshymnen nicht getürkt waren – und das hätte die Konkurrenz bestimmt nicht zugelassen –, dann war der Roman also besprochen worden, damals hatten die Blätter noch einen Kulturteil, und der musste gefüllt werden. Aber warum, wo doch heute alle Zeitungen bis zurück zur Erfindung des Buchdrucks digitalisiert waren, warum war dann keine einzige dieser Kritiken im Internet zu finden?

Weilemann merkte, dass er immer noch die längst geleerte Espressotasse in der Hand hielt. «Ja dann, Kilowatt», sagte er laut in die leere Küche hinein, «dann wird dir wohl nichts anderes übrigbleiben, als das Buch auch zu lesen.»

24

Viertel nach sechs am Morgen. Er hatte doch noch ein bisschen gedöst, obwohl er geschworen hätte, er würde nie wieder einschlafen können. Nicht nach dem, was er jetzt wusste.

Nein, nicht wusste. Vermutete.

Nein, wusste.

Das Herz schlug einem nicht höher, wenn man aufgeregt war, es schlug auch nicht bis zum Hals, das waren alles ganz falsche Formulierungen. Es schlug nur schneller, so wie ein Motor aufheult, wenn man zu viel Gas gibt. Tachykardie hieß das. Weilemann konnte sich nicht erinnern, wo er das Wort aufgeschnappt hatte, am Gymnasium war er nicht in der Griechischklasse gewesen, aber …

Jetzt war nicht der Moment, um über Worte nachzudenken. Jetzt musste er funktionieren. Durfte keinen Fehler machen. Das Buch verstecken, das war erst mal das Wichtigste. Ein Reporter, der einem Skandal auf der Spur ist, dem größten Skandal seiner Karriere, bewahrt seine Unterlagen nicht zuhause auf, sondern an einem sicheren Ort. Wenn man seine Wohnung durchsuchte …

Obwohl es keinen Grund gab, warum jemand auf die Idee kommen sollte; er hatte schließlich nichts Verdächtiges unternommen. Ein Schachlehrbuch abgeholt. Einen Altersheimbesuch gemacht. Im Brockenhaus nach Lektüre gefragt. Deswegen konnte ihn niemand … Aber vielleicht, im Internet war alles möglich, vielleicht hatten sie ja ein Computerprogramm, das jede Anfrage, die man in einer Suchmaschine machte, registrierte, und wenn man nach etwas suchte, von dem sie nicht wollten, dass es gefunden wurde …

Nicht dass er das wirklich geglaubt hätte, die ganze Welt

konnten sie auch nicht überwachen, wahrscheinlich drohte ihm überhaupt keine Gefahr, und es kam ihm nur so vor, weil er schlecht geträumt hatte. Aber es konnte trotzdem nicht schaden, vorsichtig zu sein, jetzt, wo er wusste, was Derendinger mit seinen Andeutungen gemeint hatte, und hinter was für einer Geschichte er her gewesen war.

Jetzt, wo er das zu wissen glaubte.

Derendinger musste zufällig auf *Der Boss der Bosse* gestoßen sein, hatte vielleicht – Weilemann kannte solche Phasen von sich selber – unter Schlaflosigkeit gelitten und die toten Stunden mit einer leichten Lektüre beleben wollen, oder er war an einem Karton voller Bücher vorbeigekommen, wie sie die Leute gern mit einem Schild «Gratis zum Mitnehmen» vors Haus stellten, weil sie zu faul waren, um damit zur Kehrichtverbrennung zu fahren, oder … Egal. Entscheidend war: Derendinger hatte das Buch gelesen, so wie er es jetzt auch gelesen hatte, und es war ihm sofort klar gewesen …

Später. Jetzt war nicht der Moment, um die Dinge im Kopf zu sortieren. Jetzt musste er handeln, sicherstellen, dass man bei ihm nichts Inkriminierendes …

Wieder das falsche Wort. Warum «inkriminierend»? Er hatte kein Verbrechen begangen, er war einem auf der Spur. Hatte nur seine Arbeit als Journalist gemacht. Recherchiert. Aber wenn man die Finger in ein Hornissennest gesteckt hat, kann man nachher lang sagen: «Ich wollte doch nur recherchieren», man wird trotzdem totgestochen. «Selbstmord», hatte es bei Derendinger geheißen, als ob damit alles erklärt und erledigt wäre, und hinterher hatten sie seine Wohnung auseinandergenommen. Hatten alles, was auf die Wahrheit hindeuten konnte, verschwinden lassen, spurlos. Spurenlos. Den Durchsuchungsbefehl würden sie sich selber ausgestellt haben, mit amtlichem Stempel und allem. Er hatte es hier mit Leuten zu tun, für die so etwas kein Problem war. Wichtige Leute. Mit den Händen an allen Hebeln.

Wenn das stimmte, was er sich überlegt hatte.

Es hatte es selber kaum glauben können, aber es gab keine andere vernünftige Erklärung. Am Gymnasium – Warum dachte er eigentlich schon wieder ans Gymnasium? – in einer Mathematikprüfung hatten sie dort eine Aufgabe gestellt bekommen, die ging nicht so rund auf, wie solche Aufgaben sonst aufgingen, eine schiefe Zahl war herausgekommen, unendlich viele Stellen hinter dem Komma, und alle in der Klasse hatten nochmal und nochmal nachgerechnet, weil sie das Ergebnis einfach nicht glauben konnten. Hinterher, als die Prüfungen korrigiert waren, hatte ihr Lehrer fies gegrinst und gesagt: «Es ist nicht der Fehler der Rechnung, wenn Ihnen das Ergebnis nicht passt.» Wie hatte der schon wieder geheißen? So ein schweizerischer Diminutiv-Name, Hämmerli oder Hösli oder …

Das war jetzt alles nicht wichtig. Man müsste den Denkapparat abschalten können, dachte Weilemann, herunterfahren wie einen Computer. Jetzt hatte er keine Zeit zum Nachdenken. Die Beweise sichern, das war das Allererste. Und er wusste auch schon, wie er das machen würde.

Man hätte so ein Gerät haben müssen, wie sie es in der Fischabteilung im Migros hatten, wo man die Verpackung nur durchzog, und schon war der Inhalt luftdicht versiegelt. Vor den Elementen geschützt. In Chemie hatte er einmal, auch so unnützes Wissen, alle Elemente auswendig gewusst. Wasserstoff. Helium. Lithium. Was kam nach Lithium?

Nicht jetzt, Weilemann.

Gut, dass er auf seinem kleinen Balkon einen ganzen Karton voller Plastiksäcke stehen hatte, man dachte immer, man könne sie wieder brauchen, und wenn man dann im Laden war, hatte man doch keinen dabei und musste einen neuen kaufen. Mehrere Säcke übereinander, das würde auch versiegeln. Doppelt und dreifach einwickeln.

Die zwölf anderen Bücher wieder in den Sack aus dem Brockenhaus stopfen. Die mussten auch weg. Durften nicht bei ihm gefunden werden. Lauckmann? Keine Ahnung, wer das ist.

Beryllium. Das kam nach Helium und Lithium. Komischer Name für ein Element, ein Beryll war doch ein Edelstein. Das Periodensystem hatte ihn damals fasziniert. Wegen der Ordnung, und weil man die Mädchen in der Klasse verlegen machen konnte, wenn man sie fragte: «Wie geht es deinem Periodensystem?» Einmal …

Konzentrier dich, Weilemann!

Das Plastikpaket in einen Pullover wickeln und in den kleinen Rucksack packen. Die Ärmel sichtbar heraushängen lassen. Ein übervorsichtiger älterer Herr, sollten die Leute denken, traut dem schönen Wetter nicht und schleppt bei blauem Himmel einen Pullover mit. Die festen Schuhe anziehen, die er ewig nicht angehabt hatte. Seit das mit seiner Hüfte angefangen hatte, vermied er alles, was nach Sport aussah.

Die kleine grüne Schaufel nicht vergessen. Beim Einzug in die neue Wohnung hatte er sie gekauft und seither nur ein einziges Mal benutzt. Auf dem Balkon Tomaten züchten, wie hatte er bloß auf eine so hirnverbrannte Idee kommen können? So etwas passte überhaupt nicht zu ihm. Natürlich hatte er vergessen, ihnen Wasser zu geben, und als sie dann nur noch vertrocknet an ihren dünnen Stecken hingen, hatten sie ausgesehen wie hingerichtet.

Wie sie es wohl bei Derendinger gemacht hatten? Wenn sein Tod wie ein Unfall aussehen sollte, dann war das schlechte Arbeit gewesen, nicht überzeugend, aber vielleicht war genau das die Absicht, vielleicht sollte es eine Warnung sein, an alle, denen Derendinger etwas von seinen Recherchen erzählt haben konnte: «So machen wir es auch mit dir, wenn du deine Nase in Dinge steckst, die dich nichts angehen.»

Die Wohnungstüre sorgfältig abschließen, so wie er das immer tat. Überhaupt alles machen wie immer. Den Schlüssel zweimal umdrehen, obwohl so ein Türschloss niemanden aufhalten würde. Vielleicht kamen sie in Uniformen vom Schlüsseldienst. Man musste den Leuten eine Erklärung anbieten, dann schluckten sie auch die absurdesten Sachen. Einmal hatte er eine Sendung mit versteckter Kamera gesehen, da hatten sie doch tatsächlich …

Den Leuten eine Erklärung anbieten. Genau das hatten sie getan, damals, und das ganze Land war darauf reingefallen. Kein Wunder, dass niemand wissen sollte, wo sie die Idee her hatten.

Der Boss der Bosse.

Beim Hinausgehen den Briefkasten kontrollieren, obwohl heute Donnerstag war, also kein Briefträger-Tag. Aber es war nun mal seine Gewohnheit, und wenn ihn eine seiner geschwätzigen Nachbarinnen beobachtete, dann durfte der nichts Ungewöhnliches auffallen. «So, Herr Weilemann, gehen wir ein bisschen spazieren bei dem schönen Wetter?», das sollte sie sagen. In letzter Zeit wurde er immer öfter so angesprochen, mit «wir» statt mit «Sie», als ob das Älterwerden eine Krankheit wäre, und man im Gespräch mit ihm automatisch in einen Krankenschwesternton verfallen müsse. «Soseli, wie geht es uns denn heute?» Nun ja, wenn ihn die Leute für sanft verblödet hielten, dann konnte das nur nützlich sein. So wie die Dinge standen.

Für die eine Station bis zum Schwamendingerplatz nahm er das Tram. Es waren nicht viele Leute unterwegs, und es fiel niemandem auf, dass er den Sack mit den zwölf Taschenbüchern einfach stehen ließ.

Direkt bei der Haltestelle hatte jemand ein Gestell mit einem großen Plakat aufgestellt, gestern war es noch nicht da gewesen, die Umrisse einer Guillotine, mit zwei Flügeln links und rechts zum Schweizerkreuz ergänzt. «Vollsühne» stand darunter. Nur dieses eine Wort. Es lief also wirklich eine Kampagne an.

Er ging in Richtung Wald, zuerst zwischen den Häusern und dann auf dem Wanderweg. Die *Ziegelhütte*, das war so eine typische Ausflugsbeiz für Leute, die im Grünen sitzen wollen, ohne dafür lange Strecken zu laufen, ein passendes Ziel für einen älteren Herrn. Und wenn er auf dem Weg dorthin mal kurz zwischen den Bäumen verschwand, dann war daran auch nichts Verdächtiges, dann hatte eben seine Altherrenblase nicht bis zum Restaurant durchgehalten. Im Wald gab es keine Überwachungskameras, und übereifrige Hipos, die ihn wegen Umweltverschmutzung hätten aufschreiben können, waren auch nicht zu befürchten; die jagten lieber im Stadtzentrum, wo die Chance, sich ein Fleißkärtchen zu verdienen, größer war.

Der Weg kam ihm länger vor als in der Erinnerung; je mehr Jahre man auf dem Buckel hatte, desto kürzere Wege konnte man nur noch laufen, auf der allerletzten Strecke wurde man dann gefahren, und der Presseverein schickte einen Blumenstrauß mit blauweißer Schleife. Eigentlich war es kein Fortschritt, dass die Menschen immer älter wurden, man fiel den andern nur noch zur Last und sich selber genauso.

Auch das Selbstmitleid sparte er sich besser für später auf.

Als er dann endlich eine geeignete Stelle gefunden hatte, traute er sich nicht, hinzuknien; obwohl es ewig nicht geregnet hatte, war der Boden im Schatten der Bäume immer noch feucht, und gutbürgerliche ältere Herren haben keine Flecken an den Hosen. Das Bücken fiel ihm schwer – irgendwann würde er diese Scheißoperation doch noch machen lassen müssen –, und so ging er schließlich in die Hocke, mühsam die Balance haltend. Und war doch früher einmal ein richtig guter Sportler gewesen. Die kleine Schaufel, die sie ihm damals in der Gärtnerei zusammen mit den Tomatensetzlingen angedreht hatten, war natürlich Schrott, billigste Ware; auf dem Balkon war ihm das nicht aufgefallen, aber hier, wo der Boden fester war, begann sich der Stiel zu verbiegen, sobald man auch nur ein bisschen Druck machte. Das Loch wurde deshalb viel weniger tief, als er sich das gewünscht hätte, doch stundenlang weiter im Gelände herumwühlen, das ging auch nicht, das Risiko, dabei beobachtet zu werden, war einfach zu groß. Nachdem er das Plastikpaket mit Erde abgedeckt hatte, blieb ein kleiner Hügel zurück, der vorher nicht da gewesen war, aber egal, mit ein paar Ästen und trockenen Blättern darüber sah das Ergebnis ganz natürlich und unauffällig aus. Und im unwahrscheinlichen Fall, dass jemand das Buch entdeckte, vielleicht weil ein Hund es erschnuppert und ausgebuddelt hatte – niemand konnte es mit ihm in Verbindung bringen.

Die Schaufel, dieses Scheißding, hätte er am liebsten einfach liegen lassen, aber es war besser, sie erst auf dem Heimweg zu entsorgen, Abfallkübel gab es genug in dieser sauberen Stadt.

Er atmete erst auf, als er wieder auf dem Wanderweg angekommen war. Jetzt war er nur noch ein ganz normaler AHVler, ein Pensionierter, der den schönen Sommertag für einen Waldbummel nutzte, während die jungen Leute das Geld für seine Rente verdienten. Der Rucksack kam ihm viel leichter vor als vorher, obwohl doch ein Taschenbuch und ein paar Plastiksäcke kein großes Gewicht gewesen waren. «Erleichterung» war ein gutes Wort; wenn man mit der Sprache sorgsam umging, machte sie einem manchmal solche Geschenke.

Als er bei der *Ziegelhütte* ankam, hatte das Lokal noch gar nicht geöffnet, so früh am Vormittag rechnete man wohl noch nicht mit Gästen. Er setzte sich trotzdem in den leeren Wirtsgarten, die Beine in dem Drahtring, mit dem die Stühle gegen Diebstahl gesichert waren. Er musste ein paar Minuten ausruhen, solche körperlichen Anstrengungen war er nicht mehr gewohnt. Und er musste nachdenken. Bloß weil niemand mehr das Buch bei ihm finden konnte, war sein Dilemma nicht verschwunden. Einerseits wäre es am vernünftigsten gewesen, das zu tun, was Eliza vorgeschlagen hatte, aufgeben und die ganze Sache vergessen. Strich drunter. Nicht dass es eines Tages im Polizeibericht hieß: «Schon wieder ein alter Journalist vom Lindenhof gesprungen.»

Andererseits …

25

Systematisch vorgehen. Schritt für Schritt.

Aber konnte es eine andere Folgerung geben?

Don't jump to conclusions.

Wenn Gedanken einmal in der Welt sind, kann man sie nicht mehr ungedacht machen.

Tief durchatmen.

Er wusste jetzt, glaubte zu wissen, wonach Derendinger vor seinem Tod gesucht und was er gefunden hatte, hätte es lieber nicht wahrgehabt und musste doch daran glauben.

So wie Derendinger hatte dran glauben müssen.

Die schwierigste Entscheidung seines Lebens, und sein sprachwütiger Kopf machte Wortspiele.

Er sah sich um, ein ängstlicher Reflex, aber da war niemand, der ihn beobachtete, kein als Spaziergänger getarnter Spion. Es war ein glücklicher Zufall, dass die *Ziegelhütte* noch geschlossen hatte. Einen besseren Ort, um über alles nachzudenken, konnte es nicht geben.

Am Anfang anfangen.

Nicht bei Derendingers Ermordung, nicht bei dem blutigen Leichnam auf der Schipfe, auch nicht bei Derendingers Nachforschungen, nicht bei den Andeutungen, die der bei ihrem Treffen auf dem Lindenhof gemacht, und bei den Hinweisen, die er ihm hinterlassen hatte, sondern beim allerersten Kapitel, beim Ausgangspunkt der ganzen Geschichte, beim Schneeball, der die Lawine ausgelöst hatte.

Ausgelöst haben musste.

Mit *Boss der Bosse* hatte alles angefangen. Lauckmann hatte nicht geplant, was passiert war, und war trotzdem daran schuld. Das war Weilemann klar, seit er den Roman gelesen hatte.

Das schien ihm klar zu sein.

Er hatte das Buch mit ins Bett genommen, ohne große Erwartungen, aus reinem Pflichtbewusstsein. Hatte die Rückenlehne in die aufrechte Position gestellt und sich an die Lektüre gemacht.

Man musste nicht beim *Literaturclub* arbeiten, um festzustellen, dass *Boss der Bosse* ein schlechtes Buch war, aber das war ja auch egal; wer Thriller schreibt, bewirbt sich nicht um Literaturpreise. Die Sprache sowas von hingeschludert, dass Weilemann einem Volontär das Manuskript um die Ohren gehauen haben würde. Allein schon der erste Satz: «Der Regen weinte über der Stadt.» Klar, natürlich, der Regen weint, die Sonne lacht und die Sterne kichern. Wenn Lauckmann poetisch werden wollte, rutschte er immer gleich in den Kitsch ab, schrieb Sätze, die Weilemann an diese Clownsbilder erinnerten, die in seiner Jugend Mode gewesen waren, sorgfältig ausgemalte schwarze Tränen auf weißgeschminkten Gesichtern. Es gab immer genügend Leute, die sich solche Bilder voller Stolz ins Wohnzimmer hängten. Oder sich Bücher von Cäsar Lauckmann ins Regal stellten.

Aber das war nicht der Punkt.

Er hatte herausfinden wollen, ob in der Handlung dieses literarischen Fließbandprodukts irgendetwas Ungewöhnliches vorkam, etwas Skandalöses oder Gefährliches, etwas, mit dem sich erklären ließ, warum man diesen Roman so gründlich aus dem Verkehr gezogen hatte. Er hatte nicht wirklich erwartet, fündig zu werden, hatte sich nur an die Lektüre gemacht, weil er nun mal ein gründlicher Mensch war und halbe Sachen nicht mochte. Wenn es damals, in seiner aktiven Zeit, um Skandale bei Behörden gegangen war, Auftragsvergaben ohne Ausschreibung oder solche Sachen, hatten die Amtsstellen ihm manchmal die Antwort auf seine Fragen nicht verweigert, sondern hatten ihn im Gegenteil mit Informationen regelrecht zugeschissen, ganze Aktenordner voll langweiliger Dokumente hatten sie ihm angeboten, in der Hoffnung, dass er in der Menge der Unterlagen das eine entscheidende Detail überlesen würde, und sie könnten hinterher trotzdem sagen, sie hätten nichts verschwiegen. Bei ihm hatte der Trick nie funktioniert, er hatte sich noch durch jeden Grießbreiberg durchgefressen, Dokument für Dokument, nicht gerade ins Schlaraffenland, aber ein paar journalistische Jagdtrophäen hatte er im Lauf seiner Karriere schon erlegt, den einen oder anderen Rücktritt hatte es nach seinen Artikeln durchaus gegeben. Und schlimmer als ein Ordner voller langweiliger Akten, hatte er gedacht, konnte so ein Schundroman auch nicht sein.

Tausendmal schlimmer war es gewesen.

Vor der Lektüre hatte er sich die eine oder andere Spekulation erlaubt. Wer immer versucht hatte, das Buch aus der Welt zu schaffen, das war seine Überlegung gewesen, musste eine einflussreiche Persönlichkeit sein, und in der Schweiz hatte, anders als noch vor zwanzig Jahren, nur noch eine einzige Gruppe diese Art von Einfluss; die Macht war ein Monopol geworden, nicht nur in Bern, sondern auf allen Ebenen, auch in den Kantonen und Gemeinden. Natürlich, es gab immer noch Abstimmungen und Wahlen, sogar mehr als früher, und die Stimmbeteiligung war jedes Mal hoch. Offiziell hieß es, dass nicht kontrolliert würde, wer zur Urne ging und wer nicht – man sprach immer noch vom «Urnengang», obwohl man seine Stimme schon lang von zuhause aus abgab –, aber es wurde ungern gesehen, wenn sich jemand überhaupt nicht beteiligte, und im Zeitalter des Computers ließen sich solche Personalien leicht feststellen. Eine totale Verweigerung hätte auch gar nichts gebracht; die Mehrheiten waren ohnehin klar und würden sich so bald nicht wieder ändern. Manchmal, das machten sie geschickt, brachten sie absichtlich kontroverse Themen vors Volk, so wie man in der Schweiz, wenn er die Zeichen richtig deutete, wohl bald über die Wiedereinführung der Todesstrafe entscheiden würde; das waren dann die

Abstimmungen, die von den Eidgenössischen Demokraten nur mit siebzig oder manchmal nur mit sechzig Prozent der Stimmen gewonnen wurden; «wieder ein Beweis für die Meinungsvielfalt eines freien Landes», würde es hinterher in der *Weltwoche* heißen.

Wenn es also eine Verschwörung gegen diesen Roman gegeben hatte – das Wort kam ihm seltsam vor, aber er wusste kein besseres –, dann hatte es keinen großen detektivischen Spürsinn gebraucht, um herauszufinden, wer dahinterstecken musste. Und es war auch klar gewesen, dass es nur jemand Wichtiges innerhalb der Partei sein konnte; eine kleine Charge würde sich so etwas nicht getraut haben, hätte auch gar nicht die Mittel dazu gehabt. Nein, wenn es so war, wie es zu sein schien, dann musste man die Verantwortlichen in der obersten Etage suchen, unter den Gesichtern, die man regelmäßig auf den Plakaten sah.

Eine Bewegung am Rand seines Blickfeldes ließ ihn herumfahren, aber es war nur ein Reh, tatsächlich ein Reh, mitten am Vormittag. Einen Augenblick lang stand es regungslos da, dann verschwand es mit großen Sprüngen zwischen den Bäumen.

Nicht ablenken lassen.

Warum sollte ein wichtiger Mensch sich für einen alten Schundroman interessieren? Das war die Frage gewesen, als er zu lesen begann, und die einzige Antwort, die ihm eingefallen war, hatte ihn nicht wirklich überzeugt. Lauckmann, das hatte auch in dem Wikipedia-Artikel gestanden, hatte in seinen Krimis gern reale Skandale und Skandälchen aufgegriffen, die Figuren, war anzunehmen, immer gerade so sehr karikiert und verändert, dass es nicht zu einer Klage reichte, man beim Lesen aber trotzdem rätseln konnte: Damit muss doch der oder jener gemeint sein, schau mal, was der gemacht hat, das habe ich ja gar nicht gewusst, dass der so ein Sauhund ist. Es wäre also denkbar gewesen, so hatte er sich das überlegt, dass einer der Obermuftis der Eidgenössischen Demokraten in dem Buch vorkam, vielleicht sogar Wille selber; damals, als *Der Boss der Bosse* auf den Markt kam, waren die Eidgenössischen Demokraten noch eine Außenseiterpartei gewesen, über die man sich ungestraft lustig machen konnte. Vielleicht, hatte er sich ausgemalt, wurde in dem Buch eine Jugendsünde Willes beschrieben, eine dieser Eskapaden, von denen man munkelte oder doch eine Zeitlang gemunkelt hatte, heute würde sich das keiner mehr trauen. So etwas wäre eine denkbare Erklärung dafür gewesen, warum jemand das Buch verschwinden lassen wollte; in der Parteipropaganda wurde der Herr Präsident auf Lebenszeit immer als makelloser Superman mit lauter guten Eigenschaften verkauft, eine Art schweizerischer George Washington, der schon als Kind lieber eine Strafe auf sich genommen hätte, als nicht die Wahrheit zu sagen. An einer anderen Darstellung würden die Reklameleute keine Freude gehabt haben.

Und dann, es hatte ihn getroffen wie ein Schlag, war es etwas anderes gewesen, etwas, das ihm nicht im Traum eingefallen wäre, auch nicht im schlimmsten Albtraum.

Der Plot des Buches war idiotisch und völlig unglaubhaft, es ging um eine Gangsterbande, um mehrere Gangsterbanden sogar, die miteinander um die Macht in der Unterwelt kämpften. Das Ganze absurderweise in Zürich angesiedelt, ausgerechnet in der Stadt, die keine Gangster brauchte, weil sie genügend Banker hatte. Lauckmann musste ein paar Bücher über die Mafia der Prohibitionszeit gelesen haben; die Vorbilder, die er ohne Hemmungen übernommen hatte, waren leicht zu erkennen: Eine der Figuren hatte eine Narbe im Gesicht wie Al Capone, eine andere wurde in einem Coiffeursalon erschossen wie Albert Anastasia, und einmal – wenn schon Klischee, dann aber richtig! – wurde doch tatsächlich jemand im Zürichsee versenkt, die Füße in einem Eimer voller Zement. Überhaupt wurde pausenlos gemordet und gestorben, schon in den ersten Kapiteln gab es mehrere Leichen. Alles total unrealistisch, aber Lauckmanns Leser mochten ihre Lektüre offenbar saignant, so blutig wie möglich. Was das Ganze besonders lächerlich machte, war die Tatsache, dass alle Gangster in dem Buch gut schweizerische Namen trugen; einen Killer namens Sturzenegger konnte man einfach nicht ernst nehmen. Weilemann hatte immer desinteressierter weitergelesen, hatte die Seiten nur noch überflogen, bis dann …

Exakt um halb zwei Uhr morgens war es gewesen, die Zeit war ihm aufgefallen, weil draußen die Kirchenglocken die halbe Stunde geschlagen hatten, und gleichzeitig auch im Buch ein Glockenschlag vorkam, um halb zwei war ihm ein Licht aufgegangen – nein, die Formulierung reichte nicht aus, eine Explosion war es gewesen, seine Welt hatte den Kopfstand gemacht und würde sich wohl nie wieder auf die Füße stellen, nicht für ihn. «Es ist nicht möglich», hatte er sich einzureden versucht, aber eine solche Übereinstimmung konnte kein Zufall sein.

Er war aufgesprungen, ohne seine Hüfte zu spüren, er, der sonst jeden Morgen die Mechanik seines Bettes brauchte, um mühsam auf die Beine zu kommen, und dann hatte er auch schon in der Küche gestanden, barfuß, er hätte nicht sagen können, wie er dorthin gekommen war, hatte den Calvados in der Hand gehabt und einen tiefen Schluck genommen, direkt aus der Flasche, keine Zeit für ein Glas. Der Apfelschnaps hatte im Hals gebrannt, kein Wunder, war er so billig gewesen, und doch hatte Weilemann gewusst, dass er die Flasche noch in dieser Nacht leer trinken würde, und das hatte er ja dann auch getan. Hätte auch noch die nächste aufgemacht, wenn noch eine da gewesen wäre. Auf dem Küchentisch hatten immer noch die zwölf anderen Lauckmann-Romane gelegen, aber die waren nicht mehr wichtig, die spielten keine Rolle, nur auf den einen kam es an, der immer noch auf seinem Bett lag.

Der Boss der Bosse.

Das Buch, in dem der Mord an Morosani beschrieben wurde, bevor er stattgefunden hatte.

26

Bis zum vorletzten Kapitel hatte ihn der Roman gelangweilt, obwohl er seinen Lesern jede Menge Action bot. Irgendwann hatte Lauckmann wohl in der eigenen verworrenen Geschichte den Durchblick verloren und beschlossen, die Zahl der handelnden Figuren drastisch zu reduzieren. Zu diesem Zweck ließ er in einer Occasions-Garage in Zürich Nord eine große Schießerei stattfinden, die mörderische Ausmarchung zwischen zwei Gangs, dem Valentinstag-Massaker in Chicago nachempfunden.

Von da an ging es in der Story nur noch um zwei Personen, zwei Brüder, die sich die Führung der größten Gangsterbande teilten. Sie betonten bei jeder Gelegenheit ihre unzertrennliche Partnerschaft, waren sich aber heimlich spinnefeind, weil jeder von ihnen gern der alleinige Chef gewesen wäre. Sie hie-

ßen Hans und Heinrich – «Hans was Heiri», hatte sich Lauckmann wohl beim Schreiben gedacht –, verwendeten diese Namen aber nur unter sich, während sie sonst als Romulus und
Remus bekannt waren; die Vorliebe für lateinische Namen
beschränkte sich bei Lauckmann offenbar nicht nur auf das
eigene Pseudonym. In seinem Buch nannte er das «Künstler-
namen», verwendete tatsächlich dieses Wort, als ob Vergiften
und Erschießen Kunstformen wären wie Klavierspielen oder
Balletttanzen. Gemeinsam hatten Romulus und Remus einen
Plan ausgeheckt, um die anderen Verbrechergruppen der Stadt
zur Zusammenarbeit mit ihrer eigenen Organisation zu bewegen, selbstverständlich unter ihrer Führung: Sie streuten
das Gerücht, ein albanisches Gangstersyndikat – warum es
gerade Albaner sein mussten, wurde nie erklärt – versuche
die schweizerische Unterwelt zu unterwandern und dort die
Macht zu übernehmen; angesichts dieser Bedrohung müsse
man zusammenhalten, nur Einigkeit mache stark. Die Taktik
hatte zunächst keinen großen Erfolg, obwohl die beiden ver-
suchten, eigene Taten dem nicht existierenden ausländischen
Feind in die Schuhe zu schieben.

Aber dann kam das Kapitel, bei dem sich Weilemann vorgekommen war, als sei er mit einem Metalldetektor aufs Ge-
ratewohl durch die Landschaft spaziert, ohne wirkliche Hoffnung auf einen Fund, und sei plötzlich auf einen Blindgänger
gestoßen. Auf etwas, das ihn umbringen konnte, wenn er nicht
sehr, sehr vorsichtig war.

Der jüngere der beiden Brüder, darum ging es im großen
Finale von Lauckmanns Roman, hatte eine perfide Idee. War
es Romulus? Oder Remus? Egal, die beiden waren sowieso
austauschbar; allzu viel Mühe hatte sich Lauckmann mit der
Charakterisierung nicht gemacht. Ich hätte mir Notizen ma-

chen sollen, dachte Weilemann, und war doch froh, dass er es nicht getan hatte; man hätte sie genauso verstecken müssen wie das Buch selber, und auf die Namen kam es ja auch nicht an. Nur die Parallelen zwischen Roman und Wirklichkeit waren wichtig, die Ähnlichkeiten, die so auffällig exakt waren, dass es kein Zufall sein konnte. Und wenn die Übereinstimmungen noch nicht Beweis genug gewesen wären, war da ja auch immer noch die Tatsache, dass jemand all diese Anstrengungen unternommen hatte, um das Buch aus der Welt zu schaffen. Wenn einer ein Messer besonders sorgfältig versteckt, kann man davon ausgehen, dass er damit auch zugestochen hat.

Derendinger musste sich dieselben Überlegungen gemacht haben. «Die Alte Landstraße», hatte er gesagt. «Die schöne Alte Landstraße.» Andeutungen, die erst jetzt ihren vollen Sinn bekommen hatten. An der Alten Landstraße in Zollikon waren sie sich damals begegnet, nicht Romulus und Remus, sondern Morosani und sein Mörder. Man musste die Augen verdammt fest zudrücken, wenn man den Zusammenhang zwischen den beiden Geschichten nicht sehen wollte. Der Ablauf war genau der gleiche, und Lauckmann hätte prophetische Gaben haben müssen, um ein Verbrechen, das noch gar nicht stattgefunden hatte, so exakt in allen Details zu beschreiben. *Boss der Bosse* war zwei Jahre vor dem Morosani-Mord erschienen, jemand musste das Buch gelesen haben und beim vorletzten Kapitel auf den Gedanken gekommen sein …

«Copycat crime» nannten sie das in Amerika. Nur dass hier ein Roman als Vorlage gedient hatte.

In einem Artikel würde Weilemann die Parallelen ordentlich aufgelistet haben, erstens, zweitens, drittens, und es wäre eine verdammt lange Liste geworden.

Erstens:

Romulus – Weilemann war auch ohne Notizen ziemlich sicher, dass es Romulus gewesen sein musste; der Name passte besser zu einem Täter –, Romulus hatte Remus zu einem nächtlichen Geheimtreffen bestellt, nur sie beide, ohne Leibwächter, es gebe da etwas zu besprechen, das höchste Geheimhaltung verlange, und in einem Gebäude könne man nie ganz sicher sein, nicht abgehört zu werden. Die Verabredung war auf zwölf Uhr nachts angesetzt, das war wieder so ein typisches Lauckmann-Detail, in solchen Romanen traf man sich selbstverständlich zur Geisterstunde. Remus kam Schlag Mitternacht – «das dumpfe Wummern einer Kirchenglocke begleitete seine Schritte» –, und Romulus, das war wohl die Situation, die das Titelbild darstellen sollte, wartete schon auf ihn. Begrüßte ihn und erschoss ihn. Den eigenen Bruder.

Zweitens:

Romulus hatte in derselben Nacht noch eine andere Verabredung, und zu der ließ er sich von seinen Leibwächtern begleiten, beschrieben als muskelbepackte Gorillas in Nadelstreifen; Lauckmann musste eine Menge amerikanischer Gangsterfilme gesehen haben. Ein kleiner osteuropäischer Gauner war zu diesem Termin nach Zürich bestellt worden – «für einen Auftrag, den nur jemand ausführen kann, den in der Stadt niemand kennt» –, und der war kaum am vereinbarten Treffpunkt erschienen, als die beiden Muskelmänner auch schon das Feuer eröffneten und ihn töteten.

Im Roman hatte dieser Tote keinen Namen. In der Wirklichkeit war es ein Eritreer namens Bisrat Habesha gewesen. Von dem ein Mitbewohner des Asylantenheims ausgesagt hatte, ein Unbekannter habe ihn ohne Angabe von Gründen nach Zollikon bestellt.

Drittens:

Bei dem Erschossenen, dafür hatte Romulus gesorgt, fand sich nicht nur die Waffe, mit der Remus ermordet worden war, sondern auch ein albanischer Personalausweis, ein klarer Beweis dafür, dass hier ein feindliches Syndikat tatsächlich versuchte, dem eingesessenen Verbrecherhandwerk die Vorherrschaft über die Stadt zu entreißen und für dieses Ziel vor keiner Bluttat zurückschreckte.

Viertens:

Bei Remus' Beerdigung hielt Romulus, immer wieder in Tränen ausbrechend, eine flammende Rede, in der er die Delegierten der anderen Banden dazu aufrief, gegen die albanische Gefahr zusammenzustehen und gemeinsam den Tod seines Bruders zu rächen.

Und fünftens – Lauckmann erzählte es nur noch ganz kurz im letzten Kapitel; man hatte den Eindruck, dass ihn dieser Teil der Geschichte nicht mehr wirklich interessierte – fünftens:

Der Trick funktionierte, die Banden schlossen sich zusammen und wählten Romulus zu ihrem Anführer, zum Capo dei tutti Capi, zum Boss der Bosse. «Noch heute herrscht er über die Zürcher Unterwelt», so hatte das Buch geendet, «und noch heute trägt er immer eine schwarze Armbinde, zur Erinnerung an den Bruder, den er selber ermordet hat.»

Morosanis Abdankung hatte im Großmünster stattgefunden, und die Ansprache hatte Wille gehalten. Wille, der – allein oder zusammen mit anderen – für Morosanis Ermordung gesorgt haben musste, mit einem unschuldigen Eritreer als vermeintlichem Täter, Wille, der damit die Machtkämpfe bei den Eidgenössischen Demokraten beendet hatte und im selben Zug zum überlegenen Wahlsieger geworden war. Der Wille des Volkes.

Sie mussten Läuchli großzügig dafür entlohnt haben, dass er mit dem Schreiben ganz aufhörte und sich aus der Öffentlichkeit zurückzog, bezahlten ihm bestimmt heute noch sein Altersheim, seinen Schneider und seinen Zahnarzt, vielleicht alles aus dem öffentlichen Haushalt, Stichwort «Kulturförderung». Und niemand wusste darüber Bescheid.

Außer mir, dachte Weilemann. Derendinger haben sie ausgeschaltet, aber ich bin noch da.

Wenn er sich das alles nicht nur einbildete.

Er hätte es vorgezogen, wenn es nur Einbildung gewesen wäre, aber es war wohl mehr als das, viel mehr. Natürlich, nicht jede Übereinstimmung war gleich ein Beweis, das war eine Regel, an die er sich immer gehalten hatte, und natürlich gab es auch Zufälle, aber wenn sich zwei Geschichten dermaßen ähnelten, und vor allem, wenn sich jemand so große Mühe gegeben hatte, die eine davon aus der Welt zu schaffen, dann wäre es Feigheit gewesen, jawohl: Feigheit pur und simpel, wenn er sich geweigert hätte, der logischen Kette bis zum Ende zu folgen. Was er hatte, war zwar zunächst mal nur ein Zusammenhang, die Vermutung eines Zusammenhangs, aber schließlich war Derendinger hinter derselben Geschichte her gewesen, es konnte um nichts anderes gegangen sein, er hatte Beweise gesucht und gleichzeitig geahnt, dass das für ihn gefährlich werden konnte, hatte sicher sein wollen, dass die Nachforschungen nicht mit ihm zu Ende gingen, hatte deshalb ihn, Weilemann, auf die Geschichte angesetzt, hatte ihn bei seiner Ehre gepackt, bei seinem Berufsstolz und bei seinem Jagdinstinkt. Und Derendinger war jetzt tot, vom Lindenhof hinuntergesprungen, sagten sie, was nicht stimmen konnte, Derendinger war ermordet worden, sein Blut war unter dieser Blache hervorgesickert, Limmatclub Zürich, und Weilemann konnte das auch passieren, denn das war keine gewöhnliche Recherche, bei der einem die Leute, denen man auf die Füße trampelte, höchstens drohten, wenn auch nur ein Wort davon erschiene, würden sie einen verklagen oder dafür sorgen, dass man entlassen würde.

Gut, dass man das Buch nicht mehr bei ihm finden konnte.

Das Verrückte war: Wenn sie nicht versucht hätten, den Roman aus der Welt zu schaffen, sich das ganze Versteckspiel erspart hätten – Weilemann wäre nie auf den Gedanken gekommen, in hunderttausend Jahren nicht, dass sich der Morosani-Mord anders abgespielt haben könnte als so, wie er in den Polizeiberichten beschrieben wurde. Irgendein kleines Detail gab es vielleicht noch zu entdecken, hatte er gedacht, hinter mehr konnte Derendinger nicht her gewesen sein, vielleicht, dass ein Polizist auf den Täter geschossen hatte, obwohl der sich schon ergeben wollte, etwas in der Größenordnung. Und das wäre ja auch schon eine Sensation gewesen, ein Scoop, wie ihn sich jeder Journalist erträumte, und, wenn dieser Polizist unterdessen ein hohes Tier geworden war, vielleicht sogar Grund genug für einen Mord. Wenn sie gar nichts unternommen und sich nur darauf verlassen hätten, dass der Roman irgendwann von selber verschwinden würde, so wie es ja auch passiert war, beinahe passiert war, wenn sie abgewartet hätten, bis auch das letzte Exemplar als Altpapier eingestampft war, er wäre nie auf den Gedanken gekommen, nach dem Buch zu suchen, er hätte es nie gelesen und nie die Verbindung zu den Ereignissen von damals hergestellt. Viele Exemplare konnten nicht mehr im Umlauf gewesen sein; sobald jemand beschlossen hatte, die Romanhandlung in die Tat umzusetzen, würde er als Erstes die ganze Auflage aufgekauft haben. Dass Derendinger irgendwo über *Der Boss der Bosse* gestolpert war, das musste ein Zufall gewesen sein, mit dem niemand rechnen konnte, ausgerechnet ein Journalist mit einer Nase für Geschichten. Sie hatten prompt reagiert und die Gefahr aus der Welt geschafft, Sturz vom Lindenhof, Selbstmord, Ende des Problems.

Würde er der Nächste sein?

27

Einen schlimmen Fehler hatte er schon begangen, war als Hans-guck-in-die-Luft in ein Minenfeld hineingelaufen, ohne zu ahnen, auf was für ein gefährliches Gelände er sich da begab. Ein Interview hatte er machen wollen, ein ganz gewöhnliches Interview, wie er in seinem Leben schon Hunderte geführt hatte. «Guten Tag, Herr Lauckmann, mein Name ist Weilemann, hier mein Presseausweis, ich hätte da ein paar Fragen an Sie.» Oder vielleicht: «Ich bin ein Fan Ihrer Bücher und wollte Sie schon lang einmal persönlich kennenlernen.» Sich ein bisschen unterhalten und sehen, wo das Gespräch hinführte. «Fishing expedition» hatten sie das früher genannt. Wenn er vorher gewusst hätte, dass Lauckmann und Läuchli dieselbe Person waren, wäre er vorsichtiger vorgegangen.

Nein, es hatte keinen Sinn, sich etwas vorzumachen. Genau gleich wäre er vorgegangen, denn damals, bei ihrer Begegnung in der Eingangshalle des Altersheims, hatte er *Boss der Bosse* ja noch nicht gelesen, hatte also die Größenordnung der Geschichte noch nicht gekannt und die Brisanz der Affäre immer noch unterschätzt. Obwohl sie Derendinger schon das Leben gekostet hatte.

Manchmal nahm man Gefahren nicht gleich wahr, nicht aus Tapferkeit, sondern aus Dummheit. Als er einmal, das war auch schon wieder ewig her, für eine Reportage mit Leuten gesprochen hatte, die einen Bombenanschlag überlebt hatten, da hatten alle ihre Erfahrung ganz ähnlich beschrieben: «Ich habe gedacht, da brennt jemand Feuerwerk ab», oder: «Ich habe gemeint, es sei eine Fehlzündung.» Der Mensch, das war wohl von der Natur so eingerichtet, wurde mit einer rosaroten Brille geboren und setzte sie nur widerwillig ab, selbst wenn ihm das Schicksal den Hammer schon mit voller Wucht auf den Schädel donnerte.

Er nahm sich da selber nicht aus. Er hatte kein bisschen gescheiter reagiert, obwohl er auf sein düsteres Weltbild doch immer so stolz gewesen war und gern lauthals verkündet hatte, nur Pessimismus sei Realismus. Die Zeichen an der Wand waren weiß Gott deutlich genug gewesen, und er hatte sie ignoriert wie irgendwelche harmlose Graffiti. Hatte sich eingeredet, er sei da auf einen zweiten Fall Handschin gestoßen, eine letzte berufliche Herausforderung, sonst nichts. Hatte sogar schon überlegt, welcher Zeitung er die Geschichte anbieten solle. «Ich widme diesen Journalistenpreis dem Andenken unseres so tragisch verstorbenen Kollegen Felix Derendinger.» So blöd war er gewesen. Man wird alt wie eine Kuh und lernt immer noch dazu? Quatsch. Man lernt trotzdem nichts dazu.

Jetzt, hinterher, war ihm natürlich klar, dass er vorsichtiger hätte vorgehen müssen. Aber das Leben hat keine Rewind-Taste, was passiert ist, ist passiert. Mit Lauckmann hatte er reden wollen, und Läuchli hatte er angetroffen.

«Der hat das Turnier organisiert», hatte Derendinger gesagt. Das Turnier, das an der Alten Landstraße stattfand und ein Mord war, ein kaltblütiger Mord. Nach einer Vorlage von Cäsar Lauckmann.

Wenn Weilemann davon ausging – und er musste davon ausgehen –, dass Läuchli überwacht wurde, dass seine Besucher überprüft und seine Post gelesen wurde, dann bedeutete das, logische Folge, dass jetzt auch sein Treffen mit ihm bekannt war. Es hatte sie zwar niemand zusammen gesehen, aber er war so dumm gewesen, bei dieser Betreuerin nach ihm zu fragen. Immerhin, er hatte eine harmlose Erklärung für sein Interesse an Läuchli, dieselbe Ausrede, die er auch bei Markus verwendet hatte: Er schrieb an einem Buch über die Geschichte des Schachs in Zürich, bei der Suche nach Material war er auf diese Fotografie gestoßen, Läuchli zusammen mit Awerbach und Wille, und da war es doch nur einleuchtend, dass er den alten Mann nach seinen Erinnerungen an jene Begegnung befragen wollte, man trifft nicht jeden Tag einen Schachgroßmeister und bei derselben Gelegenheit auch noch den wichtigsten Politiker der Schweiz.

Wenn ihn also jemand fragte, was er im *Abendrot* zu suchen gehabt habe, konnte er sich mit dieser Story herausreden, konnte auch sagen, er habe von Läuchli leider keine vernünftige Antwort bekommen, der Mann sei offenbar total verwirrt, zu einem wirklichen Gespräch gar nicht mehr in der Lage, darum sei es auch nur eine ganz kurze Unterhaltung geworden, und er sei gleich wieder mit dem nächsten Postauto nach Zürich zurückgefahren, schade um die Zeit.

Die Geschichte war rund, sie ließ seine Begegnung mit Läuchli völlig unbedrohlich erscheinen, und, was noch besser war, er konnte sich dafür auf Markus berufen, der hatte ja für ihn herausgefunden, wer der Mann auf der Fotografie war, und es war auch Markus gewesen, beziehungsweise seine Mäuschen-Sekretärin, der die Adresse für ihn herausgesucht hatte. Einen unverdächtigeren Zeugen als einen hohen Funktionär des Ordnungsamtes konnte es nicht geben. Weilemann würde also eine gute Chance haben, mit dieser Erklärung durchzukommen, wenn man ihn befragte.

Aber vielleicht hatte er es mit Leuten zu tun, die nicht fragten, sondern gleich handelten. Die in jedem Neugierigen ein Risiko sahen, das so schnell wie möglich aus der Welt geschafft werden musste. Einen zweiten Sprung vom Lindenhof würden sie nicht inszenieren, eine solche Doublette würde auffallen. Aber so umständlich mussten sie auch gar nicht vorgehen, ein diskreter Schubser würde genügen: «Alter Mann stolpert vor die Straßenbahn.» Oder: «Unglücklicher Sturz im Treppenhaus.» Es gab so viele Möglichkeiten.

Vielleicht war der Besuch bei Läuchli gar nicht so schlimm. Derendinger hatte ihn auch besucht, mehr als ein Jahr war das schon her, und in der ganzen Zeit war ihm nichts passiert. Als er bei diesem Pensionistentreff von der großen Geschichte erzählt hatte, an der er dran sei, da hatte er überhaupt nicht nervös gewirkt, im Gegenteil, stolz hatte er ausgesehen und ein bisschen eingebildet. Auch Derendinger hatte für seinen Besuch im *Abendrot* einen Vorwand gehabt, einen, der mindestens so gut gewesen war wie der von Weilemann: ein Artikel zum 90. Geburtstag eines fast vergessenen Schweizer Autors. Wenn sich Derendinger durch sein Interesse an Läuchli verdächtig gemacht hätte, dann hätte man doch nicht ein ganzes Jahr gewartet, bevor man die Konsequenzen daraus zog. Nein, es musste etwas anderes gewesen sein, mit dem er sich verraten hatte, etwas, von dem Weilemann nichts wusste. Vielleicht hatte er Fragen gestellt, die er nicht hätte stellen sollen. Oder …

Es brachte ihn nicht weiter, wenn er sich darüber den Kopf zerbrach. Derendinger musste einen Fehler gemacht haben, der mit seinem Besuch bei Läuchli nichts zu tun hatte, Punkt, aus.

Er selber durfte keinen Fehler mehr machen.

Derendinger, das wusste er von Eliza, hatte gespürt, dass sie hinter ihm her waren, hatte gewusst oder doch geahnt, in welcher Gefahr er sich befand, dass er beobachtet wurde, beschattet, verfolgt. Hatte die Hunde schon bellen hören. Man hatte ihm die Panik auch angesehen, die Angst hatte ihn alt gemacht, tiefe Tränensäcke unter den unruhigen Augen.

Ob sie auch hinter ihm schon her waren?

Das war gar nicht möglich, versuchte er sich zu beruhigen. Außer seinem Besuch bei Läuchli hatte er nichts unternommen, das ihn mit der Geschichte in Verbindung bringen konnte. Natürlich, Lauckmanns Romane hatte er sich besorgt, aber davon wusste niemand etwas, nur dieser komische Fischlin, die literarische Kellerassel, nicht einmal der Mann an der Brockenhaus-Kasse wusste, was er gekauft hatte. «Zahlen Sie, was Sie wollen», hatte er gesagt und sich die Bücher nicht einmal angesehen. Und die Romane waren nicht mehr da, nicht bei ihm; den einen, entscheidenden, hatte er im Wald vergraben, und der Sack mit den zwölf anderen war wahrscheinlich längst im städtischen Fundbüro gelandet, in solchen Dingen waren die Leute sehr korrekt, seit überall diese Hipos herumliefen. Gut, er hatte sich mit Derendinger getroffen, aber das hatte ja niemand gesehen, und selbst wenn, sie hatten sich über Schach unterhalten, zwei Pensionierte, die einer Freiluftpartie auf dem Lindenhof zuschauten. Und an Derendingers Abdankung war er gewesen, aber da saß schließlich die ganze Branche, die ganzen alten Säcke, daraus konnte ihm niemand einen Strick drehen.

Eine unangenehme Formulierung war das, «jemandem einen Strick drehen». Am Schwamendingerplatz hatte ein Plakat für die Wiedereinführung der Todesstrafe gehangen. Vollsühne.

Nein, er machte sich unnötig Sorgen. Er hatte gerade noch rechtzeitig die Notbremse gezogen und die Bücher verschwinden lassen. Ihm konnte niemand ...

«Wenn Sie bitte aufstehen würden?»

Da war ein Mann neben ihm, er hatte ihn nicht kommen sehen, ein großer, kräftiger Mann, schwarze Hose, weißes Hemd, der hielt etwas in der Hand, etwas Langes, Dünnes, Metallisches, man benutzte jetzt bei Festnahmen keine Handschellen mehr, hatte er im Fernsehen gesehen, sondern nur so schmale Streifen, er wusste gar nicht, wie die befestigt wurden, aber das war doch immer Plastik und nicht Metall, Kabelbinder, es musste also etwas anderes sein, eine Waffe vielleicht, etwas, mit dem man zuschlagen konnte, aber der Mann sah nicht bedrohlich aus, eher sachlich, freundlich sogar, wo war er nur so plötzlich hergekommen?

«Ich muss Sie wirklich bitten», sagte der Mann.

Wie hatten sie ihn hier in der *Ziegelhütte* gefunden? Hatten sie ihn beschattet?

«Wenn Sie so gut sein wollen», sagte der Mann.

«Warum soll ich aufstehen?»

Das war eine blöde Frage, eine idiotische Frage war das, er hätte einfach gehorchen sollen, ganz selbstverständlich, der Anordnung folgen, das hätte weniger verdächtig gewirkt. Weilemann versuchte, diesen Gehorsam verspätet nachzuholen, und stieß dabei – er hatte den Stuhl nie richtig zurückschieben können – mit dem Knie schmerzhaft an das Tischgestell.

«Haben Sie sich weh getan?», fragte der Mann.

«Kein Problem, geht schon.»

«Es muss furchtbar unbequem gewesen sein, so am Tisch eingequetscht. Aber wir müssen die Stühle über Nacht befestigen. Sie glauben ja nicht, was sonst alles gestohlen wird.» Der Mann bückte sich und löste die Drahtschlaufe, die Tisch und Stühle miteinander verbunden hatte.

Natürlich, das war es, was er in der Hand hatte! Keine Fessel und keine Waffe.

«Eigentlich machen wir erst in zehn Minuten auf», sagte der Mann. «Aber die Kaffeemaschine habe ich schon angeworfen. Wenn Sie also etwas bestellen wollen?»

Weilemann hätte den Kellner am liebsten umarmt, so erleichtert war er.

«Einen Espresso, bitte. Doppelt. Schwarz.»

«Ein Gipfeli dazu?»

«Gern.»

«Kommt sofort.»

Ein größerer Kontrast zu den düsteren Gedanken, mit denen er sich gerade noch herumgeschlagen hatte, war kaum denkbar, auf der einen Seite Mord und Totschlag und auf der andern nur die Frage, ob man seinen Espresso mit oder ohne Gipfeli serviert haben wollte. Aber hinter der Alltäglichkeit der Situation war die Angst in seinem Kopf immer noch zu spüren, so wie man manchmal einen Lärm immer noch zu hören glaubt, wenn er längst aufgehört hat.

Ich bin zu alt für solche Sachen, dachte Weilemann. Mit über siebzig klettert man nicht mehr aufs Zehn-Meter-Brett. Die Geschichte ist zu groß für mich und zu gefährlich. Doktor Rebsamen hat auch gesagt, ich muss auf mein Herz aufpassen. Die Finger davon lassen, das wird das Beste sein. Das Buch in seinem Erdhaufen verrotten lassen. Alles vergessen. Mein

Name ist Hase, ich weiß von nichts. Warum eigentlich Hase? Das wollte ich schon immer mal nachsehen. Mich überhaupt nur noch mit solchen Sachen beschäftigen. Den Ruhestand genießen. Mir neue Hüftgelenke einsetzen lassen, das habe ich schon viel zu lang aufgeschoben. Hinterher jeden Tag meinen Spaziergang machen und mir hier oben von dem freundlichen Kellner meinen Espresso servieren lassen. Vielleicht wirklich Tomaten pflanzen. Oder doch noch das Buch schreiben, das ich schon immer schreiben wollte: *Besseres Deutsch für Journalisten.*

Aber so sehr er auch versuchte, sich selber zu überzeugen, er wusste doch schon, dass er weitermachen würde. Die größte Geschichte, die ihm jemals untergekommen war, konnte er nicht einfach aufgeben. Ein guter Journalist recherchiert seine Story zu Ende.

28

Alte Leute, nichts als alte Leute, Mensch gewordene Stützstrümpfe, wandelnde Bruchbänder und zweibeinige Schuheinlagen. Und Weilemann selber fiel überhaupt nicht auf, obwohl er doch wirklich noch nicht so viel Rost angesetzt hatte wie all das alte Eisen um ihn herum. Er hatte sich an diesem Morgen nicht rasiert, daran musste es liegen, die weißen Stoppeln ließen ihn älter erscheinen, als er war, aber trotzdem, dass sie ihn so ohne weiteres als einen der ihren akzeptierten, das irritierte ihn schon. Obwohl sein Plan genau darauf beruhte.

Viele der Passagiere schienen sich untereinander zu kennen, waren offenbar schon mehrmals bei solchen Senioren-reislein dabei gewesen und tauschten über die Sitzreihen hin-weg lautstark Erinnerungen aus, wobei ihnen die Qualität der jeweiligen Ausflugslokale bedeutend wichtiger zu sein schien als die Sehenswürdigkeiten, die man besuchte. Ein weißhaari-ger Mann hatte, wie er stolz berichtete, schon dreimal die be-liebte Fahrt zum Kloster Muri mitgemacht und jedes Mal das obligate Orgelkonzert in St. Martin geschwänzt, weil sie ganz in der Nähe im *Ochsen* ein Meringue auf der Karte hatten, ein gigantisches Meringue, noch größer als die im Bernbiet, und das zu einem Preis, dafür bekam man in Zürich keine Crème-schnitte. «Das ist die wahre Musik», sagte er, und weil niemand anderes über seinen Scherz lachen wollte, tat er es eben selber.

Der Reisecar war ausgebucht, man hatte keine Chance, einen Zweierplatz für sich allein zu ergattern, und die Frau neben ihm – zweimal verwitwet, das hatte sie ihm gleich nach dem Einsteigen mitgeteilt – war die Sorte Plaudertasche, bei der man das Maul bei der Beerdigung separat totschlagen muss, weil sie sonst immer noch keine Ruhe gibt. An ihrer Strickjacke hatte sie neben dem eigenen auch die Kantons-wappen ihrer verstorbenen Ehemänner angesteckt, schmückte sich mit Schaffhausen, Glarus und Nidwalden, und so, wie sie sich gleich an ihn heranmachte, hätte sie wohl nichts dage-gen gehabt, diese Trophäensammlung um ein weiteres Exem-plar zu erweitern. Aus ihrer altertümlichen Thermosflasche drängte sie ihm einen Becher Kräutertee auf – «Damit wird Ihnen auch nach der hundertsten Kurve nicht schlecht!» –, und es blieb ihm nichts anderes übrig, als das Gebräu tatsäch-lich hinunterzuwürgen. Nelkenwurz hieß das Zeug.

Dabei hätte er heute gar kein Mittel gegen Reiseübelkeit ge-braucht; im Gegensatz zum Postauto-Chauffeur vom letzten

Mal streichelte ihr Fahrer, wohl aus Rücksicht auf die Gebrechlichkeit seiner Passagiere, seinen Bus so sorgfältig um die Kurven, dass die Fahrt nicht halb so unangenehm wurde, wie Weilemann das befürchtet hatte – von der Zwangskonversation mit seiner geschwätzigen Sitznachbarin einmal abgesehen. Aber was viel wichtiger war als ein bisschen mehr oder weniger Ungestörtheit: Auf so einer Ausflugsfahrt blieb man anonym, er hatte sein Ticket ganz altmodisch in bar bezahlen können, während man das Billett für das Postauto per Kreditkarte am Automaten hätte lösen müssen, mit der logischen Folge, dass sich der Name jedes Passagiers und die gefahrene Strecke ganz einfach feststellen ließen. Es durfte niemand wissen, dass er einen zweiten Besuch bei Läuchli vorhatte, dass er die Hoffnung hegte, jetzt, wo er die richtigen Fragen zu stellen wusste, doch noch etwas Nützliches aus ihm herauszuholen, Alois hin, Alois her; vielleicht ließ sich ihm ja wenigstens entlocken, wer das teure Altersheim und die Maßanzüge für ihn bezahlte, ließ sich seinem senilen Gebrabbel jene Information herausfischen, die Weilemanns Verdacht bestätigen und aus Vermutungen Fakten machen würde, jene Information, die jemand mit allen Mitteln unter der Decke zu halten suchte.

Deshalb die Fahrt in diesem rollenden Altersheim.

Als Weilemann beschlossen hatte, weiter zu recherchieren – ein Entschluss aus dem Bauch heraus, nicht aus dem Kopf –, da war ihm klar gewesen, dass er mit äußerster Diskretion vorgehen musste und nirgends Spuren hinterlassen durfte, und das war, im Gegensatz zu seiner aktiven Zeit, verdammt schwierig geworden. Heutzutage musste man keinen Privatdetektiv mehr auf jemanden ansetzen, um zu wissen, wo er sich gerade aufhielt, es genügte, wenn man Zugang zu den richtigen Computern hatte. Aber Computer sind dumme Genies und lassen sich austricksen, so wie wahrscheinlich ein Nobelpreisträger auf den einfachsten Hütchenspielertrick hereinfällt. Ein Handy, hatte sich Weilemann überlegt, funktionierte im Prinzip wie eine dieser elektronischen Fußfesseln, die man Sträflingen für den Ausgang anlegte, da musste ein Überwacher noch nicht einmal seinen Hintern lupfen, um alle Bewegungen zu verfolgen. Außer das Handy hat seinen Besitzer gar nicht bei sich. Bevor er zum Carparkplatz hinübergegangen war, hatte Weilemann einen Abstecher in den Bahnhof gemacht, war in einen Zug nach Genf gestiegen und hatte sein Handy unter einen Sitz geschoben, mit fast entladenem Akku. Irgendwann auf der Strecke würde es endgültig seinen Geist aufgeben, und wenn ihn tatsächlich jemand überwachte, würde er nur überlegen, wo im Welschland man nach ihm suchen sollte. Dann war er eilig wieder ausgestiegen, hatte versucht, dabei ein Gesicht zu machen wie einer, dem im letzten Moment eingefallen ist, dass er sich für die Fahrt ja noch ein Sandwich besorgen wollte, und war zur Abfahrtsstelle der Cars hinübergegangen. Wenn er nicht überwacht werden wollte, davon war er ausgegangen, kam das Postauto nicht in Frage; der öffentliche Verkehr war genau das geworden: öffentlich, wer sich nicht gerade zu Fuß von A nach B bewegte, war schon erfasst. Selbst Weilemanns simpler 9-Uhr-Pass war mit einem Kontrollchip versehen; einmal war er schon um fünf vor neun ins Tram eingestiegen, und noch am selben Tag war die Mail mit der Rechnung für die Strafgebühr bei ihm eingetroffen. Nein, der ÖV kam nicht in Frage – außer für sein alleinreisendes Handy –, und so war er auf die Idee mit der Senioren-Busreise gekommen; man sollte sich ja nicht selber loben, aber den Einfall hätte nicht jeder gehabt. Die Burg oberhalb vom *Abendrot* zählte nicht zu den allerbeliebtesten Ausflugsorten der Schweiz, aber ihre Gaststätte schien einen guten Ruf zu haben; der weißhaarige Mann hatte nicht nur von dem Riesen-Meringue in Muri geschwärmt, sondern seinen Mitreisenden ebenso wortreich empfohlen, heute im *Burgkeller* unbedingt das Mistkratzerli zu bestellen, das allein lohne die Reise schon. Der Tipp passte gut in Weilemanns Pläne, bis so ein Huhn knusprig gegrillt war, konnte es dauern, und wenn man dazu noch einrechnete, wie lang die gesammelten Senioren mit ihren falschen Zähnen brauchen würden, bis sie das letzte Knöchelchen abgenagt hatten, würde er genügend Zeit haben, um sich diskret zu absentieren, den kurzen Weg zum *Abendrot* unter die Füße zu nehmen und dort, in vorsichtigem Abstand zum Altersheim, auf Läuchli zu warten. «Ich mache jeden Mittag einen Verdauungsspaziergang ums Haus», hatte der gesagt. Dabei konnte man ihn wie zufällig antreffen und in ein Gespräch verwickeln, ohne dass jemand von dieser zweiten Begegnung etwas mitbekam. Und dann gleich wieder zurück in den *Burgkeller*, wo die andern, wenn alles klappte, immer noch bei ihrem Kaffee Doppelcreme sitzen würden. Seinen Verzicht auf das Mittagessen konnte er mit Verdauungsproblemen begründen, in dieser Gesellschaft würde ihm das jeder glauben; von seinen Mitreisenden sah keiner aus, als ob er ohne Abführmittel durch den Tag käme.

«Sind Sie schwerhörig?» Seine Sitznachbarin brüllte ihm die Frage ins Ohr. «Zweimal habe ich Sie schon dasselbe gefragt und keine Antwort bekommen.»

«Tut mir leid. Ich war in Gedanken.»

Die Frau nickte wissend. «Genau wie mein zweiter Mann. Der wollte auch nie zugeben, dass seine Ohren nicht mehr funktionierten. Und dann ging es ganz schnell. Hirntumor.

Der hatte ihm auf den Hörnerv gedrückt. Haben Sie sich schon einmal untersuchen lassen?»

«Meine Ohren sind völlig ...»

Die Frau ließ ihn nicht ausreden, das gehörte wohl nicht zu ihren Gewohnheiten. «Bei ihm hat es auch so angefangen. Man stellte ihm eine Frage, und er hat sie einfach nicht gehört.»

«Tut mir leid, ich war wirklich ... Was haben Sie gefragt?»

«Was Sie davon halten. Von der Todesstrafe. Ich finde es ja gut, dass sie wieder eingeführt werden soll. Gefängnisse kosten viel zu viel Geld. Und wenn die Leute entlassen werden, machen sie genau so weiter wie vorher, immer wieder. Das hat doch keinen Sinn. Wenn ein Schuh durchgelaufen ist, bringt man ihn auch nicht ewig zur Reparatur, irgendwann lohnt sich das nicht mehr, und man schmeißt ihn besser weg. Wenn Sie mich fragen: Das ganze Elend hat angefangen, als man seine Kinder nicht mehr schlagen durfte. Was Hänschen nicht lernt, lernt Hans nimmermehr, und eine Ohrfeige hat noch keinem geschadet.»

«Haben Sie Kinder?»

«Was hat das damit zu tun?», fragte die Frau beleidigt, und dann war sie ein paar Kilometer lang tatsächlich still.

Ihr Bus war der einzige auf dem großen Parkplatz, was der Mann mit den kulinarischen Interessen sehr erfreulich fand. Einmal war es ihm nämlich passiert, er sprach davon wie von einer antiken Tragödie, dass im *Burgkeller* schon alle Mistkratzerli weggefressen waren, als seine Busladung endlich drankam, und so eine Enttäuschung wollte er nicht noch einmal erleben.

Der Burgbesichtigung würde er sich nicht entziehen können ohne aufzufallen, hatte Weilemann eingesehen, die musste er wohl oder übel mitmachen. Sein Hüftgelenk hätte ihm als Ausrede nichts genützt; so wie die Reisegruppe zusammengesetzt war, hatte wohl jeder Zweite ähnliche Beschwerden. Der Rundgang dauerte dann zum Glück nicht so lang, wie er befürchtet hatte, es gab keine Führung mit umständlichen Erklärungen, sondern man spazierte einfach durch die nicht allzu zahlreichen Räume, wobei die Gruppe – Herdentrieb, dachte Weilemann, oder einfach die schweizerische Angst vor Unordnung – die ganze Zeit zusammenblieb. Es gab nichts besonders Interessantes zu betrachten, man hatte die leerstehende Burg erst vor wenigen Jahren mit zusammengestückelten Requisiten aufmöbliert, um vom neuen patriotischen Tourismusboom auch ein paar Franken abzubekommen. Alte Möbel dieser Qualität hätte man im Brockenhaus an der Neugasse auch gefunden, und die Ritterrüstung, neben der man sich im Waffensaal selber fotografieren konnte, war zu groß, als dass sie hätte echt sein können; man wollte die Recken der Vergangenheit wohl nicht so kleinwüchsig zeigen, wie sie in Wirklichkeit gewesen waren. Die im Prospekt groß angekündigte Bildergalerie bestand aus lauter Kopien von Gemälden mit vaterländischer Assoziation, eine Segantini-Berglandschaft, ein Hodlerscher Volksredner und natürlich Albert Ankers unvermeidliche Dorfschullehrerin mit ihrer fröhlich spazierenden Kinderschar. Immerhin, es waren perfekte Kopien, in dieser neuen dreidimensionalen Technik, die jeden Pinselstrich und jeden etwas dickeren Farbauftrag des Originals exakt nachbildete.

Von der Aussicht auf die Spezialität des *Burgkellers* beflügelt, hielt sich die Reisegruppe in keinem der Räume lang auf. Den interessantesten Teil der Ausstellung, den Folterkeller, durfte man sowieso nur in Begleitung betreten, was als Höhepunkt des Tagesprogramms für den Nachmittag vorgesehen war.

Als sie die Ausstellung verließen, stieg gerade eine zweite Reisegruppe aus ihrem Car, worauf alle automatisch ihre Schritte beschleunigten; das letzte Mistkratzerli wollte sich keiner wegschnappen lassen. Weilemann übertrieb sein Hinken, in der Hoffnung, dass ihm der langsame Gang erlauben würde, sich unauffällig abzusetzen, aber seine Sitznachbarin aus dem Bus wartete bei der Treppe zum *Burgkeller* auf ihn, nein, sie wartete nicht, sie lauerte, war wieder ganz zuckersüß, und meinte, man könne das Gespräch, das man im Car so nett begonnen habe, doch beim Mittagessen fortsetzen. Übrigens, er habe vergessen, seinen Wappenanstecker zu montieren, Männer seien ja manchmal so schusslig, und aus welchem Kanton er denn komme?

Als Weilemann seine vorbereitete Ausrede für den Verzicht auf das Mittagessen vorbrachte – «der Magen, Sie verstehen» –, da nickte die Frau, als ob sie nichts anderes erwartet hätte, und meinte, bei ihrem ersten Mann habe es genauso angefangen, Magengeschwür, und Weilemann solle sich bald mal gründlich untersuchen lassen. «Wofür hat man all die Jahre die Krankenkasse bezahlt und ist viel zu wenig krank gewesen?» Als er meinte, die andern seien bestimmt schon am Bestellen, schien sie den Wink nicht zu bemerken, sondern bot ihm an, ihn auf seinem Spaziergang zu begleiten, eine Klette wäre leichter zu entfernen gewesen. Sie müsse nichts gegessen haben, erklärte sie, man stopfe sowieso immer zu viel in sich hinein, für den Notfall habe sie glutenfreien Zwieback mitgenommen, und vom Kräutertee sei auch noch genügend übrig. Sie schien so wild entschlossen, ihre Sammlung von Kantonsansteckern mit seiner Hilfe zu erweitern, dass er am Schluss

regelrecht die Flucht ergreifen musste. «Aber den Kaffee nehmen wir dann zusammen», rief sie ihm noch nach, sie wolle
gern einen Stuhl für ihn freihalten.

Weilemann tat so, als ob er nichts gehört hätte.

29

Er hatte den Fußmarsch unterschätzt, hatte nicht daran gedacht, dass auch ein scheinbar sanfter Hügel verdammt steile
Passagen haben kann. Hinunter ging es ja noch, aber auf dem
Rückweg würde er das Ganze wieder hinaufsteißen müssen,
und das bei der Hitze, der Schweiß lief ihm schon nach wenigen Schritten in die Augen. «Der heißeste Tag des Jahres», hatten sie in den Nachrichten gesagt, die Sorte Wetter, bei der er
sonst gern den Bus ins Zentrum Glatt nahm, nicht, um etwas
einzukaufen, sondern nur, weil seine Wohnung trotz der kleinen Fenster gewaltig aufheizte, und dort hatten sie Aircon-
dition. Ich hätte etwas zum Trinken mitnehmen sollen, dachte
er, man geht nicht ohne Wasser in die Wüste, ein Tuareg, hatte
er mal irgendwo gelesen, trank zwanzig Liter am Tag; komisch,
was man sich für Sachen merkte.

Er konnte nur hoffen, dass seine Rechnung stimmte, dass
sich die Pensionäre im *Abendrot* ebenso früh zum Mittagessen
setzen würden wie seine Reisegenossen im *Burgkeller*, und
dass Läuchli den regelmäßigen Verdauungsspaziergang, von
dem er gesprochen hatte, auch tatsächlich unternehmen würde; in der Gluthitze auf ihn zu warten und ihn dann nicht anzutreffen, das wäre verdammt frustrierend.

Es würde schon klappen, beruhigte sich Weilemann, und

wenn nicht, nun ja, dann war er wieder so weit wie vorher, bei einer Recherche musste man immer damit rechnen, dass man in eine Sackgasse lief. Zumindest würde er niemandem aufgefallen sein, würde sich unbemerkt seiner Reisegruppe wieder anschließen können, mit den andern die Führung durch die Folterkammer mitmachen und dann nach Zürich zurückfahren, Abfahrt nach Reiseplan fünfzehn Uhr dreißig. Wenn jemand den Grund für seine lange Abwesenheit wissen wollte – die wunderfitzige Frau mit den drei Kantonswappen würde ihn bestimmt danach fragen –, dann hatte er seine Erklärung parat, er war bei seinem Spaziergang über eine Wurzel gestolpert, und hatte sich danach erst einmal ein bisschen hinsetzen müssen. Vielleicht hatte er sich bei dem Sturz auch den Fuß verknackt; nach der mühseligen Lauferei würde er ein überzeugendes Hinken nicht einmal imitieren müssen.

Er war solche Anstrengungen wirklich nicht mehr gewohnt, merkte er. Als das *Abendrot* endlich in Sicht kam, fühlte er sich erschöpft wie nach einer Bergtour, und dabei wäre dieselbe Strecke noch vor ein paar Jahren kein Problem für ihn gewesen. Man war eben nicht mehr siebzehn, und die Temperatur spielte auch eine Rolle, vor allem jetzt in der Mittagshitze. Der einzige Ort, von dem man den Eingang des Altersheims unauffällig beobachten konnte, lag in der prallen Sonne, und zu früh angekommen war er auch, wenn sie hier, wie er annahm, um zwölf mit dem Mittagessen begannen, würde er möglicherweise noch eine halbe Stunde auf Läuchli warten müssen, und sein Hemd war jetzt schon völlig durchgeschwitzt, der Mund derart saharamäßig ausgetrocknet, dass er sogar einen Becher Nelkenwurz dankbar akzeptiert haben würde. Aber jede Hoffnung auf ein kühles Bier war nicht mehr als eine Fata Morgana, Läden oder Lokale gab es in der Gegend keine, nur alte Herrschaftsvillen, die sich in großen Gärten versteckten; als das Quartier entstand, hatten hier nur Mehrbessere gebaut, und wenn es denen zu heiß wurde, klingelten sie einfach nach dem Personal, und schon kam jemand mit einem Silbertablett und servierte.

Der Gedanke an ein Glas, in dem Eiswürfel verführerisch klingelten, machte Weilemann noch durstiger, als er es schon war, schwindlig war ihm von der Hitze auch, und so – extreme Situationen erfordern extreme Maßnahmen – entschloss er sich zu einem kalkulierten Risiko. Solang die Bewohner des Altersheims beim Mittagessen saßen, überlegte er, würden auch die Angestellten beschäftigt sein, mussten ihren Schützlingen das Fleisch vorschneiden oder das Lätzchen umbinden, oder was solche Jammergestalten sonst an Hilfe nötig hatten, in der Eingangshalle würde also niemand sein, und dort stand dieser Getränkeautomat, unterdessen bestimmt längst wieder aufgefüllt, mit eiskalten Cola-Dosen, an denen das Kondenswasser hinunterperlte, wenn man sie herausholte, oder Eistee, oder … Wenn er hier dehydriert zusammenklappte, war damit auch niemandem geholfen.

Die schwere Türe öffnete sich lautlos, der Bewegungsmelder ließ das Licht anspringen, und – hurra! – die Halle war menschenleer, und die Schrift am Automaten blinkte nicht mehr. Weilemann war schon dabei, in seiner Hosentasche nach Kleingeld zu suchen, als direkt hinter ihm eine Stimme ertönte: «Was suchen Sie hier, wenn man fragen darf?» Einen Moment lang hatte er das Gefühl von déjà vu – oder déjà écouté, wie er sich im Kopf korrigierte –, denn die Frage war ihm vor wenigen Tagen schon einmal gestellt worden, damals im Treppenhaus, als er aus Derendingers Wohnung kam. Nur dass es diesmal eine Frau war, die Auskunft von ihm verlangte, etwa vierzig Jahre, ein graues Deux-Pièces und flache Schuhe, Gummisohlen wahrscheinlich, sonst hätte sie sich nicht so lautlos anschleichen können. Wenn er sie in einem Artikel hätte beschreiben müssen, würde er den Vergleich mit einer strengen Lehrerin verwendet haben.

«Nun?», sagte sie, und die eine Silbe machte deutlich, dass sie es gewohnt war, Antworten auf ihre Fragen zu bekommen. Auch das war bei dem Mann im Treppenhaus gleich gewesen.

Zum Glück – unter Druck funktionierte sein Hirn immer am besten – fiel ihm blitzartig eine Ausrede ein. «Ich wollte mir gern einen Eindruck vom *Haus Abendrot* verschaffen», sagte er, «man wird ja nicht jünger, und irgendwann muss man sich überlegen, wie lang man in der eigenen Wohnung noch zurechtkommt.»

«Warum haben Sie Ihren Besuch nicht angemeldet?»

«Ein spontaner Einfall. Ich bin ganz zufällig hier in der Gegend. Auf einer Wanderung.»

«So?», machte die Frau. Der Vergleich mit einer strengen Lehrerin war gar nicht schlecht gewesen, das Fräulein Bächi in der ersten Primar hatte einen exakt so angesehen, wenn sie überzeugt war, dass man etwas angestellt hatte und es bloß nicht zugeben wollte. «Darf man fragen, wer Ihnen unser Institut empfohlen hat?»

«Das war …» Mit etwas Glück hatte sie sein Zögern nicht bemerkt. «… einer Ihrer Pensionäre oder Gäste, oder wie man das nennt.»

«Und der heißt?» Diesmal sagte sie nicht «wenn man fragen darf», aber in ihrem Ton schwang es mit.

Mist. Eine Antwort musste er geben, für jemanden, der sich überlegte hierherzuziehen, gab es keinen Grund, warum er nicht sagen sollte, wer ihm das *Abendrot* empfohlen hatte.

Einen Moment lang dachte Weilemann daran, einen Namen zu erfinden, aber das hätte nicht funktioniert. Wenn sie hier die Chefin war – und so, wie sie auftrat, konnte sie nichts anderes sein als die Heimleiterin –, dann kannte sie natürlich alle Bewohner, so unendlich viele waren es ja nicht. Weilemann wusste nur einen einzigen Namen, den es hier mit Sicherheit gab. «Läuchli», hörte er sich sagen.

«Tatsächlich?» Die Frau hatte einen bösen Mund, genau wie das Fräulein Bächi, als ob sie sich permanent auf die Lippen beißen würde «Darf man fragen, woher Sie Herrn Läuchli kennen?»

«Noch von der Arbeit her. Wir sind alte Bekannte, entfernte Bekannte, müsste man sagen.» Er hatte das Gefühl, sich immer mehr hineinzureiten, aber es blieb ihm nichts anderes übrig, als weiterzuschwafeln. «Sie wissen ja, wie das ist, wenn man pensioniert wird, man verliert sich aus den Augen, viel Kontakt haben wir nicht mehr, aber letzthin haben wir doch mal wieder miteinander telefoniert, und … äh …»

«Und?»

Immer weiter reden. Den Harmlosen spielen. Das sagen, was man in so einer Situation sagen würde.

«Ich würde dem Kollegen Läuchli gern noch schnell hallo sagen, wenn das möglich ist. Auch wenn ich gleich wieder weg muss. Das Postauto wartet nicht.»

Wieder ein Fehler. Vielleicht fuhr das nächste Postauto erst in zwei Stunden, und wenn sie den Fahrplan im Kopf hatte …

«Herr Läuchli wohnt nicht mehr hier», sagte die Frau.

Wohnt nicht mehr hier? Er hatte Läuchli gerade erst getroffen, hier in dieser Halle, aber das konnte er natürlich nicht sagen, das durfte niemand wissen, offiziell war er noch nie hier gewesen, überhaupt nie, war nur heute ganz spontan vorbeigekommen. Weil er zufällig in der Gegend war. Wegen einer Wanderung.

Wohnt nicht mehr hier?

«Am Telefon hat er eigentlich sehr gesund geklungen.»

«Herr Läuchli hat sich für einen anderen Wohnort entschieden.»

Was nicht stimmen konnte. Läuchli hatte nicht die Absicht gehabt, das Altersheim zu wechseln, da war sich Weilemann ganz sicher, im Gegenteil, er hatte sich noch darüber beschwert, dass er bis an sein Lebensende jeden Mittwoch denselben Aufschnitt werde essen und jeden Tag denselben Spaziergang werde machen müssen. Die Frau log ihn an, das war klar, aber warum tat sie das? Was steckte hinter Läuchlis Verschwinden? Hatte es etwas mit Derendingers Nachforschungen zu tun? Oder mit seinen eigenen?

Es wäre vernünftig gewesen, so schnell wie möglich abzuhauen, danke und ciao, «ich werde mir überlegen, ob das *Abendrot* für mich in Frage kommt», aber die alten journalistischen Reflexe waren stärker, man stellt nicht ein Leben lang Fragen und lässt es dann im entscheidenden Moment einfach sein.

«Können Sie mir sagen, wo ich Herrn Läuchli erreichen kann?»

«Das darf ich leider nicht. Datenschutz, Sie verstehen.»

Datenschutz, soso. Immer die perfekte Ausrede, wenn man etwas unter dem Deckel halten will.

«Aber wenn Sie mir Ihre Adresse geben, werde ich die Angaben gern an Herrn Läuchli weiterleiten, und er kann dann selber entscheiden, ob er Sie kontaktieren will.»

Weilemann kam sich vor wie ein ganz schlechter Schachspieler, der mitten in der entscheidenden Turnierpartie realisiert, dass er gerade die Dame eingestellt hat. Und das Schlimmste war: Die Falle, in der er steckte, hatte er sich selber gebaut. Seinen richtigen Namen durfte er ihr nicht sagen, das war klar; wer immer Läuchli hatte verschwinden lassen, würde auch dafür gesorgt haben, dass jede versuchte Kontaktaufnahme gemeldet wurde. Aber wenn er sich weigerte, dann machte ihn das erst recht verdächtig, und die Frau war von der Sorte, die solche Sachen ganz bestimmt bemerkte. Beim Fräulein Bächi war er auch nie mit einer Ausrede durchgekommen.

«Mal sehen, ob ich eine Visitenkarte dabeihabe», sagte er, nur um Zeit zu gewinnen, und tat so, als ob er in seiner Tasche danach suchte, obwohl er so etwas schon seit Jahren nicht mehr besaß, wozu auch, Eremiten wie er brauchten das nicht. Und dann war da doch etwas, dass sich wie eine Visitenkarte anfühlte, natürlich, der Mann im Brockenhaus hatte sie ihm in die Hand gedrückt, wie hatte der schon wieder geheißen? Fischlin, natürlich.

«Hier», sagte er und reichte ihr die Karte. «Da steht alles drauf, Name, Adresse und natürlich die Telefonnummer. Richten Sie Herrn Läuchli aus, dass ich mich sehr freuen würde, wenn er sich wieder einmal bei mir meldet.»

«Das werde ich gern tun.» Die Frau verstand sich auf die Art Höflichkeit, die alle Formen erfüllt, und doch total unhöflich ist.

«Also dann … Dann mache ich mich jetzt wieder auf den Weg. Vielleicht können Sie mir noch einen Prospekt vom *Abendrot* schicken lassen. Die Adresse haben Sie ja jetzt.»

«Wird erledigt», sagte die Frau. «Auf Wiedersehen.»

Er war dem drohenden Matt noch einmal entkommen, hatte doch noch einen rettenden Zug entdeckt. Jetzt nur weg, so schnell wie möglich.

Er war schon bei der Türe, als sie plötzlich rief: «Herr Doktor Fischlin!» Beinahe hätte er sich alles versaut, weil er auf den Namen nicht gleich reagierte, aber dann schaltete er doch noch und drehte sich um.

«Ja?»

«Sie sind gar nicht mehr dazu gekommen, sich ein Getränk aus dem Automaten zu holen. Es wird unserem Haus eine Freude sein, Ihnen eine Dose zu spendieren.»

30

Er schaffte es knapp außer Sichtweite des Altersheims, dann bekam er keine Luft mehr, musste nach Atem schnappen wie ein Ertrinkender, und saß schließlich auf dem Boden, eine Hand auf dem wild hämmernden Herzen, während sich unter der anderen, aufgestützten Handfläche etwas Nasses ausbreitete, Blut, dachte er zuerst, aber die Flüssigkeit war kalt, kühles Blut bewahren, sagte sein Kopf automatisch, und dann war es natürlich nur die Cola, die ihm die Frau geschenkt hatte, sie hatte die Dose für ihn aufgemacht, und er hatte sich bedankt und noch keinen Schluck davon getrunken, weil er nur weg gewollt hatte, möglichst weit weg, und jetzt lief ein braunes Bächlein zum Randstein hin, und er hatte doch Durst, solchen Durst.

Panik.

Er hatte dieses Gefühl erst einmal erlebt, vor mehr als dreißig Jahren, als er noch ein eigenes Auto gehabt hatte und gern auch einmal schnell gefahren war. In Deutschland war das gewesen, wo es damals auf der Autobahn noch keine Geschwindigkeitsbeschränkung gab, hinter einer Kurve, fünfzig Meter vor ihm, hatte ein Wohnwagen auf der Straße gestanden, quer über beide Spuren, der Anhänger musste das Auto überholt und quergestellt haben, er war auf die Bremse getreten, so fest er nur konnte, aber es hatte nicht gereicht, konnte nicht reichen, wenn man mit hundertvierzig unterwegs war, er hatte das Lenkrad herumgerissen, und ganz knapp, auf der Standspur und über die Standspur hinaus, war er an dem Hindernis vorbeigekommen, nur den Rückspiegel hatte es ihm abgeschränzt. Als er das Auto dann endlich zum Stehen gebracht hatte, er wusste heute noch nicht wie, war er bewegungslos dagesessen, zehn Minuten, eine halbe Stunde, und hatte darauf gewartet, dass sich sein Herzschlag wieder normalisierte.

Damals war er nur knapp mit dem Leben davongekommen, und heute, schien ihm, war es das Gleiche gewesen; man braucht kein Auto, um einen Unfall zu bauen, es genügt, dass man nur einmal nicht vorsichtig ist, dass man ein einziges Mal auffällt, und schon ist man vom Lindenhof hinuntergesprungen, liegt tot auf der Schipfe, und im Polizeibericht steht: «Eindeutig Selbstmord.»

Ein Idiot war er gewesen, ein kompletter hirnamputierter Idiot, nein, schlimmer, wie ein Anfänger hatte er sich benommen, einer, den man höchstens zur GV eines Jodelclubs schicken kann, und wenn er seine zwölf Zeilen abliefert, hat er den Dirigenten mit dem Kassenwart verwechselt. Er war in die Situation hineingelaufen, wie der Lemming über die Klippe läuft, es wird schon gutgehen, hatte er gedacht, im Notfall muss ich halt improvisieren, und dabei hatten sie schon auf ihn gelauert, nicht auf ihn persönlich, auf jeden, der nach Läuchli fragen würde, die Frau in der Eingangshalle war natürlich nicht die Heimleiterin gewesen, genauso wenig wie der Mann in Derendingers Treppenhaus ein Nachbar gewesen war; man munkelte schon lang von einer Organisation, die so geheim war, dass allein schon die Frage nach ihrer Existenz einen verdächtig machte. Als sie seinen Namen verlangt hatte, war das nicht gewesen, um ihm einen Prospekt zu schicken, natürlich nicht, sondern um die Information weiterzuleiten, zu Leuten, die nicht lang fackelten.

Warum sagte man eigentlich «nicht lang fackeln»? Was hatte ein Zögern mit einer Fackel zu tun?

Dass er sich diese Frage stellte, zeigte ihm, dass er wieder anfing, normal zu funktionieren, dass die Adrenalinvergiftung nachließ und sein Verstand allmählich in Gang kam. Aufstehen!, befahl er sich selber, los, Weilemann, aufstehen und weitergehen! Die Passagiere im Postauto würden sie überprüfen, aber dass er mit einem Reisebus gekommen war, Tagesfahrt mit Burgbesichtigung, AHV-Bezüger zwanzig Prozent Rabatt, darauf würden sie nicht kommen. Der *Burgkeller* war das ideale Versteck für ihn, mit den andern einen Kaffee trinken und dann die Folterkammer besichtigen, sich von seiner Sitznachbarin volllabern lassen und darauf hoffen, dass am Carparkplatz in Zürich niemand auf ihn wartete. Es würde niemand warten, versuchte er sich zu beruhigen, es konnte keiner wissen, dass er in dem Bus saß, eigentlich nicht, aber er vertraute seinen eigenen Überlegungen und Plänen nicht mehr, einmal falsch gedacht, immer falsch gedacht. Derendinger hatte bestimmt auch jeden Schritt gründlich überlegt, und dann war nichts mehr von ihm übrig gewesen als die Umrisse seines Körpers unter einer Blache.

Unter einer blutigen Blache.

Wenigstens seinen Namen hatten sie nicht, Fischlins Visitenkarte hatte ihn da gerettet, aber lang würde die Täuschung nicht funktionieren, ein paar Telefonanrufe genügten, und sie würden wissen, dass Fischlin nicht im *Abendrot* gewesen sein konnte, weil er den ganzen Tag im Brockenhaus in seinen Regalen herumgekramt hatte. Und damit würden sie endgültig die Gewissheit haben, dass da schon wieder jemand hinter der alten Geschichte her war, und sie würden keine Ruhe geben, bis …

«Limmatclub Zürich» hatte auf der Blache gestanden.

Weilemann stemmte sich mühselig in die Höhe, erschöpft, wie er war, fiel ihm das Aufstehen so schwer, als habe er, wie damals in der RS, einen tonnenschweren Tornister auf dem Buckel, machte mit schmerzender Hüfte den ersten Schritt und den zweiten, irgendwie ging es, es musste gehen, und dann kommandierte eine Männerstimme: «Stehenbleiben!»

Ein Hindernis, quer über alle Spuren, und er raste darauf zu.

Es war ein Hilfspolizist, einer von den Hellblauen, ein schmächtiger junger Mann, dem der Schnurrbart noch nicht richtig wachsen wollte. Es war wohl auf die Schnelle kein richtiger Beamter aufzutreiben gewesen, und darum hatten sie diesen Hobby-Ordnungshüter hinter ihm hergeschickt.

«Wissen Sie, warum ich Sie aufhalte?», fragte der Hipo. Er stand breitbeinig da, die Daumen in den Gurt gesteckt und wippte in den Knien wie der Sheriff in einem Western.

Oh ja, Weilemann wusste es sehr genau. Seine Ausrede war nicht gut genug gewesen, und darum hieß das nächste Kapitel der Geschichte jetzt nicht «Heimfahrt im Bus» sondern «Festnahme und Verhör».

Zum Glück hatte er wenigstens das Buch im Wald vergraben.

«Ich habe Sie etwas gefragt», bellte der Hipo.

«Ich weiß nicht, was Sie meinen.»

«Und was ist das?» Der Hellblaue stieß mit dem Fuß gegen die Coladose, die leise scheppernd auf Weilemann zurollte. «Lassen wir leere Büchsen neuerdings einfach auf der Straße liegen?»

«Tut mir leid», sagte Weilemann und bückte sich, so schnell es seine Hüfte erlaubte, nach der Dose.

«In Ihrem Alter sollte man das eigentlich besser wissen.» Der Hipo grinste überheblich, ein Schüler, der seinen Lehrer bei einem Fehler ertappt hat und jetzt nicht aufhören kann, auf seinem Triumph herumzureiten. «Eigentlich müsste ich Ihnen einen Strafzettel ausschreiben, aber weil heute so schönes Wetter ist, will ich ausnahmsweise einmal Gnade vor Recht ergehen lassen.» So wie er «Gnade vor Recht» sagte, war deutlich zu spüren, wie sehr er die Macht, gnädig sein zu können, genoss. «Aber das nächste Mal räumen wir dann hinter uns auf, verstanden?»

«Verstanden», sagte Weilemann.

Das «wir» hat mich gerettet, dachte er, als der Hipo weitergegangen war. Wenn sie «wir» sagen, nehmen sie einen nicht ernst.

Und pfefferte die Dose bei der ersten Gelegenheit in ein Gebüsch.

Es gab keinen Grund zur Eile, im Gegenteil, er fiel damit nur auf, aber er hetzte sich trotzdem mit letzten Kräften den Hügel hinauf, immer in der Hoffnung, dass ihm niemand entgegenkommen würde, dass ihn niemand so sehen würde, atemlos und verschwitzt, dass sich später niemand an ihn erinnern würde. Ab und zu ging er langsamer, nur ein paar Schritte, aber dann kam er doch immer wieder ins Rennen, stolperte, fiel beinahe hin und jagte sich keuchend weiter, obwohl ihm die Vernunft sagte, dass das völlig sinnlos war, wenn sie ihn hier vermuteten, würden sie sich nicht die Mühe machen, ihn zu verfolgen, sondern in aller Ruhe oben auf ihn warten, «Schön, dass Sie kommen, Herr Weilemann, hoffentlich haben die Handschellen die richtige Größe für Sie.»

Aber sie wussten ja nicht, wohin er unterwegs war, versuchte er sich zu überzeugen, es war nicht möglich, noch nicht mal seinen Namen kannten sie. Er hatte den Kopf aus der Schlinge gezogen, und sie wussten nicht, wem dieser Kopf gehörte.

Konnten es nicht wissen.

Wenn nicht in der Eingangshalle des Altersheims unbemerkt eine Überwachungskamera mitgelaufen war, «Personenfeststellung», hatte Markus nur kommandiert, und schon nach ein paar Minuten hatte ihm sein Mäuschen die Liste mit den Namen gebracht. Wenn das mit einer Fotografie funktionierte, dann erst recht mit den Bildern aus so einer Kamera.

Aber warum sollten in einem Altersheim Überwachungskameras installiert sein? Das war Verfolgungswahn, was er sich da einredete, reiner Verfolgungswahn.

Auch Leute mit Verfolgungswahn werden manchmal wirklich verfolgt.

Angst kann seltsame Auswirkungen haben, sogar einen Weg kann sie verkürzen. Die Strecke von der Burg bis zum *Abendrot* war ihm anstrengend lang vorgekommen, und jetzt, obwohl es doch bergauf gegangen war, war er schon wieder beim Parkplatz, außer Atem, aber in Sicherheit, denn da wartete niemand auf ihn, es waren auch keine verdächtigen Autos zu sehen, nur die beiden Reisecars standen auf dem Platz, sonst waren alle Parkfelder leer.

Vorgebeugt, die Hände auf die Oberschenkel gestützt,

gönnte er sich ein paar Atemzüge der Erholung, und setzte sich erst in Richtung *Burgkeller* in Bewegung, als er die Schmerzen in der Hüfte wieder zu spüren begann; er nahm das als gutes Zeichen, es bewies, dass die Panik nachließ. In der Toilette schien es ihm dann, als habe er noch nie etwas so Erfrischendes genossen wie das kalte Wasser aus dem Hahn, und dem frischgewaschenen Gesicht im Spiegel sah man die überstandene Angst nicht an. Er schaute auf die Uhr und konnte es nicht glauben: Es war noch nicht einmal eins, weniger als eine Stunde war er weg gewesen, und dabei war es ihm vorgekommen wie ein halbes Leben.

Im Restaurant saßen sie noch alle vor ihren Mistkratzerli, und die Frau mit den zwei weggestorbenen Männern hatte tatsächlich den Platz neben sich für ihn freigehalten. «Hat der Spaziergang gutgetan?», fragte sie und drängte ihm ein Pouletflügeli und ein Häufchen Salat von ihrer Portion auf, holte beim Buffet Teller und Besteck für ihn und stand sogar noch ein zweites Mal auf, weil sie die Papierserviette vergessen hatte.

Nach dem, was er hinter sich hatte, kam ihm die Alltäglichkeit der Situation total fremd vor, die Steinsäulen, die das Tonnengewölbe trugen, wie die Totempfähle einer exotischen Kultur. Zum Glück erwartete seine Nachbarin nicht, dass er sich zu gleichen Teilen am Gespräch beteiligte; solang er an der richtigen Stelle ihres Monologs ein «Interessant!» oder «Tatsächlich?» einwarf, war sie völlig zufrieden.

Als am Tisch der anderen Reisegruppe laut gelacht wurde, wollte einer aus ihrem Kreis, vom zweiten Halbeli Dôle angeregt, nicht zurückstehen und verlangte lautstark nach Ruhe, er habe einen sauglatten neuen Witz gehört, den wolle er jetzt erzählen. Der Witz spielte in einer Zeit, in der die Todesstrafe wieder eingeführt war, ein Mann lag unter dem Schafott, die

Klinge sauste nieder und der Hingerichtete stellte überrascht fest, dass sein Kopf immer noch dran war. Worauf ihn der Scharfrichter hämisch aufforderte: «Nicken Sie doch mal!» Eine Frau am Tisch verstand die Pointe nicht und musste sie sich erklären lassen, worauf sie, um ihren Sinn für Humor zu beweisen, doppelt so laut lachte als alle andern. Unter allgemeinem Hallo wurde beschlossen, zum Kaffee ein Runde Chrüüter zu bestellen, und Weilemanns Nachbarin flüsterte ihm zu, den Schnaps müsse aber er für sie trinken, sie sei überzeugte Anti-Alkoholikerin. Aber sie wehrte sich auch nicht dagegen, dass ein Glas für sie mitbestellt wurde, man wolle ja nicht unangenehm auffallen, meinte sie.

«Nein», sagte Weilemann, «das möchte ich auch nicht.»

31

Für ihre Gruppe war die Führung durch die Folterkammer auf halb drei angesetzt, aber alle standen schon eine Viertelstunde vorher bereit; der Gedanke an all die interessanten Scheußlichkeiten, die sie dort erwarteten – «Kein Zutritt für Minderjährige» –, hatte sie ungeduldig gemacht. Es wurde viel und laut gelacht, eine ähnlich überdrehte Stimmung, erinnerte sich Weilemann, wie damals, als er sich einmal als Fünfzehnjähriger mit zwei Gymi-Kollegen in einen Pornofilm geschmuggelt hatte. Er selber wäre lieber im *Burgkeller* sitzengeblieben, aber den Höhepunkt im Tagesprogramm einfach auszulassen war natürlich nicht möglich, das wäre zu auffällig gewesen.

Die Türe der Folterkammer war mit bedrohlichen Eisenstacheln gespickt, ganz schön gefährlich, dachte Weilemann, wenn im Vorraum ein Gedränge herrscht wie jetzt. Aber als sie dann – «Zwei Minuten zu spät!», beschwerte sich jemand – endlich eingelassen wurden, stellte er fest, dass die Stacheln nicht aus Eisen waren, sondern aus Gummi, eine Imitation, wie eigentlich alles, was den patriotischen Besuchern dieser Burg präsentiert wurde.

Die Führung durch das angenehm kühle Kellergewölbe leitete ein alter Herr mit einem gepflegten weißen Bart; er stellte sich als pensionierter Geschichtslehrer vor, «irgendwo muss ich meinen pädagogischen Furor ja ausleben». Als Weilemann das hörte, musste er sofort an einen anderen Geschichtslehrer denken: Fischlin, den er durch den Missbrauch seiner Visitenkarte hoffentlich nicht in Schwierigkeiten gebracht hatte. «Betrachten Sie sich alle als meine Schüler», sagte der Guide, «ich verspreche Ihnen auch, dass es hinterher keine Prüfung geben wird.» Dankbares Gelächter.

Als Erstes wurde ihnen eine Streckbank vorgeführt. «Möchte sich jemand freiwillig als Versuchsobjekt zur Verfügung stellen?», fragte der Geschichtslehrer, was noch mehr Gelächter auslöste, die Gruppenfröhlichkeit einer Schulreise. Der Guide erklärte die Funktion der Streckbank akribisch und ließ die Gruppe raten – man muss die Schüler am Unterricht beteiligen –, nach wie viel Umdrehungen der Kurbel mit dem ersten auseinandergerissenen Gelenk zu rechnen sei. «Heute sind wir auf solche Geräte zum Glück nicht mehr angewiesen», sagte er, «mit einer guten Überwachung lassen sich Täter auch ohne derart grobschlächtige Mittel überführen.»

Vielleicht hatte es im *Haus Abendrot* ja doch Überwachungskameras gegeben.

«Wer von Ihnen weiß, was ein gespickter Hase ist?» Der auf

kulinarische Dinge spezialisierte Reiseteilnehmer meldete sich sofort, streckte tatsächlich auf wie in der Schule, aber sein Wissen über Meringues und Mistkratzerli half ihm hier nicht weiter. Der gespickte Hase entpuppte sich als Fachausdruck für eine mit Dornen besetzte Rolle, die man in die Streckbank einbaute, um dann den Delinquenten darüber hin und her zu ziehen, «wie den Apfel über eine Bircher-Raffel und etwa mit demselben Effekt».

Man sah den Zuhörern an, dass sie von der Vorstellung einer solchen Folter fasziniert waren. «Hat man ihnen dann hinterher Salz in die Wunden gestreut?», wollte eine mütterlich wirkende Dame wissen und schien enttäuscht, als der Referent verneinte, das sei zwar eine gute Idee – man muss die Schüler loben, das fördert ihre Motivation –, aber er habe in der wissenschaftlichen Literatur noch nie etwas von einer solchen Methode gelesen, das könne auch daran liegen, dass Salz damals sehr teuer gewesen sei.

Die Strategen der Eidgenössischen Demokraten haben es mit ihrer Aktion für die Wiedereinführung der Todesstrafe mal wieder richtig getroffen, dachte Weilemann, Folterungen und Hinrichtungen waren offenbar ein Thema, das die Leute faszinierte.

Daumenschrauben – «oder Daumenstöcke, wie es korrekt heißen müsste» – gab es in den verschiedensten Ausführungen, aber sie stießen bei den Zuhörern auf wenig Interesse. Wie gelangweilte Schüler fingen sie an, sich zu unterhalten und ihre eigenen Erfahrungen mit eingequetschten Gliedmaßen auszutauschen, den Fuß in der Drehtüre und die Hand unter dem Klavierdeckel. Bei der eisernen Mundbirne, mit der man jemandem das Maul bis zum Kieferbruch aufsperren konnte – «Seien Sie froh, dass Ihr Zahnarzt dieses Gerät noch nicht entdeckt hat!» –, hörten sie dann wieder besser zu, und die Judaswiege, die dem in einer Schlaufe aufgehängten Opfer eine Metallspitze in den «Sie wissen schon» bohrte, löste geradezu Begeisterung aus. Umso größer war die Enttäuschung, als der bärtige Geschichtslehrer erklärte, es handle sich bei dem hier gezeigten Modell um einen Nachbau und man könne nicht mit letzter Sicherheit sagen, ob ein solches Gerät tatsächlich jemals verwendet worden sei.

Die Führung ging noch eine ganze Weile weiter, aber Weilemann hörte nichts mehr von dem, was ihr Guide ihnen alles erzählte. Sein Kopf hatte angefangen, ihn bei jedem der Instrumente selber in die Rolle des Gefolterten zu projizieren, was natürlich völliger Unsinn war, man lebte ja nicht mehr im Mittelalter, und trotzdem kam er von der Vorstellung einfach nicht los, nicht nach dem Schreckmoment, den er durchlebt hatte. Schmerzen hatte er noch nie gut ertragen, überhaupt keine körperlichen Unannehmlichkeiten, darum hatte er heute auch nur wegen dem bisschen Hitze diese riesige Dummheit gemacht; Doris hatte schon recht gehabt, wenn sie ihn einen Jämmerling nannte, weil er sich wegen jeder kleinen Grippe gleich ins Bett legte. Mir hätte man die Daumenschrauben oder den spanischen Stiefel nur zeigen müssen, überlegte er, und ich hätte sofort alles erzählt, die schlimmsten Schandtaten hätte ich mir ausgedacht, nur um etwas zum Gestehen zu haben. Aber – Feigheit hat auch ihr Gutes – ich hätte es gar nicht so weit kommen lassen, ich wäre vorher geflohen, hätte mich irgendwo unter falschem Namen verkrochen. Damals, als es noch keine Personalausweise und keine Gesichtserkennungs-Software gab, wäre das noch möglich gewesen, während heute … Ich müsste mich wirklich verstecken, dachte er, das wäre das Beste, irgendwo, wo mich niemand vermutet, es müsste ein Ort sein, von dem aus ich meine Nachforschungen unbeobachtet weiterführen kann, aber einen solchen Ort gab es eben nicht, nicht in der Schweiz, nicht im 21. Jahrhundert, da lebte man permanent wie in einem Röntgengerät, man hätte ebenso gut aus Glas sein können, und Tarnkappen, die einen unsichtbar machten, gab es nur in Romanen.

Er wurde aus seinen Gedanken gerissen, weil er plötzlich eine fremde Hand in der seinen spürte; sie hatte sich dort eingeschlichen wie ein Einbrecher. Die Frau, die ihn schon seit der Abfahrt in Zürich nicht in Ruhe gelassen hatte. Jetzt drückte sie sich an ihn und sagte leise: «Ich halte es fast nicht aus. Es ist alles so schrecklich, finden Sie nicht auch?»

«Ja, schrecklich.»

«Aber notwendig», flüsterte die Frau. «Ich meine: Wie hätten sie die Täter sonst überführen sollen?»

Oder die Hexen, dachte Weilemann, während er seine Hand möglichst unauffällig wieder befreite.

Die Führung war unterdessen bei der eisernen Jungfrau angekommen, dem Glanzstück der Ausstellung, das auch auf dem Werbeflyer der Burg abgebildet war. «Die Jungfrau ist ein echtes Mehrzweckgerät», dozierte der Guide. «Wer kann mir sagen, warum?» Es meldete sich niemand, was der alte Geschichtslehrer mit einem Spruch kommentierte, den er bestimmt schon tausendmal gemacht hatte: «Nicht alle auf einmal!» Dann erklärte er, das Raffinierte an der eisernen Jungfrau sei, dass dieselbe Konstruktion sich nicht nur als Folter-, sondern auch als Hinrichtungsgerät verwenden lasse, es komme nur auf die Länge der nach innen gerichteten Nägel oder Dolche an. Die Mitglieder der Reisegruppe drängten sich um die geöffnete Figur, einer der Männer, in für sein Alter überraschender Gelenkigkeit, kniete sich sogar auf die Steinfliesen und studierte den Boden der Foltermaschine. Dann schüttelte er den Kopf und meinte: «Ich bin mein Leben lang Sanitär gewesen, und als Fachmann sieht man sofort, dass hier etwas fehlt. Es muss doch einen Abfluss für das Blut gegeben haben, sonst hatte man die Sauerei ja überall.» Die andern stimmten ihm zu; einen Menschen grausam ums Leben bringen, das war eine Sache, aber ein dreckiger Fußboden, also wirklich, da musste doch etwas dagegen unternommen werden. Ihr Guide, der zu dem Thema keine Informationen zu bieten hatte, merkte, wie seine Autorität ins Wanken geriet, und mahnte zur Eile, die andere Reisegruppe wolle auch noch drankommen.

Letzte Station: das Verlies. Außer ein paar an den kahlen Mauern befestigten Ringen, wie sie jeder Kuhstall auch zu bieten hatte, gab es hier nichts Spektakuläres zu sehen, aber als plötzlich das Licht ausging und im Dunkel aus einem Lautsprecher Kettenklirren und Stöhnen erklang, herrschte bald die angenehme Gruselstimmung einer Geisterbahn. «Wer hier eingesperrt war», sagte der Reiseführer, «war aus der Welt verschwunden, seine Angehörigen wussten nicht einmal, ob er noch lebte oder schon tot war.»

Das war der Moment, in dem Weilemann seinen Einfall hatte.

Noch war es nicht notwendig, sich zu verstecken, überlegte er, aber das konnte sich schnell ändern, zum Beispiel wenn sich herausstellen sollte, dass sie ihn bei seinem abverreckten Besuch im *Haus Abendrot* doch identifiziert hatten, wenn sie – wie auch immer, mit welchen Methoden auch immer – herausgefunden haben sollten, wer da hinter ihrem Geheimnis her war. Wenn man dann so einen Fluchtort brauchte, für ein paar Stunden oder ein paar Tage, ein Schlupfloch, in dem man spurlos verschwinden konnte, so vollständig, dass – Wie hatte der blutrünstige Pädagoge das formuliert? – noch nicht einmal die Angehörigen wussten, ob man lebte oder tot war, was konnte es dann für einen sichereren Aufenthaltsort geben als die Wohnung einer Frau, die man gerade erst kennengelernt hatte, aus purem Zufall, weil in einem Reisebus kein anderer Platz frei gewesen war als der neben ihr, und die deshalb niemand mit einem in Verbindung bringen konnte?

Es war eine verrückte Idee, natürlich, aber die ganze Situation war verrückt, und es war ja nicht so, dass es gleich sein musste, es war nur ein Plan B, eine Rückzugsposition für den Notfall, man zahlte auch jeden Monat die Unfallversicherung, obwohl man hoffte, man würde nie einen Unfall haben.

Die Frau stand direkt neben ihm, sehen konnte er sie nicht, aber er kannte unterdessen den schwachen Geruch nach Tee und Schweiß, der von ihr ausging, und so tastete er im Dunkeln nun seinerseits nach ihrer Hand und hielt sie fest.

«Gruseln Sie sich?», flüsterte sie, und er flüsterte zurück: «Eigentlich ist es sehr angenehm. Vor allem, weil ich Sie neben mir habe. Finden Sie nicht auch?»

Wie als Antwort erklang ein schriller Schmerzensschrei, der alle zusammenzucken ließ, er kam aber nicht von ihr, sondern aus dem Lautsprecher, ein letzter Toneffekt, bevor das Licht wieder anging. Die Frau, deren Hand er hielt, schaute ihn nicht an.

«Damit ist die Schulstunde zu Ende», sagte der bärtige Reiseführer, und ein paar Leute begannen zu applaudieren, merkten, dass sie die Einzigen waren, und hörten verlegen wieder auf.

Ein Mann mit einem Hörgerät, der die Lautstärke der eigenen Stimme wohl nicht einschätzen konnte, fragte so laut, dass es alle mitbekamen: «Meinst du, man muss ihm ein Trinkgeld geben?» Seine Frau brachte ihn mit einem Puff zum Schweigen, aber Weilemann konnte sehen, wie die Männer der Gruppe – nur die Männer, nicht die allein reisenden Frauen – nach ihren Portemonnaies fingerten.

«Ein Trinkgeld wird gern angenommen», sagte der Reiseführer. «Und wer seine Kenntnisse noch weiter vertiefen möchte, kann meine Broschüre *Folter- und Hinrichtungsmethoden des Mittelalters* erwerben. Nur fünf Franken, mit Abbildungen. Ich danke für Ihre Aufmerksamkeit.»

«Darf ich Ihnen so eine Broschüre schenken?», fragte Weilemann seine Nachbarin. Sie nahm das Angebot mit einem so verlegenen Kopfnicken an, als handle es sich um einen Strauß roter Rosen.

Draußen war es immer noch sehr heiß, und sie waren froh, dass der Fahrer die Kühlung im Bus rechtzeitig eingeschaltet hatte.

32

«Sie sind mir einer!» Die Frau neben ihm kicherte schon wieder. «Zuerst stur wie ein Holzbock, und dann plötzlich ein richtiger Don Schuan.»

Sie sprach den Namen falsch aus, und er korrigierte sie nicht; im Jenseits würde ihm dieser Akt der Selbstbeherrschung einmal am Fegefeuer angerechnet werden. Jetzt waren nur Nettigkeiten angesagt, Honig ums Maul. Die beiden Chrüüter, die er auf fast leeren Magen hatte trinken müssen, machten ihm die Verstellung leichter, fast ein bisschen übermütig war er davon geworden. Aber, mit oder ohne Alkohol, man war ja kein Anfänger in diesen Dingen, Flirten war wie Fahrradfahren, das verlernte man nicht. Ein großer Don Schuan war er nie gewesen, aber was Frauen gern hören, das wusste er immer noch. Sie habe ausdrucksvolle Augen, hatte er also seiner Sitznachbarin erklärt, man merke ihr an, dass sie oft sehr einsam sei. Sie hatte geseufzt wie eine kranke Kuh und gemeint, er wisse ja gar nicht, wie gut es tue, von einem anderen Menschen so verstanden zu werden.

Es war keine schwierige Eroberung gewesen, kaum hatte er seinen Charme den ersten Angriff reiten lassen, da wurde die Zugbrücke – der Vergleich fiel ihm ein, weil sie gerade eine Burg besichtigt hatten – auch schon freiwillig heruntergelassen, und das Eingangstor stand sperrangelweit offen. Weilemann machte sich keine Illusionen: Der schnelle Erfolg hatte weniger mit seinen Verführungskünsten zu tun als mit ihrer Hoffnung, die Sammlung von Kantonsansteckern auf ihrer Strickjacke um ein viertes Exemplar erweitern zu können. Sie heiße Trudi, sagte sie, in einem Ton, als ob sie ihm damit ein ganz großes Geheimnis anvertraue, Gertrud eigentlich, aber das klinge so bünzlig, und bünzlig sei sie überhaupt nicht, im Gegenteil, mit ihr könne man Pferde stehlen. Es war Weilemanns Erfahrung, dass Leute, die das von sich selber sagten, in der Regel nicht einmal als Komplizen bei der Entführung eines Schoßhundes zu gebrauchen waren, was ihn aber nicht daran hinderte zu behaupten, man sehe schon auf den ersten Blick, dass sie eine ganz ungewöhnliche Frau sei, und er könne sich durchaus Gelegenheiten vorstellen, in denen er nicht nur Trudi zu ihr sagen würde, sondern sogar Trudeli. Wenn sie errötete, traten die Altersflecken in ihrem Gesicht hervor wie von innen her beleuchtet.

Wie er denn heiße, wollte Trudi wissen.

«Kurt.»

«Und wie noch?»

Kurts gab es viele, das war ungefährlich, aber vom Weilemann durfte sie nichts wissen. Er tätschelte ihr deshalb die Hand, statt zu antworten, und meinte, sie werde ihn doch nicht mit seinem Familiennamen anreden wollen, schon gar nicht in gewissen Situationen, sie wisse schon, was er meine.

«Du bist mir einer!», kiekste die Frau, aufs Glücklichste schockiert.

Er war froh, dass niemand etwas von dieser peinlichen Turtelei mitbekam, manchmal war es ja notwendig, sich zum Affen zu machen, aber man brauchte nicht auch noch Publikum dabei. Zum Glück war der Rest der Reisegesellschaft anderweitig beschäftigt, sie hatten angefangen zu singen, behaupteten mehrstimmig, das Schweizerländchen sei zwar klein, aber schöner könnt's nicht sein, und ließen sich von dieser Behauptung auch nicht durch die Hässlichkeit der Industriebauten abbringen, die auf beiden Seiten der Autobahn an ihnen vorbeizogen.

Er ließ sich Trudis Telefonnummer aufschreiben, eine Festnetznummer, das war bei ihrem Jahrgang zu vermuten gewesen, und versprach, sich bestimmt ganz bald bei ihr zu melden, dann könne man wieder ein Reislein zusammen machen, zum Kloster Fahr vielleicht, oder man könne sich – sie kicherte schon, bevor er den Satz zu Ende gebracht hatte – für etwas ganz anderes treffen. Weil ihre Hand unterdessen schon auf seinem Bein lag und von dort nicht mehr wegzubringen war, startete er ein Ablenkungsmanöver und behauptete, jetzt sei ihm von der Fahrt doch ein bisschen schlecht geworden, und ob sie noch einen Schluck von dem wunderbaren Nelkenwurz für ihn habe. Bis Spreitenbach war sie daraufhin damit beschäftigt, ihm die heilenden Eigenschaften der verschiedenen Sorten von Kräutertee zu erläutern, und dann begannen die Mitreisenden auch schon, ihre überflüssigerweise mitgenommenen Mäntel aus den Gepäckfächern zu fischen. Es war Weilemann schon oft aufgefallen, dass es immer die Leute mit der meisten Zeit waren, die es im Tram oder im Bus mit dem Ein- und Aussteigen am eiligsten hatten.

Im gekühlten Car hatte man das Wetter nicht mehr gespürt; im Kontrast dazu fühlte sich die schwüle Hitze, die sie in Zürich erwartete, wie eins dieser feuchtwarmen Tücher an, die ihm sein neuer Coiffeur nach dem ersten Haarschnitt angeboten hatte, wohl um mit dieser unnötigen Dienstleistung seine viel zu hohen Preise zu rechtfertigen. Weilemann befürchtete schon, Trudi würde zum Abschied einen Kuss von ihm erwarten, aber das blieb ihm dann doch erspart. Ob man nicht noch ein Käfeli zusammen nehmen wolle, fragte sie nur, und das war leicht abzuwenden, er habe noch dringend etwas zu besprechen, sagte er, und dazu müsse er jemanden unbedingt noch vor Ladenschluss erwischen. Das war nicht einmal gelogen, oder doch nicht ganz, es war ihm nämlich eingefallen, dass die Neugasse nur wenige Schritte vom Carparkplatz entfernt war, da konnte er doch, bevor sie dort zumachten, im Brockenhaus vorbeigehen, unter dem Vorwand, er wolle sich für das Besorgen der Bücher bedanken, und bei der Gelegenheit unauffällig in Erfahrung bringen, ob sich schon jemand nach Fischlin erkundigt hatte. Er verabschiedete sich also von Trudi – «Ja, ich rufe an, versprochen ist versprochen!» – und marschierte los. Er musste sich nicht umsehen, um zu wissen, dass sie ihm nachschaute, bis er auf der anderen Seite der Limmatstraße um die Ecke gebogen war.

Der mickrige Pouletflügel und die paar lampigen Salat-
blätter hatten seinen Appetit mehr angeregt als gestillt, und so
machte er einen kleinen Umweg, um sich mit etwas Essbarem
zu versorgen. Ein vernünftiger Mensch hätte sich bei den
Temperaturen mit einem alkoholfreien Getränk begnügt, aber
Weilemann war heute kein vernünftiger Mensch, sein Durst
ließ sich nur mit einem Bier löschen, außerdem hatte er Hunger, und gleich neben dem Hinterausgang des Hauptbahnhofs
kannte er die beste Dönerbude der Stadt. Sie hatte sich seit
seinem letzten Besuch nicht verändert, Mansur, der kurdische
Besitzer, stand immer noch hinter dem Tresen, nur Döner gab
es keine mehr, Mansur hatte auf Bratwürste und Cervelats
umgestellt, sein altes Angebot werde nicht mehr gern gesehen,
und er habe nur einen Ausweis B, da müsse er vorsichtig sein.
Immerhin, seine legendäre scharfe Sauce führte er immer
noch, die passte zu allem, und zusammen mit einer Kalbsbrat-
wurst ergab das – nur viel billiger als im *Schlachthof* – auch so
eine Art schweizerisch-asiatischer Fusion-Küche.

Frisch gestärkt machte sich Weilemann auf den Weg zur
Neugasse. Es war immer noch so heiß, dass ihm der Asphalt
regelrecht an den Sohlen klebte – warum eigentlich «regelrecht», fragte er sich, was sollte das für eine Regel sein? Er war
froh, dass es bis zum Brockenhaus nicht mehr weit war; im
Gebäude drin war es bestimmt angenehm kühl. Doch als er
dort ankam, war die Eingangstüre versperrt, obwohl doch
direkt daneben eine Tafel über die Öffnungszeiten informierte, 09:00 bis 18:30, und es war erst kurz nach halb sechs.
Vielleicht haben sie heute Inventar, dachte Weilemann, wenn
er sich auch nicht recht vorstellen konnte, wie man in so einer
Sammlung von altem Gerümpel ein Inventar aufnehmen
sollte. Er spienzelte durch die Glasscheibe und sah, dass die

Angestellten in einer Gruppe zusammenstanden und sich unterhielten. Hatten wahrscheinlich keine Lust, bei der Hitze zu arbeiten, oder einer von ihnen hatte Geburtstag, und das wurde gefeiert. Er entdeckte eine Klingel – «Bei Anlieferungen außerhalb der Geschäftszeit bitte läuten» –, konnte die Glocke auch bis auf die Straße hinaus schellen hören, aber niemand reagierte darauf. Schlampereien hatten ihn schon immer geärgert, und sein Geduldsfaden war mit den Jahren nicht reißfester geworden; wer immer das Wort «Altersmilde» erfunden hatte, war kein Menschenkenner gewesen. Er klopfte an die Türe, trat dann, als keiner darauf hören wollte, sogar mit dem Fuß dagegen, bis schließlich einer von den Brockenhaus-Leuten doch noch aufschaute, aber statt zur Türe zu kommen nur abwehrend mit den Händen fuchtelte. So einfach ließ sich ein Weilemann nicht abfertigen; Öffnungszeiten waren Öffnungszeiten, und wenn er schon in der Hitze hierhergelatscht war … Er merkte, dass ihn die unerwartete Störung seiner Pläne wütender machte, als die Sache es wert war; die Aufregungen des Tages hatten ihn dünnhäutig werden lassen. Aber, dünnhäutig oder nicht, er fühlte sich im Recht; selbst wenn sie, aus welchem Grund auch immer, früher geschlossen hatten, konnten sie ihn doch trotzdem hereinlassen, er wollte ja nichts kaufen, sondern nur Fischlin besuchen, der war bestimmt noch da, der Eigenbrötler unterhielt sich wahrscheinlich auch noch nach Feierabend mit seinen Büchern. Also weiter anklopfen.

Endlich löste sich ein Mann aus der Gruppe, derselbe, der über Weilemanns Sack voller Bücher die Nase gerümpft hatte, und öffnete die Türe einen Spalt breit, ohne die Sicherheitskette zu lösen. «Tut mir leid», sagte er, «wir haben geschlossen.» Die Stimme überraschend dünn.

«Es ist noch nicht halb sieben.»

«Ich weiß», sagte der Mann. «Aber wir haben einen ...» Er suchte nach dem richtigen Wort und ergänzte dann fast unhörbar leise: «... einen Notfall.»

«Ich werde Sie dabei nicht stören», sagte Weilemann, «ich will nur schnell in den Keller.»

«In den Keller?» Der Mann machte ein so erschrockenes Gesicht, als ob Weilemann etwas total Bedrohliches gesagt hätte.

«In Ihren Bücherkeller, ja.»

«Sie wollen ...?»

«Soll ich Ihnen eine Zeichnung machen?» Ironie war in solchen Fällen nie der richtige Ton, Weilemann wusste das, aber wenn jemand so schwer von Begriff war, konnte er einfach nicht widerstehen. Ließ ihn da in der Hitze stehen und hatte nicht einmal die Höflichkeit, die Türe ganz aufzumachen.

«Sind Sie von der Polizei?», fragte der Mann.

Jetzt war es an Weilemann, überrascht zu sein. «Wie kommen Sie darauf?»

«Ihre Kollegen waren schon hier. Fast zwei Stunden lang. Sie haben alles aufgenommen und uns ausgefragt. Aber es hat wirklich niemand etwas gehört. Darum haben wir es ja auch erst sehr viel später bemerkt.»

«Was bemerkt?»

Der Mann öffnete den Mund, schloss ihn wieder, schluckte leer und sagte dann: «Wir haben geschlossen, tut mir leid.» Er wollte die Türe schließen, aber Weilemann hatte seinen Fuß in die Öffnung geschoben.

«Ich will nur jemanden besuchen. Den Herrn Fischlin. Er hat ein Buch für mich aufgetrieben, und ich möchte ...»

Der Mann starrte ihn an. Weit aufgerissene Augen und ein zittriges Kinn. Als ob er gleich in Tränen ausbrechen würde.

«Was ist denn los?»

«Der Fischlin ist nicht da», brachte der Mann mühsam heraus.

«Können Sie mir sagen, wann er morgen …?»

«Der Fischlin kommt nicht mehr.»

«Hat man ihn entlassen?»

«Er war gar nicht richtig angestellt. Er hat das nur aus Hobby …» Jetzt hatte der Mann tatsächlich Tränen in den Augen.

«Verdammt nochmal, was ist mit Fischlin?»

«Er ist tot», sagte der Mann. «Ein Bücherregal ist umgestürzt und hat ihn erschlagen. Würden Sie jetzt bitte Ihren Fuß aus der Türe nehmen?»

33

Er war schuld an Fischlins Tod. Hätte nicht schuldiger sein können, wenn er ihn mit eigenen Händen …

Denn natürlich war es kein Unfall gewesen, nicht an dem Tag, an dem er Fischlins Visitenkarte als die seine ausgegeben hatte, solche Zufälle gab es nicht. Sie hatten Fischlin aus dem Weg geräumt, und eine Erklärung dafür erfunden, so wie sie für den Mord an Derendinger eine Erklärung erfunden hatten und viele Jahre vorher für den an Morosani. Von einem umstürzenden Regal erschlagen, leider nicht stabil genug an der Wand befestigt, mangelnde Fürsorge des Arbeitgebers, das Brockenhaus wird sich zu verantworten haben. Eine Akte würde man anlegen, nur um sie schnell in einem Ordner verschwinden zu lassen, eine Untersuchung würde man einleiten, und das Ergebnis würde feststehen, bevor sie angefangen hatte. Ein bedauerlicher Betriebsunfall, dumm gelaufen, aber so etwas kam leider vor. So wie Selbstmorde vorkamen, Journalisten, die sich vom Lindenhof hinunterstürzten und dann blutend unter eine Blache lagen.

Keine sehr überzeugende Geschichte, aber sie hatten nicht genügend Zeit gehabt, um sich eine bessere auszudenken. Man hatte ihnen den Namen gemeldet, den Arbeitsort, und sie hatten sich auf den Weg gemacht.

Während Weilemann noch in diesem Bus gesessen und den Don Juan gespielt hatte.

Den Don Schuan.

Es war seine Schuld.

Sie würden zu zweit gekommen sein oder zu dritt. Ein Regal voller Bücher ist schwer, und einer allein kippt es nicht so leicht um, schon gar nicht, wenn er seine Kraft schon gebraucht hat, um jemanden totzuschlagen.

Beim Hereinkommen hatten sie vielleicht behauptet, dass sie etwas zum Lesen suchten.

Nein, sie würden gar keine Ausrede gebraucht haben. Im Brockenhaus war es normal, dass man einfach hereinflanierte und sich umschaute; mal sehen, ob sich etwas Interessantes findet, eine Kaffeemühle vielleicht, eine antike Barbiepuppe, oder wie wäre es mit einem Buch? Ja, ein Buch ist eine gute Idee. Schauen wir doch mal in den Keller, was sie dort haben. Und dann …

Fischlin war tot, und er, Weilemann, hatte ihn umgebracht.

Er hatte ihm nicht, wie die Figur auf dem Titelbild von *Der Boss der Bosse*, mit einem Revolver aufgelauert, aber um schuldig zu werden, muss man einem Menschen das Zyankali nicht persönlich in den Kaffee schütten, es genügt, dass man es besorgt hat. Dass man in seiner Hosentasche eine Visitenkarte gefunden hat und sie einer Frau hingestreckt und gesagt: «Mein Name ist Fischlin.» Es genügt, dass man in Kauf genommen hat, was damit ausgelöst werden konnte.

Nein, nein, nein, er hatte nichts in Kauf genommen, verdammt nochmal! Man hatte nicht wissen können ...

Doch, Weilemann, das hätte man wissen können. Hätte es sogar wissen *müssen*, wenn man der geniale Journalist sein will, der Mann mit der unfehlbaren Spürnase, der Schachspieler, der immer ein paar Züge vorausdenkt. Wenn man nicht zugeben will, dass man nicht mehr ist als ein abgewrackter, aussortierter, zu nichts mehr zu gebrauchender ...

Nein! So war es nicht! Wie kam er dazu, sich vor sich selber als Mörder anzuklagen? Ja, natürlich, einen Fehler hatte er begangen, er machte sich da nichts vor, jeder macht mal einen Fehler. Es war idiotisch von ihm gewesen, ohne vorbereitete Geschichte in dieses Altersheim hineinzumarschieren. Nur weil dort ein Getränkeautomat stand, nur weil er Durst hatte, nur weil es an diesem Tag so heiß war, nur ...

Wenn die Sonne nicht geschienen hätte, könnte Fischlin noch am Leben sein.

Ein Fehler, okay. Aber was dann hinterher passierte, das war nicht zu erwarten gewesen. Damit konnte man nicht rechnen. Es war überhaupt nicht logisch, dass sie so direkt ...

Sie hätten sich doch nur erkundigen brauchen. Ein einziger Anruf hätte genügt. Auf Fischlins Visitenkarte stand sogar die Telefonnummer des Brockenhauses. «Bookfinder» hatte er als Berufsbezeichnung angegeben. Englisch. Das waren am Gymnasium seine Fächer gewesen, Englisch und Geschichte. Ein

Anruf, und sie hätten gewusst, dass er dort den ganzen Tag in seinem Keller herumgekramt hatte. Dass er nicht gleichzeitig im *Abendrot* gewesen sein konnte. Dass sich dort ein anderer für ihn ausgegeben hatte. Dass es dieser andere war, nach dem sie suchen mussten. Das wäre logisch gewesen. Ein einziger Anruf.

Aber sie hatten nicht angerufen.

Und jetzt war Fischlin tot.

Weilemann war schuld.

Hinter all den Selbstvorwürfen, das war das Übelste, hinter all den Schuldzuweisungen und Ausreden lauerte die ganze Zeit noch etwas anderes: ein verstecktes Gefühl der Erleichterung. Erleichterung, ja, ein heimlicher Gedanke, der sich eingeschlichen hatte wie ein Intrigant, so wie sich Trudis Hand in die seine geschlichen hatte. Dieser Tod – nein, nicht einfach Tod, das war das falsche Wort, dieser Mord – hatte für Weilemann selber eine positive Seite. Er profitierte davon. Er wollte das nicht denken und dachte es doch: Wenn sie glaubten, dass Fischlin der Mann war, der heute das *Abendrot* besucht hatte, dass es Fischlin gewesen war, der versucht hatte, aus Läuchli Informationen herauszufragen, dass der Mann, der die alte Geschichte nicht ruhen lassen wollte, Fischlin gewesen war, dann …

Dann würden sie jetzt auch glauben, sie hätten mit dem vorgetäuschten Unfall die Gefahr aus der Welt geschafft, dann würden sie nicht weitersuchen, und das bedeutete, dass er selber …

Aus der Schusslinie. Waffenstillstand. Truppenabzug.

Die Ängste, die er ausgestanden hatte, seine Vorsichtsmaßnahmen, das Buch im Wald vergraben, das war möglicherweise alles völlig unnötig gewesen. Sie konnten ihn gar nicht im Visier gehabt haben, sonst hätten sie seinen ungeplanten Täuschungsversuch nicht so blind akzeptiert. Klar, nach seinem ersten Besuch im *Abendrot* mochten sie eine Beschreibung von ihm gehabt haben, vielleicht von der Betreuerin, die er nach Läuchli gefragt hatte, aber das war bestimmt keine exakte Beschreibung gewesen, und alte Männer gab es wie Sand am Meer. Und als dann ein Mann im entsprechenden Alter im *Abendrot* auftauchte und sich als Doktor Werner Fischlin vorstellte …

Er merkte, wie sehr ihn diese Erkenntnis erleichterte, und schämte sich dafür und war trotzdem erleichtert.

Obwohl ihm Fischlin natürlich leidtat. Ein netter Mann, hilfsbereit, hatte mit der ganzen Sache überhaupt nichts zu tun, ein harmloser Passant, der in eine Schießerei zwischen zwei Gangsterbanden geraten war. Ob er schon tot gewesen war, als sie das Regal über ihn kippten? Und was für ein Regal war das gewesen? Was für eine Sorte Bücher?

Weilemann studierte an diesem Problem herum, bis er realisierte, dass sein Kopf sich mit den völlig falschen Fragen beschäftigte, und dass er das nur tat, um die richtigen nicht stellen zu müssen. Denn die richtige Frage, die einzige, auf die es ankam, das war nicht die nach seiner Schuld oder Nichtschuld an Fischlins Tod, das war eine ganz andere.

Das war die Frage: Wie sollte es denn nun weiter…?

«Vorsicht!»

Jemand hatte ihn am Arm gepackt und zurückgerissen, so heftig, dass er strauchelte und hinfiel. Ein Lieferwagen hätte ihn beinahe überfahren, obwohl dessen automatische Bremse im letzten Moment einen Notstopp eingeleitet hatte. Der Fahrer – Wieso sagte man eigentlich noch «Fahrer», wo sich die Autos doch selber fuhren? – schrie etwas aus dem offenen

Fenster, es klang für Weilemann wie eine fremde Sprache – Englisch hatte Fischlin unterrichtet, Englisch und Geschichte –, und dann drehte sich die Erde wieder weiter, und eine junge Frau beugte sich über ihn – Eliza? Nein, natürlich nicht Eliza – und fragte besorgt: «Ist alles in Ordnung?»

Weilemann, er konnte es nicht zurückhalten, fing an zu lachen, weil das so eine absurde Frage war, nichts war in Ordnung, gar nichts, er versuchte sich aufzurichten und plumpste wieder auf den Hintern zurück und musste auch darüber lachen, bis ihm die Tränen kamen.

Es war besser, wenn die Leute dachten, er weine vor Lachen.

Seine Retterin half ihm auf die Beine, ihre Köpfe kamen sich einen Moment lang nah, und sie verzog ihr Gesicht, hatte wohl seinen Atem gerochen, zwei Chrüüter im *Burgkeller*, und das Bier, dass er zu seiner Bratwurst getrunken hatte. «Ich wollte den Schnaps nicht», sagte er – aus irgendeinem Grund war es ihm furchtbar wichtig, dass diese junge Frau, die er überhaupt nicht kannte, nicht schlecht von ihm dachte –, «aber Trudi trinkt keinen Alkohol.»

«Am helllichten Tag!» Sie schüttelte vorwurfsvoll den Kopf. «In Ihrem Alter und am helllichten Tag!» Rieb die Hände an ihren Jeans, als ob sie sich durch die Berührung mit ihm schmutzig gemacht hätte, schwang ihre Tasche über die Schulter und ging weg, schneller, schien es Weilemann, als man normalerweise auf der Straße geht.

Er musste sich erst mal orientieren, herausfinden, wo er sich überhaupt befand. Nach der Nachricht von Fischlins Tod war er so im Schock gewesen, derart in Gedanken, dass er seine Umgebung gar nicht mehr wahrgenommen hatte, er musste, ohne Absicht, der Neugasse gefolgt sein, hatte denselben Weg genommen wie nach seinem ersten Besuch im Brockenhaus, war wieder bei der Langstraße angekommen, und dort einfach weitergelaufen, auf die Fahrbahn hinaus, ohne nach links oder rechts zu schauen. Hatte den Lieferwagen gar nicht bemerkt.

Es wäre besser gewesen, wenn er mich überfahren hätte, dachte Weilemann. Das hätte eine Menge Probleme gelöst, vor allem für die Leute, die dafür zu sorgen hatten, dass niemand erfuhr, wie der Mord an Morosani wirklich abgelaufen war. Ein bedauerlicher Unfall, würde im Polizeirapport stehen, so wie der Tod von Fischlin ein bedauerlicher Unfall gewesen war. Peng und weg.

Beim Presseverein hatten sie bestimmt einen Dauerauftrag für die Blumensträuße, blauweiße Schleife inklusive. Letzter Gruß. Mussten nur im Laden anrufen und sagen: «Der Nächste, bitte.» Vielleicht würde eine Zeitung einen Nachruf auf ihn in Auftrag geben, «maximal tausend Zeichen, er war ja kein wichtiger Mann». Aber seit Derendinger nicht mehr da war, gab es kaum noch jemanden, der als Autor dafür in Frage kam, dem man nicht erst erklären musste, weshalb man Weilemann einmal Kilowatt genannt hatte.

Markus würde weinen, wenn er die Nachricht bekam – der Gedanke erinnerte Weilemann daran, sich die Tränen aus dem Gesicht zu wischen, es war ja wirklich nicht nötig, dass die Leute sein jämmerliches Gegreine mitbekamen –, ja, sein Sohn würde weinen, nicht aus Trauer, sondern weil Tränen in dieser Situation von ihm erwartet wurden, würde ein paarmal publikumswirksam schniefen und dann zur Tagesordnung übergehen.

Vermissen würde ihn niemand. Doris vielleicht, wenn sie sich überhaupt noch für ihn interessierte. Er hatte sich nach der Scheidung so wenig um sie gekümmert wie sie sich um ihn. Wenn man schon ewig geschieden war, wenn der Mann starb – war man dann trotzdem Witwe?

Trudi würde ein paar Tage auf seinen Anruf warten und dann die Hoffnung aufgeben, ohne großes Bedauern, es war bestimmt nicht das erste Mal, dass sie auf der Jagd nach einem dritten Mann danebengeschossen hatte. Vielleicht gab es auch gegen solche Enttäuschungen einen Kräutertee.

Eliza? Warum sollte sie? Die gemeinsame Recherche war für sie abgeschlossen. «Wir sollten einen Strich unter das Thema machen», hatte sie gesagt.

Trotzdem ... Eliza war der einzige Mensch, mit dem er über die Situation reden konnte.

Er nahm ein Taxi, obwohl das viel zu teuer war.

34

Erst während der Fahrt fiel ihm ein, dass es unvernünftig war, unangemeldet bei Eliza hereinzuplatzen. Wenn sie gerade dabei war, einen Kunden zu betreuen, zu bedienen, wie immer man das in ihrem Gewerbe nannte, dann konnte das peinlich werden. Er hätte vorher anrufen müssen, natürlich, aber sein Handy pendelte zwischen Zürich und Genf hin und her oder war schon im Fundbüro gelandet. Egal, angemeldet oder nicht, er musste mit Eliza reden, jetzt sofort, musste die Ereignisse dieses Tages mit jemandem besprechen, sonst platzte ihm der Kopf. Sie würde zuerst nicht glauben, was er zu erzählen hatte, er hatte es ja selber nicht glauben wollen, aber Schritt für Schritt würde er sie überzeugen, würde ihr zuerst berichten, wie ihm die Diskrepanz zwischen zwei Zahlen aufgefallen war, zwölf Romane von Cäsar Lauckmann oder doch dreizehn, wie ihm Fischlin geholfen hatte, das fehlende Buch zu finden, *Der Boss der Bosse*, und wie er darin diese Parallelen entdeckt hatte, diese unglaublichen Parallelen, Romulus erschießt Remus, und genau so wurde Morosani erschossen. Erst dann würde er zu dem kommen, was heute passiert war, wie er der Frau im *Abendrot* Fischlins Visitenkarte gegeben hatte, und eine Stunde später hatte Fischlin diesen Unfall gehabt, der kein Unfall gewesen war, von einem Regal erschlagen. Er würde ihr alles darlegen, Punkt für Punkt, ganz sachlich, und dann würden sie gemeinsam überlegen, was als Nächstes zu tun war, sie würde klarer denken als er, und dann …

Er hatte keine Ahnung, was dann sein würde.

Vielleicht würde sie ihn einfach für verrückt halten, weil das alles so unglaublich klang, so wie er selber Derendinger zuerst für verrückt gehalten hatte, der böse Alois hat ihn erwischt, hatte er gedacht, und vielleicht würde Eliza das auch von ihm denken, wenn er so völlig neben den Schuhen bei ihr auftauchte. Wahrscheinlich sah er nach diesem Tag auch aus wie einer, der sie nicht mehr alle beisammen hat. Er versuchte sein Aussehen im Rückspiegel zu überprüfen, aber von seinem Platz aus ging das nicht, er sah nur das Gesicht des Fahrers, der seinen Blick misstrauisch erwiderte, in diesem Beruf wusste man nie, was für einen Spinner man gerade aufgelesen hatte. Auch ohne Spiegel konnte sich Weilemann vorstellen, was für einen Eindruck er auf Eliza machen würde: Total verschwitzt, die Haare in alle Himmelsrichtungen, und die Kleider … Nachdem er vom *Abendrot* weggelaufen war, hatte er vor Erschöpfung auf dem Boden gesessen, an der Langstraße war er sogar hingefallen, seine Hosen sahen entsprechend aus, und die Schuhe waren auf dem staubigen Weg unterhalb der Burg auch nicht sauberer geworden.

Sie waren schon fast bei Elizas Haus angekommen, als er einen Brunnen entdeckte; in den alten Quartieren gab es so etwas noch. Er ließ anhalten, was dem Fahrer, der gerade mit einem Sudoku beschäftigt war, überhaupt nicht passte. Als Weilemann dann auch noch in bar, statt wie üblich mit Karte bezahlen wollte, knurrte er etwas von «vorsintflutlich» und «Umstände machen» und ließ sich auch durch ein Trinkgeld nicht besänftigen. Wahrscheinlich hätte er beim Wegfahren gern den Motor aufheulen und die Reifen durchdrehen lassen, aber bei seinem elektronisch gesteuerten Fahrzeug ging das natürlich nicht.

Weilemann wusch sich das Gesicht, hielt sogar den ganzen Kopf unter den wohltuend kalten Wasserstrahl und kämmte sich dann die Haare mit den Fingern, obwohl er es nicht mochte, wenn sie so angeklatscht am Kopf klebten, man sah dann zu deutlich, wie schütter sie geworden waren. Seine Hosen waren für die chemische Reinigung fällig; er klopfte sie sauber, so gut es ging, und stellte dann einen Schuh in die kleine, mit Wasser gefüllte Steinkuhle unter dem Brunnenbecken, um den Staub abzuspülen. Er wollte das auch mit dem andern Schuh machen, als ein junger Mann mit einem Dackel an der Leine vorbeikam und ihn furchtbar beschimpfte, das sei doch kein Putzeimer, sondern der Trinkplatz für die Hunde, und wie es ihm wohl gefallen würde, wenn jemand mit dreckigen Schuhen in seinen Suppenteller trampte? Weilemann wehrte sich nicht, obwohl ihm die eine oder andere Antwort eingefallen wäre, aber wenn er einen bösen Spruch losgelassen hätte, wäre die Auseinandersetzung nur eskaliert, und er konnte auf keinen Fall riskieren, dass am Ende ein Hipo auftauchte und seine Personalien aufnahm. Also murmelte er eine Entschuldigung und ging schnell weiter. Den immer noch staubigen Schuh rieb er am andern Hosenbein sauber, eine Junggesellen-Methode, über die sich Doris immer furchtbar aufgeregt hatte.

Bis zu Eliza war es nicht mehr weit, aber hier am Fußende des Millionärshügels gingen alle Straßen bergauf, und nach dem stressigen Tag strengte ihn sogar diese kurze Distanz an. Endlich bog er um die letzte Ecke, und konnte schon den Hauseingang sehen. Dort kam gerade ein Mann heraus, den wollte er noch vorbeigehen lassen, und dann …

Es war nicht einfach ein Mann. Es war jemand, den er kannte, sehr gut sogar, den er besser kannte als jeden andern.

Markus.

Was hatte Markus hier zu suchen? In dem Haus, in dem Eliza wohnte?

Sein Sohn Markus.

So elegant, wie er ihn noch nie gesehen hatte. Ein weißes Smokingjackett. Verkleidet sah er aus.

War das wirklich Markus? Oder nur jemand, der ihm glich?

Nein, es konnte kein Doppelgänger sein, solche Ähnlichkeiten gab es nicht.

Aber was machte Markus hier? Es war doch nicht möglich, dass er ein Kunde von Eliza war. Nicht in seinem Alter. «Ich bin auf ältere Männer spezialisiert», hatte sie gesagt.

Markus hielt die Türe auf und sagte etwas in Richtung Treppenhaus. Und dann …

Automatisch machte Weilemann einen Schritt rückwärts, so dass er vom Haus aus nicht mehr zu sehen war. Linste nur ganz vorsichtig um die Ecke.

Und dann ...

Eliza.

Auch sie für einen festlichen Anlass angezogen. Ein tief ausgeschnittenes Kleid, in einer Farbe, die perfekt mit ihren roten Haaren harmonierte. Türkis hieß das wohl. Hohe Absätze.

Am nächsten Mittwoch, fiel Weilemann ein, begann hier in Zürich der Delegiertenparteitag der Eidgenössischen Demokraten, wie immer direkt vor dem 1. August, und in diesem Zusammenhang fanden für die Teilnehmer die verschiedensten gesellschaftlichen Anlässe statt. Vielleicht gingen die beiden an eine dieser Partei-Partys, Markus war bei solchen Veranstaltungen bestimmt eingeladen.

Aber Eliza?

Woher kannten sich die beiden?

Aus der Entfernung konnte er nicht hören, was Markus zu ihr sagte, es musste etwas Komisches gewesen sein, denn sie begann zu lachen. Nahm Markus' Arm mit einer ganz selbstverständlichen Bewegung, so wie man es nur mit jemandem tut, den man sehr gut kennt. Wendete den Kopf zu ihm, immer noch lachend.

In seinem ganzen Leben hatte er Markus noch nie etwas Witziges sagen hören.

Untergehakt kamen die beiden auf ihn zu. Weilemann drückte sich tiefer hinter die Ecke. Hatten sie ihn entdeckt? Nein, jetzt blieben sie stehen. Bei einem schwarzen Mercedes blinkten zweimal die Scheinwerfer; Weilemann hatte nicht gewusst, dass sein Sohn einen so eleganten Wagen besaß. Ein Dienstfahrzeug? Markus öffnete für Eliza die Türe zum Beifahrersitz, mit einer Geste, die war überhaupt nicht markusgemäß, die war – auch in seiner Überraschung suchte Weilemann nach dem exakt richtigen Wort –, die war flamboyant, ja, eine flamboyante Geste, wie vom Liebhaber in einer romantischen Filmkomödie. Eliza, auch das erinnerte ihn an eine Kinoszene, zeigte beim Einsteigen viel Bein. Und dann war Markus schon um das Auto herumgegangen und hatte sich hinters Steuer gesetzt, das Ziel musste er schon programmiert haben, denn der Wagen fuhr sofort los, rollte fast lautlos an Weilemann vorbei, die Straße entlang und bog ab und war verschwunden.

Weilemann musste sich an der Hauswand abstützen, um nicht das Gleichgewicht zu verlieren. Die Überraschung war zu viel für ihn.

Nicht nur die Überraschung.

Dass Eliza und Markus sich kannten war die eine Sache. Aber was sich daraus ergab …

Sie hatten sich nicht erst kennengelernt, das war offensichtlich, nicht so, wie sie miteinander umgingen. Damals beim Fall Handschin, als er die beiden Komplizen in diesem Hotelfoyer beobachtet hatte, da war die Vertrautheit zwischen den beiden auch auf den ersten Blick spürbar gewesen. Was er gerade gesehen hatte, ließ keine andere Deutung zu: Die zwei gingen nicht zum ersten Mal miteinander aus. Sie waren aufeinander eingespielt, miteinander vertraut. Aber wenn das so war, dann musste Eliza auch wissen, dass Markus sein Sohn war. Musste es die ganze Zeit gewusst haben. Und trotzdem: Damals, als sie zusammen überlegt hatten, wer die unbekannte Figur auf der Fotomontage identifizieren könnte, und er ihr von Markus erzählt hatte und von dessen Job beim Ordnungsamt, da hatte sie gesagt: «Ich wusste gar nicht, dass du einen Sohn hast.» Hatte überrascht reagiert.

Hatte ihm Überraschung vorgespielt.

Hatte ihn also angelogen.

Aber warum?

Und wenn sich die beiden kannten, drehte sich die Gedankenmaschine weiter, wenn sie sich so intim kannten, wie sie miteinander umgingen, dann bedeutete das …

Dann bedeutete das …

Dann wusste Markus Bescheid über seine Recherchen. Musste schon bei seinem Besuch im Ordnungsamt Bescheid gewusst haben, und Markus gehörte zu den Leuten, die auf gar keinen Fall Bescheid wissen durften. Damals in seinem Büro hatte er sich nichts anmerken lassen, aber das bedeutete nicht, dass es nicht so war, im Gegenteil. Wenn Eliza ihn vorgewarnt hatte – was immer die beiden für eine Beziehung miteinander hatten –, dann musste Markus erst recht so tun, als ob der Besuch seines Vaters eine totale Überraschung für ihn wäre, musste sich, genau wie er es getan hatte, erklären lassen, was Weilemann von ihm wollte, musste die Ausrede, es ginge um eine Abbildung für ein Buch über Schach, scheinbar glauben. Und dabei, das war der einzige mögliche Schluss, würde er genau gewusst haben, um was es in Wirklichkeit ging, würde sich insgeheim über seinen Vater und dessen naiven Täuschungsversssuch amüsiert haben. Zu Markus würde ein solches Doppelspiel passen.

Aber Eliza?

Weilemann hatte ihr vertraut, und er hätte ihr nicht vertrauen dürfen.

Sie war es gewesen, die ihn auf den Fall angesetzt hatte, sie hatte ihn vor dem Krematorium angesprochen, damals nach der Abdankung, Derendinger sei zuerst ihr Kunde gewesen und dann ihr Freund, hatte sie gesagt, er habe ihr Patschuli geschenkt und einen Roman von Cäsar Lauckmann, sie habe ihn sogar zuhause besucht, obwohl sie ihre Kunden sonst nur in ihrer eigenen Wohnung empfing.

Hatte sie gesagt.

Wenn das alles nicht stimmte, wenn das alles gelogen war: Woher hatte sie dann von Derendingers Recherchen gewusst? Warum hatte sie ihn losgeschickt, um noch mehr herauszufinden? Und – das war die Frage, auf die er überhaupt keine Antwort fand: Wenn bekannt war, dass er es war, der hinter der alten Geschichte her schnüffelte – warum hatte Fischlin dann sterben müssen? Hatte Markus auch damit etwas zu tun? Sein Sohn?

«Mir dreht sich der Kopf.» Weilemann hatte die Formulierung immer für ein Klischee gehalten, aber jetzt ging es ihm tatsächlich so. Ihm war schwindlig, so schwindlig, dass er sich nur noch hinlegen wollte, nur noch nach Hause fahren und schlafen. Für ein paar Stunden alles vergessen. «Morgen sieht die Welt wieder ganz anders aus», hatte seine Mutter immer gesagt. Vielleicht gab es ja eine ganz simple Erklärung für alles, und sie fiel ihm bloß nicht ein, vielleicht war einfach zu viel passiert an diesem Tag, vielleicht sah er Gespenster.

Nein, er hatte keine Gespenster gesehen, sondern Markus und Eliza, Arm in Arm.

Jetzt nicht darüber nachdenken. Nach Schwamendingen fahren und sich ins Bett legen, in sein unausstehlich bequemes Bett.

Aber hier oben, wo sich die einflussreichen Bewohner mit einem System von Einbahnstraßen gegen jeden Durchgangsverkehr gesichert hatten, kamen keine Taxis vorbei, und ohne Handy konnte Weilemann auch keines rufen. Vielleicht würden ihm ein paar Schritte guttun, redete er sich ein, jetzt, wo die Hitze des Tages allmählich nachließ, und von hier in die Stadt ging es ja immer nur bergab, das musste doch zu schaffen sein, so weit war es doch gar nicht bis zur Universitätsstraße, und dort gab es bestimmt einen Taxistand.

Er schaffte es bis fast zur Talstation der Seilbahn. Ich gehe wie ein alter Mann, das war sein letzter Gedanke, bevor ihm schwarz vor den Augen wurde.

35

Der Duft von frischgebrautem Kaffee weckte ihn auf.

«Wir behalten Sie zur Kontrolle über Nacht hier», hatte der Arzt gesagt, ein superjunger Doktoren-Azubi, es wäre keine Überraschung gewesen, wenn er unter seinem weißen Kittel kurze Hosen getragen hätte. Aber erschöpft, wie Weilemann war, hätte er sich auch von einem Fünfjährigen mit einem Medizinkoffer aus dem Franz Carl Weber behandeln lassen, solang man ihm nur erlaubte, liegen zu bleiben. Ein Pfleger hatte ihn zu seinem Zimmer geschoben, und auf dem Weg war er wieder eingeschlafen oder ohnmächtig geworden, die Sonde mit der Elektrolytlösung immer noch im Arm. Schon vorher, als er im Krankenwagen einmal kurz aufgewacht war, hatte er die großen Worte, die sie verwendeten, überhaupt nicht verstanden, Dehydratation, Vitalparameter, Sauerstoffsättigung; es war gewesen, als ob er all seine Sprachkenntnisse aus sich herausgeschwitzt hätte, und die paar schäbigen Reste wären eingetrocknet. Auch ihre Fragen hatte er nicht beantworten können; Name, Adresse, Krankenkasse, das war alles zu kompliziert für ihn gewesen. Nur dass er nicht Fischlin hieß, das hatte er noch versucht, ihnen zu sagen, aber er hatte die Worte nicht herausgebracht. Sie mussten dann in seiner Brieftasche den Presseausweis gefunden haben, den er immer noch mit sich herumtrug, obwohl er ihn seit Jahren nicht mehr gebraucht hatte; als er im Krankenhaus wieder zu sich gekommen war, hatte ihn die Krankenschwester mit «Herr Weilemann» angesprochen. «Das Kissen ist so hart», hatte er zu ihr gesagt, aber es war nicht das Kissen gewesen, das ihn am Hinterkopf drückte, sondern ein Verband, er musste beim Umfallen ganz schön auf den Boden gedonnert sein.

Seine Versicherung – mehr konnte man sich als ausrangierter Schreiberling nicht leisten – deckte gerade mal das Allernötigste ab, «dafür bringen sie dich in der Besenkammer unter», ging der Spruch, «und der Spitalabwart operiert dich mit dem Sackmesser». Aber er war in einem Einzelzimmer aufgewacht, größer als sein Schlafzimmer zuhause, mit einem Fenster auf die Parkseite des Uni-Spitals, und auf einem Tablett neben seinem Bett stand ein so üppiges Hotelfrühstück, wie er es seit seiner letzten Dienstreise – Berlin, wenn er sich recht erinnerte – nicht mehr genossen hatte. Er drehte sich gierig zu den Köstlichkeiten hin und riss dabei beinahe die Kanüle, die immer noch in seinem Arm steckte, heraus. Richtigen Kaffee hatte man ihm gebracht, nicht das braune Abwaschwasser, das man in der allgemeinen Abteilung erwartet hätte, und dazu ein weiches Ei, Joghurt, Gipfeli, Butter, Honig und drei Sorten Konfitüre zur Auswahl. Ein Missverständnis, natürlich, sie mussten ihn irrtümlich für einen Privatpatienten halten, aber die Panne war nicht sein Fehler, und was gegessen war, war gegessen. Er hatte Hunger, gewaltigen sogar, das war ein gutes Zeichen, und überhaupt fühlte er sich schon wieder bedeutend besser; Bäume hätte er noch nicht ausreißen können, aber für einen kleineren Strauch würden seine Kräfte schon bald wieder reichen.

Als vermeintlich Mehrbesserer wurde man hier umsorgt wie in einem Grandhotel; er hatte seinen Kaffee noch nicht ausgetrunken, als auch schon eine nette ältere Dame – «Hotellerie» stand auf ihrem Namensschild – hereinkam und ihn fragte, ob sie ihm noch einen zweiten brauen dürfe. «Wieder ein doppelter Espresso? Ihr Sohn hat uns gesagt, dass Sie das am liebsten mögen.»

«Mein Sohn?»

«Ja, der das Privatzimmer für Sie organisiert hat. Ist es nicht schön, wenn sich Kinder so nett um ihre Eltern kümmern?»

Das Frühstück schmeckte ihm auf einmal überhaupt nicht mehr.

Markus?

Weilemanns Kopf hatte Pause gemacht, hatte eine solche Pause auch dringend gebraucht, aber jetzt fiel ihm alles wieder ein, dass Markus und Eliza sich kannten, und was das bedeuten konnte, dass seinem Sohn, seinem eigenen Sohn, nicht zu trauen war, dass man vielleicht sogar vor ihm Angst haben musste, so wie man eben Angst bekommt vor Dingen, die man verstehen müsste und trotzdem nicht versteht.

Woher hatte Markus gewusst, dass Weilemann hier war? Natürlich, im Krankenhauscomputer würde sein Name aufgetaucht sein, und im Ordnungsamt – was immer sie dort genau trieben – hatten sie bestimmt auch darauf Zugriff. Aber bedeutete das nicht, dass Markus ihn überwachte? Ließ er sich alles melden, was mit seinem Vater zu tun hatte? Warum?

Oder hatten sie vom Spital aus bei ihm angerufen? Warum sollten sie das tun? Von seiner Verwandtschaft mit Markus stand nichts in seinem Presseausweis. Okay, Weilemanns gab es nicht wie Sand am Meer, aber es würde trotzdem niemand die ganze Liste aus dem Telefonbuch abtelefoniert haben. Komisch eigentlich, dass man immer noch Telefonbuch sagte, obwohl es schon lang kein Buch mehr war. Aber noch komischer – nicht komisch-hahaha, sondern komisch wie seltsam –, noch viel komischer war, dass sich Markus so fürsorglich um ihn kümmerte, Privatzimmer und alles. Als ob ein Hund einer Katze aus lauter Liebe eine frische Maus vorbeibringen würde.

Oder war das Paranoia, was sein Kopf da produzierte? Tat er Markus Unrecht? Vielleicht gab es eine viel harmlosere Erklärung. Markus konnte einen Bekannten haben, der hier im Spital arbeitete, der hatte zufällig den Namen Weilemann auf einer Liste gesehen und Markus informiert, und sein Sohn hatte nur «Unfall» gehört und sich Sorgen gemacht. Vielleicht hatte er ja mehr Gefühle, als er zeigen konnte, und benahm sich nur deshalb immer so unausstehlich, weil er nicht zugeben wollte, wie wichtig sein Vater für ihn war.

Vielleicht.

Oder aber – das würde besser zu ihm passen – Markus wollte Weilemann beeindrucken. Alpha tut etwas für Omega. Bestimmt hatte er einen Dreh gefunden, um die zusätzlichen Kosten nicht aus eigener Tasche bezahlen zu müssen, hatte irgendeinen öffentlichen Fonds angezapft, wollte mit fremdem Geld den Philanthropen markieren.

Oder …

Ein Klopfen an der Türe unterbrach den Rundlauf seiner Gedanken. Noch bevor er «Herein!» sagen konnte, stand die Dame von der Hotellerie wieder im Zimmer, brachte aber keinen zweiten Espresso, sondern strahlte ihn an und sagte: «Eine schöne Überraschung, Herr Weilemann. Wir haben Besuch. Ich bringe sofort eine Vase.»

Der vielbeschäftigte Markus hatte tatsächlich die Zeit gefunden, nach seinem Vater zu sehen, und hatte auch wirklich einen Strauß mitgebracht, irgendwelche Sommerblumen, bestimmt von seinem Fräulein Schwarzenbach für ihn besorgt. Er deponierte das Spitalgemüse achtlos auf dem Nachttisch, zog sich einen Stuhl ans Bett und fragte: «Was machst du denn für Sachen?»

Man hätte die Frage für Mitgefühl halten können, ein Sohn macht sich Sorgen um seinen Vater, aber war das hier wirklich nur ein Krankenbesuch, oder steckte am Ende etwas ganz anderes dahinter?

«Nur ein Schwächeanfall», sagte Weilemann vorsichtig. «Es war gestern einfach zu heiß für mich. Aber es ist ja nichts Schlimmes passiert.»

«Die Sanität hat dich einsammeln müssen. Am Geissbergweg, sagt man mir. Wo ist denn das?»

Wenn das eine Falle war, dann war sie nicht sehr geschickt gestellt. Ein Informationsfreak wie Markus würde natürlich sofort im Stadtplan nachgesehen haben.

«Kurz vor der Talstation der Seilbahn. Ich war auf dem Rigiblick, ein bisschen spazieren bei dem schönen Wetter, und habe dummerweise beschlossen, zu Fuß hinunterzulaufen. Habe meine Kräfte wohl überschätzt.»

«Und wie bist du hinaufgekommen?» Die Frage ganz nebenher gestellt. Wenn Markus sich nicht anmerken lassen wollte, wie wichtig ihm etwas war, hatte er das schon als Kind so gemacht.

«Ich muss gestehen: ich bin schwarzgefahren. Zuerst im Tram und dann auch noch in der Seilbahn. Zeig mich bitte

nicht bei den Verkehrsbetrieben an. Erst als ich schon eingestiegen war, habe ich gemerkt, dass ich meinen 9-Uhr-Pass
nicht bei mir hatte. Er steckt in der Handyhülle, und das Handy
habe ich … Ich werde schusslig auf meine alten Tage.»

Bei einem Schwarzfahrer kann man Fahrstrecke nicht überprüfen.

«Du bist ohne Handy aus dem Haus?» Markus fragte das
so empört, als sei Weilemann ohne Hosen unterwegs gewesen. Tat er das aus Fürsorge – «Ein älterer Herr sollte immer
ein Telefon bei sich haben!» –, oder war es eine Fangfrage, und
er wusste ganz genau, dass das Handy Richtung Genf unterwegs gewesen war?

«Tut mir leid», sagte Weilemann.

«Warum hast du nicht wenigstens vom Spital aus anrufen
lassen, um zu sagen, dass du Hilfe brauchst? Wenn ich nicht
ganz zufällig …» Er sprach den Satz nicht zu Ende. Vielleicht
war ihm noch kein überzeugender Zufall eingefallen.

«Ich wollte dich nicht beunruhigen. Ich weiß ja, wieviel du
immer um die Ohren hast. Sitzungen bis spät in die Nacht.»

«Gestern wäre das kein Problem gewesen. Ich war den ganzen Abend zuhause und habe ferngesehen.»

Natürlich. In einem weißen Smokingjackett. Was man eben
so anzieht, wenn man es sich auf dem Sofa bequem machen
will. Schlecht gelogen. Aber Markus konnte nicht wissen, dass
Weilemann ihn beobachtet hatte.

«Außerdem war ich völlig weggetreten. Du behauptest das
ja schon lang von mir, aber diesmal stimmt es wirklich: Ich bin
auf den Kopf gefallen.»

Wenn Weilemann noch einen Beweis dafür gebraucht hätte,
dass sein Sohn sich verstellte, dann bekam er ihn jetzt. Markus, der die Wortspiele seines Vaters noch nie lustig gefunden

hatte, lachte herzlich. Oder doch so herzlich, wie das jemand schafft, der mit Lachen keine Übung hat.

«Aber du musst dir keine Sorgen machen. Es ist nur eine Platzwunde.»

«Und jetzt?»

Weilemann hatte Zeit, sich eine Antwort zu überlegen, denn die Dame von der Hotellerie kam mit einer Vase herein, um die Blumen einzustellen. Erst als sie wieder gegangen war, sagte er: «Ich weiß nicht, ob es gut ist, wenn ich auf die Dauer weiter allein lebe. Es wird wohl gescheiter sein, wenn ich bald einmal anfange, mich um ein Altersheim zu kümmern.»

Sah sein Sohn erleichtert aus? Oder bildete sich Weilemann das nur ein?

«Wenn ich dir dabei behilflich sein kann …»

«Vielleicht gibt es ja etwas Städtisches, bei dem du deine Beziehungen spielen lassen kannst.»

«Ich werde mich mal umsehen.»

«Lieb von dir.»

Ihr Gespräch – oder, wenn Weilemann die Situation richtig deutete, ihr Austausch von Lügen – hatte immer mehr an Schwung verloren, wie eine altmodische Uhr, die man vergessen hat aufzuziehen. Fast im Chor sagten beide: «Ja, dann …», und schon war Markus aufgestanden und zur Türe gegangen. «Wenn du noch etwas brauchst …»

«Ich werde hier sehr gut betreut. Danke für das schöne Zimmer.»

«Ist doch selbstverständlich.» Mit dieser letzten Heuchelei ging Markus hinaus.

Weilemann wartete ein paar Sekunden. Dann schwang er die Füße aus dem Bett und stand auf. Es ging ganz gut, und es wurde ihm, entgegen seinen Befürchtungen, auch nicht schwindlig. Den Ständer mit der Infusion hinter sich herziehend, humpelte er zum Schrank, in dem seine Kleider hängen mussten. In der Tasche der Sportjacke fand er den Zettel, den er suchte, und humpelte zum Bett zurück.

In dieser Luxusabteilung gab es sogar ein Zimmertelefon, wahrscheinlich, damit die Privatpatienten mit irgendwelchen Bestellungen zusätzlichen Umsatz generieren konnten. Weilemann stellte die Nummer ein, die auf dem Zettel stand.

«Hier ist Kurt», sagte er. «Hör zu, Trudeli, mir ist da etwas Dummes passiert.»

36

Trudis Wohnung war in stilreinem Schwedenbarock eingerichtet; nicht nur die Schränke und Regale stammten von IKEA, sondern einfach alles. Ihr erster Mann, der mit dem Magengeschwür, sei ein begeisterter Heimwerker gewesen, hatte sie ihm erzählt, und habe das Zusammenbauen jedes Mal genossen.

Nach den paar Tagen, die er jetzt bei ihr wohnte, wusste Weilemann alles über Trudis Lebensgeschichte; ihr Monolog plätscherte so ohne Unterbrechung vor sich hin wie der Kommentar eines Sportreporters während eines ereignisarmen Spiels. Vielleicht schauten ihre verstorbenen Ehegatten deshalb mit so gelangweilten Mienen aus ihren Bilderrahmen; da seine Gastgeberin jedem Einrichtungsteil mit der Ernsthaftigkeit einer Kunstwissenschaftlerin seinen korrekten schwedischen Namen zu geben wusste, hatte Weilemann unterdessen gelernt, dass es sich bei den Fotorahmen um das Modell Silverhöjden handelte.

Zum Glück erwartete Trudi keine Antworten, Reden war für sie eine solistische Kunstform, man musste nicht wirklich zuhören, und solang man an etwas anderes dachte, war die verbale Dauerberieselung durchaus auszuhalten. Auch an die Teemischungen, die sie in erbarmungsloser Fürsorge für ihn zusammenbraute, hatte sich Weilemann schon fast gewöhnt. So ein Schwächeanfall hatte auch seine positiven Seiten, es tat gut, sich einfach umsorgen und verwöhnen zu lassen, die Kontrolle völlig abzugeben. Er konnte sich nicht erinnern, wann ihm das zum letzten Mal passiert war; es machte einen fast süchtig. Einmal, als ihm Trudi eine Decke über die Beine legte, hatte er gesagt: «Ich komme mir vor wie ein Patient im *Zauberberg*», und sie hatte ihn verständnislos angesehen. Sie lebte in einer Welt ohne Bücher; für Thomas Mann hätte sie sich nur interessiert, wenn man seine Werke bei IKEA hätte kaufen können, übersetzt aus dem Schwedischen.

Nein, sie war nicht sein Ideal eines weiblichen Wesens – das gab es für einen Misanthropen wie ihn wohl ohnehin nicht –, aber er war ihr dankbar für ihre Hilfsbereitschaft. Bei seinem Anruf aus dem Spital hatte es ausgereicht, etwas von «ein Tapetenwechsel würde mit guttun» zu schwadronieren und sie pro forma zu fragen, ob sie vielleicht ein Sanatorium wisse, wo er sich ein paar Tage erholen könne, und dann war alles sehr schnell gegangen. Er hatte sie nicht darum bitten müssen, ihn bei sich aufzunehmen, sie hatte den Vorschlag selber gemacht, wenn auch vielleicht nur in der Hoffnung, sich irgendwann ein viertes Kantonswappen anstecken zu können. Aber selbst wenn sie sich so etwas ausmalte, war das auch nicht schlimmer als seine Altmänner-Phantasien, er und Eliza könnten einmal …

Nein, er wollte nicht an Eliza denken. Sein Kopf machte das noch nicht mit.

Zum Glück war er als Trudis Logiergast zunächst einmal aus der Welt verschwunden, da konnte Markus, oder wer immer nach ihm suchte, seine Computer arbeiten lassen, so viel er wollte. Hier hatte er das, war er am dringendsten brauchte: Zeit, um sich zu erholen, um dann quasi generalüberholt in aller Ruhe über das Vorgefallene nachzudenken und sich die nächsten Schritte zu überlegen. Aber noch nicht gleich. Er kam sich vor wie sein eigener Computer, der war auch schon in die Jahre gekommen und stellte manchmal wegen Überlastung die Arbeit einfach ein. Dann half nur eines: das System herunterfahren und erst nach einer Pause wieder aufstarten. Vielleicht funktionierte das ja auch mit seinem Kopf.

Manchmal war er sogar dankbar, wenn Trudi auf ihn einredete, ihm den Unterschied zwischen Holunder- und Malvenblütentee erklärte oder von einer Begegnung berichtete, die sie beim Einkaufen gehabt hatte, «ein Neger, stell dir vor, und er sprach Berndeutsch, ich wusste gar nicht, dass es so etwas gibt». Das war dann, wie wenn man zuhause das Radio einstellte, nicht um eine bestimmte Sendung zu hören, sondern nur um ein unangenehmes Geräusch aus der Nachbarswohnung zu übertönen, es war nicht wichtig, was gerade lief, aber es lenkte ab.

Und Ablenkung brauchte er, Ablenkung von all den Fragen, auf die er keine Antworten wusste.

Wie ließ sich herausfinden, was für eine Beziehung zwischen Markus und Eliza bestand? Wer war verantwortlich für den Tod von Derendinger? Und für den von Fischlin? Was sollte er als Nächstes unternehmen? Sollte er überhaupt etwas unternehmen? Oder war das zu gefährlich?

Morgen, dachte Weilemann, oder übermorgen. Erst noch ein bisschen ausruhen und sich von Trudi betüddeln lassen.

Von seinem Anruf war sie angenehm überrascht gewesen. «Ich war mir überhaupt nicht sicher», hatte sie gesagt, «ob du dein Versprechen halten und dich tatsächlich melden würdest. Man weiß ja, wie Männer sind. Ein Gästezimmer habe ich nicht, aber wenn du damit zufrieden bist, biete ich dir gern mein Backabro an.» Er hatte zuerst nicht verstanden, was sie damit meinte, man konnte nicht jedes Bettsofa bei seinem skandinavischen Vornamen kennen.

Eine Stunde nachdem man ihn definitiv von der Infusion abgehängt und den Verband am Hinterkopf durch ein Pflaster ersetzt hatte, war sie im Spital erschienen, hatte das luxuriöse Zimmer bewundert – «du musst ganz schön teuer versichert sein» –, hatte Markus' Blumenstrauß – «den lassen wir sicher nicht einfach stehen» – in Zeitungspapier gewickelt und war mit Weilemann abmarschiert. Nein, dachte er, «marschiert» ist das falsche Wort, er war so wacklig auf den Beinen gewesen, dass sie ihn hatte stützen müssen. Zum Glück hatte er auch noch in seinem Dusel daran gedacht, Trudi das Taxi mit ihrer Kreditkarte bezahlen zu lassen – «ich habe meine nicht bei mir, und wenn man mit Bargeld kommt, machen sie immer solche Umstände» –, damit war wieder eine mögliche Spur verwischt. Sie hatte unbedingt bei ihm zu Hause vorbeifahren wollen, er brauche doch Kleider zum Wechseln und einen Kulturbeutel, und so groß sei der Umweg ja nicht, er in Schwamendingen und sie in Seebach. Er hatte – und es war nicht nur Verstellung gewesen – gewaltig auf invalid machen müssen, damit sie ihm glaubte, ein solcher Abstecher würde ihn körperlich total überfordern. Verfolgungswahn oder nicht, zuhause aufzutauchen wäre ein zu großes Risiko gewesen; er musste damit rechnen, dass seine Wohnung überwacht wurde.

Sie hatte dann eine Zahnbürste für ihn besorgt und eine Tube von der Creme, mit der man sich neuerdings die Barthaare entfernte, so eklig, wie er sich das vorgestellt hatte, war die Prozedur gar nicht. Für die Kleidung hatte sich auch eine Lösung gefunden, praktikabel, wenn auch nicht angenehm: Als sparsame Hausfrau hatte Trudi die besten Stücke aus der Garderobe ihrer verstorbenen Ehemänner aufbewahrt, und Alfred, der mit dem Magengeschwür, musste eine ganz ähnliche Figur gehabt haben wie er. Im Moment trug Weilemann eine braune Cordhose, ein kariertes Holzfällerhemd und darüber einen dunkelblauen Morgenrock, alles dezent nach Mottenkugeln riechend. Egal. Wer freiwillig in einem Eskimo-Iglu einzieht, darf sich nicht beschweren, wenn die Anzüge aus Robbenfell sind.

Trudi brachte ihm schon wieder einen Tee, der sei aber diesmal nur zum Hinunterspülen, sie habe nämlich eine Flasche Kräuterblutsaft besorgt, der schmecke zwar nicht besonders gut, sei aber genau das, was sein Körper im Moment brauche, und wenn man sich beim Trinken die Nase zuhalte, sei es gar nicht so schlimm. Sie servierte ihm seinen Tee immer in einer Schnabeltasse, und er musste ihn im Liegen trinken, das gehörte zu ihrer Vorstellung von einem Patienten, den sie in die Gesundheit zurückpflegen wollte. Am Anfang hatte er noch dagegen protestiert, so kraftlos sei er nun auch wieder nicht, er könne sich zum Trinken auch aufsetzen, aber da hatte Trudi beleidigt reagiert, schließlich habe sie Erfahrung in diesen Dingen, von ihren Männern her, die beide irgendwann pflegebedürftig geworden seien. Und die deine Pflege nicht überlebt haben, hätte Weilemann fast gesagt, verschluckte den Spruch aber im letzten Moment; man setzt ein sicheres Refugium nicht für eine Pointe aufs Spiel. Immerhin hatte er unterdessen erreicht, dass er sich wenigstens zum Essen an den Tisch setzen durfte, Trudi bestand nur darauf, dass er sich für den unendlich langen Weg aus dem Wohnzimmer in die Küche auf ihren Arm stützte.

Diesmal hatte sie auch für sich selber einen Tee mitgebracht – «du brauchst nicht wissen, was es für einer ist, das ist eine Sorte nur für Frauen» – und sich damit neben sein Liegesofa gesetzt. Sie trank auf geräuschvolle Art; «schlürfen» ist ein gutes Wort, dachte Weilemann, es beschreibt exakt, was man hört: «Schlrf.» Dann stellte Trudi die Tasse weg und räusperte sich. «Hör zu, Kurt», sagte sie, «wir beide sind keine jungen Leute mehr, und wenn man sich sympathisch ist, soll man mit solchen Dingen nicht warten. Ich habe hier etwas für dich.» Sie reichte ihm ein kleines Etui, verblasstes dunkelgrünes Leder mit dem eingeprägten Namen eines Juweliers, und einen Schreckmoment lang fühlte sich Weilemann an die Szenen in Werbespots erinnert, in denen das feierliche Überreichen eines Rings bedeutet, dass das Schlankheitsmittel oder die Hautcreme ihren Zweck erfüllt haben. Aber es war dann zum Glück kein Ring in dem Etui, sondern nur ein Kantonsanstecker mit seinem, dem Aargauer Wappen. «Weil du doch deinen nicht bei dir hast», sagte Trudi, «und ohne ist man einfach nicht richtig angezogen.» Weilemann hatte, mehr aus allgemeiner Störrigkeit als aus politischer Überzeugung, nie so ein Abzeichen besessen, aber jetzt ließ er zu, dass Trudi das Wappen an seinem Morgenrock befestigte. «Das Etui will ich aber wiederhaben», sagte sie, «ich bewahre meine Eheringe darin auf, und man weiß nie, ob man die noch einmal braucht, nicht wahr, Kurt?» Sie kicherte und hielt sich dabei neckisch die Hand vor den Mund.

Doch, dachte Weilemann, zumindest soweit es ihn betraf, wusste man das sehr genau.

Um den Kräuterblutsaft kam er nicht herum. Er schmeckte genau so eklig, wie Trudi ihn beschrieben hatte.

«So», sagte sie, «und jetzt muss ich in die Küche, dir etwas Gutes zum Znacht machen. Du sollst ja wieder zu Kräften kommen. Ich schalte dir den Fernseher ein, damit es dir nicht langweilig wird ohne mich.»

Es lief eine Live-Übertragung vom Parteitag der Eidgenössischen Demokraten, noch nicht das Hochamt, wie man die Hauptveranstaltung allgemein nannte, das war erst übermorgen, am 31. Juli, sondern eine der vorbereitenden Sitzungen, bei denen auch die nicht ganz so wichtigen Parteikader einmal im Hallenstadion ans Mikrophon durften. Den Redner, der gerade sprach, kannte Weilemann nicht; sie sahen für ihn alle gleich aus, dieselben Krawatten, dieselben zu kurz geschnittenen Haare, dieselben Phrasen. Diesmal ging es um die Todesstrafe – der Referent vermied das Wort und sprach immer nur von «Vollsühne» –, und warum ihre Wiedereinführung eine humanitäre Pflicht sei, einen Menschen bis an sein Lebensende einzusperren, das sei unnötig grausam und erst noch inkonsequent, das Ziel, die Bevölkerung zu schützen, könne mit einer Hinrichtung schneller und sicherer erreicht werden. Die Rede endete, wie so oft bei den ED, mit einem Slogan, der sich zum Sprechchor eignete, und die Delegierten taten dem Redner den Gefallen und skandierten: «Kurz und schmerzlos ist nicht herzlos!» Man musste kein Politprophet sein, um zu wissen, dass der Leitantrag auf Einreichung einer entsprechenden Volksinitiative von der Versammlung einstimmig angenommen werden würde.

«Wovon reden sie gerade?», fragte Trudi, die beim Kochen

eine Pause machte. Im Fernseher hielt unterdessen ein anderer Delegierter die fast exakt gleiche Rede ein zweites Mal.

«Es geht um die Todesstrafe.»

«Höchste Zeit, dass das endlich wiederkommt», sagte Trudi. «Ich habe in der *Rundschau* einen Bericht aus einem Gefängnis gesehen, und weißt du, was die da machen? Sie treiben Sport, das muss man sich mal vorstellen, Mörder und Vergewaltiger sind das und leben da wie in einem Hotel. Von unseren Steuergeldern. Da ist es doch besser, man macht kurzen Prozess mit ihnen, denkst du nicht auch?»

«Du meinst: Kurz und schmerzlos ist nicht herzlos?»

«Genau», sagte Trudi. «Ich finde es toll, wie schön du solche Sachen immer formulieren kannst.»

37

Als Weilemann am nächsten Tag aufwachte, war er allein in der Wohnung. Er hatte lang geschlafen; politische Veranstaltungen am Fernsehen schienen der Nachtruhe förderlich zu sein. Auf einem Tablett mit seinem Frühstück lag ein Zettel: «Bin beim Coiffeur, ich will doch gut aussehen für dich.» Er hätte nicht beschreiben können, wie Trudis Frisur aussah, es gibt Leute, dachte er, die haben überhaupt keine Frisur, sondern einfach nur Haare.

Den Tee, den sie für ihn bereitgestellt hatte, nahm er mit ins Badezimmer und spülte zwei Drittel davon ins WC, nicht alles; dass er den ganzen Krug leergetrunken hatte, wäre nicht glaubhaft gewesen. Und wenn sie es ihm doch geglaubt hätte, würde sie ihm gleich den nächsten Topf davon gebraut haben, «weil er dir doch so gut schmeckt». Seine Versuche, Trudi auf Kaffee umzupolen, waren kläglich gescheitert; in diesem gesundheitsbewussten Haushalt – immerhin war sie nicht auch noch Vegetarierin – hätte er ebenso gut um eine Tasse Arsen-Extrakt bitten können. «Ein Käfeli trinke ich höchstens mal auswärts, man muss ja auch ab und zu mal sündigen», hatte sie gesagt, und er hatte sich angepasst und so getan, als ob sie ihn zum Tee bekehrt hätte; seit er bei Trudi hauste, verstellte er sich ganz automatisch und scheinbar überzeugend. Entweder war sie sehr naiv, oder er hatte ein angeborenes Talent zum Lügen – so oder so, auf die Dauer war es recht anstrengend, ihr permanent einen Kurt vorspielen zu müssen, der mit dem wirklichen Kurt Weilemann wenig zu tun hatte. Ewig würde sich das nicht durchhalten lassen, Gulliver blieb auch nicht für den Rest seines Lebens in Liliput. Aber wo sollte Weilemann hin? Die Umstände – und seine eigene Unvorsichtigkeit – hatten ihn in eine unmögliche Situation hineinmanövriert, er hatte zwar im letzten Moment ein Mauseloch zum Verkriechen gefunden, aber jetzt durfte er sich aus dem nicht mehr hinauswagen, weil er nicht wissen konnte, wo die Katze lauerte.

Und bessere Sprachbilder sind mir auch schon eingefallen, rügte er sich automatisch.

Seine Situation hatte sich in kurzer Zeit sehr verändert, vorher war das Ganze nur der Fall Derendinger gewesen, ein Mordfall, okay, aber mit solchen Dingen hatte er als Reporter auch schon zu tun gehabt. Aber bei der Zeitung, das war der Unterschied, hatte seine Aufgabe ausschließlich darin bestanden, die Hintergründe einer Geschichte journalistisch aufzuklären, er war immer in der Rolle des Fernsehkommissars gewesen, von dem man weiß: Es wird ihm nie wirklich etwas passieren, weil er ja für die nächste Folge der Serie wieder gebraucht wird. Seit Fischlins Tod war das anders, jetzt war aus der Geschichte endgültig der Fall Weilemann geworden, er war nicht mehr Beobachter, sondern Mitspieler, und was jemandem drohte, der den Geheimnissen rund um den Morosani-Mord zu nahe kam, das hatte er aus nächster Nähe erfahren. Es waren viele Fragen offen in diesem «Fall Weilemann», und auf keine wusste er eine Antwort. Welche einflussreiche Persönlichkeit bewachte das Geheimnis so mit allen Kräften? Wohin war Läuchli verschwunden? Und, das ging ihm fast am nächsten, welche Rolle spielte Eliza? Warum hatte sie ihm verheimlicht, dass sie seinen Sohn kannte? Und was war mit Markus selber?

Er musste mehr über die Hintergründe herausfinden, das war klar. Aber wie sollte er vorgehen?

Das Frühstück, das ihm Trudi neben sein Sofa gestellt hatte, war nicht ganz so luxuriös wie das im Krankenhaus, aber liebevoll angerichtet, sogar Semmeln hatte sie für ihn aufgebacken. Bevor er sich die erste davon strich, schaltete er automatisch den Fernseher ein, das tat er zuhause auch immer, drückte aber gleich die Mute-Taste, weil schon wieder eine Live-Übertragung vom Parteitag der Eidgenössischen Demokraten lief. Sie würde den ganzen Tag weiterlaufen, wusste er, unterbrochen nur von der Tagesschau, in der auch wieder ausführlich vom ED-Parteitag berichtet werden würde. Der Ablauf war in jedem Jahr derselbe: Wenn im Hallenstadion gerade keine Reden gehalten wurden, führten die Reporter Interviews mit der Parteiprominenz, oder besser gesagt: Die Parteiprominenz gewährte den Reportern Audienzen, wobei heute noch einmal die kleineren Größen vor die Kamera durften; die Spitzenleute meldeten sich traditionellerweise immer erst am Schlusstag, am 31. Juli, zu Wort. Das Ritual, so voraussehbar wie die Neujahrsansprache des Bundespräsidenten oder der «Same procedure as last year?»-Sketch zu Silvester, war längst zur staatstragenden Selbstverständlichkeit geworden, wahrscheinlich war er der Einzige, der sich noch an den Prozess erinnerte, den die Sozialdemokraten damals angestrengt hatten, um zu erreichen, dass von ihrem Parteitag in gleicher Ausführlichkeit berichtet würde. Sie waren in allen Instanzen abgeblitzt; das Bundesgericht hatte seine endgültige negative Entscheidung damit begründet, dass eine Fernsehanstalt das Recht haben müsse, über die Programmierung einer Sendung anhand der zu erwartenden Einschaltquoten zu entscheiden, und den «roten» Parteitag, das ließ sich belegen, hätte sich kaum jemand angesehen. Was wohl auch damit zu tun hatte, dass sich im damals neu eingeführten internetbasierten Fernsehempfang die Sehgewohnheiten jedes einzelnen Zuschauers exakt nachvollziehen ließen.

Auf dem Bildschirm war gerade ein sehr junger Redner zugange, der seine Gesten so unbeholfen abspulte wie ein Tänzer, der die Reihenfolge seiner Schritte nur aus dem Lehrbuch kennt: Hand aufs Herz, eins, zwei, mahnend gereckter Zeigefinger, zwei, drei, Schlag aufs Rednerpult, drei, vier. Ein Vertreter der Nachwuchsorganisation; am Vormittag, wo die Quoten am niedrigsten waren, durften die auch mal üben. Der junge Mann sprach über ein gewichtiges Thema, man sah es an seinem angestrengt dräuenden Gesichtsausdruck, es ging wohl wieder um die Todesstrafe. Seltsam, überlegte Weilemann, dass die Politik immer nur ein Thema gleichzeitig ertragen kann, das ist dann ein halbes Jahr lang oder sogar ein ganzes das Wichtigste von der Welt, bis von einem Tag auf den andern kein Mensch mehr davon spricht, nicht weil das Problem gelöst wurde, wenn es überhaupt ein Problem war, sondern weil die Zitrone ausgepresst ist und man etwas Neues braucht, um das Aufregungsbedürfnis der Wähler zu befriedigen. Man müsste eine Agentur gründen, malte er sich aus, die sich immer wieder neue Themen ausdachte, und sie den Parteien – oder, in der Schweiz, der Partei – pfannenfertig anlieferte, das Rundum-Sorglos-Paket samt Slogan und Text für den Sprechchor, «kurz und schmerzlos ist nicht herzlos».

Aber wahrscheinlich gab es solche Agenturen schon längst.

Seine Gehirnzellen funktionierten wieder, merkte er. Gern hätte er als Test ein richtig schweres Kreuzworträtsel gelöst, aber in Trudis Haushalt gab es nur das aus der Gratiszeitung, das man auf einem Bein ausfüllen konnte, die immer gleichen Begriffe, fränkischer Hausflur mit drei Buchstaben und schwedischer Name eines finnischen Sees. Im Internet hätten sich anspruchsvollere Rätsel finden lassen, aber sein Computer stand immer noch in Schwamendingen. Wenn Trudi zurückkam, würde er sie fragen, ob er ihren benützen dürfe.

Der Nachwuchsredner hatte seinen Sermon beendet, und die Kamera schwenkte über die Halle. An den langen Tischen klafften große Lücken, vor allem die vordersten Plätze waren kaum besetzt. Die wirklich wichtigen Leute, das war Tradition, würden erst morgen an der Versammlung teilnehmen, am Abschlusstag, an dem die Abstimmungen stattfanden. Auch dieser Ablauf war längst zum Ritual erstarrt; die Delegierten stimmten mit überwältigenden Mehrheiten einem Vorschlag der Parteiführung nach dem andern zu, wobei der erste Antrag seit drei Jahren immer derselbe war: der Verzicht darauf, einen neuen Parteipräsidenten zu wählen. Dieses Amt stand nur Wille zu, auch wenn der die Funktion nicht mehr ausüben konnte. Solang er von den Ärzten gerade noch so am

Leben erhalten wurde, wäre jeder andere Bewerber als Usurpator erschienen und seine Bewerbung als Blasphemie.

Und das war derselbe heilige Wille – Weilemanns journalistischer Instinkt ließ keinen anderen Schluss zu –, der für den Mord an Morosani verantwortlich war, und dessen öffentlicher Ruf auch heute noch mit allen Mitteln geschützt wurde, wenn nötig mit Mord und Totschlag.

Der Delegiertenparteitag würde, auch wie jedes Jahr, per Akklamation eine Grußbotschaft samt Genesungswünschen für ihn beschließen, obwohl jeder wusste, dass die Botschaft ihn nicht erreichen und die erhoffte Genesung nicht mehr stattfinden würde. Wenn es stimmte, was man so hörte, vegetierte Wille nur deshalb weiter, weil niemand die Verantwortung dafür übernehmen wollte, den Stecker an seinen Maschinen zu ziehen. Zum Schluss würden die Delegierten die Nationalhymne singen, alle Strophen; wer die nicht auswendig konnte, fiel negativ auf. Überhaupt spielte das Auffallen oder Nicht-Auffallen beim Hochamt eine zentrale Rolle, nur schon daran, welchen Platz ein Delegierter zugewiesen bekam, konnte man recht genau ablesen, wie sein Status innerhalb der Partei war, und ob er sich Hoffnung auf einen wichtigen Posten machen durfte. Er würde morgen versuchen, in den Schwenks über den Saal Markus zu entdecken, nahm sich Weilemann vor, als einer der Chefs des Ordnungsamtes müsste der seit letztem Jahr eigentlich ein paar Tische weiter nach vorn gerückt sein.

Er biss gerade in die zweite Semmel, als in seinem Kopf ein Gedanke auftauchte, noch kein fertiger Gedanke, aber der Ansatz dazu, das Ende eines Fadens, an dem man ganz vorsichtig ziehen musste, um ihn nicht zu zerreißen und die ganze Idee wieder zu verlieren.

Morgen war das Hochamt, damit hatte die Überlegung angefangen. Alle wichtigen Leute der Eidgenössischen Demokraten würden dann im Hallenstadion sein. Auch Markus.

Und das hieß …

Das bedeutete …

Am Tag des ED-Delegiertenparteitags, das wusste jeder, der sich ein bisschen auskannte, waren in den meisten Schweizer Verwaltungen die Chefbüros verwaist, und die kleinen Angestellten kamen zu ausführlichen Kaffeepausen. Das würde im Ordnungsamt nicht anders sein, auch Markus' Vorzimmerdame, das mäuschenhafte Fräulein Schwarzenbach, würde Däumchen drehen oder in ihrem Computerspiel die Hellebarde schwingen, und das Fräulein Schwarzenbach war definitiv nicht der hellste Stern am intellektuellen Firmament. Er hatte sich schon damals gewundert, wieso sich Markus, der doch andere Leute gern durch Äußerlichkeiten beeindruckte, mit einer solchen ganz und gar nicht repräsentativen Mitarbeiterin zufriedengab und sich nicht etwas Jüngeres und Tüchtigeres ausgesucht hatte. Aber vielleicht waren ihm ihre Schwächen gerade recht, weil ihm das die Gelegenheit gab, sich in seiner Überlegenheit zu sonnen. Schon als kleiner Junge …

Nicht abschweifen.

Das Fräulein Schwarzenbach.

Wenn jemand über Markus' private Beziehungen Bescheid wusste, dann sie. Sekretärinnen wissen immer sehr viel mehr über ihre Chefs, als die ahnen. Sie würde ihm bestimmt sagen können, woher Eliza und Markus sich kannten. Es würde nicht einfach sein, unauffällig auf das Thema zuzusteuern, aber wenn er als geübter Journalist es nicht schaffte, ihr die Würmer aus der Nase zu ziehen … Wieso eigentlich «Würmer aus der Nase ziehen»? Wo kam dieser Ausdruck her?

Den Faden nicht verlieren.

Es war ein Risiko, natürlich, aber wer nicht wagt, der nicht gewinnt, und wenn sein Plan jemals eine Chance hatte, dann morgen. Ein kurzer Besuch im Ordnungsamt und dann sofort wieder zurück in sein Versteck. Am besten würde es sein, der Mäuschensekretärin das Foto von Eliza zu zeigen, das Passbild, das er aus Derendingers Nachttischschublade mitgenommen hatte, und zu sehen, wie sie darauf reagierte. Unauffällig natürlich, er durfte nicht wie ein Detektiv wirken, das würde sie misstrauisch machen. Es würde ihm schon ein Vorwand einfallen. Auch für Trudi musste er sich noch eine Ausrede ausdenken, so wie sie ihn pausenlos bemutterte, würde sie ihn nicht allein aus dem Haus lassen wollen. Vielleicht konnte er behaupten …

Der Schlüssel in der Wohnungstüre.

«Ich habe uns zum Zvieri Mohrenköpfe mitgebracht», sagte Trudi. «Ich weiß, man darf das nicht mehr sagen, aber wir sind hier doch schließlich in der Schweiz.»

«Sehr elegant, deine neue Frisur», sagte Weilemann, obwohl er beim besten Willen keinen Unterschied entdecken konnte.

«Alles für dich», sagte Trudi.

38

Freitag, 31. Juli. Der Tag des Hochamts.

Ein bisschen weich in den Knien war Weilemann immer noch, aber gleichzeitig fühlte er sich so voller Energie wie lang nicht mehr, das kam wohl von dem Adrenalinschub wegen des geplanten Abenteuers. Wie ein mittelalterlicher Ritter, der einen Ausfall aus einer belagerten Stadt plant, dachte er, und musste über den Vergleich, den ihm sein Kopf da anbot, selber lachen; wenn er sich in Trudis Badezimmerspiegel ansah – Modell Storjorm –, dann sah er weiß Gott nicht wie ein Ritter aus, nicht in dem altmodischen gestreiften Pyjama, das er von einem ihrer verstorbenen Ehemänner geerbt hatte.

Rasieren brauchte er sich nicht, die Wundercreme hatte tatsächlich tadellos funktioniert, aber die Haare kämmte er sich besonders sorgfältig, er wollte schließlich einen guten Eindruck machen. Das Hemd war zum Glück wieder sein eigenes, Trudi hatte es gewaschen und gebügelt. Aber sonst wäre die legere Kluft, die er für die Carreise angezogen hatte, heute nicht passend gewesen. Aus Trudis verwitwetem Kleiderschrank suchte er sich deshalb einen unauffälligen grauen Anzug aus, der konservative Schnitt gerade richtig für das, was er vorhatte. Um auf der Straße nicht aufzufallen, steckte er sich auch noch den Anstecker mit dem Aargauer Wappen ans Revers.

Als er fertig verkleidet in die Küche kam, sagte Trudi: «Gut schaust du aus. Ich hätte nur eine andere Krawatte dazu genommen.»

Ich auch, dachte Weilemann, nur sind die anderen alle noch scheußlicher. Laut sagte er: «Such du mir doch eine aus, Trudi! Ich bin sicher, du hast einen viel besseren Geschmack als ich.» Sie dekorierte ihn mit Begeisterung um, brachte auch noch ein Einstecktuch für die Brusttasche und fand dann, stolz auf den eigenen Geschmack, jetzt sehe er aus wie ein echter Schentleman.

Beim Frühstück versuchte sie ihn noch einmal davon zu überzeugen, sich doch von ihr begleiten zu lassen, wenn es länger dauere, mache ihr das überhaupt nichts aus, sie könne sich die Zeit schon vertreiben, in den Wartezimmern gebe es immer interessante Zeitschriften zu lesen. Für die geplante Fahrt in die Stadt war ihm keine bessere Erklärung eingefallen als ein Besuch bei seinem Hausarzt, zum Glück habe er bei Doktor Rebsamen ganz kurzfristig einen Termin bekommen, er wolle sich dort, so wie ihm Trudi das geraten habe, von Kopf bis Fuß durchchecken zu lassen, er glaube zwar nicht, dass ihn etwas anderes geplagt habe als allgemeine Erschöpfung, aber sicher sei sicher, «da hast du völlig recht gehabt».

«Warum darf ich nicht mitkommen?»

Die kurze Tramfahrt allein zu machen, redete er sich heraus, das sei ein gutes Training für ihn, er wolle doch so schnell wie möglich wieder ganz auf dem Damm sein, damit man dann gemeinsam schöne Dinge unternehmen könne.

«Du meinst: der Ausflug zum Kloster Fahr?», fragte sie, und er antwortete mit seiner besten Don-Schuan-Stimme: «Es muss ja nicht unbedingt ein Kloster sein, wenn du verstehst, was ich meine, Trudeli.»

Sie kicherte selig und war schon fast überzeugt. Aber, nahm sie einen letzten Anlauf, sie fühle sich doch verantwortlich für ihn, und wenn er noch ein zweites Mal auf der Straße zusammenklappe, müsse sie sich ihr Leben lang Vorwürfe machen.

«Nach einem deiner Stärkungstees halte ich das sicher durch», sagte er, obwohl er wusste – nie vor Gefahren bleich, froh noch im Todesstreich –, dass er sich damit selber zu mindestens drei Gläsern ihrer hausgemachten Echinacea-Roibos-Ingwer-Mischung verurteilt hatte. Er würde, das spürte er schon vor dem ersten Schluck, am Hauptbahnhof aussteigen und sofort die Toilette aufsuchen müssen, auch wenn sie dort für einfaches Pinkeln mehr verlangten, als man früher für einen Laib Brot bezahlt hatte.

Trudi bestand darauf, wenigstens bis zur Tramstation mit-
zukommen, und das war ihm sogar recht, so konnte er sie bitten, am Automaten sein 24-Stunden-Billet mit ihrer Kreditkarte zu ziehen; solche unpersönlichen Fahrausweise waren
die einzigen, die sich – außer durch die Art der Bezahlung –
nicht auf ihren Besitzer zurückverfolgen ließen. Er hätte ja sein
9-Uhr-Abo gehabt, aber das war mit einem Chip versehen,
und er hatte es mit allem anderen, das sich elektronisch nach-
verfolgen ließ, in seiner Wohnung liegen lassen. Die unnötige
Ausgabe ärgerte ihn, obwohl so eine übertriebene Sparsam-
keit in seiner Situation natürlich absurd war; er hatte wirklich
größere Probleme.

Das Tram fuhr ab, und Trudi warf ihm einen Handkuss zu.
Er tat, als ob er die kitschige Geste nicht bemerkt hätte; sie zu
erwidern wäre ihm denn doch zu lächerlich vorgekommen.

Er benutzte die kurze Fahrt, um seinen Plan noch einmal
durchzugehen. Wenn er alles richtig gemacht hatte, hoffte er,
konnte niemand wissen, dass er jetzt im Vierzehner saß, obwohl es in diesem Land verdammt kompliziert geworden war,
irgendwohin unterwegs zu sein und dabei anonym zu bleiben.
Gestern, in der ersten Begeisterung, hatte er noch geglaubt,
es könne nicht so schwierig sein, unbemerkt in die Stadt und
wieder zurück nach Seebach zu gelangen, aber heute war er
sich da schon nicht mehr so sicher. So vieles konnte schiefgehen, er konnte in eine dieser Personenkontrollen geraten, die
immer mal wieder ohne sichtbaren Anlass durchgeführt wurden – «Fahndung nach illegalen Ausländern» hieß es dann
jeweils –, er konnte einen Unfall haben, es genügte, wenn er
dumm über einen Randstein stolperte, oder … Hundert mögliche Zwischenfälle, und jeder Einzelne würde ausreichen, um
die Tarnkappe seiner Anonymität zu lüften und ihn sichtbar

zu machen. Wie ein Fuchs, dachte er, der seinen Bau verlassen muss, ohne zu wissen, wo die Hundemeute lauert. Wobei «Fuchs» ein völlig falscher Vergleich war, Füchse waren schlaue Tiere, und er hatte sich ein paarmal verhalten wie ein leichtsinniger Idiot. Immerhin, die Tatsache, dass er schon lang keine Freunde mehr hatte, würde ein Vorteil sein, ein Zwangseremit wie er – «Hagestolz» hatte man das früher genannt, warum eigentlich? – musste nicht befürchten, unterwegs einem Bekannten zu begegnen. Im letzten Moment hatte er auch noch den Strohhut von Trudis zweitem Ehemann aufgesetzt, er brauche etwas gegen die Sonne, und das Pflaster am Hinterkopf müsse auch nicht jeder sehen, aber natürlich war es ihm dabei um etwas anderes gegangen: Die Überwachungskameras waren meistens in etwa drei Meter Höhe angebracht, und aus diesem Winkel würde die Krempe sein Gesicht ein bisschen abdecken. Er musste es nur vermeiden, schärfte er sich ein, ständig nach diesen elektronischen Beobachtern Ausschau zu halten, Übervorsicht machte einen auch wieder verdächtig.

Überhaupt: Er hatte sich die Expedition in die Stadt nun einmal vorgenommen, und es brachte nichts, pausenlos zu überlegen, was dabei alles schiefgehen konnte. Es musste einfach sein. Heute und nur heute hatte sein Plan eine Erfolgschance, heute war der einzige Tag, an dem er seinen Sohn in dessen Büro besuchen und ganz sicher sein konnte, ihn dort nicht anzutreffen. Er brauchte Antworten, daran führte kein Weg vorbei, und dazu musste er Fragen stellen; er hätte sich sonst, um es mit Trudi zu sagen, sein Leben lang Vorwürfe machen müssen.

Am Hauptbahnhof angekommen, war der Abstecher zur Toilette nicht nur notwendig, sondern sogar dringend gewor-

den. Er wäre dann fast nicht hineingekommen, seine Kreditkarte hatte er nicht dabei, und der Bargeldautomat am Dreh-
kreuz war außer Betrieb, er wurde wohl zu selten gebraucht.
Schließlich drückte er einem wildfremden Mann Geld in die
Hand, damit ihm der mit seiner Karte den Durchgang öffnete.
Wucherpreise waren das, was sie da verlangten, absolute Wucherpreise. Hinterher, nach dem Händewaschen, überprüfte
er noch einmal, ob er die kleine Fotografie richtig in die Innentasche des fremden Jacketts gesteckt hatte, so dass man sie
auf den ersten Griff zu fassen bekam. Er übte den Bewegungs-
ablauf ein paarmal vor dem Spiegel und fand, es sehe unauffällig aus.

Beim Läckerli-Huus im Shop-Ville besorgte er eine hübsch
verpackte Schachtel Rahmtäfeli und machte sich damit auf
den Weg zur Kasernenstraße, wo das Ordnungsamt im ehemaligen Gebäude der Kantonspolizei seine Büros hatte. Früher einmal hatte es Proteste gegeben, weil das Gelände der
Öffentlichkeit nicht zur Verfügung stand, obwohl man das,
um eine Volksabstimmung zu gewinnen, versprochen hatte,
aber gegen Beschlüsse von höheren Stellen protestierte schon
lang niemand mehr.

Der Empfang war, so wie er es erhofft hatte, nicht besetzt –
am Tag des ED-Hochamts nahm man es in allen Verwaltungen ein bisschen lockerer –, und auch auf der Treppe in den
ersten Stock begegnete er niemandem.

«Markus Weilemann, stellv. Dir., Anmeldung». Das bürokratisch bescheidene Schild passte nicht zum überdimensio-
nierten Ego seines Sohnes; schon als Drittklässler hatte Markus einmal ein Blatt Papier an seiner Zimmertüre befestigt, auf
dem unter einer mit Farbstift gemalten Krone stand: «König
Markus, kein Eintritt für Untertanen».

Weilemann überprüfte noch einmal den Sitz seiner Krawatte, nahm den Strohhut ab und klopfte an.

Fräulein Schwarzenbach reagierte nicht gerade begeistert auf sein Erscheinen, vielleicht weil der unerwartete Besuch sie daran hinderte, im «Morgarten»-Spiel ein höheres Level zu erreichen. «Ihr Sohn kommt heute den ganzen Tag nicht ins Büro, die sind doch alle im Hallenstadion.» Aber die Rahmtäfeli – «eine kleine Aufmerksamkeit, weil Sie mich bei meinem letzten Besuch so freundlich betreut haben» – taten schnell ihre Wirkung. Sie war es wohl nicht gewohnt, Anerkennung zu bekommen, von Markus bestimmt nicht, und wurde vor lauter Dankbarkeit richtig verlegen. «Das wäre doch nicht nötig gewesen», sagte sie dreimal hintereinander, und es tue ihr schrecklich leid, dass er vergeblich hergekommen sei.

«Es war mein eigener Fehler», beteuerte Weilemann. «Ich hätte an den Parteitag denken müssen. Sie haben völlig recht, es war dumm von mir, das zu vergessen.»

«‹Dumm› habe ich nicht gesagt.» Die Vorstellung, sie könnte eine solche Unhöflichkeit geäußert haben, war dem Mäuschen sichtlich peinlich.

«Aber es hätte gestimmt. Manchmal frage ich mich wirklich, wo ich meinen Kopf habe. Sie müssen die Störung entschuldigen.» Er ging zur Türe, hatte schon die Klinke in der Hand – das Theaterspielen fiel ihm wirklich immer leichter –, blieb dann doch noch einmal stehen und drehte sich wieder um. «Bevor ich gehe: Würde es Ihnen große Umstände machen, mir ein Glas Wasser zu besorgen? Das Wetter hat zwar ein bisschen abgekühlt die letzten Tage, aber trotzdem … Man wird nicht jünger.»

Er bekam nicht nur sein Wasser, sondern ungefragt auch noch einen Kaffee. «Wie beim letzten Mal – doppelter Es-

presso, kein Rahm, kein Zucker?», fragte Fräulein Schwarzenbach, und als er sie wortreich dafür lobte, dass sie sich seine
Vorlieben gemerkt hatte – «Mit Ihnen hat sich mein Sohn
offensichtlich die beste Sekretärin im Haus gesichert!» –, da
wand sie sich unter dem ungewohnten Kompliment so wohlig
verlegen, als ob sie gekrault würde. Wäre sie kein Mäuschen
gewesen, sondern eine Katze, sie hätte sich auf den Rücken
gelegt und alle viere in die Luft gestreckt.

Er bestand darauf, dass sie auch für sich selber einen Kaffee machte – «wenn Sie nicht zu viel Arbeit haben» –, und bald
saßen sie ganz vertraut zusammen in der unbequemen Arven-
holz-Sitzgruppe und schleckten Rahmtäfeli. Man hätte meinen können, sie seien alte Bekannte, und das war ja auch der
Zweck der Übung.

39

Nachdem die Themen Wetter – «Hoffentlich bleibt es auch
am ersten August so schön!» – und Delegiertenparteitag –
«Waren Sie da schon einmal selber dabei?» – abgehakt waren,
schien Weilemann die Zeit für seinen vorbereiteten Text gekommen. «Eigentlich trifft es sich ganz gut, dass mein Sohn
heute nicht da ist», sagte er, «da kann ich Sie um einen diskre-
ten Rat bitten. Nächsten Monat hat er ja Geburtstag …»

«Am Sechzehnten. Er ist Löwe.» Das Mäuschen war sichtlich stolz darauf, das auswendig zu wissen.

«Genau. Bis jetzt ist mir einfach noch kein passendes Geschenk für ihn eingefallen. Sie als seine engste Mitarbeiterin
kennen ihn doch sicher gut, vielleicht unterdessen besser als

ich, und können mir bestimmt einen Tipp geben. Frauen sind in diesen Dingen so viel einfallsreicher als wir Männer.»

Das Fräulein Schwarzenbach hätte dem netten Herrn Weilemann gern weitergeholfen, aber zu ihrem großen Bedauern war sie bei diesem Thema ebenso ratlos wie er. Leider, sagte sie und machte ein ganz trauriges Spitzmäuschen-Gesicht, leider würde sich ihr Chef nie über persönliche Dinge mit ihr unterhalten.

Weilemann nickte. «Er kann schon sehr zurückhaltend sein. Nur ein Beispiel: Ich weiß natürlich, dass er eine Freundin hat, aber stellen Sie sich vor: Er hat sie mir noch nie vorgestellt.»

Unauffälliger hätte er das Thema nicht aufs Tapet bringen können, aber seine Schlauheit wurde nicht belohnt. Von einer Freundin hatte Fräulein Schwarzenbach noch nie etwas gehört; sie errötete sogar bei der Vorstellung, dass es im Leben ihres Vorgesetzten so etwas Privates geben könne. «Er konzentriert sich immer so auf seine Arbeit, wissen Sie.»

Weilemann bestätigte, dass Markus schon als Schüler immer sehr fleißig gewesen sei.

«Sie sind bestimmt stolz auf Ihren Sohn, Herr Weilemann.»

Oh ja, sagte er, sogar sehr stolz sei er auf ihn.

«Das kann ich gut verstehen. Er ist so ein wunderbarer Mensch.» Das Mäuschen schien in seinen Chef ein bisschen verliebt zu sein. «So tüchtig und dabei so bescheiden.»

«Das haben Sie gut beobachtet», sagte Weilemann. «Bescheidenheit war schon als Kind seine wichtigste Eigenschaft.»

«Wissen Sie, an wen er mich erinnert?» Vor lauter Verlegenheit stopfte sich Fräulein Schwarzenbach ein nächstes Rahmtäfeli in den Mund, noch bevor das letzte weggelutscht war.

«Darf ich raten? An Stefan Wille?» Man musste kein Gedankenleser sein, um zu wissen, wen sie meinte, und das nicht nur wegen des gerahmten Plakats an der Wand, Wille als Wilhelm Tell, «Der Starke ist am mächtigsten allein», mit persönlicher Widmung. Dass der Herr Parteipräsident ihr Idol war, hatte sie ihm schon bei seinem letzten Besuch erzählt.

«Dann ist Ihnen die Ähnlichkeit also auch schon aufgefallen?»

Nein, er wollte da lieber keine Ähnlichkeit sehen. Zwar hatte er vom Charakter seines Sohnes keine allzu hohe Meinung, aber wenn Wille tatsächlich für das Attentat auf Morosani verantwortlich war … Für seine Karriere würde Markus eine Menge tun, aber das denn doch nicht.

«Sie sind eine kluge Frau, Fräulein Schwarzenbach», wich er deshalb aus. Das konnte man zu einer Frau eigentlich immer sagen, es hatte sich noch nie eine dagegen gewehrt.

«Sie sind alle beide so … so selbstlos. Immer alles nur im Interesse des Landes. Wussten Sie, dass Herr Wille überhaupt nicht Parteipräsident werden wollte?»

Er wollte das so wenig, dachte Weilemann, dass er bereit war, dafür einen Mord zu begehen.

«Man hat ihm den Posten aufgezwungen! Er konnte sich dem nicht entziehen.»

Sie schien Willes offizielle Biografie fleißig studiert zu haben. Dort war schwarz auf weiß nachzulesen, dass der sich ein Leben lang nie hatte entziehen können. Was immer er auch für Ämter übernommen hatte, und es waren im Lauf seiner Karriere eine ganze Menge geworden, jedes Mal war es ausschließlich sein Pflichtbewusstsein gewesen, das ihn zur Annahme gezwungen hatte. Nur in den Bundesrat hatte er sich nie wählen lassen, aus Bescheidenheit, hätte Fräulein Schwarzenbach wohl gesagt, während Weilemann eher dachte: Weil es ihm egal sein konnte, wer unter ihm Regierung spielte.

Aber er wollte sich nicht über Wille unterhalten, sondern herausfinden, was Markus mit Eliza verband. Also: neuer Anlauf.

«Wie ist es denn so, für meinen Sohn zu arbeiten?»

«Wunderbar, wirklich. Es ist so …» Während sie nach dem richtigen Wort suchte, strich sich Fräulein Schwarzenbach mit einer unbewussten Geste die Haare glatt, obwohl die so kurz geschnitten waren, dass sie gar nicht aus der Fasson geraten konnten. «… so interessant», beendete sie den Satz. Weilemann hatte den Eindruck, dass sie eigentlich etwas anderes hatte sagen wollen.

«Aber auch sehr streng, nehme ich an. Viele Überstunden.»

Sie schüttelte den Kopf. «Überhaupt nicht, im Gegenteil. Ihr Sohn legt großen Wert darauf, dass ich jeden Tag pünktlich Feierabend mache. Damit ich noch den früheren Zug nach Uster erwische. Ich wohne nämlich in Uster, wissen Sie.»

«Und er geht dann auch nach Hause?»

Fräulein Schwarzenbach reagierte so empört, als ob er Markus etwas Unsittliches unterstellt hätte. «Natürlich nicht! Wo er doch immer so viel zu tun hat. Einmal bin ich nach neun Uhr noch einmal zurückgekommen, ich musste nach Zürich zurückfahren, weil ich mein Portemonnaie im Büro vergessen hatte, und da brannte bei ihm immer noch Licht. Ich habe dann angeklopft, ich wollte nur fragen, ob ich ihm noch schnell einen Kaffee machen solle, und da hat er mich richtig angeblafft.»

«Sie Arme.»

«Nein, nein», sagte Fräulein Schwarzenbach eilig, «es war ja meine Schuld. Weil ich ihn in seiner Konzentration gestört habe. Übrigens: Seinen Kaffee trinkt Ihr Sohn ganz anders als

Sie. Nicht so stark, und er nimmt immer viel Milch und Zucker dazu. Aber das wissen Sie natürlich.»

Weilemann hatte es nicht gewusst, aber so ein Schwachstrom-Gesöff passte zu Markus. «Ihre Arbeit ist sicher sehr anspruchsvoll», stocherte er weiter.

«Nicht wirklich. Ich mache ja nur die einfacheren Dinge. Für die komplizierteren ...» Sie brach ab und lief knallrot an. Es war ihr da wohl etwas herausgerutscht, dass sie nicht hätte sagen dürfen.

«Ja?»

«Gar nichts», sagte sie schnell. «Überhaupt nichts. Nehmen Sie doch noch ein Rahmtäfeli! So lieb von Ihnen, dass Sie die mitgebracht haben.»

Damals, als er seine allerersten Reportagen machte, hatte ihm ein erfahrener Kollege einen Rat gegeben, der sich später oft bewährt hatte: «Die ehrlichsten Antworten bekommst du immer dann, wenn sie glauben, dass du schon alles weißt.»

«Gut, dass Sie so diskret sind», sagte er deshalb, «äußerst lobenswert. Aber ich weiß natürlich, wie die Situation ist. Markus und ich haben keine Geheimnisse voreinander.» Was die bisher größte Lüge dieses Tages war.

Fräulein Schwarzenbach strahlte ihn erleichtert an. «Dann wissen Sie ja, was ich meine. Darum hat er ein Büro mit zwei Türen.»

«Zwei Türen, eben», sagte Weilemann. Er hatte keine Ahnung, was sie damit meinte.

«Ich habe mich noch gewundert, warum er Sie in dieses Vorzimmer hat führen lassen und nicht in das andere. Wo Sie doch sein Vater sind.»

Das andere Vorzimmer?

«Er hat damals nicht gewusst, dass ich komme.»

«Daran wird's liegen», sagte sie ganz erleichtert. «Sonst hätte er bestimmt beim Empfang Bescheid gesagt, und Sie wären bei Frau Barandun gelandet und nicht bei mir.»

Wer war jetzt das schon wieder?

«Die wichtigen Leute kommen alle auf ihrer Seite herein.» Sie hielt sich verlegen die Hand vor den Mund. «Oh, Entschuldigung, ich wollte damit nicht sagen, dass Sie nicht wichtig sind.»

«Ich bin froh, dass es passiert ist, sonst hätte ich Sie ja nicht kennengelernt, sondern immer nur ... Wie war schon wieder der Name?»

«Frau Barandun.»

«Nein, ich meine den Vornamen. Markus hat ihn mir gesagt, aber ich werde jedes Jahr vergesslicher.»

«Elisabeth.»

«Manchmal ist mein Gehirn ein richtiges Sieb.» Er schlug sich mit der flachen Hand an die Stirne, fand, dass die Geste übertrieben wirkte und tat so, als ob ihn dort nur etwas gejuckt hätte. «Und wie funktioniert das genau mit dem anderen Vorzimmer?»

«Ihr Sohn hat es Ihnen ja erzählt.»

«Schon. Aber nur im Prinzip. Es würde mich schon interessieren, wie es im Einzelnen abläuft. Zu meiner Zeit gab es so etwas noch nicht.»

«Hier im Amt haben es auch nur die Obersten.»

«Ein Eingang für die wichtigen Leute, und der andere ...»

«Es ist wegen der Diskretion», erklärte Fräulein Schwarzenbach. «Es gibt hier vieles, was sehr vertraulich ist.»

«Das ist klar. Aber etwas verstehe ich nicht: Warum sind nicht Sie für die wichtigen Leute zuständig?»

«Weil ... weil ...» Fräulein Schwarzenbachs Unterlippe zitterte. «Ich bin ja froh, dass ich überhaupt hier arbeiten darf», sagte sie tapfer. «Ich war vorher bei der Einwohnerkontrolle.»

Er hatte da ganz offensichtlich eine offene Wunde getroffen und beschloss, noch ein bisschen Salz hineinzustreuen, so wie es die Frau in der Folterkammer vorgeschlagen hatte. «Dann ist es gescheiter, ich frage Frau Barandun, ob sie nicht eine Idee für ein Geburtstagsgeschenk hat. Am besten gehe ich gleich bei ihr vorbei.»

«Sie ist heute nicht da.» Das Mäuschen konnte seine Eifersucht nicht ganz verstecken. «Sie ist auch im Hallenstadion.»

«Ich wusste gar nicht, dass man als Sekretärin …»

«Und ich durfte noch nie dabei sein!», brach es aus Fräulein Schwarzenbach heraus. «Obwohl ich schon länger hier arbeite als sie.» Es schien, als ob sie gleich anfangen würde zu weinen, aber sie nahm sich noch einmal zusammen und stand schnell auf. «Ich sollte mich wirklich wieder an meine Arbeit machen», sagte sie mit zitternder Stimme. «Ich habe eine Menge zu tun.»

«Selbstverständlich. Ich habe Sie schon viel zu lang von Ihren Pflichten abgehalten.» Auch Weilemann stand auf. «Verraten Sie meinem Sohn nicht, dass ich hier war. Sonst lacht er mich aus, weil ich ausgerechnet heute hergekommen bin. Und das mit dem Geburtstagsgeschenk soll ja eine Überraschung sein. Wenn Ihnen doch noch etwas dazu einfallen sollte – rufen Sie mich einfach ein. Warten Sie, ich lasse Ihnen meine Visitenkarte da.»

Er suchte nach der nicht vorhandenen Visitenkarte – «Wo habe ich die bloß hingesteckt? Ich werde immer schussliger!» –, tat dann so, als ob ihm gerade erst einfiele, dass man ja im Ordnungsamt war – «Sie haben meine Adresse bestimmt in Ihrem

Computer» –, und als er die Hand wieder aus der Innentasche zog, hatte er die kleine Fotografie zwischen zwei Fingern und ließ sie wie aus Versehen fallen.

«Sie haben da etwas verloren», sagte das Mäuschen.

«Tatsächlich! Wenn Sie so nett sein würden, es für mich aufzuheben? Mein Rücken wird nicht jünger.»

Fräulein Schwarzenbach bückte sich und nahm das Passfoto vom Boden auf. Als sie es anschaute, machte sie ein so überrraschtes Gesicht, dass Weilemann wusste: Dieser Teil seines Plans war aufgegangen. «Sie kennen die Dame?»

«Natürlich.»

«Mein Sohn hat mir die Fotografie gegeben.»

Das schien Fräulein Schwarzenbach noch mehr zu überraschen. «Da sieht man wieder, wie wichtig ihm die Arbeit ist», sagte sie. «Seine Freundin hat er Ihnen nie vorgestellt. Aber dafür gibt er Ihnen ein Foto von Frau Barandun.»

40

Eliza.

Elisabeth Barandun.

Eliza.

«In Wirklichkeit heiße ich ganz anders», das waren ihre Worte gewesen. Eliza, die Sextherapeutin war und Sekretärin im Ordnungsamt. Oder nichts davon. Oder beides. Eliza, die vor dem Krematorium auf Weilemann gewartet und ihn zu sich nach Hause eingeladen hatte. Saint-Amour hatten sie zusammen getrunken, heilige Liebe. Seine Partnerin auf der Suche nach der Wahrheit war sie gewesen. Und hatte ihn die ganze Zeit angelogen. Eliza, die wusste, wie Patschuli riecht. Die den Schlüssel zu Derendingers Wohnung besaß, obwohl sie keine Hausbesuche machte. Die überrascht gesagt hatte: «Was? Du hast einen Sohn beim Ordnungsamt?» Und dabei hieß sie Elisabeth Barandun und war Markus' Vorzimmerdame. Seine Sekretärin für die wichtigen Leute. «Es gibt hier vieles, das vertraulich ist», hatte Fräulein Schwarzenbach gesagt.

Es gab hier vieles, das nicht zusammenpasste.

Zu vieles.

Sobald er zurück in Seebach war, nahm sich Weilemann vor, würde er als Erstes den Namen googeln. Barandun. «Ich brauche nochmal deinen Computer», würde er zu Trudi sagen, sie würde auch nichts dagegen haben, aber zuerst würde sie ihn fragen, wie es beim Arzt gewesen sei. «Doktor Rebsamen war sehr zufrieden mit mir», würde er sagen. «Mit meiner Gesundheit ist alles in Ordnung. Nur ein bisschen Ruhe soll ich mir noch gönnen.» Aber Trudi war eine neugierige Person, sie würde sich damit nicht begnügen, würde sich nach Details erkundigen und in allen Einzelheiten wissen wollen, welche Untersuchungen Doktor Rebsamen mit ihm gemacht habe und mit welchem Ergebnis. Da musste er sich noch etwas ausdenken. Wie hieß das schon wieder, wenn man aufs Fahrrad gesetzt wurde, und während man strampelte, wurde die Herzfrequenz gemessen? Und was war ein normaler Blutdruck? So und so viel auf so und so viel, er hätte sich wirklich besser vorbereiten müssen. Das Heftpflaster hatte er auch vergessen, dass er sich in die Armbeuge hatte kleben wollen, um sagen zu können, die Sprechstundenhilfe habe ihm Blut entnommen.

Er war durcheinander, total durcheinander, zu keinem ver-

nünftigen Gedanken fähig. Wenn es so war, wie das Mäusefräulein gesagt hatte, wenn das stimmte …

Sie hatte keinen Moment gezögert, hatte sofort gesagt: «Das
ist Frau Barandun.» Aber es war doch Eliza, es war doch das
Bild von Eliza, das Passfoto, das er in Derendingers Nachttisch
gefunden hatte, wie hätte das denn dorthin kommen sollen,
wenn es das Bild von jemand anderem gewesen war, von jemandem, der Elisabeth Barandun hieß?

Elisabeth und nicht Eliza.

Obwohl: Die beiden Namen waren nicht weit auseinander.

Aber Sextherapeutin und Sekretärin im Ordnungsamt, das
war sehr weit auseinander.

Am Fernsehen – Was sollte man sonst machen, wenn man
nicht einschlafen konnte und die Augen zu müde zum Lesen
waren? –, am Fernsehen hatte er einmal in derselben Woche
zwei Filme mit dem exakt gleichen Plot gesehen: Zwillinge,
bei der Geburt auseinandergerissen, und als sie sich dann als
Erwachsene begegnen, staunen alle Leute über ihre Ähnlichkeit. Aber so etwas gab es doch nicht in Wirklichkeit, das
gab es nur in schlechten Drehbüchern, wenn den Autoren gar
nichts Vernünftiges mehr einfiel. Es konnten nicht zwei verschiedene Frauen sein, es war ein und dieselbe, ob sie jetzt
Eliza hieß oder Elisabeth oder Barandun oder Weißnichtwas.

Er würde Google aufrufen und «Barandun, Elisabeth» eingeben, null Komma null Sekunden, zehntausend Treffer, es
war kein seltener Name, aber er würde die richtige schon herausfinden. Vielleicht war ja eine Fotografie dabei, es war eigentlich immer eine Fotografie dabei; als er sich einmal selber gegoogelt hatte, aus idiotischer Eitelkeit, da hatte ihn sein
eigenes Jugendbild angegrinst, eine so uralte Aufnahme, dass
es schon gar nicht mehr wahr gewesen war. Mit Google würde

er anfangen und dann immer weiter suchen, er würde der Sache auf den Grund gehen, gründlich recherchieren würde er, wozu war er Journalist, er würde das Rätsel lösen, auch wenn er sich noch überhaupt nicht vorstellen konnte, wie das gehen sollte, entweder war das eine wahr oder das andere, oder beides war gelogen, oder …

Warum fuhr das Tram so verdammt langsam? Am liebsten wäre er nach vorn zum Fahrer gegangen, hätte an die Scheibe zum Führerstand geklopft und verlangt, er solle verdammt nochmal Gas geben, oder wie das in einer Straßenbahn hieß, aber das hätte auch nichts genutzt, die Fahrer in ihren Uniformen waren schon längst nur noch Dekoration, die Trams fuhren sich selber, nur weil die Fahrgäste es nicht mochten, wenn da gar niemand mehr am Steuerpult zu sehen war, hatte man die Leute noch nicht entlassen. Und weil sonst die Arbeitslosenstatistik noch schlimmer ausgesehen hätte.

Wie kam er jetzt auf die Arbeitslosenstatistik?

Er musste sich konzentrieren. Die Fakten logisch analysieren, auch wenn nichts an der Sache logisch zu sein schien, auch wenn nichts zusammenpasste, zwei verschiedene Puzzlespiele, die jemand durcheinandergemischt hatte, man will das Matterhorn zusammensetzen, und plötzlich hat man ein Stück Mona Lisa in der Hand. Mona Liza. «Wie Eliza in *My Fair Lady*», hatte sie gesagt, «das passt zu meinem Gewerbe.» Das hatte sie doch gesagt, verdammt nochmal, er hatte es doch gehört.

Er würde Trudis Wohnung nicht mehr verlassen, nahm er sich vor, bis er die Erklärung für das alles gefunden hatte, es gab immer eine Erklärung, er war nur im Moment zu blöd, um sie zu finden, sein Gehirn war eingerostet, eingetrocknet, das kam von der Hitze, von der Sonne, der heißeste Juli seit

Beginn der Aufzeichnungen, kein Wunder, war er im Spital gelandet. In Zukunft würde er nie mehr ohne Kopfbedeckung ...

Der Strohhut, verdammt, der Strohhut von Trudis verstorbenem Mann, den hatte er in seiner Aufregung vergessen, er hing immer noch am Garderobenständer in Markus' Vorzimmer – Siehst du den Hut dort auf der Stange? –, nun gut, wenn Markus ihn dort entdeckte, war das noch keine Katastrophe, es gab keinen Grund, warum er ihn mit seinem Vater in Verbindung bringen sollte, und Fräulein Schwarzenbach würde nichts von seinem Besuch verraten, das hatte sie ihm versprochen. Aber Trudi würde nach dem Hut fragen, er würde behaupten müssen, er habe ihn in der Arztpraxis liegen lassen, und ... Nein, das ging nicht, sie würde ihn holen wollen, würde in der Praxis vorbeigehen, und dann würde sie erfahren, dass er überhaupt nicht dort gewesen war. Er musste sich eine andere Geschichte ausdenken. Luft hatte er gebraucht, ja, das war einleuchtend, frische Luft nach all den Untersuchungen, er war an der Limmat spazieren gegangen, und ein Windstoß hatte den Strohhut ... Dünn. Bis er in Seebach ankam, musste ihm etwas Besseres einfallen.

Warum, zum Teufel, konnte diese Frau mit ihrem Kinderwagen nicht schneller aussteigen? Sie hielt das ganze Tram auf. Noch nicht einmal am Schaffhauserplatz waren sie, und er wollte doch an den Computer, wollte etwas unternehmen, irgendetwas, alles war besser, als nur dazusitzen und im Kreis herumzudenken.

«Eliza» und «Sexualtherapeutin», die zwei Worte hatte er schon einmal gegoogelt, gleich nachdem er sie kennengelernt hatte, und er hatte keine sinnvollen Ergebnisse bekommen, nur eine Frau in Österreich, die Kurse für «Slow Sex» anbot, was immer das war. Damals hatte ihn das nicht irritiert, es ist ein diskretes Gewerbe, hatte er gedacht, da schaltet man keine Anzeigen und tritt keinen Berufsverbänden bei, man verlässt sich auf die Mund-zu-Mund-Propaganda. Er konnte sich noch erinnern, wie er sich damals über die eigene Formulierung amüsiert hatte, «Mund zu Mund», das klang in diesem Zusammenhang unanständig. Dass die Suchmaschine gar keine Ergebnisse gefunden hatte, das konnte auch daran liegen, dass es unter dem Stichwort gar nichts zu finden gab, wo nichts ist, hat auch Google sein Recht verloren.

Aber *Der Boss der Bosse* war auch nicht zu finden gewesen.

Eliza hatte ihn von Anfang an angelogen. Warum?

Wenn sie keine Sextherapeutin war, woher hatte sie dann Derendinger gekannt?

«Mir wird von alledem so dumm, als ging mir ein Mühlrad im Kopf herum.» Sein Verstand, wenn er überhaupt noch einen hatte, war zu nichts zu gebrauchen, lieferte ihm da Goethe-Zitate statt Antworten.

Immerhin, er wusste wenigstens noch, wer Goethe war. Die jungen Leute heutzutage …

Konzentrier dich, Weilemann!

Nicht bei Eliza anfangen, sondern bei Markus. Der Eliza kannte, sehr gut kannte, er hatte mit eigenen Augen gesehen, wie vertraut die beiden miteinander umgingen. Wenn sie eigentlich Frau Barandun war, dann war das nichts Besonderes, ein Chef, der etwas mit seiner Sekretärin hatte, das war schon fast der Normalfall, erst recht, wenn sie so attraktiv war wie Eliza. Weilemann selber hatte ja mit dem Gedanken gespielt …

Markus.

Wenn Markus Eliza kannte – Warum dachte er «wenn»? Da gab es kein «wenn»! –, da Markus Eliza kannte, war es gut

möglich, dass er bei Weilemanns erstem Besuch im Ordnungsamt schon gewusst hatte, um was es ging, dass er vielleicht sogar die Fotomontage mit Awerbach und den beiden Männern
schon gekannt hatte, Eliza hatte sie eingescannt, da konnte sie
sie auch weitergegeben haben. Markus hatte sich nichts anmerken lassen, aber das war schon immer seine Art gewesen,
schon als Bub hatte er es genossen, mehr zu wissen als die
Erwachsenen. Wie damals, sie hatten alle drei beim Frühstück
gesessen, Markus und Doris und er selber, Markus hatte sein
Glas leer getrunken, Weilemann sah noch den weißen Milch-
schnauz an seiner Oberlippe vor sich, und dann hatte er so
ganz nebenher gesagt: «Die Gymi-Prüfung habe ich übrigens
bestanden.» Obwohl der Brief vom Schulamt noch gar nicht
eingetroffen war, der kam erst zwei Tage später. Er hatte ihnen
nicht verraten, woher er das schon wusste, auch hinterher
nicht, aber man hatte ihm angesehen, wie er dieses Wissen
genoss. Markus sammelte Geheimnisse wie seine Mitschüler
Modellautos oder Autogramme von Fußballspielern, und
Menschen veränderten sich nicht, nicht grundsätzlich, so wie
das Kind war, so ist auch der Erwachsene, das war schon immer Weilemanns Überzeugung gewesen.

Markus hatte den richtigen Job für seine Talente gefunden,
nur schon, weil niemand so genau wusste, was sie dort eigentlich machten in seinem Ordnungsamt. «Was habt ihr für
Möglichkeiten?», hatte er ihn gefragt, und Markus hatte gesagt: «Im Prinzip jede Möglichkeit, die wir brauchen.» Hatte
er dabei wirklich gegrinst, oder bildete sich Weilemann dieses Grinsen nur ein? Nicht einmal den eigenen Erinnerungen
konnte man trauen, denen am allerwenigsten.

Türkis war Elizas Kleid gewesen, und Markus hatte eine
weiße Smokingjacke angehabt.

«Ordnungsamt». Das Wort musste er auch googeln, nachsehen, was sie selber über sich erzählten, auch wenn es nicht
die Wahrheit sein würde, oder nur ein Teil der Wahrheit.
Amtsstellen waren schon immer gut darin gewesen, sich haar-
scharf an der Wirklichkeit vorbeizuformulieren, früher hatte
er diese Euphemismen sogar gesammelt, «Optimierung der
Staatseinnahmen» statt «Steuererhöhung» und «Entsorgungs-
park» statt «Müllhalde».

«Vollsühne» statt «Todesstrafe».

Ein Ordnungsamt sorgte für Ordnung, und gegen Ordnung konnte niemand etwas haben, schon gar nicht in der
Schweiz, «Ordnung ist das halbe Leben», hörte er immer noch
die vorwurfsvolle Stimme seiner Primarlehrerin, ihre fixe
Formulierung, wenn er in seinem Schulthek vergeblich nach
einem Bleistiftspitzer wühlte oder nach einem Radiergummi.
Aber was das für eine Ordnung war, um die es in diesem Amt
ging, das wurde nirgends erklärt,

Es gibt hier vieles, was vertraulich ist.

Er würde es herausfinden, nahm sich Weilemann vor. Alles
würde er herausfinden.

Und dann – sie waren gerade am Milchbuck – stand plötzlich ein Mann neben ihm, Jeans und eine braune Lederjacke,
und sagte: «Kontrolle. Alle Billette vorweisen, bitte!»

41

Weilemann fasste automatisch in die Hosentasche, wo sonst immer das Handy steckte und in dessen Hülle sein 9-Uhr-Pass. Nichts. Erst dann fiel ihm wieder ein, dass er ja kein Telefon mehr hatte. Und der 9-Uhr-Pass lag zusammen mit allem andern elektronisch Lesbaren zuhause auf dem Schreibtisch. Er war wirklich durcheinander, kein Wunder, nach dem, was er gerade erfahren hatte. Er zeigte dem Kontrolleur seine 24-Stunden-Karte und wollte sie gerade wieder einstecken, als der Mann sagte: «Moment mal! Darf ich?»

Er nahm Weilemann die Fahrkarte aus der Hand und betrachtete sie kritisch. Etwas daran schien ihn zu irritieren.

«Ich habe das Billet heute gekauft», sagte Weilemann.

«Zweifellos», sagte der Kontrolleur, ein hochgestochenes Wort, das nicht in die Zürcher Alltagssprache passte.

«Erst vor gut zwei Stunden.»

«Zweifellos», sagte der Kontrolleur noch einmal.

«Und es ist doch vierundzwanzig Stunden gültig.»

Der Mann in der Lederjacke schien über diese Feststellung nachdenken zu müssen. «Wenn es gültig ist, ist es gültig», sagte er. «Falls es aber ungültig sein sollte …»

«Lassen Sie Ihren Humor gefälligst an jemand anderem aus!» Weilemann wusste aus bitterer Erfahrung, dass es nie etwas bringt, bei Beamten grob zu werden, aber er war nicht in den Vierzehner gestiegen, um einem Fahrkartenkontrolleur als Unterhaltungsprogramm zu dienen, nicht ausgerechnet heute. Er wollte die Fahrkarte wieder zurücknehmen, aber der Kontrolleur streckte seine Hand in die Luft, wie auf dem Schulhof, wenn man sich einen Spaß daraus macht, einen kleineren Mitschüler vergeblich nach dem Ball hüpfen zu lassen. «Ganz ruhig», sagte er. «In der Ruhe liegt die Kraft.» Er schien eine Vorliebe für Sentenzen zu haben.

«Was wollen Sie eigentlich von mir?»

«Das wird sich herausstellen. Paul, kommst du mal?»

Sein Kollege, der unterdessen die anderen Fahrgäste überprüft hatte, war ein rundlicher älterer Herr mit Halbglatze und sah so gemütlich aus, als ob er den ganzen Tag in Filzpantoffeln herumliefe.

«Was gibt's denn?»

«Wirf doch mal dein Adlerauge auf diese Karte», sagte der Mann in der Lederjacke. «Fällt dir etwas auf?»

Sein Kollege holte umständlich ein Etui aus der Tasche, setzte eine schmale Brille auf und studierte das Billett. «Du meinst …?», fragte er.

«Ich meine.»

Der gemütliche ältere Herr rieb das kleine Stück Pappe prüfend zwischen Daumen und Zeigefinger, wiegte nachdenklich den Kopf hin und her und meinte: «Könnte sein.»

«Eben.»

Weilemann kam sich vor wie ein Spitalpatient, an dessen Bett die Ärzte seine Diagnose besprechen und dabei so wenig Rücksicht auf ihn nehmen, als ob er gar nicht im Zimmer wäre. «Was passt Ihnen an meinem Billett nicht?», fragte er.

«Oh, es passt mir sehr gut. Ich bewundere es sogar. Eins-A-Qualität. Haben Sie es selber gedruckt oder jemandem abgekauft?»

«Ich weiß nicht, was Sie meinen.»

«Er weiß nicht, was ich meine», wiederholte der Kontrolleur sarkastisch. Und zu seinem Kollegen: «Wie oft hast du diesen Satz schon gehört?»

«Oft», sagte der Dicke.

«Wieso sagen sie das eigentlich jedes Mal, wenn man sie erwischt?»

«Vielleicht halten sie es für einen Zauberspruch.»

«Der ist gut», sagte der Mann in der Lederjacke und lachte. «Ein Zauberspruch! Hokus pokus fidibus! Und schon haben wir Tomaten auf den Augen und akzeptieren einen Einkaufszettel als Generalabonnement.» Die beiden hielten sich für Entertainer.

Die anderen Fahrgäste im Tram bemühten sich nicht, ihr Interesse zu verstecken, sondern beobachteten die Szene so aufmerksam, als ob sie nur zu ihrer Unterhaltung stattfände. Auf der langweiligen Fahrt ins Außenquartier bekommt man nicht jeden Tag eine Show geboten.

Um nicht noch mehr Aufsehen zu erregen, stellte Weilemann seine nächste Frage ganz leise. «Was soll an meinem Billett nicht in Ordnung sein?»

«Wie bitte?», sagte der Kontrolleur und legte eine Hand hinters Ohr.

«Sie haben mich sehr gut verstanden!»

«Gehört habe ich Sie, aber verstehen tue ich Sie nicht. Sie können doch nicht im Ernst glauben, dass Sie mit dieser Fälschung durchkommen.»

«Fälschung?»

«Gut gemacht, das gebe ich zu. Wirklich beeindruckend, was die modernen Drucker alles können. Aber trotzdem so falsch wie eine Neunundneunzigernote.»

«Neunundneunzig neunzig», sagte der Dicke, und wieder war sein Kollege von der Pointe total begeistert. Die beiden klatschten sich sogar ab. Es fehlte nicht viel, und die Trampassagiere hätten applaudiert.

Es fiel ihm nicht leicht, aber Weilemann bemühte sich, ruhig zu bleiben «Ich habe diese Karte heute an einem Ihrer Automaten gekauft.»

«Die Behauptung macht Ihr Billett nicht echter», sagte der Kontrolleur. «Wie heißt das korrekt, Paul? Du bist der abgebrochene Jurist.»

Sein Kollege räusperte sich, bevor er antwortete, vielleicht, weil es jetzt offiziell wurde. «Benützung eines öffentlichen Verkehrsmittels ohne gültigen Fahrausweis.»

«Macht?»

«Hundertzwanzig Franken.»

«Plus?»

«Vorweisen eines gefälschten Fahrausweises.»

«Macht?»

«Zweihundertfünfzig Franken.»

«Total?»

«Dreihundertsiebzig Franken.»

«Aber nur …?»

«… bei sofortiger Bezahlung.»

Fragen und Antworten waren immer schneller gekommen. Die beiden waren ein eingespieltes Komikerduo.

«Moment mal», sagte Weilemann und stand auf. Solang er sitzenblieb, merkte er, wirkte er automatisch unterlegen. «Das ist kein gefälschtes Billett!»

Der Mann in der Lederjacke nickte, als ob er diese Antwort erwartet hätte. «Sie bestreiten das also?»

«Und ob ich das bestreite!»

«Was Sie nicht von der Zahlungspflicht befreit. Sag ihm, wie das geregelt ist, Paul!»

Der ältere Beamte räusperte sich ein zweites Mal. «Sollte sich bei der nachträglichen Überprüfung herausstellen, dass die Forderung der Verkehrsbetriebe zu Unrecht bestand, so hat der Fahrgast Anrecht auf Rückerstattung des geleisteten zusätzlichen Beförderungsentgelts.»

«Ich denke ja gar nicht daran …», setzte Weilemann gerade an, als die wütende Stimme eines Passagiers ihre Auseinandersetzung unterbrach. «Könnt ihr eure Scheiß-Diskussion nicht draußen weiterführen? Dieses Scheiß-Tram wartet jetzt schon ewig an dieser Scheiß-Station. Manche von uns haben auch noch anderes zu tun!»

In der Hitze der Auseinandersetzung war es Weilemann gar nicht aufgefallen, aber tatsächlich: Das Tram stand schon eine ganze Weile am Sternen Oerlikon. Wahrscheinlich stauten sich hinter ihnen schon die nächsten Straßenbahnen.

«Sind Sie bereit, mit uns auszusteigen?»

«Es wird wohl besser sein», knurrte Weilemann.

«Zweifellos», sagte der Kontrolleur.

Bevor sich die Türe hinter ihnen schloss, hörte man den Mann von vorhin noch schimpfen: «Scheiß-Schwarzfahrer! Es ist doch immer das Gleiche.»

An der Haltestelle waren sie weniger auffällig, einfach drei Männer, die sich miteinander unterhielten.

«Also», sagte der Mann in der Lederjacke, «wollen Sie bezahlen?»

Sein Kollege räusperte sich. «Sollte sich bei der nachträglichen Überprüfung herausstellen …»

«Ist ja gut, ist ja gut.» Weilemann beschloss, lieber nachzugeben, als noch mehr Aufsehen zu erregen. «Es ist zwar völlig lächerlich, was Sie da behaupten, aber dann bezahle ich halt. Nur … So viel Geld habe ich nicht bei mir.»

«Wir nehmen Kreditkarten.»

«Habe ich auch nicht dabei. Soweit ich weiß, geht das auch per Einzahlungsschein.»

«Zweifellos. Nach stattgehabter Überprüfung der Personalien. Darf ich um Ihren Ausweis bitten?»

«Habe ich zuhause liegen lassen.»

«Den hat er zuhause liegen lassen!» Vor lauter Sarkasmus sang der Kontrolleur die Worte beinahe. «Ich frage mich wirklich, wieso mich das nicht überrascht. Wie oft haben wir diesen Satz schon gehört, Paul?»

«Zu oft», sagte Paul. «Und meistens wollen sie dann Meier oder Müller heißen.»

«Ich heiße Weilemann.»

«Oder Weilemann.»

«Haben Sie eine andere Möglichkeit, sich auszuweisen?»

«Ich weiß nicht, warum ich das sollte. Schließlich sind Sie nicht von der Polizei.»

«Auch da haben Sie recht», sagte der jüngere Kontrolleur. «Aber wir können die Polizei jederzeit beiziehen, wenn Ihnen das lieber ist.»

«Jetzt machen Sie nicht so ein Theater, bloß weil Sie sich einbilden, meine Fahrkarte sei nicht echt.»

«Wir können auch auf die Polizei verzichten ...»

«Das will ich doch hoffen!»

«... wenn Sie sich bereit erklären, uns in unser Büro zu begleiten. Dort kann das Billett sehr schnell auf seine Echtheit überprüft werden, und wenn alles in Ordnung ist ...»

«... werden Sie sich bei mir entschuldigen.»

«Zweifellos», sagte der Kontrolleur. «Zum Glück ist unsere Zentrale ganz in der Nähe. Wenn Sie uns also folgen wollen?»

Sie hielten ihn nicht fest, flankierten ihn nur links und rechts. Wahrscheinlich hätte er ihnen mit einem Sprint entkommen können – als ob er mit seiner Hüfte zu Sprints in der

Lage gewesen wäre –, aber Weilemann war zum Schluss gekommen, dass es einfacher war, den beiden Komikern ihren Wunsch zu erfüllen, als sich mit ihnen zu streiten. Mit der 24-Stunden-Karte konnte es kein wirkliches Problem geben, er hatte mit eigenen Augen gesehen, wie Trudi sie am Automaten gekauft hatte. Aber dass er ausgerechnet heute auf zwei solche Idioten treffen musste! Es kam schon immer alles zusammen.

An der Wallisellenstraße waren auffällig viele Hipos zu sehen, alle paar Meter stand einer von den Hellblauen. Sie waren schon fast an der Thurgauerstraße angekommen, als Weilemann der Grund dafür klar wurde: Sie näherten sich dem Hallenstadion, und dort war ja heute die ganze Politprominenz der Schweiz versammelt; kein Wunder, dass man die Sicherheitsmaßnahmen hochgefahren hatte.

«Habt ihr eure Büros etwa im Hallenstadion?», fragte er. Ein kleiner Scherz; es konnte nie schaden, die Stimmung ein bisschen aufzulockern.

«Im Keller», sagte der Mann mit der Lederjacke. «Nur unten im Keller.»

42

Er fasste den Stuhl an der Lehne und schlug ihn mit voller Kraft gegen die Türe. Ein Streifen der dünnen Holzverkleidung löste sich, und darunter kam Metall zum Vorschein, viel zu massiv für seine Altmännerkräfte. Weilemann ließ den Stuhl fallen und stützte sich schwer atmend gegen das unüberwindliche Hindernis. Rüttelte noch einmal an der Klinke, obwohl er wusste, dass das zwecklos war. Die Türe war abgeschlossen, verriegelt, versperrt. In der Vollzugsanstalt Pöschwies konnten die Zellen nicht gründlicher gesichert sein.

In Pöschwies hätte er wenigstens mit einem Anwalt sprechen können.

Sie hatten ihn eingesperrt, und das Verrückte war: Zuerst hatte er es gar nicht gemerkt, hatte nicht gehört, dass ein Schlüssel im Schloss gedreht worden wäre, hatte auch nicht darauf geachtet, wäre gar nicht auf den Gedanken gekommen. An dem Raum, in den ihn die beiden Männer geführt hatten, war schließlich nichts Ungewöhnliches, ein paar Stühle, den Wänden entlang aufgereiht, ein niedriges Tischchen mit Zeitschriften, ein Tablett mit Gläsern und einer Wasserkaraffe. An den kahlen Wänden, das hätte ihm vielleicht auffallen müssen, Spuren von Klebestreifen, als ob man Bilder oder Plakate, die dort gehangen hatten, eilig entfernt hätte, um den Raum neu einzurichten, das Bühnenbild eines Wartezimmers aufzubauen, während in Wirklichkeit …

Zuerst hatte er sich noch eingeredet, die Türe sei einfach verklemmt, das Holz habe sich verzogen, oder das Schloss sei von selber eingerastet; wenn man sich aus Versehen aus seiner Wohnung aussperren konnte, man las immer wieder von solchen Fällen, dann war es auch möglich, dass man jemanden aus Versehen in ein Zimmer einsperrte; wenn sie zurückkamen, würden sie sich dafür entschuldigen.

Das hatte er tatsächlich gedacht. In Zeichentrickfilmen rannten die Figuren manchmal über eine Klippe hinaus ins Leere und liefen in der Luft fröhlich weiter, bis sie nach unten schauten und realisierten, dass sie gar keinen Boden mehr unter den Füßen hatten. Dann erst stürzten sie ab.

«Nur fünf Minuten», hatte der Mann mit der Lederjacke gesagt, und jetzt war es schon mehr als eine halbe Stunde.

Weilemann stellte den Stuhl wieder in die Reihe der anderen zurück, rückte ihn sogar zurecht, bevor er sich hinsetzte, obwohl es in seiner Situation nun wirklich nicht mehr auf Ordnung ankam. Sein Hüftgelenk schmerzte, aber das war jetzt auch nicht mehr wichtig. Wenn du ein Messer am Hals hast, macht es keinen Sinn zu fragen, ob dein Kragen zu eng ist.

Ergibt keinen Sinn.

Noch einmal alles durchdenken. Obwohl es nichts nützen würde. Eine Maus kann so klug sein wie Albert Einstein und kann sich trotzdem aus keiner Falle herausdenken.

Sie hatten das Hallenstadion durch einen Seiteneingang betreten, eine dieser Türen, an der gar nicht extra «Zutritt für Unberechtigte verboten» stehen muss, und man weiß trotzdem, dass man hier nicht erwünscht ist. Ein Polizist war davorgestanden, in Zivil zwar, aber eindeutig ein Polizist, man hatte ihm angesehen, dass er sich in einer Uniform wohler gefühlt haben würde. Der eine Kontrolleur – in jenem Moment hatte Weilemann noch geglaubt, er habe es wirklich mit ZVV-Angestellten zu tun – hatte ihm einen Ausweis gezeigt, und der Polizist war davonspaziert, die Hände auf dem Rücken, die unglaubwürdige Imitation eines Passanten, der nur ganz zufällig auf einem Spaziergang vorbeigekommen ist. Um die Türe zu öffnen, musste man einen Zahlencode eingeben, und während sein Kollege die Ziffern eintippte, hatte der andere Kontrolleur Weilemann in ein Gespräch verwickelt, hatte ihn, unvermittelt und ohne jeden Zusammenhang, gefragt, ob er sich für Fußball interessiere, und das Thema dann sofort wieder fallen lassen. Es war ihm nicht um Weilemanns sportliche Interessen gegangen, natürlich nicht, er hatte nur erreichen wollen, dass der sich zu ihm hindrehen musste und deshalb die Geheimzahl nicht erkennen konnte, so wie sich in einem Restaurant die Bedienung demonstrativ abwendet, wenn man beim Bezahlen den PIN seiner Kreditkarte eingibt; in ein paar Jahrhunderten, wenn es schon lang keine Kreditkarten mehr gibt, würden die Kellner immer noch dieselbe rituelle Bewegung machen, und niemand würde den Grund dafür kennen, heute wusste ja auch kaum mehr jemand, warum man beim Einschenken die linke Hand auf den Rücken legte, ursprünglich hatte man damit demonstrieren wollen, dass man dem Gast kein Gift in den Wein streute. Was die Vergifter jener Zeit bestimmt nicht davon abgehalten hatte, es trotzdem zu tun, sie hatten einfach einfallsreicher vorgehen müssen. So wie sie ihn einfallsreich in diese Falle gelockt hatten, «nur schnell überprüfen, ob Ihre Fahrkarte keine Fälschung ist», und schon war er am Haken gewesen.

Sie waren eine schmale Treppe hinuntergestiegen und noch eine, der Mann in der Lederjacke voraus und sein gemütlicher Kollege hinterher, Stufen aus Metall, die das Geräusch ihrer Schritte verstärkten, als ob da ein viel größerer Trupp unterwegs wäre, dann durch lange Gänge, ein Labyrinth, in dem Weilemann schon bald die Orientierung verlor, dicke Kabelstränge an der Decke und immer mal wieder Wegweiser, auf denen die Ziele nur als Abkürzungen angegeben waren, «HZ 2» und «LR 4–6», bis sie dann endlich zu der Türe gekommen waren, die sich jetzt nicht mehr öffnen ließ, der Lederjackentyp war höflich zur Seite getreten, ein Hoteldirektor, der seinem Gast den Vortritt lässt, ihr, die ihr eintretet, lasst alle Hoffnung fahren. «Fünf Minuten, länger wird es nicht dauern», hatte er gesagt und dann zu Weilemanns Überraschung: «Möchten Sie einen Kaffee?» Er hatte abgelehnt, obwohl er große Lust auf einen Espresso gehabt hätte, aber von diesen

Leuten ließ er sich nichts schenken, noch nicht einmal einen Kaffee, und wahrscheinlich hatten sie sowieso nur dieses lauwarme Filtergebräu, das schmeckte, als ob man die Flüssigkeit durch eine alte Unterhose habe tropfen lassen.

Ein Glas Wasser hatte er getrunken, angenehm kühl, und dann den Zeitschriftenstapel durchgesehen, nicht weil er Lust zum Lesen gehabt hätte, sondern ganz automatisch, wie man das in Wartezimmern macht, es waren dann aber gar keine Zeitschriften gewesen, sondern nur zehn- oder zwölfmal das Sonderheft der *Weltwoche* zum Delegiertenparteitag der Eidgenössischen Demokraten, auf einer Doppelseite die Porträts der Präsidiumsmitglieder, zuoberst, in doppelter Größe, das von Wille, kein aktuelles Bild natürlich, kein Schlauch in der Nase, sondern eins von früher, den Kopf wie auf allen seinen Fotos nach rechts gedreht, das war wohl seine bessere Seite. «Wille sieht nach dem Rechten», hatte deswegen früher mal ein Spruch geheißen, mit der Fortsetzung: «… und wenn er nach dem Rechten sieht, sieht er nur immer nach den Linken.» Markus, hatte Weilemann noch gedacht, würde viel darum geben, auch einmal in so einem Sonderheft abgebildet zu sein.

Und hatte immer noch nicht gemerkt, was los war.

Bis ihn dann die Blase drückte, und er hatte hinausgehen und sich auf die Suche nach einem WC machen wollen. Und festgestellt hatte, dass die Türe verschlossen war.

Bis zu diesem Moment, es war ihm peinlich, sich das eingestehen zu müssen, hatte er keinen Verdacht geschöpft – «Geschöpft»? Komisches Wort, eigentlich; gab es einen Verdachtsbrunnen, in den man seinen Eimer hinunterließ? –, hatte ganz selbstverständlich geglaubt, die Kontrolleure seien tatsächlich Kontrolleure, hatte ihr theatralisches Verhalten für bloße Wichtigtuerei gehalten, eine Macke, mit der sie sich ihren eintönigen Job interessanter gestalteten, blöd, dass ich ausgerechnet heute auf solche Clowns treffen muss, hatte er gedacht und sich nicht einmal darüber gewundert, dass die Verkehrsbetriebe ein Büro im Hallenstadion hatten. Sein Verstand war mit der Neuigkeit, die er im Ordnungsamt erfahren hatte – Eliza gleich Elisabeth gleich Markus' rechte Hand –, so beschäftigt gewesen, dass er das Nachdenken über alles andere eingestellt hatte; der große Rechercheur Kurt Weilemann hatte sich nicht mehr Gedanken gemacht als ein Volontär frisch von der Journalistenschule. Nicht einmal einen Ausweis hatte er sich von den beiden zeigen lassen, obwohl das das mindeste gewesen wäre, es hätte ihm allerdings auch nichts genützt, denn ein Kontrolleur, der kein richtiger Kontrolleur war, würde erst recht überzeugende Papiere in der Tasche haben. Weilemann hatte es mit Leuten zu tun, die an solche Dinge dachten.

Er hätte sich wehren können, sich weigern, mit ihnen mitzugehen, aber dann hätten sie Gewalt angewendet, und niemand wäre ihm zu Hilfe gekommen. Ein Schwarzfahrer, der renitent wird, da hätten die anderen Passagiere noch applaudiert, wenn er abgeführt wurde.

Man hatte ihn festgenommen, und er hatte es viel zu spät gemerkt. «Nicken Sie mal!», sagte der Scharfrichter zu dem Geköpften. Jemand hatte gewusst, wo er war, obwohl das eigentlich niemand wissen konnte, hatte gewusst, wo er herkam und wo er hinwollte, all seine Vorsichtsmaßnahmen hatten nichts genützt, er hätte sein Telefon und seinen 9-Uhr-Pass ruhig mitnehmen können, sie waren ihm auch so auf die Spur gekommen. Durchsage der Leitstelle: «Der Gesuchte sitzt im Vierzehner nach Seebach», und dann hatte man ihn elegant aus dem Verkehr gezogen, ganz wörtlich aus dem Verkehr, «die Störung am Sternen Oerlikon ist behoben, für allfällige Verspätungen bitten wir unsere Passagiere um Verständnis, piep».

Und er hatte nichts gemerkt. Hatte tatsächlich für möglich gehalten, sie könnten glauben, er sei mit einem gefälschten Billett unterwegs.

Sein Mund fühlte sich an wie Papier, das lag an der künstlichen Belüftung in diesem unterirdischen Zimmer, die machte die Luft immer so trocken. Er schenkte sich ein Glas Wasser ein und kippte es dann vorsichtig wieder in die Karaffe zurück.

Wasser war kostbar.

Wenn sie ihn aus dem Weg schaffen wollten, weil er ihrem Geheimnis zu nahe gekommen war, wenn sie ihn ein für alle Mal aus dem Spiel nehmen wollten, dann mussten sie gar nichts mehr unternehmen, mussten sich keinen Sprung vom Lindenhof ausdenken und kein umgestürztes Bücherregal, es reichte, wenn sie diese Türe geschlossen ließen, drei Tage oder vier würden ausreichen, länger hielt es der Körper ohne Wasser nicht aus, das hatte er mal irgendwo gelesen. In seinem Fall würde es ein bisschen länger dauern, in der Karaffe war mindestens noch ein halber Liter, aber dann … Verhungern tut nicht weh, hatte in demselben Artikel gestanden, der Durst ist das Schlimme, die Nieren können ihre Arbeit nicht mehr tun, irgendein Element – Kalium? Kalzium? – wird nicht mehr ausgeschieden, und früher oder später bleibt das Herz stehen. Wenn das ihr Plan war, dann mussten sie nur die paar Tage abwarten und dann seine Leiche wegschaffen, vielleicht in einer dieser schwarzen Kisten, in denen für Konzerte die Lautsprecher transportiert wurden, das würde nicht auffallen hier im Hallenstadion. Wenn sie dann kamen, würden sie seinen

Körper direkt hinter der Türe finden, zusammengebrochen beim Versuch, sie doch noch aufzubrechen. Nach einem allerletzten Versuch, nach Hilfe zu schreien, aber hier unten, tief im Bauch des Stadions, konnte einer so laut schreien, wie er wollte, niemand würde ihn hören.

Es ist eine absurde Situation, dachte Weilemann, im Kopf male ich mir das Verdursten aus, und im Bauch drückt mich die Blase. Im Notfall würde er in ein Glas pinkeln müssen, wie in der Arztpraxis, wenn Doktor Rebsamen mal wieder seine Werte überprüfen wollte, oder …

Ein Geräusch. Ein metallisches Klicken. Jemand war an der Türe.

Weilemann sprang auf, wollte aufspringen, musste sich aber mühsam in die Höhe stemmen, die Hüfte war mal wieder im Totalstreik. Er packte einen Stuhl und hielt ihn vor sich hin, wie er es als Kind einmal im Zirkus bei einem Löwenbändiger gesehen hatte, die Stuhlbeine gegen einen möglichen Angreifer gerichtet.

Die Klinke bewegte sich. Die Türe ging auf.

«Ich hoffe, wir haben dich nicht zu lang warten lassen», sagte Eliza.

43

Das wäre der Moment gewesen, in dem Weilemann etwas Brillantes hätte sagen müssen, irgendeinen coolen James-Bond-Satz, total souverän, aber er war nicht James Bond, er war ein alter Mann, dem die Knochen weh taten.

«Ich muss aufs Klo», sagte Weilemann. «Dringend.»

Eliza nickte, als ob sie das erwartet hätte. «Herr Gähwiler wird dir den Weg zeigen.»

Herr Gähwiler entpuppte sich als der ältere Kontrolleur aus dem Tram, der abgebrochene Jurist. Ist der jetzt die ganze Zeit vor dieser Türe gestanden?, fragte sich Weilemann, realisierte aber gleich, dass das nicht sein konnte, denn Gähwiler hatte sich unterdessen umgezogen. Als Kontrolleur hatte er noch einen bequemen Schlabberpulli angehabt, jetzt trug er Anzug, sehr korrekt, die Krawatte gelb-grün-weiß gestreift, assortiert zum Thurgauer Wappen an seinem Revers. «Sorry wäge vori», sagte er. «Aber Dienst ist Dienst.»

Als ob damit alles erklärt wäre.

In dem engen Gang hätten zwei Menschen nebeneinander keinen Platz gehabt, und so ging der Kontrolleur, der kein Kontrolleur war, voraus und sah sich dabei kein einziges Mal um; er war sich sehr sicher, dass ihm Weilemann nicht weglaufen würde. Ich könnte es versuchen, dachte er einen Moment lang, könnte einfach losrennen, aber Gähwiler hätte ihn mit Leichtigkeit eingeholt – im Anzug sah er gar nicht mehr nach Filzpantoffeln aus –, und außerdem würde sich Weilemann im Labyrinth dieses Untergeschosses mit Sicherheit verlaufen und sich dann mit eingezogenem Schwanz wieder einfangen lassen müssen, ein Kalb, das auf dem Weg zum Schlachthof versucht hat davonzulaufen.

Nein, an einen Schlachthof wollte er lieber nicht denken. «Limmatclub Zürich» hatte auf der Blache gestanden, und auf allen Seiten war das Blut herausgelaufen. Derendingers Blut.

Die Toilette war eine Treppe höher; ohne Begleitung hätte Weilemann den Rückweg in tausend Jahren nicht gefunden. Als er wieder herauskam, war Gähwiler damit beschäftigt, auf seinem Commis herumzutippen, ohne Erfolg, er schüttelte den Kopf und meinte: «Kein Empfang. Hier unten gehört man gar nicht mehr richtig zur Welt.» Eine harmlose Bemerkung, aber man konnte sie auch als Drohung verstehen.

Auf dem Rückweg zum Wartezimmer – zu Weilemanns Gefängniszelle – sprachen sie weiter kein Wort miteinander.

Gähwiler klopfte an, bevor er die Türe öffnete, wartete aber keine Antwort ab, sondern ließ Weilemann eintreten und machte die Türe hinter ihm zu. Eliza klappte einen kleinen Kosmetikspiegel zu und machte diese seltsame Lippenbewegung, mit der Frauen den frisch aufgetragenen Lippenstift besser verteilen. Die Schminkerei, schien es Weilemann, passte nicht zu ihr; Eliza war ihm immer als die Sorte Frau erschienen, die perfekt aussieht, ohne etwas dafür tun zu müssen. Er hatte sich sogar gefragt, ob sie überhaupt Lippenstift verwendete, oder ob die Farbe …

«Wollen wir uns nicht setzen?»

Höflich. Eine guterzogene Tochter aus besserem Haus.

Aus der Reihe an der Wand nahm sie sich einen Stuhl heraus und stellte ihn mitten in den Raum, so dass Weilemann nichts anderes übrigblieb, als sich ihr gegenüberzusetzen, fast Knie an Knie, es war ein kleines Zimmer.

Bei einem Verhör saß man wohl ähnlich da, nur dass man bei einem Verhör gefesselt gewesen wäre.

Eliza trug einen Hosenanzug, einen Merkel, wie man das Kleidungsstück nach der früheren deutschen Kanzlerin nannte. Sie sah darin sehr jung aus, ein auf erwachsen verkleideter Teenager. «Tut mir leid, dass du so lang warten musstest», sagte sie. «Du wirst eine Menge Fragen haben.»

«Die du mir nicht beantworten wirst.»

«Probier's.»

«Wer weiß alles Bescheid über den Mord an Morosani?»

Das wäre eine Frage gewesen, die er hätte stellen können. Oder: «Habt ihr schon entschieden, wie ihr mich umbringen wollt?» Aber Weilemann fragte etwas ganz anderes.

«Wer bist du eigentlich, verdammt nochmal?»

«Ich heiße Elisabeth Barandun, aber das hast du ja schon herausgefunden. Von Beruf bin ich Sekretärin bei deinem Sohn.»

«Und in der Freizeit Sextherapeutin.»

Eliza – er würde sich nie daran gewöhnen, sie Elisabeth zu nennen – lachte. Es war ein sympathisches Lachen, ein Lachen, in das sich Weilemann in einem anderen Zusammenhang hätte verlieben können. «Nein, das bin ich natürlich nicht», sagte sie.

«Spezialisiert auf ältere Kunden.»

«Tut mir leid, dass ich dir das erzählt habe», sagte sie. «Aber Markus hatte gemeint, ich solle mir etwas ausdenken, bei dem es dir peinlich wäre nachzufragen.»

«Es war mir nicht peinlich!» Weilemann sagte das heftiger, als es nötig gewesen wäre, denn tatsächlich war es ihm sehr peinlich gewesen.

«Aber du hast nicht nachgefragt.»

«Du hast gesagt, deine Wohnung ist absichtlich so altmodisch eingerichtet, damit sich deine Kunden zu Hause fühlen.»

«Meine Wohnung ist so altmodisch eingerichtet, weil ich sie so von meiner Mutter geerbt habe. Ich bin noch nicht dazu gekommen, mir andere Möbel zu besorgen.»

«Und du weißt, wie Patschuli riecht.»

Sie lachte schon wieder. «Ich habe behauptet, dass ich es weiß. Und weil wir beide keine Ahnung hatten, klang es wohl überzeugend.»

Sie nahm das alles so locker, als ob es nur um ein Spiel ginge, das sie miteinander gespielt hatten.

Und das sie gewonnen hatte.

«Derendinger war dein Kunde.»

Eliza – ja, verdammt nochmal, für ihn war sie Eliza – schüttelte den Kopf. Ihre roten Haare, fiel ihm auf, waren perfekt frisiert und sahen doch ganz natürlich aus. Nur die ganz guten Friseure, hatte er mal gelesen, brachten eine Frisur zustande, die aussah, als sei sie von selber so gewachsen.

«Nein», sagte sie, «Ich habe Felix Derendinger nicht gekannt.»

«Aber …»

«Ich bin ihm nie begegnet.»

«Du hast alles über ihn gewusst!»

Eliza sah ihn an wie eine nette Lehrerin, die einen begriffsstutzigen Schüler nicht vor der ganzen Klasse zusammenscheißen will. «Ich arbeite beim Ordnungsamt», sagte sie.

Wo man nur «Personenfeststellung» kommandieren musste, und der Computer spuckte aus, was man brauchte. Und trotzdem …

«In seinem Nachttisch habe ich deine Fotografie gefunden!»

«Das solltest du auch. Es machte die Geschichte überzeugender.»

«Und einmal hast du geweint, als du an ihn gedacht hast.»

«Ach, weißt du», sagte Eliza. «Tränen … Das glauben einem Männer eigentlich immer.»

Sturm im Grind. Weilemann hatte den Ausdruck immer geliebt, aber es war immer nur ein Ausdruck gewesen, keine Tatsachenbeschreibung. Aber jetzt … Ein Reporter in seinem Kopf hätte von einem Erdbeben berichtet, Stärke neun Komma neun auf der Richter-Skala, kein Stein mehr auf dem andern.

«Was für eine Geschichte?»

«Die von mir und Derendinger. Ich konnte dir ja nicht erzählen, dass ich nur zu seiner Abdankung gekommen bin, weil das ein guter Ort war, um dich anzusprechen.»

Ein heftiges Nachbeben.

«Die Fotografie lag absichtlich …?»

Eliza nickte. «Es war alles für dich vorbereitet. Weggeschafft, was du nicht finden solltest. Nur das Buch mit den Endspielen haben sie übersehen. Haben es für harmlos gehalten.»

«Sie?»

«Die Leute, die Derendingers Wohnung aufgeräumt haben.»

«Und was waren das für Leute?»

«Mitarbeiter des Ordnungsamtes. Aber Markus kann dir das alles sehr viel besser erklären als ich.»

Freundlich und hilfsbereit. Als ob sie hinter dem Auskunftsschalter eines Warenhauses säße. Männermode im ersten Stock, Wohnungsräumungen im zweiten, Abstürze vom Lindenhof im dritten.

«Du bist Derendinger nie begegnet?»

«Nie.»

«Aber du hast mir doch erzählt, was er über mich gesagt hat.»

«‹Der einzige Journalist, dem man den Ausweis nicht wegen Unfähigkeit wegnehmen müsste›? Markus meinte, dass du das bestimmt glauben würdest. ‹Und lass ihn vom Fall Handschin erzählen›, hat er gesagt, ‹das tut er immer gern.› Übrigens: Ich habe die alten Zeitungen nachgelesen. Schon beeindruckend, wie du damals auf die richtige Spur gekommen bist.»

«Hat dir das Markus auch vorgesagt? ‹Mach ihm Komplimente, mein Vater ist dumm genug und fällt darauf rein.›»

«Du solltest nicht so schlecht über deinen Sohn denken», sagte Eliza. Ganz ernst plötzlich, als ob das nicht mehr zu ihrem fröhlichen Spiel gehörte. «Er hat eine Menge für dich getan.»

«Markus???» In keinem Setzkasten dieser Welt gab es so viele Fragezeichen, wie Weilemann hinter den Namen setzte.

«Ich finde es schade, dass ihr beide euch so schlecht verträgt. – Übrigens: Er lässt sich entschuldigen. Er kommt, so schnell es geht. Aber oben laufen noch die Abstimmungen, da kann er nicht weg.»

«Wer eingesperrt ist, hat Zeit.» Weilemann hatte nicht sarkastisch sein wollen, aber wenn er seine dunkelschwarze Laune hatte, rutschten ihm solche Töne ganz von selber ins Maul.

«Du bist nicht eingesperrt», sagte Eliza. «Die Türe ist offen.»

«Weil ein Mann davor steht, der mich bewacht.»

«Nur, um dich zu schützen.»

«Schutzhaft? Weißt du eigentlich, wo der Ausdruck herkommt?»

«Ja», sagte Eliza und klang jetzt ein bisschen ärgerlich. «Das weiß ich sehr gut. Ich habe ein paar Semester Geschichte studiert. Aber das hier ist etwas anderes. Du bist wirklich in Gefahr.»

«Durch wen?»

«Markus wird dir das erklären.»

«In Gefahr, weil ich mich mit Derendinger getroffen habe?» Sie nickte. «Und weil du zu Läuchli gefahren bist.»

«Ihr habt mich doch selber hingeschickt! Du hast mir das mit der Fotomontage erklärt, und Markus hat mir die Adresse gegeben.»

«Wir haben halt gedacht: Helfen wir ihm bei den Dingen,

die er früher oder später auch ohne uns herausfinden wird. Dann können wir besser verhindern, dass er ...»

«Dass ich was?»

«Es gibt heiße Eisen, die man besser nicht anfasst.»

«Einen alten Mann im Heim besuchen – ist das ein heißes Eisen? Dabei war er völlig gaga.»

«Wir hatten uns überlegt: Lassen wir ihn hinfahren, und wenn wir alles richtig vorbereiten, hat die Sache damit ein Ende.»

«Wenn wir was vorbereiten?»

Eliza antwortete nicht. Stattdessen stand sie auf und ging zur Türe.

«Ich hole ihn her», sagte sie. «Sonst glaubst du mir ja nicht.»

44

Als sich die Türe hinter Eliza geschlossen hatte, schnappte kein Riegel ein, und kein Schlüssel drehte sich im Schloss. Sie hielten es wohl nicht für notwendig, jedes Mal abzuschließen, jetzt, wo Gähwiler vor der Türe stand, Gähwiler, der aussah wie der Präsident von einem Briefmärkeler-Verein, der aber bestimmt Karate konnte oder Tai Chi oder wie diese Kampfsportarten hießen. Egal. Um mit Weilemann fertig zu werden, musste niemand Judo können, bei seinem Zustand reichte für einen K. O. auch ein spitzer Zeigfinger.

Es war nicht nur die Hüfte, die ihn fertigmachte, noch nicht einmal die Angst vor dem, was noch alles passieren konnte – und er hatte nun wirklich Grund genug, Angst zu haben –, nein, es war die Enttäuschung über sich selber, die ihm jeden

Mumm raubte, die Tatsache, dass er die ganze Zeit so überhaupt nicht kapiert hatte, was wirklich um ihn herum vorgegangen war. Sie hatten ein Potemkinsches Dorf für ihn aufgebaut – Wie betonte man das eigentlich? Auf der ersten Silbe oder auf der zweiten? –, und er war in diesem Dorf herumspaziert wie ein naiver Tourist, schau, dort drüben die schöne Fassade, hör mal, wie hübsch der Dorfbrunnen plätschert. Doof ist doof, da helfen keine Pillen.

Dass er sich so saft- und kraftlos fühlte, reif fürs Altersheim oder gleich für einen Anruf bei Exit, das hatte auch mit Eliza zu tun, Eliza, die ihm von Anfang an sympathisch gewesen war, und die ihm immer noch sympathisch war, obwohl er weiß Gott keinen Grund mehr dazu hatte.

Sie hatte ihn angelogen, brandschwarz, die ganze Zeit angelogen, hatte ihm von Anfang an Theater vorgespielt, eine Schmierenkomödie, zu der wahrscheinlich Markus das Textbuch verfasst hatte, und Weilemann war brav im Parkett gesessen und hatte alles geglaubt, was die beiden für ihn auf die Bühne zauberten, unkritisch wie ein kleiner Bub im Weihnachtsmärchen. Da war Markus schon als Vierjähriger schlauer gewesen, Doris und er hatten ihn damals in seine allererste Theatervorstellung mitgenommen, *Rotkäppchen*, und an der spannendsten Stelle, als sich der böse Wolf an die Großmutter heranschlich, hatte er ganz laut gesagt: «Das ist überhaupt kein Wolf, das ist ein verkleideter Mann.»

Überhaupt: Markus. Der mit Eliza, mit Elisabeth Barandun, unter einer Decke steckte, ganz wörtlich unter einer Decke, Weilemann wollte sich das lieber nicht vorstellen. Er hatte die beiden zusammen gesehen, als sie sich unbeobachtet glaubten und deshalb keinen Grund zur Verstellung hatten, und da hatte nicht einfach ein Chef seine Sekretärin abgeholt, da war es nicht um einen dienstlichen Anlass gegangen, nein, da hatten sich zwei Verliebte getroffen, zwei, die aufeinander eingespielt waren, Markus hatte Eliza die Wagentüre geöffnet, und vielleicht, Weilemann hatte das von seinem Standort aus nicht erkennen können, hatten sich die beiden nach dem Einsteigen sogar geküsst. Wahrscheinlich hatten sie ihre Pläne immer im Bett geschmiedet, Kopfkissengespräche, Markus hatte ihr einen Witz über seinen Vater zugeflüstert, und Eliza hatte gelacht, dieses besondere Lachen, das Weilemann schon damals bei der gemeinsamen Fahrt in ihre Wohnung aufgefallen war, wie das Gurren eines Vogels. Hatte über ihn gelacht, die ganze Zeit. Hatte ihn zum Idioten gemacht.

Nein. Das hatte er schon selber geschafft.

Denn natürlich war er in Eliza verliebt gewesen, Altherrenerotik nannte man das wohl, alles im Kopf und nichts in der Hose, und seine Phantasien hatten ihm das Gehirn vernebelt, so dass er alles geschluckt hatte, was sie ihm auftischte; wenn sie ihm gesagt hätte, dass man Patschuli aus alten Socken destilliert, er hätte ihr auch das geglaubt.

Dümmer, als die Polizei erlaubt.

Und heute, wo ihr doch klar sein musste, dass er unterdessen ihre Manipulation durchschaut hatte, war sie hereingekommen, als ob nichts wäre, hatte ihm keinen Moment das Gefühl gegeben, dass ihr die Begegnung peinlich war oder dass sie ein schlechtes Gewissen hatte, keine Spur davon, total selbstsicher war sie gewesen, als sei es das Natürlichste von der Welt, dass man jemandem falsche Kontrolleure auf den Hals hetzte und ihn dann in einem Keller einsperrte. «Tut mir leid, dass du warten musstest», hatte sie gesagt, so selbstverständlich korrekt, als hätten sie eine Verabredung miteinander gehabt, zum Teetrinken oder sonst zu etwas Harmlosem, und der Termin habe sich leider, leider verzögert. Und dabei hatte er Todesängste ausgestanden, hatte sich schon gefragt, was schlimmer sei, Verhungern oder Verdursten, die übelsten Dinge hatte er sich ausgemalt, aber so etwas schien ihr gar nicht in den Sinn zu kommen, obwohl sie doch über alles Bescheid wissen musste, Derendinger unter der Blache vom Limmatclub und Fischlin unter seinem Bücherberg, da war es doch klar, dass er damit rechnen musste, der Dritte zu werden.

Aber sie? Als ob nichts gewesen wäre. Ausgesprochen freundlich sogar, das hatte ihn am meisten fertiggemacht, wie man sich eben benimmt als bessere Vorzimmerdame, perfekte Manieren. Nur ein bisschen enttäuscht hatte sie gewirkt, als ob sie ihm tatsächlich einen Gefallen habe tun wollen, und er sei zu blöd oder zu undankbar gewesen, um das zu merken. So eine «Es war doch alles zu deinem Besten»-Haltung. Ein sanft vorwurfsvoller «Und wir haben uns solche Mühe mit dir gegeben»-Ton. Sie hatte sich sogar für kleine Fehler entschuldigt, zum Beispiel, dass ihre Leute oder Markus' Leute oder irgendwem seine Leute – vielleicht Gähwiler und sein Lederjacken-Kollege – das Schachlehrbuch mit der manipulierten Fotografie darin übersehen hatten, beim nächsten Personalgespräch würde das einen Verweis absetzen. Und dabei war sie es doch gewesen, die ihm den Schlüssel zu Derendingers Wohnung gegeben hatte – Wo hatte sie den eigentlich hergehabt, wenn sie Derendinger überhaupt nicht gekannt hatte? –, und die dafür gesorgt hatte, dass es dort für ihn nichts zu finden gab. Außer ihrer Fotografie, die sie in Derendingers Nachttischschublade hatte platzieren lassen, wie man ein Stück Käse in der Falle platziert. Und er hatte prompt angebissen. «Wir wollten dir bei den Dingen helfen, die du früher oder später sowieso herausfinden würdest», hatte sie gesagt, nette Erwachsene lassen einem Kind die Freude, etwas selber zu entdecken. Deshalb hatte Markus ihm Läuchlis Adresse organisiert, «lasst ihn ruhig mit ihm reden», hatten sie sich gedacht, weil sie ja genau wussten, dass dem ein paar Bücher im Regal fehlten und bei ihm nicht mehr herauszufinden war, als wie ein Hund wauwau macht und ein Esel ii-ah. Als er dann zurückgekommen war und ihr von seinem Misserfolg berichtet hatte, da hatte Eliza überhaupt nicht nachgedacht, sondern sofort gesagt: «Dann haben Nachforschungen keinen Sinn mehr, Strich drunter, Ende, aus.» Obwohl es überhaupt nicht zu ihr passte, so schnell aufzugeben. Hatte sich nicht einmal die Mühe gemacht, ihn selber auf die Idee zum Aufhören kommen zu lassen, und auch das war ihm nicht aufgefallen. Wahrscheinlich hatte sie gedacht, mit seinem Ausflug zu Läuchli ist das Problem ein für alle Mal erledigt, der alte Trottel hört auf zu recherchieren, hockt den Rest seines Lebens nur noch in seiner Wohnung und wartet darauf, dass jemand einen Nachruf bei ihm bestellt.

Auf alles war er reingefallen, so blöd wie ein überheblicher Schachspieler, der eine Opferkombination nicht durchschaut, sich schon als Turniersieger sieht, zack, der Läufer, peng, der Turm, und dann plötzlich Abzugsschach und matt. Wie der schlimmste E-Em-We hatte er sich verhalten, ach was, ein Idiot wie er war selbst mit *Eile mit Weile* noch überfordert.

Dass ihm dann doch noch die kleine Diskrepanz in Lauckmanns Wikipedia-Eintrag aufgefallen war, das war kein Verdienst gewesen, keine detektivische Leistung. Ein reiner Zufall hatte ihn darauf gebracht, sich die ganzen Lauckmann-Romane zu besorgen, auch *Der Boss der Bosse*, und nur deshalb …

Nur deshalb war Fischlin jetzt tot. Ob Eliza auch damit etwas zu tun hatte? Und Markus?

Es gibt Fragen, die stellt man sich nur, weil man hofft, es würde einem schon etwas einfallen, um sie mit «Nein» beantworten zu können. Natürlich hatten die beiden damit zu tun. Der fremde Mann in der Halle vom *Abendrot*, würden sie sich überlegt haben, das kann diesmal nicht Weilemann gewesen sein, der ist auf dem Weg nach Genf, wir haben ja seine Handydaten. Also wird der Name auf der Visitenkarte schon stimmen. Und hatten jemanden losgeschickt, um Fischlin aus dem Weg zu schaffen.

Was natürlich bedeutete, dass auch er selber in Lebensgefahr war. Oder bereits tot.

Nicken Sie doch mal.

Aber warum war Eliza dann so nett zu ihm gewesen? Fürsorglich geradezu, ja, das war das Wort, und zwar nicht mit dieser verlogenen Krankenschwestern-Fürsorglichkeit, nicht wie jemand, der «Wie geht es uns denn heute?» sagt und es gar nicht wissen will, sondern ganz echt.

Echt? Als ob er in der Lage wäre, echt von falsch zu unterscheiden, ausgerechnet er, der sich die ganze Zeit für einen superkritischen Recherchierjournalisten gehalten hatte, für einen großen Geheimnis-Aufdecker, und der auf alles hereingefallen war, ihr jede Lügengeschichte abgekauft hatte, Sexualtherapeutin für die ältere Kundschaft und was noch alles, er hatte ihr das nicht nur geglaubt, sondern hatte sogar überlegt, ob er nicht eines Tages auch selber …

Dem einen fällt das Herz in die Hose und dem anderen das Hirn.

Und doch: Er hätte nach wie vor darauf geschworen, dass ihre Freundlichkeit nicht gespielt war. Man muss auf die Augen schauen, hatte er gelernt, mit dem Mund kann man künstlich lächeln, aber bei den Augen ist das automatisch, da hat der Mensch keinen Einfluss darauf. Ihre Augen hatten gelächelt, so verblödet war er doch nicht, dass er das nicht hätte unterscheiden können.

Und man lächelt einen Menschen nicht an, wenn man vorhat, ihn umbringen zu lassen. Oder doch? «Dass einer lächeln kann und immer lächeln und doch ein Schurke sein.»

Schade, dass man mit Klassikerzitaten keinen Krieg gewinnen kann.

Jetzt war sie gegangen, um Markus zu holen, und sein Sohn würde nicht freundlich zu ihm sein, der wusste gar nicht, wie das ging, knallhart würde das Gespräch werden, von beiden Seiten, Weilemann würde ihm zeigen, dass ein Omega vielleicht gegen ein Alpha keine Chance hat, dass es aber trotzdem aufbegehren kann, seine Meinung sagen und zwar mit Salz und Pfeffer. «Morosani», würde er nur sagen, und wenn ihm Markus dann auswich, so wie er es als Bub immer gemacht hatte, wenn er den Harmlosen spielte, dann würde Weilemann ...

Ja, was würde er? «Der Spinne werde ich aber die Meinung geigen», sagte die Fliege im Netz.

Früher – daran merkte er, dass er wirklich alt geworden war, nur alte Leute flüchteten sich ständig in ihre Vergangenheit – früher hatte er sich, wenn er bei einer Recherche auf keinen grünen Zweig gekommen war, damit getröstet, dass er das magere Ergebnis am Schluss immer noch schönschreiben konnte, wer zuletzt schreibt, lacht am besten. Jetzt war die Situation umgekehrt: Er hatte alles herausgefunden, was er herausfinden wollte, mehr sogar, viel mehr, hatte einen Skandal aufgedeckt, der Grund genug für eine superdicke Schlagzeile gewesen wäre, quer über die erste Seite, ach was, Grund genug

für ein Extrablatt, aber er würde nicht darüber schreiben können, das würden sie nicht zulassen. Um die Geschichte unter
dem Deckel zu halten, hatten sie Derendinger umgebracht und
Fischlin auch, obwohl der mit der Sache überhaupt nichts zu
tun hatte, da würden sie Weilemann nicht einen Laptop hin-
stellen und sagen: «Und wenn dein Text fertig ist, lädst du ihn
am besten gleich direkt ins Internet.»

Nein, sie würden …

Markus würde …

Und dann ging die Türe wieder auf.

45

Aber es war nicht Markus, der hereinkam.

«Bei Philippi sieht man sich wieder.»

Läuchli.

Nein, diesmal war es nicht Läuchli, diesmal war es Lauckmann, ein gepflegter alter Herr in einem Maßanzug, der so
perfekt faltenfrei an seinem mageren Körper saß, als ob er ihn
gerade erst aus dem Kleiderschrank geholt hätte.

«Sie sehen anders aus.» Weilemann hatte das nicht sagen
wollen, es rutschte ihm einfach so heraus.

«Das macht die Perücke», antwortete Lauckmann. «Heute
ist es meine eigene. Die andere hatte ich mir bei meinem
Zimmernachbarn ausgeliehen. Ohne ihn um Erlaubnis zu fragen, muss ich gestehen.» Sagte es mit einem kleinen Lächeln,
ein intelligentes Lächeln, nicht wie jemand, der den bösen
Alois hat. Auch bei ihm war Weilemann also auf eine Verstellung hereingefallen.

«Ich muss mich bei Ihnen entschuldigen», sagte Lauckmann. «Ich habe Sie …» Er unterbrach sich, holte ein sorgfältig zusammengefaltetes Taschentuch heraus und tupfte sich den Mund ab. Erst, als er das gute Stück wieder verstaut hatte, fragte er: «Passiert es Ihnen auch manchmal, dass Ihnen so viele verschiedene Worte für dieselbe Sache einfallen, dass Sie gar nicht mehr wissen, welches davon Sie verwenden sollen?»

Überhaupt nicht plemplem.

«Ich zum Beispiel», fuhr Lauckmann fort, «wollte gerade sagen, dass ich Sie bei unserer letzten Begegnung auf den Arm genommen habe. Aber dann ist mir auch noch ‹auf die Schippe nehmen› eingefallen. Und ‹durch den Kakao ziehen›. Und ‹einen Bären aufbinden›. In einem meiner Bücher hätte ich geschrieben: ‹Ich habe Sie verarscht.› Meine Leser erwarteten eine gewisse Menge Kraftausdrücke in ihrer Lektüre, und die Kunst geht nach Brot. Wissen Sie, von wem das Zitat ist?»

«Lessing», sagte Weilemann.

«Ein Mann nach meinem Sinn. Ich versuche, die Klassiker zu ehren. Schließlich bin ich selber einer.» Um deutlich zu machen, dass das als Scherz gemeint war, zog Lauckmann mit dem Zeigfinger ein Augenlid herunter, was seltsam aussah, weil er gerade dieses Auge ohnehin nicht öffnen konnte.

Geschwätzig, dachte Weilemann, aber von Verwirrung keine Spur.

«Wollen wir uns nicht setzen? Ich hab's ein bisschen mit der Hüfte, darum der Stock.»

«Mir geht es genauso», sagte Weilemann. «Nur dass ich mich zu einem Stock noch nicht habe durchringen können.»

«Ich habe mich auch dagegen gewehrt. Aber in unserem Alter – Entschuldigung: in *meinem* Alter – ist Eitelkeit ein Luxus, den man den Jüngeren überlassen sollte.»

Der Mann war ihm sympathisch, merkte Weilemann zu seiner Überraschung. Er war sogar ein bisschen erleichtert, dass er es mit Lauckmann zu tun hatte, und nicht mit Markus. Obwohl er nicht verstand, wo der alte Mann so plötzlich hergekommen war. Auch das musste Eliza vorbereitet haben.

Sie setzten sich synchron hin, beide mit derselben vorsichtigen Bewegung, wie man es macht, wenn die Hüfte knarzt, und mussten lachen, als sie die Gleichzeitigkeit bemerkten.

«Balletttänzer werden wir beide nicht mehr», sagte Lauckmann.

«Obwohl uns ein Tutu hervorragend stehen würde.» Man hätte meinen können, sie seien alte Freunde.

«Wie gesagt, Herr Weilemann, ich habe Sie auf den Arm genommen.»

«Verarscht.»

«Man hatte mich darum gebeten. ‹Spiel ihm den Deppen vor›, hat man mir gesagt, und Sie wissen ja: Die Hand, die einen füttert, soll man nicht beißen. Außerdem hat es mir Spaß gemacht. Es kann einem manchmal ganz schön langweilig werden in so einem Altersheim, wo das höchste der Gefühle ein Kinderchor ist, oder eine Klavierlehrerin, die auch mal Solistin sein will und wehrlose Greise zum Zuhören zwingt. Ich drücke mich immer vor diesen Zwangsvorstellungen.» Wieder zog er sein Augenlid noch ein bisschen weiter nach unten. «Haben Sie das Wortspiel bemerkt? ‹Zwangsvorstellungen›. Ich liebe es, die Sprache auf den Kopf zu stellen. Das kommt vom Schreiben.»

Genau wie bei mir, dachte Weilemann.

«Ich gebe zu: Es war vergnüglich, Ihnen den Idioten vorzuspielen. Wobei ich meinen Esel überzeugender fand als meinen Hund. Wie lautet Ihre fachmännische Kritik?»

«Beide ein bisschen übertrieben.»

«In der Übertreibung zeigt sich der Meister.»

Wenn eine Flasche Wein dagestanden hätte, statt einer Karaffe mit Wasser, sie hätten noch ewig so weiter wortspielen können. Aber es gab eine Menge Dinge, die Weilemann vielleicht von Lauckmann erfahren konnte. Jede Information konnte nützlich sein; er musste die Gelegenheit nutzen, seinen Besucher auszuquetschen. Obwohl Lauckmann in seiner neugefundenen Souveränität nicht den Eindruck machte, man könne ihm etwas entlocken, was er sich nicht entlocken lassen wollte.

«Wer hat Ihnen diesen Auftrag gegeben?»

«Das darf ich Ihnen nicht sagen. Es ist ein Geheimnis. Ein Mysterium. Ein Enigma.»

«War es mein Sohn?»

«Ii-ah!», machte Lauckmann. Und gleich noch einmal: «Ii-ah!» Um dann ganz sachlich hinzuzusetzen: «Wenn Sie mir Fragen stellen, die ich nicht beantworten darf, muss ich leider wieder den Trottel markieren.»

«Auch daraus kann ich meine Schlüsse ziehen.»

«Möglich. Aber denken Sie an Shakespeares Warnung an Leute, die zu viel denken. Wen lässt er das sagen?»

«Julius Cäsar natürlich.»

«Wir sollten uns öfter treffen», sagte Lauckmann. «Wer außer uns alten Säcken interessiert sich noch für die Klassiker? Also, stellen Sie mir Ihre nächste Frage. Aber lassen Sie mich nicht wieder den Esel imitieren. Außer es ist der aus dem *Sommernachtstraum*.»

«Okay, etwas anderes: Warum sind Sie überhaupt hier im Hallenstadion?»

«Ich werde jedes Jahr eingeladen. Als Ehrengast.» Lauckmann zupfte das Seidentuch in seiner Brusttasche zurecht, wie einen Orden, den er besser zur Geltung bringen wollte. «Ich werde von einem Chauffeur abgeholt und habe meinen reservierten Platz auf der Prominentengalerie. Für die Partei bin ich so eine Art Elder Statesman.»

«Warum?»

Wieder tupfte sich Lauckmann den Mund ab. Das war wohl sein Trick, um für eine Antwort Zeit zu gewinnen. Schließlich sagte er: «Lassen Sie es mich so formulieren: Wenn Sie den Grund vermuten, dann ist diese Vermutung wahrscheinlich nicht falsch. Wenn Sie aber keine Ahnung haben, dann sollten Sie es bei dieser Unwissenheit belassen. Es ist besser für Sie, glauben Sie mir.»

«Ist das eine Warnung?»

«Ein freundschaftlicher Rat. Nichtwissen ist Macht.»

«Ich habe *Boss der Bosse* gelesen.»

«Ii-ah!», krähte Lauckmann. «Ii-ah, ii-ah!» Und schaltete ebenso plötzlich wieder auf einen ganz natürlichen Tonfall um. «Ich bin übrigens recht froh, dass man mich wegen Ihnen aus dieser Versammlung rausgeholt hat. Wenn man ein paarmal da war, wird es eintönig. Wie bei einem Krimi, wo man schon nach zehn Seiten weiß, wer der Täter ist. Am langweiligsten sind die Abstimmungen. Weil das Ergebnis ja immer schon im Voraus feststeht.»

«Stefan Wille mit hundert Prozent der Stimmen als Parteipräsident bestätigt.»

«Achtundneunzig Prozent. Man ist demokratisch. Es wird vorher ausgelost, wer sich der Stimme enthalten muss.»

«Ganz schön ketzerisch, was Sie da sagen. Sie als Ehrengast.»

Lauckmann lachte. «Von einem gewissen Alter an wird man

nicht mehr ernst genommen. Das müssten Sie doch eigentlich wissen.»

Die Stimmung zwischen den beiden war jetzt so intim, dass Weilemann sich zu einem letzten Anlauf entschloss. «Wollen Sie mir nicht doch verraten, wer Ihnen den Auftrag gegeben hat, mir den senilen Tattergreis vorzuspielen?»

«Ii-ah! Ii-ah!»

«Okay», resignierte Weilemann, «ich habe verstanden. Wenn Sie nicht darüber reden wollen ...»

«Wollen würde ich schon möchten, aber dürfen habe ich mich nicht getraut. Kein neuer Spruch, aber immer noch gut.»

«Dann frage ich Sie etwas anderes. Sie tragen da einen sehr eleganten Anzug ...»

«Man gibt sich Mühe.»

«... und *Haus Abendrot* ist auch ganz schön teuer. Darf ich wissen, womit Sie das alles finanzieren?»

«Tantiemen», sagte Lauckmann.

«Sie haben seit Jahren kein Buch mehr veröffentlicht.»

Lauckmann nickte. «Da haben Sie recht, Aber was ist denn eine Tantieme? Eine Erfolgsbeteiligung. Und den Erfolg kann mir niemand abstreiten.»

«Den politischen Erfolg?»

«Das war eine Art Beratertätigkeit.»

«Weil jemand den Plot eines Ihrer Bücher in die Tat umgesetzt hat?»

«Ii-ah!»

«Warum haben Sie damals so plötzlich mit dem Schreiben aufgehört?»

«Es ist mir nicht schwergefallen», sagte Lauckmann. «Ich habe immer nur geschrieben, weil ich nichts anderes konnte. Idiotische Geschichten für idiotische Leser. Ich habe nie zu denen gehört, die nachts heimlich an einem Gedichtband arbeiten oder meinen, den ganz großen Roman in der Schublade zu haben. Kennen Sie den englischen Ausdruck ‹hack writer›? Heißt ‹Lohnschreiber›. ‹Hackney›, das war die Bezeichnung für ein Pferd, das man mieten konnte, und dann musste es dorthin laufen, wo der Reiter wollte. So ein Pferd bleibt ganz gern im Stall, wenn man ihm dafür dreimal am Tag einen Sack Hafer garantiert.»

«Oder an jedem Mittwochabend eine Aufschnittplatte.»

«Das haben Sie ernst genommen? Dabei isst man im *Abendrot* à la carte. Kann man auch erwarten, bei den Preisen. Wenn Sie wollen, lade ich Sie einmal ein. Zum Abendbrot ins *Abendrot*.» Lauckmann lachte so selbstzufrieden, als sei ihm gerade das brillanteste Wortspiel aller Zeiten gelungen.

«Was würden Sie antworten, wenn ich Sie fragen würde, ob Sie mir hier heraushelfen könnten?»

«Ich würde Ihnen raten hierzubleiben. Obwohl, nach allem was ich höre, sind Sie nicht der Typ, der Ratschläge befolgt.»

«Einfach hierbleiben?»

«Nur bis morgen. Bis dann könnte sich Ihre Situation geändert haben. Ich habe da etwas läuten hören …»

«Was?»

Lauckmann antwortete nicht. Er stemmte sich an seinem Stock in die Höhe – zumindest die Mühe beim Aufstehen hatte er Weilemann im *Abendrot* also nicht vorgespielt – und musste sich nach der Anstrengung erst einmal den Schweiß von der Stirne wischen. Er faltete das Taschentuch wieder sorgfältig zusammen und sagte erst dann: «Es wird Zeit, dass ich wieder an meinen Platz zurückgehe. Am Schluss der Versammlung gibt es immer Champagner, und das wird einem selbst in diesem teuren Heim nicht jeden Tag geboten. Es war mir ein Vergnügen, mich vernünftig mit Ihnen unterhalten zu haben.»

Weilemann hätte ihn gern festgehalten und eine Antwort aus ihm herausgeschüttelt, aber dafür sah der alte Herr zu zerbrechlich aus. Er versuchte es mit einem allerletzten Appell. «Sagen Sie mir wenigstens, was Sie haben läuten hören. Ich flehe Sie an!»

«Ii-ah!», sagte Lauckmann.

46

Wenn in der Halle schon Champagner eingeschenkt wurde, wenn die Abstimmungen also gelaufen waren und die Nationalhymne gesungen, von der ersten bis zur letzten Strophe, «in Gewitternacht und Grauen», dann würde Markus sich endlich absetzen können, dann war jetzt der Moment gekommen, den Weilemann mit solcher Ungeduld erwartete und vor dem er sich gleichzeitig fürchtete. «Markus hat gemeint», hatte Eliza die ganze Zeit gesagt, «Markus hat mich beauftragt, Markus, Markus, Markus.» Was bedeutete, dass allein Markus über Weilemanns weiteres Schicksal bestimmen würde, dass er von Markus abhängig war, wie kein Vater von seinem Sohn abhängig sein will, so endgültig und absolut, als hätte ihn ein Gericht entmündigt und Markus die Vormundschaft übertragen. Nur dass es eben kein Gericht gewesen war, sondern eine anonyme Behörde, oder noch nicht einmal eine Behörde, eine Organisation, ein Geheimbund, und zwar einer, in dem Markus eine zentrale Rolle spielte, daran hatte Weilemann unterdessen keinen Zweifel mehr. Vielleicht war er dort nicht der oberste Chef, «stellv. Dir.» hatte an seiner Türe gestanden, aber ganz bestimmt war er einer von denen, die zu entscheiden hatten, Daumen rauf, Daumen runter, und jetzt stand eben für einmal sein eigener Vater in der Arena, morituri te salutant.

Aber Eliza hatte auch gesagt: «Du solltest nicht so schlecht über ihn denken. Er hat eine Menge für dich getan.»

Was konnte sie damit gemeint haben?

Oder war das schon wieder die nächste Lüge?

Um sich nicht noch einmal wie das Objekt eines Verhörs fühlen zu müssen, stellte Weilemann die Stühle um, platzierte seinen eigenen an die Schmalseite des Raums, an jene Wand, wo gegenüber der Türe das Fenster gewesen wäre, wenn es so tief unter der Erde ein Fenster gegeben hätte. Romulus, so hatte es in *Der Boss der Bosse* gestanden, setzte sich in Lokalen immer so hin, dass er die Wand im Rücken hatte und den Eingang im Blick.

Als die Türe dann endlich aufging, sah er einen Augenblick lang Gähwiler, wie der in untertäniger Haltung – aber vielleicht deutete Weilemann das auch nur in ihn hinein – einen Schritt rückwärts machte, jemanden vorbeigehen ließ, und dann kam Markus herein, um den Hals den rot-weißen Bändel mit seinem Badge, der bestimmt ein VIP-Badge war, darunter würde es ein Markus nicht machen, ein Karrierist wie er hatte bestimmt Zugang zu allen Zonen, wo die wirklichen Entscheidungen getroffen wurden.

Access All Areas. Das hätte sich auch als Motto für das Ordnungsamt geeignet.

Weilemann hatte sich vorgenommen, auf keinen Fall den ersten Satz zu sagen, keine Begrüßung und keine Beschwerde, einfach nur dazusitzen und abzuwarten, er hatte sich die verschiedensten Szenarien ausgemalt, die verschiedensten Möglichkeiten, wie Markus sich wohl verhalten würde, es konnte alles sein, Vorwürfe, Anklagen, Entschuldigungen. Nur was Markus dann wirklich sagte, damit hatte er nicht gerechnet.

«Hier», sagte Markus. «Dein Handy. Ich nehme an, du brauchst es noch. Es ist ein paarmal zwischen Zürich und Genf hin und her gependelt und schließlich im SBB-Fundbüro gelandet.»

Als Weilemann das Handy nahm, berührten sich ihre Finger, und das war ihm nicht angenehm.

«Kein schlechter Trick», sagte Markus.

Er drehte einen Stuhl um und setzte sich rittlings darauf, die Arme auf die Rückenlehne gestützt. Die lockere Position sah bubenhaft aus, zu jugendlich für einen Menschen, der sich schon als Vierzehnjähriger wie ein Erwachsener benommen hatte.

«Tut es noch weh?», fragte er.

«Ich weiß nicht, was du meinst.»

«Die Verletzung am Kopf. Da, wo du das Pflaster hast.»

«Ich habe es nur drangelassen, weil es sonst aussieht, als ob ich eine Tonsur hätte. Sie haben mir dort die Haare abrasiert.»

Small Talk. Es ging hier um den größten Skandal der Schweiz, um Leben und Tod vielleicht sogar, und sie machten Small Talk.

«Freut mich, dass es dir bessergeht.»

Das war bei Markus schon immer so gewesen: Man konnte an seinem Gesicht nicht ablesen, was er wirklich dachte.

«Es geht mir beschissen. Ich bin hier eingesperrt, und ...»

«Festgehalten», korrigierte Markus. «Vorübergehend festgehalten.»

«Selbstverständlich nur zu meinem eigenen Besten.»

Markus reagierte nicht auf den Sarkasmus. «Genau», sagte er.

«Verschwinden lassen wollt ihr mich. Bei einem alten Mann, der ganz allein lebt, macht das keine Schwierigkeiten, habt ihr euch gedacht. Aber es wird nicht funktionieren. Es gibt Leute, die auf mich warten.»

«In dem Punkt musst du dir keine Sorgen machen. Ich habe bei Frau Wandeler angerufen und dich entschuldigt.»

«Du hast was?» Weilemann verstand kein Wort.

«Ich habe mich als dein Sohn vorgestellt und ihr gesagt, dass du wegen einer unvorhergesehenen Familienangelegenheit länger wegbleiben würdest als vorgesehen.»

«Wandeler?»

«Oder habe ich jetzt den Namen verwechselt?» Markus holte seinen Commis aus der Tasche und schaute nach. «Doch, stimmt. Wandeler, Gertrud, geborene Hauenstein, verwitwete Drakovic, wohnhaft Glatttalstraße 29. Die Frau, bei der du die letzten Tage gewohnt hast.»

«Was du überhaupt nicht wissen kannst!»

Das war ein idiotischer Satz gewesen, Weilemann realisierte das, sobald er ihn ausgesprochen hatte, und Markus schüttelte denn auch nur mitleidig den Kopf, eine Geste, mit der er seinen Vater schon als Bub hatte zur Weißglut treiben können. «Du siehst doch, dass ich es weiß.»

«Aber woher?»

«Es gibt immer Möglichkeiten.»

«Nicht in diesem Fall! Ich habe Trudi ganz zufällig kennengelernt, habe sie ein einziges Mal getroffen, und nach deinem Besuch im Spital habe ich sie angerufen, und …»

«Eben», unterbrach ihn Markus. «Der Anruf aus dem Krankenhaus. Natürlich haben sie dort die Nummer gespeichert.

Müssen sie sogar, wegen der Abrechnung. Hast du daran nicht gedacht?»

Nein, daran hatte Weilemann nicht gedacht. Und war sich so schlau vorgekommen.

«Gratuliere übrigens.» Markus schien immer noch ganz auf Small Talk eingestellt. «Du hast dir da eine sehr passende Freundin ausgesucht.»

«Wie bitte?»

«Sie ist ein paar Jahre jünger als du, hat ein bisschen was auf der Bank, und laut Krankenkasse ist sie für ihr Alter gut im Schuss. Wenn sie also auch noch nett ist ...»

«Frag das doch deinen Computer!»

«So weit sind wir technisch noch nicht. Vielleicht in ein paar Jahren. Vorläufig weiß ich nur ...» Wieder schaute Markus in seinem Commis nach. «... dass sie nicht vorbestraft ist, keinen Fahrausweis besitzt und von zwei Firmen Witwenrente bezieht. Ihre beiden Männer waren gut versichert. Was man von dir nicht gerade behaupten kann.»

Es ging Weilemann wie jedes Mal, wenn er mit seinem Sohn zusammen war: Ihr Gespräch hatte noch gar nicht richtig angefangen, und er war schon auf hundertachtzig. «Weißt du eigentlich, wie ekelhaft diese Schnüffelei ist? Gegen sämtliche Gesetze.»

«Auch in diesem Punkt kann ich dich beruhigen. Gesetzlich ist alles abgesichert. ‹Im Interesse der öffentlichen Sicherheit ist das Ordnungsamt befugt ... › Und so weiter und so weiter. Du kannst das alles im Internet nachlesen.»

«Ein typischer Gummiparagraph ...»

«Gummi kann ein sehr nützliches Material sein.»

«... über den nie abgestimmt wurde.»

«Oh doch, selbstverständlich. National- und Ständerat.

Ohne große Debatte allerdings, das gebe ich zu. Aber es hat auch niemand das Referendum dagegen ergriffen.»

«Wie hätte man …?»

«Fünfzigtausend Unterschriften. Das solltest du eigentlich wissen, als Journalist.»

«Die nie zustande gekommen wären, seit eure Partei überall die Mehrheit hat.»

«Warum sagst du das so vorwurfsvoll? Weil diese Mehrheit deine Meinungen nicht teilt? Ist das nicht eine sehr undemokratische Einstellung?»

«Die Demokratie kann nicht funktionieren …»

«… wenn sich die meisten Menschen einig sind? Ich finde, dass sie gerade dann besonders gut funktioniert. Vielleicht weniger spannend, als du es gern hättest, aber ein Staatswesen ist kein Unterhaltungsprogramm.»

«Wenn es euch ernst wäre mit euren Parolen von Freiheit und Unabhängigkeit …» Den Rest des Satzes verschluckte Weilemann. Ohne es zu wollen, war er wieder in eine dieser politischen Debatten hineingerutscht, die er schon so oft und so ergebnislos mit seinem Sohn geführt hatte, und etwas Sinnloseres konnte es in seiner Situation nicht geben.

«Wenn es uns damit ernst wäre …?»

«Egal», sagte Weilemann. «Sag mir lieber: Warum hast du mich überwachen lassen?»

«Es war Gefahr im Verzug.»

«Du meinst: für Derendinger?»

Markus schien zum ersten Mal etwas von seiner überheblichen Selbstsicherheit verloren zu haben. «Ja», sagte er, «das war eine unangenehme Geschichte. Wobei du wissen musst: Die ganze Sache fällt nicht in meine Zuständigkeit. Ohne Elisabeth hätte ich gar nichts davon mitbekommen.»

«Du meinst: Eliza.»

«Oder Eliza. Ich sollte vielleicht auch anfangen, sie so zu nennen. Der Name passt zu ihr.» Markus' Gesicht war nachdenklich geworden. «Ja, der passt», wiederholte er lächelnd.

Mein Sohn ist verliebt, dachte Weilemann. Es geschehen noch Zeichen und Wunder.

«Und woher wusste sie Bescheid?»

Wieder schüttelte Markus den Kopf, aber diesmal nicht verneinend oder tadelnd, sondern so, als ob er erst ein paar Gedanken abschütteln müsse – keine unangenehmen Gedanken, so wie es aussah –, bevor er sich wieder mit der Gegenwart befassen konnte.

«Du weißt ja, wie das ist», sagte er. «Man hat so viel Papierkram zu erledigen, dass man kaum noch dazu kommt, sich auch einmal mit seinen Kollegen zu unterhalten. Während die Sekretärinnen …»

«Fräulein Schwarzenbach, zum Beispiel?»

Markus lachte. «Die doch nicht. Sie gehört nur zur Fassade. Wenn man nicht jemanden hätte, der unwichtige Leute abwimmelt, man käme überhaupt nicht zum Arbeiten.»

«Eliza hat also ein Bürogerücht gehört. Was war das für ein Gerücht?»

«Das soll sie dir selber erzählen. Sie muss gleich hier sein. Ich habe sie gebeten, dir einen Espresso zu besorgen. Doppelt und ohne alles, nicht wahr? So hast du ihn doch immer getrunken.»

Weilemann hatte nie bemerkt, dass Markus sich für seine Kaffeegewohnheiten interessiert hätte, aber so war sein Sohn immer gewesen, jemand, der Informationen hortete wie die Zwanzigräppler im Sparschwein.

«Wird das mein Henkerskaffee?»

«Du bist immer so negativ», sagte Markus vorwurfsvoll. «Und das Entscheidende hast du immer noch nicht verstanden.»

«Das wäre?»

«Ich habe dir das Leben gerettet», sagte Markus.

47

Das Leben …?

Markus sollte ihm …?

Bevor Weilemann seine Gedanken sortieren konnte, kam Eliza herein.

«Tut mir leid», sagte sie. «Der Kaffee wird nicht mehr richtig heiß sein. Der Weg bis hier runter ist ganz schön lang.»

Die beiden sahen ihm beim Trinken zu. Fürsorgliche Gesichter. Zwei Krankenpfleger, die sich darüber freuen, dass ein schwieriger Patient wieder Nahrung zu sich nimmt.

«Ist der Espresso okay?», fragte Eliza.

Weilemann nickte. Der Kaffee war wirklich gut, Chefbüroqualität; den hatte sie bestimmt nicht an einem Verpflegungsstand besorgt.

Markus zog einen Stuhl näher und forderte Eliza mit einer Geste auf, sich zu ihnen zu setzen. «Ich habe meinen Vater bereits darüber informiert …» – Warum musste er immer so gespreizt daherreden? –, «… dass du es warst, die mich auf das Problem aufmerksam gemacht hat.»

Das Problem.

Weilemann war ein Problem gewesen.

342

«Erzähl ihm, wie es dazu gekommen ist. Es ist keine Geheimhaltung mehr nötig.»

In *Boss der Bosse* war eine ganz ähnliche Szene vorgekommen. Romulus – oder Remus, egal – hatte den Spion einer gegnerischen Bande gefasst, ihn im Keller an einen Stuhl gefesselt und zu ihm gesagt, was die Bösewichter in solchen Schundromanen immer sagten: «Ich werde dir jetzt alles erzählen, was du herausfinden wolltest. Aber du wirst nichts davon haben. Denn du wirst diesen Raum nicht mehr lebend verlassen.» Aber das konnte Markus natürlich nicht gemeint haben.

Oder doch?

«Ich kann wirklich alles …?»

«Wir hatten gerade noch eine Besprechung in der anderen Sache. Es ist jetzt entschieden.»

«Das große Projekt?»

Markus nickte. An Elizas Reaktion war zu merken, dass es sich um etwas wirklich Wichtiges handeln musste.

«Was für ein Projekt?», fragte Weilemann.

«Der Reihe nach.» Wenn es etwas zu kommandieren gab, konnte Markus ganz kurz und knapp sein. «Bitte, Eliza!»

«Also», sagte sie, «es war so: Im Amt gibt es zwar strenge Vorschriften, dass niemand mit jemand anderem über das sprechen darf, was in seinem Bereich passiert, aber natürlich existiert unter uns Sekretärinnen ein kleiner Dienstweg. Sonst würde auf die Dauer überhaupt nichts mehr funktionieren. Meine Kollegin hat mir von der Geschichte auch nur erzählt, weil ihr der Name aufgefallen war. Weilemann. Sie fand es lustig, dass jemand, der überwacht werden sollte, gleich hieß wie mein Chef. Dass ihr Vater und Sohn seid, davon hatte sie keine Ahnung.»

«Ich sollte also überwacht werden.»

«Nur ganz generell, ohne gezielte Aktionen.»

«Und warum? Nur weil sich Derendinger mit mir getroffen hat?»

«Nein, das war schon Wochen vorher.»

«Da hatte ich ihn mindestens ein Jahr nicht gesehen.»

«Auf einem Notizzettel auf seinem Schreibtisch stand dein Name.»

«Ihr habt seine Wohnung durchsucht?»

«Selbstverständlich», sagte Markus. Im genau gleichen Ton, in dem der falsche Kontrolleur «Zweifellos» gesagt hatte. «‹Wenn entsprechende Verdachtsgründe vorliegen, ist das Ordnungsamt befugt …›»

«Verschon mich! Was stand auf dem Notizzettel?»

«‹Weilemann informieren, Fragezeichen.› Und deine Telefonnummer. Da hat Ü und S natürlich …»

«Ü und S?»

«Überwachung und Schutz. Untersteht direkt dem Amtsdirektor.»

«Und was überwachen und schützen die da?»

Eliza drehte sich fragend zu Markus. Der schaute in die Luft, als ob ihn das, was hier verhandelt wurde, überhaupt nichts anginge. Aber er schien auch nichts dagegen zu haben, dass sie die Frage beantwortete.

«Alles, was die Sicherheit des Landes bedroht.»

«So wie Derendinger sie bedroht hat?»

«Ja», sagte Eliza, «so wie Derendinger sie bedroht hat.»

«Und nur, weil er sich in irgendeinem Zusammenhang meinen Namen notiert hatte …»

«Es war nicht irgendein Zusammenhang», sagte Markus, «und das weißt du ganz genau.»

«Wie gesagt», fuhr Eliza schnell fort, «eine Kollegin hat mir davon erzählt. Und ich habe Markus informiert.»

«Zum Glück.» Markus schaute immer noch niemanden an. Als ob er zu jemand ganz anderem spräche, dachte Weilemann. «So konnte ich mich rechtzeitig einschalten und die Verantwortung für dich übernehmen.»

«Du für mich? Verantwortung übernehmen? Seit du auf der Welt bist, hast du immer nur für dich selber ...»

«Nein.» Die eine Silbe von Eliza brachte Weilemann sofort zum Schweigen. «Du tust deinem Sohn Unrecht. Es war nicht selbstverständlich, was er für dich getan hat. Er ist damit ein großes Risiko eingegangen.»

«Es war wirklich nicht einfach», sagte Markus, «aber für den Fall, dass Derendinger dich mit hineinziehen sollte, habe ich erreicht, dass die Verantwortung für dich mir übertragen wurde. Habe mich für dich verbürgt. Eine persönliche Garantie abgegeben.»

«Ohne mit mir darüber zu reden.»

«Das konnte er doch nicht.» Wieder dieser Ton wie zu einem begriffsstutzigen Schüler. «Noch hatte Derendinger dich ja nicht kontaktiert. Mit etwas Glück würde er es überhaupt nicht tun. Und wenn doch – dann wäre keine Zeit mehr für Gespräche gewesen.»

«Weil bei Ü und S bereits die Entscheidung gefallen war», sagte Markus. «Bei Gefahr einer Proliferation ...»

«Was du für große Worte kennst!»

«... sofort zur Neutralisierung zu schreiten.»

«Neutralisierung? Heißt das ...?»

Markus studierte wieder die Decke, obwohl es dort nichts Interessanteres zu sehen gab als ein paar über Putz verlegte Wasserleitungen.

Als er endlich antwortete, schien das, was er sagte, nichts mit Weilemanns Frage zu tun zu haben.

«Derendinger war gewarnt worden, mehrmals, indirekt und direkt. Man hat ihm sogar einen Journalistenpreis angeboten, gut dotiert, für sein Lebenswerk. Mit der einzigen Bedingung, dass er die Finger von der Sache lässt. Aber der Mann war fanatisch.»

Derendinger fanatisch? Weilemann hatte ihn nie so erlebt. Stur, ja, aber ein guter Journalist muss stur sein.

«Wollte sich einfach nicht davon abbringen lassen, weiter an der Geschichte herumzugraben.»

«Und deshalb ...?»

«‹Wenn es das Wohl des Landes erfordert, ist das Ordnungsamt befugt ... ›»

«... jemanden zu neutralisieren, ich verstehe. Ein hübscher Euphemismus. Weißt du, zu welchen beiden Themen es in allen Sprachen dieser Welt die meisten Ersatzworte gibt? Das eine ist Sex und das andere ...»

«Nur in ganz extremen Fällen.»

«... das andere ist Mord.»

«Das Wohl des Landes ...»

«... ist keine Ausrede. Du hast Derendinger umbringen lassen!»

«Ich hatte damit nichts zu tun, das habe ich dir doch gesagt. Es betraf überhaupt nicht meinen Arbeitsbereich.»

«‹Arbeitsbereich›. Noch so ein schönes Wort. In einer Verbrecherbande hat bestimmt auch jeder seinen Arbeitsbereich. Der eine erpresst, der Zweite raubt Banken aus, und der Dritte ...»

«Wir sind keine Verbrecher!»

Sie stritten sich, wie sie sich schon oft gestritten hatten.

Nur dass es diesmal nicht um ihre gegensätzlichen politischen Einstellungen ging, sondern darum, dass Derendinger totgeschlagen worden war, und …

Und …

«Und ich hätte auch umgebracht werden sollen?»

«Nur wenn er dich kontaktiert hätte. Aber als er dann tatsächlich bei dir anrief …»

«Ihr habt unsere Telefone überwacht?»

«Selbstverständlich», sagte Markus schon wieder. Eine Menge Dinge schienen für ihn selbstverständlich zu sein.

«Er hat mich zu einem Schachspiel eingeladen. Und darum …?»

«Das war ein offensichtlicher Vorwand. Derendinger konnte überhaupt nicht Schach spielen. Das ging aus seinem Personenprofil eindeutig hervor.»

«‹Personenprofil›? Glaubst du im Ernst, dass du kein Mörder bist, nur weil du es so bürokratisch formulieren kannst?»

Eliza hatte lang nichts mehr gesagt, aber jetzt mischte sie sich wieder ein. «Du solltest nicht so mit deinem Sohn sprechen.»

«Weil es nicht sein ‹Arbeitsbereich› war?»

«Weil er dir das Leben gerettet hat.»

«Und Derendingers Leben?»

«Da konnte ich nichts mehr erreichen», sagte Markus. «Dabei bin ich eigentlich prinzipiell gegen solche drastischen Maßnahmen.»

«‹Drastische Maßnahmen›!»

«Obwohl ich die Notwendigkeit in diesem speziellen Fall natürlich eingesehen habe.»

Weilemann merkte, dass er innerlich immer ruhiger wurde. Kein gutes Zeichen, so wie er sich kannte. «Und wie oft hat es die Notwendigkeit, jemanden zu neutralisieren, schon gegeben?», fragte er. «In wie vielen speziellen Fällen?»

«Noch nie.» Markus wich seinem Blick aus. «Wirklich, noch nie. Es war das erste Mal in all den Jahren.»

«Seid ihr deshalb so dilettantisch vorgegangen? ‹Vom Lindenhof auf die Schipfe gesprungen›! Wer sollte das glauben? Ich bin keinen Moment darauf hereingefallen.»

«Das solltest du ja auch nicht. Ich hatte gehofft, du würdest es als Warnung verstehen. Würdest als guter Journalist sofort merken, dass die offizielle Erklärung nicht stimmen konnte, dass hier Gewalt im Spiel war, und würdest daraufhin nichts mehr damit zu tun haben wollen. Damit dir nicht dasselbe passieren konnte. Aber du …»

«Ja?»

«Es hat nicht funktioniert. Aber es war den Versuch wert.»

«Und für diesen Versuch habt ihr Derendinger totgeschlagen?»

«Das ist ein sehr hässliches Wort.»

«Das ist eine sehr hässliche Sache. Ihr habt einem alten Mann einen Prügel über den Kopf gezogen, oder wie immer ihr es gemacht habt, und habt ihn blutend auf der Straße verrecken lassen.»

«Du hast es immer noch nicht verstanden», sagte Markus. «Es war doch nicht sein Blut.»

«Nicht sein …? Der Tote unter dieser Blache, das war überhaupt nicht …?»

«Doch», sagte Markus, «das war schon Derendinger. Aber er hat nicht geblutet.»

«Ich habe die Bilder gesehen!»

«Es ist völlig schmerzlos gestorben. Etwas anderes würden die Vorschriften gar nicht zulassen.»

348

«Ihr habt Vorschriften für Mord?»

«Exzesse müssen vermieden werden», sagte Markus.

Und Eliza: «Ein Arzt würde einen Herzinfarkt festgestellt haben.»

«Bei einem Herzinfarkt blutet man nicht wie eine abgestochene Sau.»

«Es war das Blut einer Kuh», sagte Markus. «Im Schlachthof besorgt. Damit das Bild dramatischer aussah. Es sollte dich ja schließlich abschrecken.»

Im *Schlachthof* an der Herdernstraße hatte er früher immer Schach gespielt. Ob Markus daran gedacht hatte, als er sich diesen Plan einfallen ließ?

Wenn es den Plan überhaupt gegeben hatte, und er nicht schon wieder angelogen wurde.

48

«Wenn du mir einmal zuhören würdest, ohne mich zu unterbrechen», sagte Markus, «dann würde ich dir erklären, warum es nicht anders ging.»

«Wille», sagte er. Wenn man die Zusammenhänge verstehen wolle, müsse man mit Wille anfangen.

«So viel weiß ich», sagte Weilemann.

Die beiden anderen wechselten einen Blick.

Markus schenkte sich ein Glas Wasser ein und trank es auf einen Zug leer.

Er ist nervös, dachte Weilemann.

Markus schenkte sich ein zweites Glas ein.

«Wille», soufflierte Eliza.

Ja, eben, sagte Markus, Stefan Wille, das sei doch der springende Punkt, Wille sei zweifellos die wichtigste Persönlichkeit des Landes, schon seit Jahren sei er das, das müsse jeder zugeben, egal, ob er dessen Leistungen für die Eidgenossenschaft zu schätzen wisse, oder ob er sie, so wie Weilemann, prinzipiell nicht zur Kenntnis nehmen wolle. Die Schweiz und Wille, das sei eine Symbiose, so wie es früher einmal bei Großbritannien und Churchill gewesen sei, Wille sei die zentrale Figur, die all das verkörpere, was das Land ausmache, all die typischen Eigenschaften, ohne die die Schweiz nicht zu dem geworden wäre, was sie heute sei. «Der Wille des Volkes», man sage das nicht zufällig. Seit Wille zusammen mit seinen Eidgenössischen Demokraten die Führung übernommen habe, sei es dem Land gutgegangen, das könne Weilemann nicht bestreiten, auch wenn er politisch ganz andere Ansichten vertrete, es sei eine friedliche Zeit gewesen, ohne innere Spannungen, und das könne kein anderes Land in Europa von sich sagen, man müsse nur einmal schauen, was in Italien los sei und in Frankreich, von den osteuropäischen Staaten ganz zu schweigen. Und das alles dank Wille.

«Halleluja», sagte Weilemann, «und immer am Ersten des Monats kommt ein Engelein vom Himmel geflogen und flüstert ihm gute Ratschläge ins Ohr.»

«Versuch einmal nicht zu spotten», sagte Markus, «und hör mir einfach zu.»

«Bitte, Kurt», sagte Eliza.

Wille, fuhr Markus fort, sei wichtig für das Land, unersetzlich geradezu, wie so eine zentrale Persönlichkeit eben immer wichtig und unersetzlich sei; auch jemand, der mit dem einen oder anderen Aspekt seiner Politik nicht einverstanden sei, könne diese Tatsache nicht bestreiten. Möglicherweise – er,

Markus, wolle das gar nicht prinzipiell ausschließen – sei es ja ein Fehler gewesen, so lange Zeit immer alles auf den gleichen Menschen zu konzentrieren, darüber könne man durchaus diskutieren, aber nun sei es einmal so, Wille und die Schweiz, das gehöre einfach zusammen, er sei gewissermaßen der eine Stein in der Mauer, den man nicht herausnehmen könne, ohne dass das ganze Gebäude zusammenkrache. Ob Weilemann, ganz egal, wie er persönlich zu Wille stehe, ihm so weit zustimmen könne?

«Wille ist seit Jahren außer Gefecht», sagte Weilemann. «Er liegt im Spital und bekommt nichts mehr mit. Wie kann er da so wichtig sein?»

Als Symbol sei er wichtig, sagte Markus, das versuche er ja gerade zu erklären, jede Gemeinschaft brauche ein Symbol, jemanden, der ihren Charakter verkörpere, und in der Schweiz sei das jetzt eben Wille. So wie man einen Wilhelm Tell brauche, ganz egal, ob der wirklich gelebt habe oder nicht, weil der Mensch ein Vorbild haben müsse, ein Ideal, dem er nachleben könne.

«Ein schönes Vorbild.»

Natürlich, sagte Markus, sei Wille kein Übermensch, wenn es einem manchmal auch so vorkommen könne, eine unkritische Anbetung, so wie sie das Fräulein Schwarzenbach praktiziere, das sei natürlich übertrieben. Auch Wille habe seine Schwächen, wie wir alle, und früher einmal, als junger Mensch, als aufstrebender Politiker, habe er bestimmt das eine oder andere gemacht, das man beim besten Willen nicht als vorbildlich bezeichnen könne. Aber …

Es war deutlich zu spüren, dass Markus dieses Argument nicht zum ersten Mal entwickelte, dass er es vielleicht schon lang hatte entwickeln müssen, um sich selber zu überzeugen.

Aber, sagte er, was Wille dann im Lauf seiner politischen Karriere alles geleistet habe, das müsse doch auch Weilemann einsehen, das wiege eine jugendliche Verirrung mehr als nur auf, und deshalb …

Wenn dein Gesprächspartner einmal ins Reden gekommen ist, alte Journalisten-Weisheit, dann sollst du ihn nicht mehr unterbrechen, aber die Ruhe, die Weilemann in sich gespürt hatte, war die Ruhe vor dem Sturm gewesen, und jetzt konnte er gar nicht anders, als seinen Sohn anzuschreien. «Verirrung? Es war keine Verirrung, verdammt nochmal! Es war ein kaltblütiger Mord.»

«Du meinst …?»

«Ja, ich meine. Morosani.»

Wieder schauten sich Markus und Eliza an.

«Was weißt du genau darüber?», fragte Markus nach einer Pause.

«Ich weiß, dass ihr eurem Wille den ganz falschen Titel verliehen habt. Nicht Präsident auf Lebenszeit hättet ihr ihn nennen sollen, sondern Boss der Bosse.»

Wieder eine Pause.

In einer der Leitungen an der Decke hörte man Wasser gluckern.

«Gut», sagte Markus schließlich. «Es wäre mir lieber gewesen, wenn du nur Vermutungen gehabt hättest, aber gut. Die Morosani-Affäre.»

«Der Morosani-Mord.»

«Von mir aus. Mord.»

«Den Wille begangen hat. Dein Symbol für die Schweiz.»

«Er hat nicht selber geschossen», sagte Markus schnell. «Das will ich hier gleich mal festhalten.»

«Sondern?»

«Namen tun nichts zur Sache. Die Vorgeschichte ist wichtig. Wie es dazu gekommen ist. Und warum.»

«Das Warum ist einfach», sagte Weilemann. «Wille wollte die Macht in der Partei übernehmen.»

«Darum ging es nicht», protestierte Markus. «Überhaupt nicht. Er wollte die Partei retten. Die Bewegung.»

Es sei nämlich so gewesen: Morosani habe die Partei damals auf einen ganz falschen Weg führen wollen, auf einen Schmusekurs, bei dem die Eidgenössischen Demokraten jedes eigene Profil verloren hätten, mit Kompromissen hier und Kompromissen dort, vor allem bei der Ausländerpolitik. «Man hätte uns von der FDP gar nicht mehr unterscheiden können» – man sah seinem Gesicht an, wie verwerflich dieser Gedanke für ihn war –, «und warum sollte jemand eine Partei wählen, die auch nichts anderes macht als alle anderen?»

Morosani sei damals krank gewesen, schwer krank sogar, vermutlich Krebs, das wusste Markus nicht genau, auf jeden Fall war die Prognose nicht gut, es konnte sich wohl nur um Monate handeln. Natürlich hatte man das nach außen nicht kommuniziert, ein kranker Parteichef, das wäre bei Wahlen kontraproduktiv gewesen, aber der innere Zirkel wusste Bescheid, auch Wille. Die Krankheit, das war jetzt aber nur eine Vermutung, war wohl auch der Grund gewesen, warum Morosani plötzlich so versöhnlerisch geworden war. Aber das war Küchenpsychologie und spielte letzten Endes keine Rolle.

Item …

Weilemann hatte schon immer ein Vorurteil gegen Leute gehabt, die «Item» sagten, das war Bürokratendeutsch, und Bürokraten hatte er nie leiden können.

Item, sagte Markus, es war Gefahr im Verzug, für die Partei und damit auch für das Land. Natürlich hätte man Morosani am nächsten Delegiertenparteitag abwählen können, eine knappe Mehrheit für die Abwahl wäre wohl zusammengekommen, aber das hätte die Eidgenössischen Demokraten gespalten, und so eine Spaltung, das müsse er Weilemann wohl nicht erklären, könne für eine Partei tödlich sein.

«Und so war sie nur für Morosani tödlich?»

Er finde auch nicht gut, was damals passiert sei, sagte Markus, sein Vater dürfe das nicht glauben, geschockt sei er gewesen, als man ihn eingeweiht habe, selbstverständlich hätte Wille das nicht tun dürfen, auf gar keinen Fall, aber wo es nun einmal passiert sei und nicht mehr zu ändern, und wenn man bedenke, was Wille dann später als Parteipräsident alles bewirkt habe, was er für das Land an Positivem geleistet habe, mehr als ein Alfred Escher oder ein General Guisan, in Anbetracht der Ergebnisse seiner Politik, die man doch auch in die Waagschale legen müsse, und vor allem: wenn man überlege, was es für Folgen haben würde, wenn die Ereignisse von damals an die Öffentlichkeit kämen, eine Katastrophe würde das auslösen, jawohl, eine nationale Katstrophe, und deshalb …

«Deshalb?», fragte Weilemann, als sein Sohn nicht weitersprach.

Und deshalb, wenn man Pro und Kontra gegeneinander abwäge, leidenschaftslos und nur dem Wohl des Landes verpflichtet, sei es schon richtig, dass es eine Einrichtung wie das Ordnungsamt gebe, die eingreifen könne, wenn die Stabilität im Land bedroht sei, gouverner sei nun einmal prévoir. Ereignisse wie der Generalstreik von 1918 mit seinen Toten und Verletzten, dozierte Markus, oder die Jugendkrawalle der achtziger Jahre, solche Ereignisse hätten sich leicht verhindern lassen, wenn damals schon eine solche Behörde existiert hätte, ein Frühwarnsystem, mit der Möglichkeit einzugreifen, bevor ein Problem völlig aus dem Ruder laufe.

«Und Derendinger war so ein Problem?»

«Wie gesagt: Davon wusste ich zuerst nichts. Aber bei Ü und S war man der Meinung ...»

«Überwachung und Schutz. So ein schöner Name.»

«... war man der Meinung, dass Derendinger dabei war, etwas Gefährliches auszulösen, es drohte ein völliger Vertrauensverlust in der Bevölkerung, eine Staatskrise, und das nur, weil ein sturer alter Mann ...»

«Ich bin auch ein sturer alter Mann», sagte Weilemann.

«... weil so ein Enthüllungsfanatiker nichts anderes im Kopf hatte, als es noch ein letztes Mal in seinem Leben in die Schlagzeilen zu schaffen, und sich durch nichts davon abbringen ließ. Man hat es versucht, das musst du mir glauben, man hat es wirklich versucht.»

«Und als er sich nicht abbringen ließ ...»

Für ein Land verantwortlich zu sein, sagte Markus, das sei immer eine Güterabwägung, es gebe nicht nur Schwarz und Weiß, und manchmal müsse man, in Verfolgung eines höheren Interesses, Entscheidungen treffen, die einem persönlich nicht behagten, aber so sei das nun mal.

«So wie diese Abteilung, in Verfolgung eines höheren Interesses, die Entscheidung getroffen hat, Derendinger umzubringen. Entschuldige: ihn zu neutralisieren. Derendinger und mich gleich dazu.»

Markus stand auf und begann, Reste von Klebestreifen von der Wand zu zupfen, so konzentriert, als ob es genau in diesem Moment nichts Wichtigeres geben könne. Eine ganze Weile war nichts anderes zu hören als das Kratzen seiner Fingernägel.

Schließlich war es Eliza, die als Erste wieder etwas sagte. «Ja, es ist wahr. Das war der Plan von Ü und S. Aber Markus hat das nicht zugelassen. Er hat sich gewehrt. Bei Derendinger hat er nichts mehr machen können, aber bei dir ...»

«Erwartet er etwa, dass ich ihm dafür dankbar bin?»

«Es hätte mich meine Stelle kosten können», sagte Markus, ohne sich umzudrehen.

«Ach so», sagte Weilemann. «Das ist natürlich etwas ganz anderes.»

49

Er habe alles versucht, um die Situation zu entschärfen, erklärte Markus, wirklich alles, was überhaupt nur möglich gewesen sei. Zuerst hatte er, wie gesagt, auf Abschreckung gesetzt, hatte mit Derendingers Leiche das gruselige Tableau an der Schipfe inszeniert und mit der Autorität des Ordnungsamtes die Polizei dazu gebracht, die absurde Theorie eines Sprungs vom Lindenhof zu unterstützen, hatte sogar einen Augenzeugen organisiert, der den Sturz gesehen haben wollte, ein Szenario mit so vielen offensichtlichen Löchern, dass ein altgedienter Journalist wie Weilemann ganz einfach misstrauisch werden musste, das war der Zweck der ganzen Übung gewesen, Weilemann sollte denken, hier würde ein Mord kaschiert, und ...

«Es *war* ein Mord», sagte Weilemann.

«Eine Neutralisierung», sagte Markus.

«Es hat keinen Sinn, dass ihr darüber streitet», sagte Eliza.

Egal, wie man es nannte, was sie da an der Schipfe organisiert hatten – «In kürzester Zeit!», sagte Markus schon zum zweiten Mal, man merkte ihm an, wie stolz er auf die Effizienz seiner Behörde war –, das ganze blutige Spektakel hatte also einen ganz praktischen Zweck gehabt. Jeder vernünftige Mensch – «Aber du bist ja kein vernünftiger Mensch!» – hätte daraufhin die Finger von der Sache gelassen, und alles wäre gut gewesen.

Weil sie aber nicht wissen konnten, ob Weilemann tatsächlich so reagieren würde, und vor allem, weil sie keine Informationen darüber hatten, was Derendinger ihm auf dem Lindenhof genau erzählt hatte – «unsere Leute haben euer Gespräch beobachtet, aber sie sind nicht nah genug herangekommen, um es mitzuhören» –, weil sie – «in deinem Interesse» – sichergehen wollten, dass die Situation unter Kontrolle war, hatten sie dann die Idee entwickelt, dass Eliza unter einem Vorwand den Kontakt mit ihm aufnehmen solle, und ...

«Moment!», sagte Weilemann. «Das ist nicht logisch. Wenn Eliza mich nur ausfragen sollte, nur herausfinden sollte, was ich von Derendinger erfahren hatte, warum hat sie mich dann ermutigt, weiter zu recherchieren? Das war doch genau das, was ihr nicht wolltet. Sie hat mich richtiggehend dazu gedrängt.»

Markus lächelte, dasselbe Lächeln, das er schon als Bub aufgesetzt hatte, wenn seine Eltern mal wieder in einer Diskussion den Kürzeren gegen ihn gezogen hatten. «Du als Schachspieler solltest wissen, dass man manchmal mit einem Zug etwas ganz anderes bezweckt, als man ihm auf den ersten Blick ansieht. In diesem Fall war es Elizas Idee.» Dass Markus «Eliza» sagte und nicht «Elisabeth», machte deutlich, wie stolz er auf sie war. «Weil sie es war, die dich zum Recherchieren aufgefordert hatte», erklärte er weiter, «hast du ihr alles erzählt, was du unternommen hast, und wir waren in Bezug auf deinen Wissensstand immer à jour.»

Er sagte tatsächlich «à jour», als sei das Ganze nur ein Aktenvorgang gewesen, den es aufzuarbeiten galt.

«Wir konnten sogar kleine Tests durchführen.»

«Was für Tests?»

«Zum Beispiel der Lauckmann-Roman in meinem Bücherregal», erklärte Eliza. «Der war nur da, damit ich sehen konnte, wie du darauf reagierst.»

«Und wie habe ich reagiert?»

«Wie jemand, der von Lauckmann absolut nichts wusste.»

«Was zu dem Zeitpunkt auch stimmte.»

«Mir ist immer noch nicht klar, wie du doch darauf gekommen bist», sagte Markus und klang ein bisschen beleidigt.

«Der Reihe nach.» Weilemann hatte nicht vorgehabt, den Tonfall seines Sohnes nachzuahmen, aber jetzt, wo es passiert war, freute er sich über dessen ärgerliche Reaktion. «Ihr habt mich also die ganze Zeit manipuliert?»

«In deinem Interesse. Solang wir im Voraus über deine nächsten Schritte Bescheid wussten, konnten wir dafür sorgen, dass du nichts gefunden hast. So hatten wir dich unter Kontrolle.»

«Und du, Eliza, hast mich die ganze Zeit angelogen.»

«Tut mir leid», sagte sie.

«Du hast mich nur in Derendingers Wohnung geschickt ...»

«... weil wir genügend Zeit gehabt hatten, sie vorher zu säubern, ja. Leider nicht gründlich genug. Die Panne mit dem Schachbuch und der Fotomontage hätte nicht passieren dürfen. Unsere Leute haben nicht realisiert, dass darin eine Botschaft versteckt war. Da war Derendinger schlauer gewesen als wir.»

«Und der Mann im Treppenhaus?»

«Alles, um dich abzuschrecken.»

Weilemann dachte nach und schüttelte dann den Kopf. «Es geht immer noch nicht auf», sagte er. «Ohne deine Hilfe wäre ich doch überhaupt nicht darauf gekommen, dass die Fotografie von Awerbach eine Montage war.»

«Von der Fotografie hatte ich vorher nichts gewusst», sagte Eliza. «Da musste ich improvisieren.»

«Und das hast du ganz toll gemacht.» Es war für Weilemann immer wieder überraschend, wie plötzlich sich Markus vom stolzen Amtschef zum bewundernden Liebhaber wandeln konnte.

«Du hättest einfach schweigen können. Dann hätte ich das Bild weiter für echt gehalten und irgendwann nicht mehr darüber nachgedacht.»

«Mach dich nicht kleiner, als du bist», sagte Eliza. «Du bist ein guter Journalist. Ein bisschen altmodisch vielleicht, aber gründlich. Früher oder später hättest du gemerkt, dass in dem Bild mehr steckte als nur die Erinnerung an irgendwelche Simultanpartien. Und wärst auch ohne mich auf den Gedanken gekommen, dass es Programme wie *Face Match* gibt. Da war es doch besser, wir haben dich gleich selber zu Läuchli geschickt. So konnten wir ihn auf deinen Besuch vorbereiten.»

«Und mir hinterher sagen, dass es keinen Sinn mehr habe, weiter nachzuforschen. Weil er mir so überzeugend den senilen Trottel vorgespielt hat.»

«Genau.»

«Warum, zum Teufel, hast du trotzdem weitergemacht?» In diesem Ton schiss Markus in seinem Amt wahrscheinlich Mitarbeiter zusammen, die einen Auftrag nicht exakt nach seinen Wünschen ausgeführt hatten. «Warum bist du noch ein zweites Mal zu Läuchli gefahren? Aus reiner Sturheit?»

«Weil ich neue Informationen hatte.»

«Was für Informationen?»

«Dass dreizehn nicht zwölf ist.» Selbst in seiner unerfreulichen Situation konnte sich Weilemann den Knalleffekt nicht verkneifen. Markus und Eliza machten denn auch genau die verständnislosen Gesichter, die er erwartet hatte.

Er gönnte sich – wie er es auch jedes Mal tat, wenn er jemandem die Geschichte vom Fall Handschin erzählte – eine Kunstpause, bevor er ihnen erklärte, wie ihn die Diskrepanz in dem Wikipedia-Artikel auf eine neue Spur gebracht hatte – «Da haben sie bei Ü und S gewaltig gepfuscht», schimpfte Markus –, wie er mit Fischlins Hilfe zu den Romanen von Cäsar Lauckmann gekommen war, auch zu dem einen, den es nicht mehr geben durfte, und was für eine Übereinstimmung mit der Wirklichkeit er in *Der Boss der Bosse* entdeckt hatte.

Markus, der immer kontrollierte Markus, den er noch nie ein Kraftwort hatte benutzen hören, sagte: «Scheiße!» Und wollte dann sofort wissen, wo das Buch sich jetzt befinde. «Bei dir zuhause ist es nicht.»

«Ich hoffe, ihr habt meine Wohnung sauber aufgeräumt, nachdem ihr sie durchsucht habt.»

«Wo ist das Buch?»

Von seinem Abstecher in die *Ziegelhütte* schienen sie nichts mitbekommen zu haben. Vielleicht, dachte Weilemann in einem plötzlichen Anfall von Hoffnung, vielleicht war das eine Chance für ihn.

«Ich habe den Band bei einer zuverlässigen Persönlichkeit deponiert.»

«Bei wem?»

«Du erwartest doch wohl nicht im Ernst, dass ich dir das verrate.»

«Wann willst du das gemacht haben», fragte Markus misstrauisch. «Gemäß deinem Bewegungsprofil hattest du überhaupt nie die Möglichkeit ...»

«Außer in der Zeit, in der du geglaubt hast, ich sei auf dem Weg nach Genf.»

Markus versuchte, sich nichts anmerken zu lassen, aber Weilemann kannte seinen Sohn zu gut. Daran hatte er nicht gedacht.

«Ich habe dafür gesorgt», sagte Weilemann, «dass die Geschichte veröffentlicht wird, falls mir etwas zustoßen sollte.»

Er wusste nicht, ob die Drohung etwas bewirken würde. Aber in seiner Lage musste er alles probieren.

«Ich glaube, du bluffst», sagte Markus.

«Kannst du riskieren, es darauf ankommen zu lassen?»

Markus antwortete nicht.

Patt, dachte Weilemann. Kein Zug mehr möglich.

Eine lange Pause.

Vielleicht habe ich mich gerade gerettet, dachte Weilemann.

Die drei sahen sich an, wie man sich wohl bei den Waffenstillstandsgesprächen nach einem verlorenen Krieg ansieht, verfeindete Mächte, die trotz aller Meinungsverschiedenheiten miteinander auskommen müssen.

Es war Eliza, die als Erste wieder etwas sagte. «Es wird dir nichts zustoßen. Darum geht es uns ja. Wir sind hier, um dir helfen.»

«So wie ihr Fischlin geholfen habt?»

«Ich gebe zu: Das war ein dummer Fehler.» Markus machte das unglückliche Gesicht eines Mannes, der nicht gern Fehler begeht und sie noch weniger gern zugibt. «Unterdessen ist mir natürlich klar, dass du selber der Mann warst, der unangemeldet im *Haus Abendrot* aufgetaucht ist und sich dort als Doktor Werner Fischlin ausgegeben hat. Aber da ich einerseits die Meldung hatte, du seist unterwegs nach Genf, und wir andererseits über deinen Besuch im Brockenhaus informiert waren …»

«Das wusstet ihr auch?»

«Bewegungsprofil», sagte Markus schon wieder, als ob das ein Zauberwort wäre, mit dem sich alles erklären ließe. «Auf Grund dieser beiden Fakten …»

«Scheinbaren Fakten.»

«Wenn du dein Handy nicht in dem Zug deponiert hättest …»

«Wenn du mir nicht nachgeschnüffelt hättest wie einem Verbrecher …»

«Das bringt doch nichts», sagte Eliza, und Weilemann stellte überrascht fest, dass sein sonst so bockiger Sohn bei ihr sofort handzahm wurde. «Das Missverständnis ist nun mal passiert …»

«… und Fischlin ist nun einmal tot.»

«Ich musste die Meldung an Ü und S weitergeben», sagte Markus. «Das war meine Pflicht. Aus den Daten, die wir hatten, ließ sich schließlich nur ein logischer Schluss ziehen: Dass du aus irgendeinem Grund beschlossen hattest, Fischlin einzuweihen, und er in deinem Auftrag zu Läuchli gefahren war, um ihn auszuhorchen. Es tut mir leid für ihn, aber letzten Endes war sein Tod deine Schuld.»

Und das Schlimme war: Weilemann konnte ihm in diesem Punkt nicht wirklich widersprechen.

50

«Etwas verstehe ich immer noch nicht», sagte Eliza. «Als du von Fischlins Tod erfahren hast – da wusstest du doch noch nicht, dass ich beim Ordnungsamt arbeite.»

«Ich hatte keine Ahnung.»

«Also war ich für dich immer noch deine Partnerin bei der Recherche. Da wäre es doch zu erwarten gewesen, dass du mich über so eine wichtige Neuigkeit sofort informierst. Warum hast du das nicht getan?»

«Ich war auf dem Weg zu dir. Aber dann hat mich etwas abgelenkt.»

Verständnislose Gesichter. So schauten einen manchmal die Gegner an, wenn man einen Zug gemacht hatte, dessen Zweck ihnen nicht einleuchtete.

«Was hat dich abgelenkt?»

«Ein weißer Smoking», sagte Weilemann.

Markus' Kopf fuhr herum.

«Vielleicht ein bisschen zu elegant für dich, Markus. Aber er passte sehr gut zu Elizas grünem Kleid. Ihr zwei seid ein hübsches Paar.»

Markus starrte seinen Vater an.

«Wie hast du …?»

«Ich kam zufällig gerade in dem Moment an, als du Eliza abgeholt hast. Ein sehr beeindruckendes Auto übrigens. Ich nehme an, ihr wart zu einer Party eingeladen. Oder hast du doch den ganzen Abend Fernsehen geschaut?»

Markus drehte den rotweißen Bändel seines Badge zwischen den Fingern. Leute, die viel und erfolgreich lügen, dachte Weilemann, wissen nicht damit umzugehen, wenn sie einmal ertappt werden.

«Dann weißt du also schon seit jenem Abend …?» Wenn Eliza errötete, konnte man erkennen, dass sie ganz zarte, kaum sichtbare Sommersprossen hatte.

«Wenn man euch so gesehen hat, war es offensichtlich. Du hast einen guten Geschmack, Markus.»

Schweigen. In einem der Rohre an der Decke gluckerte Wasser. Wahrscheinlich war einen Stock höher jemand aufs Klo gegangen.

«Und jetzt?», fragte Eliza schließlich.

«Jetzt», sagte Weilemann, «haben wir eine komplizierte Situation. Einerseits habt ihr mir bestätigt, dass Wille für Morosanis Tod verantwortlich war. Dass der lebenslängliche Präsident eurer Partei ein Mörder ist.»

«Er hat nicht selber geschossen», sagte Markus schnell.

«Das macht keinen Unterschied. Egal, wer letzten Endes auf den Abzug gedrückt hat, die Schuld trägt er. Theoretisch hätte ich also das Material für den sensationellsten Artikel meiner journalistischen Karriere. Einerseits. Andererseits könnt ihr mich diesen Artikel auf gar keinen Fall schreiben lassen.»

«Nein», sagte Markus, «du wirst ihn nicht schreiben.»

«Die Frage ist nur, wie du das erreichen willst. Lässt du mich vorher umbringen, oder werde ich nur eingesperrt? Vielleicht in einem gut bewachten Altersheim, so wie Läuchli?»

«Es werden keine Zwangsmaßnahmen notwendig sein.» Markus' Moment der Verlegenheit hatte nicht lang gedauert, er redete schon wieder so förmlich, als ob er ein amtliches Bulletin verläse. «Du wirst ganz von selber zum Schluss kommen, dass es ein Fehler wäre, diese Informationen zu veröffentlichen.»

«Und warum?»

«Weil du kein dummer Mensch bist. Du wirst einsehen, dass eine solche Publikation einfach zu gefährlich wäre.»

«Für das Land? Weil die Schweiz ihren unbefleckten Wille braucht? Weil es der Nationalheilige ist, der ganz allein die Eidgenossenschaft zusammenhält?»

«Nein», sagte Markus. «Zu gefährlich für dich.»

«Du hast mir versprochen …» Eliza streckte die Arme aus, als ob sie Markus festhalten wollte. Oder ihn anflehen.

«Mir nicht zu drohen? Mach dir nichts daraus, Eliza. Es kommt nicht darauf an, was er versprochen hat. Im Interesse des Allgemeinwohls ist das Ordnungsamt auch zum Lügen befugt.» Wenn man nichts mehr zu verlieren hatte, gab einem das eine ungeheure Freiheit. «Den eigenen Vater umzubringen gehört zwar nicht zu seinem Arbeitsbereich. Aber wofür gibt es schließlich Ü und S? Er muss das Problem nur wieder dorthin zurückdelegieren.»

«Nach allem, was ich für dich unternommen habe?», sagte Markus ganz empört. «Da würde ich mich im Amt ja völlig unglaubhaft machen.»

Das war jetzt ausnahmsweise ehrlich, dachte Weilemann.

«Wenn du mich nicht umbringen lassen willst und nicht einsperren …» – es war ein seltsames Gefühl, so etwas zum eigenen Sohn zu sagen –, «… wie willst du mich dann daran hindern, meine journalistische Pflicht zu tun?»

«Nur heute muss ich dich daran hindern. Morgen wird das nicht mehr nötig sein. Du wirst ganz von selber darauf verzichten. Weil du so einen Artikel nicht überleben würdest.»

«Markus!»

«Keine Angst, Elisabeth. Ich würde nichts unternehmen. Dafür eine Menge anderer Leute. Sie würden alle auf ihn losgehen.»

«Was für Leute?»

«Bekannte. Nachbarn. Wildfremde Menschen. Sie würden es dir nicht verzeihen.»

«Dass ich ihnen die Wahrheit erzähle?»

«Dass du das Andenken an einen Helden schändest.»

«Redest du von Wille?»

«Ja», sagte Markus. «Er wird morgen sterben.»

Auf dem Soundtrack eines Films hätten nach so einem Satz Trompeten geschmettert. Trommelwirbel wären erklungen. Hier war nichts zu hören als das Geräusch des Wassers in den Röhren.

«Er wird morgen sterben», hatte Markus gesagt. Nicht «würde». Nicht «es wird befürchtet, dass …» Er wird. Indikativ. Willes Gesundheitszustand musste sich dramatisch verschlechtert haben.

Weilemann hatte das wohl, ohne es zu merken, nicht nur gedacht, sondern laut gesagt. «Nein», sagte Markus, «sein Gesundheitszustand ist unverändert. Oder sein Krankheitszustand. Solang er an diese Maschinen angeschlossen bleibt, könnte man ihn noch jahrelang am Leben erhalten, sagen die Ärzte. Aber morgen früh um vier …»

«Schon morgen?» Elizas Stimme war ganz klein.

«Ja. Pünktlich um vier werden alle Geräte abgeschaltet.»

Das war also das große Projekt, von dem sie gesprochen hatten. Man war zum Schluss gekommen, dass Wille nicht mehr gebraucht wurde, und deshalb …

«Es war ein einstimmiger Beschluss.»

«Und was passiert dann?», fragte Weilemann. «Nach vier Uhr?»

«Dann kannst du nach Hause fahren. Bis dahin muss ich dich allerdings bitten, noch hier zu bleiben. Im Interesse der

Geheimhaltung. Du wirst verstehen, dass es kontraproduktiv
wäre, wenn vorher jemand etwas davon erführe.»

Kontraproduktiv. Neutralisieren. Zur Vermeidung einer
Proliferation. Er redet nicht nur so, realisierte Weilemann, er
denkt auch so.

Sie denken alle so.

Markus musste seine Miene falsch gedeutet haben, denn er
sagte entschuldigend: «Ein Bett habe ich dir leider nicht or-
ganisieren können. Aber ein Tablett mit Sandwiches. Und
Herr Gähwiler wird dir Gesellschaft leisten, wenn du willst.
Ihr werdet euch sicher gut verstehen. Man sagt mir, er sei der
beste Schachspieler im Ordnungsamt.»

«Wie fürsorglich von dir.» Weilemann merkte, wie seine
Stimme zitterte. «Und was wirst du unternehmen, wenn ich
mich zu Hause hinsetze und den Artikel doch schreibe?»

«Es würde ihn niemand veröffentlichen. Und selbst wenn –
überleg dir, was es für Folgen für dich haben würde. Am Tag
nach Stefan Willes Tod.»

Ein feierliches Begräbnis, dachte Weilemann. Alle Zeitungen mit dickem schwarzen Rand. Nachrufe auf allen Websi-
tes. Fahnen auf Halbmast. Staatstrauer. Stundenlanges Anste-
hen, um sich in ein Kondolenzbuch einzutragen. Wildfremde
Menschen, die sich schluchzend in den Armen liegen. Und
dann ein Artikel mit der Wahrheit über Wille? Kein Chefredaktor würde auch nur eine Zeile davon abdrucken. Natürlich, im Internet konnte man alles publizieren. Aber dort war
man nur ein Spinner unter anderen Spinnern. Die Mond-
landung hat nie stattgefunden, Elvis Presley lebt noch, und
Stefan Wille, um den das ganze Land weint, ist keine Licht-
gestalt, sondern ein Mörder. Markus hatte recht: Lynchen
würde man ihn dafür. Oder noch viel schlimmer: auslachen.

Jetzt hat der böse Alois auch Weilemann erwischt, würde man sagen.

Nur glauben würde ihm niemand.

Schachmatt.

«Warum gerade morgen?», fragte er.

«Der erste August schien allen das passende Datum zu sein.»

Natürlich. Nationalhelden sterben am Nationalfeiertag, das ist gut für die Legende.

«Und wer hat das beschlossen?»

«Die Leute, die so etwas zu entscheiden haben. So kann Wille seinem Land einen letzten Dienst erweisen.»

«Indem er abkratzt.»

«Indem er zum richtigen Zeitpunkt stirbt. Läuchli hatte da eine Idee …»

«Läuchli!»

«Über diesen Aspekt der Entscheidung kann ich leider noch nicht sprechen. Aber wenn du morgen den Fernseher einschaltest, wirst du sehen, was ich meine.»

«Und wer wird Willes Nachfolger?»

«Das diskutieren wir in einem Jahr. Jetzt soll das Land erst einmal trauern können.»

Und die Todesstrafe wieder einführen, dachte Weilemann.

Markus schaute auf die Uhr. «Tut mir leid», sagte er, «aber wir haben noch eine Sitzung. Ich glaube, es ist alles besprochen.»

«Ja», sagte Weilemann, «es ist alles besprochen.»

«Und du bist einverstanden?»

«Habe ich eine Wahl?»

Sein Sohn dachte einen Moment lang nach – als ob es hier etwas nachzudenken gegeben hätte! – und antwortete dann: «Nein, Papa, du hast keine Wahl.»

Papa hatte er Weilemann schon lang nicht mehr genannt.

Und dann stand Markus auch schon unter der Türe und sagte ungeduldig: «Kommst du, Elisabeth?»

«Eliza gefällt mir besser.»

«Du hast recht», sagte Markus, «Eliza ist schöner. Weißt du was, Eliza? Ich finde, du solltest meinem Vater einen Kuss geben.»

«Gern.» Sie legte die Arme um Weilemann und küsste ihn auf die Wange.

«Du kannst den Kuss ruhig erwidern, Papa», sagte Markus. «Schließlich wird Eliza deine Schwiegertochter.»

51

Zuerst hatte Weilemann gesagt: Nein, danke, er brauche keine Gesellschaft, wenn sie ihn einsperren wollten, dann sollten sie ihn eben einsperren, die Macht dazu hätten sie, Alpha gegen Omega, aber dann sollten sie sich wenigstens nicht aufführen wie freundliche Gastgeber. Was dürfen wir dir zu deinen Sandwiches noch anbieten? Ein Schälchen Tee? Ein Spielchen Schach?

Aber wenn man allein in einem Zimmer sitzt und nur die Uhr zur Gesellschaft hat, dann kommen die Gedanken. «Schwiegertochter», hatte Markus gesagt, und Weilemann hatte Eliza folgsam einen Kuss gegeben, nicht auf die Lippen, wie er sich das die ganze Zeit ausgemalt hatte, einen schwiegerväterlichen Wangenkuss, und dann waren die beiden hinausgegangen, Markus' Arm um Elizas Schultern. Die beiden wirkten erleichtert. Morgen ziehen wir Wille den Stecker, und dann ist die Welt wieder in Ordnung.

Irgendwann, es war diese Selbstverständlichkeit, die Weilemann so fertigmachte, würde die Hochzeit stattfinden, mit ihm als Bräutigamsvater am Ehrentisch, und unter den Gästen würden auch Markus' Arbeitskollegen sein, auch die von Überwachung und Schutz, die Mörder von Derendinger und die Mörder von Fischlin, sie würden ihm höflich die Hand schütteln und sagen: «Wie schön, dass wir Sie endlich persönlich kennenlernen dürfen, Herr Weilemann.» Und dann würde jemand einen Toast auf das junge Paar ausbringen und auch noch einen auf Wille, das große Vorbild, das leider, leider nicht mehr unter den Lebenden weile, eine Minute lang würden alle ernste Gesichter machen und dann die nächste Champagnerflasche köpfen, und er würde mit ihnen anstoßen müssen, würde alles wissen und nichts dagegen unternehmen können.

Nichts.

Weil die Gedanken anders nicht zu vertreiben waren, machte er dann doch die Türe auf – sie war tatsächlich nicht verschlossen – und sagte: «Was meinen Sie, Herr Gähwiler, wollen wir eine Partie miteinander spielen?»

Gähwiler war die Sorte Schachspieler, die zehn oder fünfzehn perfekte Züge machen und dann ganz plötzlich einen idiotischen Fehler begehen. Vielleicht weil er beim Spielen so gern schwatzte. Oder er hatte – gute Gastgeber denken an alles – den Auftrag bekommen, doch bitte gegen Weilemann zu verlieren.

Was er am Schach liebe, sagte Gähwiler und biss in sein zweites Sandwich, das sei, dass es da so genaue Regeln gebe. Deswegen sei er aber kein Fanatiker, der immer und überall ein Schachbrett mit sich führe, man habe ihm das heute aufgetragen, und jetzt wisse er ja auch, warum. Dass sie bis zum frühen Morgen hier bleiben sollten, das habe bestimmt auch einen Grund, er frage nicht nach, er nicht. «Wissen Sie», sagte er, «ich habe es ganz gern, wenn mir jemand sagt, was ich tun und was ich denken soll. Man macht dann keine Fehler. Mein Vater hat immer gesagt, man solle das Denken den Kühen überlassen, die hätten die größeren Köpfe.»

«Sind Sie Mitglied in einer Partei?», fragte Weilemann.

Mit Politik habe er nicht viel am Hut, sagte Gähwiler, solang alles gut funktioniere, brauche man keine Politiker, und wenn es schiefgehe, dann könnten die auch nichts machen. Eingeschrieben sei er bei den Eidgenössischen Demokraten, das seien im Amt eigentlich alle, nicht dass man das müsse, überhaupt nicht, aber von einem breiten Pfad könne man nicht abstürzen, wenn der Herr Weilemann verstehe, was er meine.

Die Arbeit beim Ordnungsamt? Nicht immer so lustig wie heute, er solle es ihm nicht übelnehmen, wenn er das so sage, aber es sei doch eine vergnügliche Abwechslung gewesen, den Billettkontrolleur spielen und all das, solche Aufträge bekomme man nicht jeden Tag. Das meiste, was man zu tun habe, sei Routine, er dürfe nicht darüber reden, aber der Herr Weilemann könne ihm glauben: So eine wochenlange Überwachung könne sehr langweilig sein. Aber ein Job sei ein Job, und heutzutage, wo es in der Wirtschaft harze, müsse man für eine feste Anstellung dankbar sein. Sein Sohn zum Beispiel, fertig studiert, sei über Praktika noch nie hinausgekommen, das sei früher anders gewesen, er wolle da niemandem einen Vorwurf machen, die in Bern täten bestimmt eine Menge für den Arbeitsmarkt, und in den Ländern ringsum sei es ja auch nicht besser. Immerhin sei man in der Schweiz autark und von niemandem abhängig, das sei schließlich das Wichtigste, und wenn man nachts durch die Stadt gehe, müsse man keine Angst haben vor Schlägern oder Drögelern. Dafür seien diese Kameras überall schon eine gute Sache. In Deutschland, das habe er gerade in der *Weltwoche* gelesen, würden sich Frauen schon gar nicht mehr allein auf die Straße trauen, nicht einmal am helllichten Tag.

Er habe keine Vorurteile, sagte Herr Gähwiler, der Herr Weilemann dürfe ihn da nicht falsch verstehen, er habe schon zweimal in Spanien Ferien gemacht und einmal in Kroatien, und die Leute seien überall sehr nett gewesen, nur in Split habe mal einer allen Ernstes gemeint, die Hauptstadt der Schweiz heiße Stockholm, das Schulwesen sei eben auch nicht überall so gut wie bei uns.

Und hoppla, jetzt habe er doch tatsächlich den Turm eingestellt.

Nein, mit dem Herrn Weilemann, also mit dem Herrn Weilemann seinem Sohn, dem Junior quasi, habe er wenig zu tun, ein Under sei nun mal kein Ober, und er gehöre nicht zu den Leuten, die die beiden verwechselten, beim Jassen nicht und bei der Arbeit schon gar nicht.

Aber man höre nur Gutes über den Herrn Weilemann junior, streng, aber gerecht heiße es im Amt, und Humor scheine er auch zu haben, sonst hätte er sich ja heute nicht diesen Spaß mit seinem Vater gemacht, mit der Billettkontrolle und all dem. Ach ja, hier sei noch die 24-Stunden-Karte zurück, das habe er fast vergessen, die sei ja noch gültig, wenn auch morgens um vier noch kein Tram fahre, aber der Herr Weilemann müsse sich keine Sorgen machen, er, Gähwiler, würde ihn selbstverständlich mit dem Auto nach Hause bringen, sie hätten ihm heute ausnahmsweise einen Dienstwagen bewilligt, und Schwamendingen liege sowieso auf seinem Heimweg, er müsse nach Nürensdorf, eine Wohnung in der Stadt könne er sich bei seinem Lohn nicht leisten.

Und ja, danke, er nehme gern noch ein Sandwich.

Die Frau Barandun? Das sei eine Nette, das sagten alle, und dazu noch eine Gescheite. Er habe das selber einmal erfahren, sie hätten im Bereitschaftsraum Schach gespielt, beim Warten gebe es nichts Besseres, und da sei sie vorbeigekommen, zufällig, habe auf das Brett geschaut, nicht einmal lang, und dann ganz freundlich gesagt: «Matt in drei Zügen.» Und das habe auch gestimmt, man würde es nicht glauben. Nur mit Hinschauen. Ja, die Frau Barandun sei sicher eine Spitzensekretärin, eine, die mitdenken könne und vorausplanen. Und eine Hübsche sei sie erst noch. Ob der Herr Weilemann sie näher kenne?

Das Fräulein Schwarzenbach hingegen – sie bestehe darauf, dass man ihr «Fräulein» sage, obwohl das ja nun wirklich nicht mehr zeitgemäß sei –, das Fräulein Schwarzenbach, über die würden eigentlich nur Witze gemacht. Sogar einen Übernamen habe sie, der Herr Weilemann dürfe das aber nicht seinem Sohn verraten. Man sage ihr «Fräulein Schreibmaschine», weil sie so altmodisch sei wie jemand, der noch gar nicht gemerkt hat, dass es Computer gibt.

Entschuldigung, natürlich, er sei ja selber dran mit dem nächsten Zug. Seine Frau sage auch immer, wenn er einmal ins Plaudern komme, vergesse er alles.

Turm auf e8.

Drei Züge lang hielt Gähwiler das Schweigen durch, dann plauderte es wieder aus ihm heraus.

Wie gesagt, es sei ein interessanter Auftrag gewesen, heute

im Tram, aber gleichzeitig auch ein bisschen schade, dass er nicht oben in der Halle habe Dienst tun dürfen, er finde das immer so feierlich, die ganzen Ansprachen und die Fahnen und überhaupt, da könne man richtig stolz sein auf sein Land. Jedes Jahr der genau gleiche Ablauf, das gefalle ihm besonders, es habe so etwas Verlässliches. Auch dass sie den Herrn Wille immer wieder wählten, obwohl der doch im Spital liege und gar nicht mehr könne, vorbildliche Stabilität sei das, nicht wie in anderen Ländern, wo heute der regiere und morgen schon wieder ein anderer, in der *Tagesschau* könne man jeden Tag sehen, was dabei herauskomme.

Diese Partie habe er ja wohl verloren – Herr Gähwiler kippte seinen König um –, und ob der Herr Weilemann Lust habe, nochmal eine zu spielen?

So ein Schachbrett, sagte er, während er die Figuren wieder aufstellte, das sei ihm immer wie ein Symbol für die Schweiz vorgekommen, jeder an seinem Platz und alles nach exakten Regeln, da könne nicht plötzlich ein Turm quer übers Brett rennen oder ein Läufer geradeaus. Und wenn es einer trotzdem probiere, dann sei sofort ein Schiedsrichter da und pfeife ab. Auch darum sei er stolz darauf, beim Ordnungsamt zu arbeiten.

Damengambit, soso. Das finde er auch symbolisch, dass die Bauern, also quasi die einfachen Leute, am Anfang zwei Schritte nach vorn machen könnten, sich sozusagen voller Begeisterung in die Sache hineinstürzten, aber dann lasse die Begeisterung sehr schnell nach, und man machte nur noch kleine Schrittchen, wenn man nicht überhaupt schon vorher auf den Näggel bekam. Aber immerhin, ein Bauer könne sich in eine Dame verwandeln, das sei auch wieder so etwas Schweizerisches, es komme nicht oft vor, natürlich nicht, aber möglich sei es, so wie man in diesem Land kein Millionär sein müsse, um Nationalrat zu werden oder sogar Bundesrat, der Wille zum Beispiel, der komme ja aus ganz einfachen Verhältnissen.

Und was sie jetzt gerade gespielt hätten, dieser Tausch c-Bauer gegen d-Bauer, das sei auch so etwas Traditionelles, den genau gleichen Zug hätten schon ihre Väter gemacht und ihre Großväter, das erinnere ihn auch immer an die Schweizer Politik, wo es genauso wenig Überraschungen gebe, am Schluss tausche man doch immer die Bauern, und das sei auch gut so.

Eigentlich sei es komisch, meinte Herr Gähwiler, dass noch nie ein Schweizer Schachweltmeister geworden sei, nur der Kortschnoi habe es einmal beinahe geschafft, aber der sei ja eigentlich Russe gewesen, auch wenn er dann später den roten Pass bekommen habe.

Vielleicht, sagte Herr Gähwiler, vielleicht fehle es den Schweizern an Phantasie, das gehöre beim Schach eben schon auch dazu, man sei hierzulande immer zu brav und zu korrekt, fast ein bisschen langweilig, aber das habe auch wieder sein Positives. Oder ob sich der Herr Weilemann vorstellen könne, dass in unserem Land etwas wirklich Schlimmes passiere, ein Mord wie damals beim Kennedy, so etwas sei in der Schweiz einfach nicht denkbar.

Und wenn es doch einmal passiere, dann habe man zum Glück wenigstens mit dieser Verzärtelei von früher aufgehört, der Herr Weilemann sei ja, wenn er das sagen dürfe, alt genug, um sich zu erinnern, wie das gewesen sei, es hätte nicht viel gefehlt, und sie hätten in den Gefängnissen jeden Tag drei verschiedene Menüs angeboten, oder gleich für jeden Gefangenen einen eigenen Koch angestellt. Es sei ja nett, wenn einer nett sei, aber so etwas gehöre in die Familie und habe im Staat nichts verloren. Er sage ja auch nicht: «Ich sollte diesen Läufer besser nicht schlagen, der hatte bestimmt eine schwere Jugend.» Wofür habe man Gesetze, wenn man ständig Ausnahmen mache? Zum Glück habe es in dieser Hinsicht in den letzten Jahren gewaltig gebessert, und jetzt diese neue Initiative, die sie heute beschlossen hatten, die wegen der Todesstrafe, das sei auch eine gute Sache.

«Vollsühne», das Wort habe ihm von Anfang an gefallen, weil es so konsequent sei, keine halben Sachen. Schlägst du meinen Läufer, schlag ich deinen Läufer. Natürlich, es gebe schon Unterschiede, ein Verkehrsunfall mit tödlichem Ausgang, dass sich einer nach einem Glas zu viel noch ans Steuer setze, so etwas sei zwar falsch, aber menschlich verständlich, und mit den selbstfahrenden Autos könne es auch gar nicht mehr passieren. Aber wenn einer einen anderen umbringe, absichtlich und mit Vorsatz, dann sei es nicht genug, dass man ihn nur einsperre, auch lebenslänglich lange da nicht, dadurch würde der Ermordete auch nicht wieder lebendig.

Er finde es überhaupt gut, sagte Herr Gähwiler, dass die Eidgenössischen Demokraten immer wieder mit solchen Ideen kämen, das seien eben Leute, die das Ohr am Volk hätten, und er, Gähwiler, werde bei der Abstimmung ganz bestimmt ein Ja einlegen. Was denn der Herr Weilemann für eine Meinung dazu habe?

Entschuldigung, der Herr Weilemann wolle sich bestimmt auf das Spiel konzentrieren.

Läufer auf g5.

Bauer auf h6.

Läufer zurück auf h4.

Ob er die Partie noch zu Ende spielen wolle oder doch lieber Schluss machen? Es sei jetzt vier Uhr vorbei, und sie könnten losfahren.

52

Weilemann war fest davon überzeugt gewesen, er würde nicht einschlafen können, nicht nach all dem, was passiert war, und was er erfahren hatte. Aber dann war die Erschöpfung doch stärker gewesen. Als er aufwachte, war es schon fast Mittag.

Sogar geträumt hatte er, wenn er sich auch nicht mehr erinnern konnte, was das gewesen war, und der wahre Albtraum war ohnehin die Wirklichkeit.

Sie hatten es tatsächlich getan.

Im Fernsehen lief nur noch Wille, rauf und runter, seine Lebensgeschichte und die Erinnerungen von Weggefährten. In einer Sequenz zeigten sie Schweizer Botschaften rund um den Globus, wie dort überall die Fahnen auf Halbmast wehten. Oder auch nicht wehten. Hauptsache Halbmast.

Immer von neuem der Tagesschausprecher mit seiner schwarzen Krawatte, der die Todesnachricht wieder und wieder verkündete. «Nach langem, heroisch geführtem Kampf gegen seine schwere Krankheit ...»

Bis sie ihm den Stecker gezogen hatten.

Beileidstelegramme aus aller Welt. In den Staatskanzleien, dachte Weilemann, mussten sie eigene Abteilungen haben, die nichts produzierten als die immer gleichen Floskeln; ein Journalist, der sonst nirgends mehr eine Anstellung fand, konnte immer noch dort unterkommen.

Der Bundespräsident – der stellvertretende Bundespräsident, um genau zu sein, denn turnusgemäß wäre die Reihe an dem Sozialdemokraten gewesen, der sein Amt ja nicht angetreten hatte –, der Bundespräsident las seine Ansprache vom Teleprompter ab, es war deutlich zu sehen, wie seine Augen hin und her wanderten. Man hatte ihm auch ein paar Sätze in den andern Landessprachen ins Manuskript geschrieben, das Französische beherrschte er ganz gut und das Italienische einigermaßen, nur sein Rätoromanisch verstanden sie im oberen Domleschg wahrscheinlich nicht. Er wirkte mehr abwesend als traurig, vielleicht dachte er, während er seiner Nachrufpflicht nachkam, schon darüber nach, ob er sich wohl Hoffnungen auf Willes Nachfolge machen dürfe.

Es machten sich heute bestimmt noch viele andere diese Gedanken.

Die Vertreter der anderen Parteien erklärten übereinstimmend, Wille sei ein großer Schweizer gewesen, und in einem solchen Moment der Trauer hätten alle Meinungsverschiedenheiten zu schweigen. Es existierten tatsächlich noch andere Parteien, auch wenn man das manchmal fast vergessen konnte.

Dazwischen immer wieder Leute von der Straße, die den Reportern in die Mikrophone sagten, wie erschüttert sie seien und dass sie sich eine Schweiz ohne Wille nicht vorstellen könnten. Manchen liefen die Tränen herunter, und es hatte ihnen bestimmt niemand eine Zwiebel hinhalten müssen, um sie zum Weinen zu bringen. Wenn man den Menschen oft genug sagt, dass sie jemanden lieben, dann lieben sie ihn irgendwann wirklich.

Auch wenn er ein Mörder ist.

«Trotz der aufopfernden Pflege ...», sagte der Tagesschausprecher, und sobald im Spital die angekündigte Pressekonferenz beginne, werde man selbstverständlich sofort dorthin umschalten.

Weilemann ließ sich aus dem Bett kippen und schlurfte in die Küche. Vielleicht war in der Schnapsflasche ja doch noch ein Tropfen übrig. Wenn einem das große Kotzen kommt, ist Alkohol hilfreich. Zu seiner Überraschung war der leergetrunkene Calvados durch einen neuen ersetzt, keine Thurgauer Imitation, sondern ein echter *Vieille Réserve*. Keine Nachricht dabei, aber Weilemann wusste auch so, was auf einem Begleitbrief hätte stehen müssen: «Mit bestem Dank, dass wir Deine Wohnung durchsuchen durften, Dein Dich liebender Sohn.»

Nein, falsch. Auf so einen Einfall wäre Markus nie gekommen. Das musste Eliza gewesen sein.

Mit der geöffneten Flasche in der Hand ging Weilemann ins Schlafzimmer zurück. Wenn es je einen richtigen Zeitpunkt gegeben hatte, um sich zu betrinken, dann war das heute.

«Die Abdankung vom nächsten Samstag wird nun doch nicht, wie zuerst gemeldet, im Zürcher Großmünster stattfinden», sagte der Tagesschausprecher gerade, «sondern im Hallenstadion.»

Wo sie, jetzt, wo der Kongress zu Ende war, nur die langen Tische durch Stuhlreihen ersetzen mussten. Die Fahnen konnten sie einfach hängen lassen. «Das Gebackene vom Leichenschmaus gibt kalte Hochzeitsschüsseln», hieß es in *Hamlet*.

Die Meldung hatte jemanden im Studio auf die Idee gebracht, eine Sequenz aus der Abdankung von Morosani einzuspielen. Wille – wie jung er einmal gewesen war! – hielt am blumengeschmückten Sarg die Trauerrede und wurde dabei von Tränen übermannt.

Weilemann nahm einen tiefen Schluck.

In einem Bulletin der ED-Parteileitung wurden alle Gemeindeverwaltungen aufgerufen, ihre Erst-August-Feiern trotz des tragischen Ereignisses wie geplant durchzuführen. Das seien ideale Veranstaltungen, um von Wille Abschied zu nehmen. Weilemann konnte sich lebhaft vorstellen, wie die Festredner jetzt alle zuhause an ihren Computern saßen und fieberhaft ihre Manuskripte umschrieben.

Im Studio eine Gesprächsrunde aus lauter Chefredaktoren, die sich gegenseitig in Lobesreden auf Wille überboten. Ausgefeilte Formulierungen; die Leitartikel waren wohl alle schon lang geschrieben. «Stehsatz» hatte man das früher genannt.

Noch ein Schluck. Aber die Bilder im Fernseher ließen sich nicht wegspülen.

Vor dem Eingang des Krankenhauses ein Berg aus Blumensträußen.

Ein Militärspiel mit dem Trauermarsch von Chopin.

Eine Frau, die schluchzend ein Foto von Wille küsste.

Aber der Calvados war gut.

«Wir schalten jetzt live zur Pressekonferenz der behandelnden Ärzte.»

Drei Männer und eine Frau in weißen Kitteln. Die Frau mit einem schwarzen Band um den Arm.

Weilemann erwartete medizinische Floskeln, aber was der weißhaarige Chefarzt mit zitternder Stimme verkündete, war etwas ganz anderes. «… erhärtet sich leider der Verdacht, dass ein Unbekannter die Apparaturen manipuliert hat, durch die Herrn Willes körperliche Funktionen aufrechterhalten wurden. Wir unterbrechen diese Pressekonferenz und warten die Untersuchungen der Polizei ab.»

Die Kamera verharrte auf dem leeren Tisch mit den Mikrophonen. Aus dem Off hörte man die versammelten Journalisten aufgeregt durcheinanderreden. Dann war da plötzlich nur noch eine Schrifttafel: «Wir bemühen uns, die eingetretene Störung so schnell wie möglich zu beheben.»

Die eingetretene Störung.

Die von Ü und S – oder welche Abteilung sonst für die Tötung von Nationalhelden zuständig war – mussten gepfuscht haben. Hatten Spuren hinterlassen, wo es keine Spuren geben durfte. Jetzt flog ihnen ihr ganzes Komplott um die Ohren.

«Hämisch» ist ein schönes Wort, dachte Weilemann. Häämisch. Häääämisch. Der Alkohol fing an, seine Wirkung zu tun.

Die Generalsekretärin der Eidgenössischen Demokraten, ihre Alibi-Frau, großer Titel, kleine Befugnisse, gab Einzelheiten der geplanten Trauerfeier bekannt. In dem Text, den sie ablas, war Wille noch eines natürlichen Todes gestorben. «Ein großes Herz hat aufgehört zu schlagen.» An der Wand hinter ihr das große Plakat mit der zum Schweizerkreuz aufgemotzten Guillotine.

Der Blumenberg vor dem Spital war schon wieder größer geworden.

Traurige Gesichter.

Chopin.

Und plötzlich, mitten in einen abgerissenen Takt hinein, wieder der Tagesschausprecher. «Im Zusammenhang mit dem Mord an Stefan Wille ...» – Redeten sie jetzt schon ganz offiziell von Mord? – «... verfolgt die Polizei eine erste Spur. Gefahndet wird nach einem Unbekannten mit nordafrikanischen Gesichtszügen.»

Die schnell erstellte Zeichnung eines Mannes mit dunkler Hautfarbe. Niedrige Stirn. Kleine Augen. Ein bedrohliches Gesicht.

Ein Mann, den es natürlich nicht gab. So betrunken konnte Weilemann gar nicht sein, dass er das nicht gemerkt hätte. Sie hatten ihre Manipulation nicht versteckt, sondern dafür gesorgt, dass sie entdeckt wurde. Hatten einen Täter erfunden, damit die Leute jemanden zum Hassen hatten. Ein ermordeter Wille lieferte ihnen das perfekte Argument für die Wiedereinführung der Todesstrafe. Das war also dessen letzter Dienst für seine Partei, von dem Markus gesprochen hatte. Läuchlis Idee.

Diesmal würden sie nicht einmal jemanden erschießen müssen, wie damals den Habesha. Solang der Mann von der Zeichnung in den Köpfen der Leute existierte, erfüllte er seinen Zweck.

Ein Interview mit dem Polizeizeichner. So eine Skizze sei natürlich keine exakte Abbildung. Aber aus den Beschreibungen von Krankenhausmitarbeitern, die auf dem Stockwerk, wo Wille gepflegt wurde, einen unbefugten Fremden hatten durch den Gang schleichen sehen ...

«Unbefugter Fremder». Das war auch kein zufällig gewählter Ausdruck. Damals, beim Habesha hatten sie von einem «amtsbekannten Täter» gesprochen.

Morgen oder übermorgen, davon war Weilemann überzeugt, würden Bilder von einer Überwachungskamera auftauchen, der unbefugte Fremde schemenhaft zu erkennen. Beim Ordnungsamt würden sie wissen, wie man so etwas herstellte.

«Nach langem, heroisch geführtem Kampf ...», sagte der Tagesschausprecher schon wieder. Weilemann schleuderte die Fernbedienung gegen den Bildschirm, erreichte aber nur, dass der Apparat auf ein anderes Programm umschaltete. Eine Frau mit angenageltem Lächeln pries Schmuck an. Fast echte Edelsteine. Eine blinkende Schrift forderte dazu auf, JETZT! anzurufen.

Auch nicht verlogener als die Inszenierung von Willes Tod.

Und Weilemann, der einzige Journalist, der Bescheid wusste, der einzige, der die Wahrheit hätte schreiben können, und zwar mit Salz und Pfeffer, Weilemann lag in seinem ekelhaft bequemen Seniorenbett und tröstete sich mit seinem Calvados, wie sich ein Baby mit dem Milchfläschchen tröstet, ohne jede Chance, die größte Geschichte seines Lebens jemals publizieren zu können.

Schach und matt.

RUFEN SIE JETZT AN!

Der Fall Handschin, das war noch etwas gewesen. Aber damals hatte man auch noch schreiben können, was man herausgefunden hatte.

Draußen läuteten jetzt die Glocken.

Lang werde ich es nicht mehr machen, dachte Weilemann weinerlich. Maximal tausend Zeichen für einen Nachruf. Wenn sich überhaupt noch jemand findet, der sich an mich erinnert, der noch weiß, wer das war, der Kilowatt Weilemann. Ich sollte zu Läuchli ins *Abendrot* ziehen.

Oder …

JETZT!

Warum nicht? Ein IKEA-Katalog war immer noch interessanter als «Chumm Bueb und lueg diis Ländli aa».

Er würde Trudi erzählen, dass sein Sohn – «Stell dir vor!» – sich ganz plötzlich verlobt habe, deshalb sei er gestern Abend nicht zurückgekommen, so etwas müsse man doch feiern. Er würde sie fragen, ob sie ihn zur Hochzeit begleiten wolle. Und er würde mit ihr den versprochenen Ausflug zum Kloster

Fahr machen. Warum nicht? Er hatte in diesem Leben nichts mehr Wichtigeres zu tun.

Zu seiner Überraschung wusste er Trudis Telefonnummer auswendig.

«Im Zuge der generellen Modernisierung», sagte eine Frauenstimme im Hörer, «und um unseren geschätzten Kunden einen noch besseren Service bieten zu können, haben wir den Betrieb des Festnetzes in der ganzen Schweiz zum 31. Juli eingestellt. Bitte benützen Sie in Zukunft für Ihre Anrufe portable Geräte. Aber sonst ändert sich nichts für Sie.»

Tüt. Tüt. Tüt.